Die »Spiegelung des Menschenbildes in der Darstellung seiner Kreatürlichkeit, das heißt, seines Schicksals, das er zu bestehen und an dem er sich zu messen hat«, ist nach eigenen Worten Carl Zuckmayers Aufgabe und Ziel. Wie wichtig es ist, in schwierigen Lebenssituationen nicht allein für sich zu bestehen, sondern gegenseitige Hilfe zu leisten, hat er mit deutlichem sozialkritischen Akzent auf unterschiedliche Weise in diesen drei Stücken gezeigt: in ›Schinderhannes‹ durch das Zusammenstehen der Gefährten im Kampf gegen die Ungerechtigkeit, in ›Katharina Knie‹ durch das Eintreten des einen für den andern in der Gemeinschaft, vor allem in Zeiten wirtschaftlicher Not, in ›Rivalen‹ durch Kameradschaft, wenn es gilt, an der Front seinen Mann zu stehen. Carl Zuckmayer läßt, obwohl in den zwanziger Jahren in Berlin zu Hause, die Gestalten in ›Schinderhannes‹ und in ›Katharina Knie‹ in seiner alten rheinischen Heimat und im Dialekt agieren; Ausdrücke des Ersten Weltkriegs nutzt er freilich anachronistisch auch für das im frühen 19. Jahrhundert spielende Schauspiel um Johann Bückler. Werden ›Schinderhannes‹ und ›Katharina Knie‹ kritischen Einwänden zum Trotz wegen ihres Volksstückcharakters auch weiter gespielt, so bleibt ›Rivalen‹, die »aus deutschem Spachgefühl heraus ganz neu geschriebene« Bearbeitung eines amerikanischen Kriegsstücks, trotz Bühnenwirksamkeit mit soldatisch derben Szenen – »täglich Brot« für das Theater, wie Carl Zuckmayer es sah – der Lektüre vorbehalten.

Carl Zuckmayer wurde am 27. Dezember 1896 in Nackenheim am Rhein geboren. Nach dem Abitur in Mainz meldete er sich als Kriegsfreiwilliger und wurde an der Westfront eingesetzt. 1918 begann er ein kurzes Studium der Geistes- und Naturwissenschaften in Frankfurt a. M. und Heidelberg; wichtiger als alle Theorie waren ihm jedoch die in diesem Umfeld geschlossenen Freundschaften. 1920 ging er nach Berlin. Erste Stücke blieben ohne Erfolg, obwohl sie ihn »dichterisch legitimierten« – ›Der fröhliche Weinberg‹ brachte ihm 1925 den Durchbruch und den Kleist-Preis. 1933 verhängten die Nationalsozialisten ein Aufführungsverbot über ihn. Er zog sich daraufhin mit seiner Familie nach Henndorf bei Salzburg zurück; dort besaß er seit 1926 ein Haus. 1938 floh er in die Schweiz, ein Jahr später emigrierte er in die USA, wo er bis 1946 als Farmer in den ›Grünen Bergen‹ (Vermont) lebte. Von 1947 bis 1957 hielt er sich abwechselnd in der Schweiz und in den USA auf; 1958 kehrte er endgültig in die Schweiz zurück und wurde in Saas-Fee (Wallis) ansässig, seit 1966 als Schweizer Bürger. Am 18. Januar 1977 ist er als einer der über Jahrzehnte erfolgreichsten deutschsprachigen Autoren in Visp (Wallis) gestorben.

Carl Zuckmayer
Gesammelte Werke in Einzelbänden

Herausgegeben von Knut Beck
und Maria Guttenbrunner-Zuckmayer

Carl Zuckmayer
Katharina Knie

Theaterstücke 1927–1929

Fischer
Taschenbuch
Verlag

Veröffentlicht im Fischer Taschenbuch Verlag GmbH,
Frankfurt am Main, Oktober 1995
Lizenzausgabe mit freundlicher Genehmigung
des S. Fischer Verlags GmbH, Frankfurt am Main

Für diese Ausgabe:

Gesamtherstellung: Clausen & Bosse, Leck
Printed in Germany 1995
ISBN 3-596-12705-X

Gedruckt auf chlor- und säurefreiem Papier

Schinderhannes

Schauspiel in vier Akten

Dem Gedenken an Julius Elias

Das war ein wunderlich Krieg,
da Tod und Leben rungen,
das Leben behielt den Sieg,
es hat den Tod verschlungen.
Die Schrift hat verkundet das,
wie ein Tod den andren fraß,
ein Spott aus dem Tod ist worden!

AUS LUTHERS OSTERLIED

Personen

JOHANN BÜCKLER, genannt Schinderhannes
JULCHEN BLASIUS, Tochter eines Bänkelsängers
IHRE KAMERADEN
IHRE ZEITGENOSSEN

Das Stück spielt am Mittelrhein, im Hunsrück und in der Festung Mainz, zur Zeit Napoleons. Das linke Rheinufer steht unter französischer Herrschaft, auf dem rechten Rheinufer wird eine deutsche Gegenarmee gesammelt. Das Historische soll in Kostüm und Masken ebensowenig betont werden, wie es in der Sprache des Stückes und seiner Gestalten der Fall ist. Die meisten kleineren Rollen können wechselnd mit den gleichen Schauspielern besetzt werden.

Erster Akt

Wirtschaft ›Grüner Baum‹ an der Nahe. Frühlingsabend. Gäste hocken da und dort an den Holztischen herum, ein paar Freunde, ein paar Fuhrleute in Mantel und Hut, sonst Einheimische beim Schoppenwein, Gutspächter, Kaufleute, Handwerksmeister, Bauern, Achatschleifer, Metallarbeiter, scharf getrennt in ›bessere Leute‹ und ›Gewöhnliche‹. In der Ecke Johann Bückler und Hans Bast Benedum, in einfacher Kleidung wie reisende Warenkrämer. Sie trinken aus großen Gläsern und essen kräftig zu Abend: Schweinerippchen mit Kraut und braungebackenen Paarwecken. – Auf dem erhöhten Schänkboden steht Blasius Trommenvater, ein fahrender Bänkelsänger und Kirmesmusikant, er macht auf mehreren Instrumenten gleichzeitig eine rasselnde Musik. Handharmonika, Fußpauke, Dudelsack, Schellenspiel auf dem Rükken setzt er zur Einleitung und zum Nachspiel des Schauerliedes in Bewegung. Rechts und links von ihm stehen seine beiden Töchter, Julchen und Margaret Blasius. Margaret spielt die Melodie auf einer dünn wimmernden Geige, Julchen singt das

Lied vom Schinderhannes

JULCHEN »Im Schneppenbacher Forste,
Da geht der Teufel rumdibum,
De Hals voll schwarzer Borste,
Und bringt die arme Kaufleut um!

Das ist der Schinderhannes,
Der Lumpenhund, der Galgenstrick,
Der Schrecken jedes Mannes,
Und auch der Weiberstück!

Im Soonewald, im Soonewald
Steht manche dunkle Tann,

Darunter liegt begraben bald
Ein braver Wandersmann.

Im Schneppenbacher Forste,
Da geht der Teufel rumdibum,
Die Ank voll schwarzer Borste,
Und legt die junge Weibsleut um!«

Die Musik wird still.

BÜCKLER Bravo! Herr Wirt, en Schoppe für die Musik. So e Lied hört ma nit alle Tag. Da läuft's eim ja kalt über de Bukkel!

WIRT Du bist auch lang nit mehr hier gewese, daß du das Lied nit kennst.

BÜCKLER Christi Himmelfahrt werde's drei Jahr. Ich hab alleweil rechtsrheinisch gehandelt und drunte, im Blaue Ländche.

EIN KAUFMANN Wer ist der Mann?

WIRTIN Jakob Ofenloch schreibt er sich, ein Krämer. Mit was er handelt mußt du'n selbst frage.

BÜCKLER Mit allem, was rar und teuer ist – Zunder, Schwamm, Feuerstein, Gäul, Sättel, Stiefelwichs un gute Sprüch! Brauche Sie was?

KAUFMANN E paar gute Sprüch, wenn se nix koste. Die kann eim doch der Schinderhannes nit gleich am nächste Straßekreuz wieder abnehme!

BÜCKLER Ihr mit euerm Schinderhannes! Man hört euch ja nix mehr anders redde! *Er lacht.*

GUTSPÄCHTER Lach nit, Krämer, wenn du's nit verstehst. Mir wisse Bescheid, un bis du im nächste Flecke bist, weißt du's vielleicht noch besser!

BÜCKLER Da bin ich emal gespannt!

KAUFMANN Pack lieber dei Sach samme un mach wieder ins Rechtsrheinische nüwwer!

BÜCKLER Das könnt dir so passe, daß du die Konkurrenz los wärst!

EIN REISENDER Ei, lese Sie denn kei Zeitung? Wisse Sie nit, daß hierzuland kein Bettler unbeschädigt über die Landstraß kommt, wenn er sich nit mit dene Hundsbandite abgabemäßig konvetteriert?

EIN FUHRMANN Hört emal dem sei Nassauer Gosch! Von unsere einheimische Bandite hat noch keiner einer nie nit en Bettler oder arme Mann belästigt – nur Kaufleut, Offiziersbagage un reiche Judde.

GUTSPÄCHTER Freilich! Wo nix is, kann der Dieb nix stehle!

REISENDER Wenn ma gleich hinterrücks dementiert wird, is kei Wunder, daß die fremde Leut nix glaube.

BÜCKLER Ich glaub überhaupt nix, was ich nit seh!

GUTSPÄCHTER So? Da gucke Sie sich emal unsern hiesige Gerbermeister an! Da hinne sitzt er un hat angelaufene Brillegläser vor Gall!

GERBERMEISTER, *ein alter, kurzsichtiger Dürrhals mit weinerlicher Stimme* Spott und böse Mäuler noch owwedrei! Ihr schadefroh Gesindel, ihr dreckiges!

GUTSPÄCHTER Die letzt Nacht hat er hohe Besuch gehabt. Ausm Hauptlager, unter seiner Schlafstub eweg, hawwe se sei ganze frische Ledervorrät getrage!

BÜCKLER Un woher wißt ihr, daß es der Schinderhannes war? Gibt's nit überall Lederdieb?

GERBERMEISTER Drei schwarze Kreuz hat er mir auf die Wand gemalt! Sei Satanszeiche! Mei Frau is in Krämpf gefalle, wie sie's gesehe hat, un liegt alleweil noch drin!

BÜCKLER Herrgottstrambach nochemal!

GERBERMEISTER Mei best Rindleder war's! Tadellose Häut! Kei einzig Löchelche drin! Grad gestern hat se die französisch Monturkolonn bei mir bestellt! Als ob er's gewüßt hätt, der Säuteufel, der hundswütige, der Halsabschneider, der die arme ehrliche Handwerksleut nit lebe lasse kann von ihrm sauere Arbeitsschweiß, ihrm schwerverdiente, armselige –

BAUER RAAB Hö, hö, hö, Gerberphilipp, nehm's Maul noch e bißje voller! Vier von dene Häut haste meim Nachbar als

Schuldzinz ausm Stall getriebe, du scheeläugiger Brillekiebitz, du geizknochiger!

EIN ACHATSCHLEIFER Für e Schnippelche Daumeleder hat mir der Schweinsmage drei geschliffene Stein abgenomme, un jetzt greint er hinner seine grindige Bockshäut her, als wär's em Bischof sein Ring!

METALLARBEITER Die Kränk soll er kriege!

GERBERMEISTER Das sind die Aufwiegler, die wo's mit dem Schinderhannes halte! Das unehrlich Volk, wo kei Geld hat un kei Sittemoral!

BAUER RAAB Was haste gesagt? Sag's noch emal!

GERBERMEISTER Ich hab ja niemand angesehe dabei!

BAUER RAAB Ob du's noch emal sagst?!

GERBERMEISTER Jetzt grad nit!

BAUER RAAB Da läßt du's bleibe. *Gelächter.*

BÜCKLER *zu Benedum* Da haste's! Wo vom Schinderhannes die Red is, lernt ma die Leut kenne!

BAUER ROTKOPP Uns kleine Bauern nehme die Räuber nix ab. Das besorgt der Staat un die Kirch und die Steuer un der Fürst un der Pächter un de Kaufmann un de Zinsjudd ganz allein!

GUTSPÄCHTER Weil ihr nix druff habt, ihr Faulenzer.

ACHATSCHLEIFER Ich sag, wenn's de Schinderhannes nit gäb, da müßt er erfunde werde, damit die reiche Leut auch emal merke, wo Gott wohnt!

REISENDER Hawwe Sie denn gar kein Rechtsgefühl?

STEINBRECHER Vielleicht mehr wie Sie! Mir sin Arbeiter un lasse uns nit übers Maul fahre.

FUHRMANN Mir hawwe nix un werde nix hawwe, ob mit oder ohne Schinderhannes. Herr Wirt, noch e Kirschwasser.

KAUFMANN Weil ihr nix arbeite wollt, deshalb kommt ihr auch zu nix.

BÜCKLER Das wär mir neu, Herr Nachbar.

KAUFMANN Was denn?

BÜCKLER Das wär mir neu, daß ma durch die Arbeit zu was kommt!

GUTSPÄCHTER So? Sie sehe mir aber ganz wohlgenährt aus – sin

Sie durch de Heilig Geist dazu gekomme oder hawwe Sie gestohle?

BÜCKLER Mein Vater – der hat geschafft, bis ihm die Nägel blau worde sin. Heut könnt er verrecke, wenn er kein Sohn hätt!

KAUFMANN Un de Sohn? Da sitzt er un ißt Schweinerippcher für en halbe Taler! Ei, woher könne Sie sich denn das leiste?!

BÜCKLER Das will ich Ihne sage: weil ich's nehm, wo ich's find! Und weil ich mir eher en Finger abbeiße deet, als für fremde Leut mei Knöchel krumm mache! Und weil ich drauf pfeif, versteht ihr, wie der Spatz auf die Kirschkern, wenn die Traube reif sin! *Er geht zum Gerbermeister* Wieviel Häut sin Ihne gestohle worde?

GERBERMEISTER Sechs große, un e zugeschnitte Sattelstück.

BÜCKLER Ich glaub, so viel hawwe mir noch in unsere Vorrät. Die könne Se billig kriege. Hans Bast, guck emal nach.

BENEDUM *geht hinaus.*

GERBERMEISTER Was nehme Sie pro Haut?

BÜCKLER Zwei Gulde, weil Sie's sin.

GERBERMEISTER Wenn se kein Fehler hawwe –

BÜCKLER Gucke Se selbst!

BENEDUM *kommt wieder, schleppt einen Sack herein.*

GERBERMEISTER *tastet die Häute ab* Zwei Gulde? Mach ich, mach ich!! Wolle Sie's gleich in bar?

BÜCKLER Her damit, sonst könnt mich der Preis reue!!

GERBERMEISTER *zahlt ihn aus.*

KAUFMANN *verärgert* Gehe Sie immer zwei Drittel unter de Wert?

BÜCKLER Der Mann is bestohle worde, dafür hab ich e Herz!

KAUFMANN Dann möcht ich wirklich wisse, woher Sie Ihr Fett hawwe!

BÜCKLER Das solle Sie gleich sehe! Gebe Sie obacht! *Er wirft das eben erhaltene Geld auf den Schanktisch* Wirt! Wisch emal dene Leut ihr Schuldstrich von der Tafel, samt un sonders, un mach dich bezahlt! Allez vite! Un dann e doppelt Lag für jeden in der Stub, der kei Geld im Sack hat, un für jedweden e Viertel Wurscht! Die solle auch emal was anders fresse wie alleweil Hundsfleisch un Kartoffelschale! Laßt's euch schmecke, ihr Leut!

ACHATSCHLEIFER Der Mann is richtig.

BAUER RAAB So laß ich mir en Lumpekrämer gefalle.

METALLARBEITER Er is en Protz, aber er läßt sich's was koste.

BÜCKLER Ich bin als Protz gebore! Ich hab schon als Bub die Schulkreide für Butter aufs Brot gestriche. Aber es is mir gut angeschlage. Großtun macht dick, wenn ma's richtig versteht!

WIRT Da, sauft, es kost nix, un euer Schulde sin quitt.

BÜCKLER Prost, ihr Leut!

ACHATSCHLEIFER Der Krämer Jakob Ofenloch soll lebe!

BÜCKLER Sagt lieber: Der Schinderhannes soll lebe! Dem habt ihr's heut zu verdanke!

STEINBRECHER Meintwege de Schinderhannes! Hipp hipp, hurra!

BAUER RAAB Prost uff de Schinderhannes! Wenn mir alleweil seintwege unsre Schulde bezahlt kriege, soll er hundert Jahr werde!

BÜCKLER Der wird mehr wie hundert! *Er trinkt.*

KAUFMANN Das is doch wirklich e Schand. Da kann ma sich ja die Gaasegicht an de Hals ärgern.

GUTSPÄCHTER So en hergelaufene Strunskopp verschandelt uns die Leut!

REISENDER Un das sehe Sie ruhig mit an?

KAUFMANN Was will ma denn mache?

GERBERMEISTER Die Häut sin gut, da läßt sich nix sage.

REISENDER Im Nassauische könnt so was überhaupt gar nit passiere. Die trinke ja auf das Wohl eines Staatsfeindes und öffentliche Straßeräubers! Das nenne ich Öl ins Feuer der Rebellion schütte! Jawohl, so nenn ich das.

KAUFMANN *zu den Arbeitern und Bauern, die mit Bückler trinken und lachen* Schämt ihr euch denn gar nit? Der Mann ist nicht von hier!

BAUER RAAB Redde Sie jemand an?

GUTSPÄCHTER Ich werd's euch einträнke! Wart nur ab, bei der

nächste Weizeernt! Kei Hälmche laß ich euch durch die Finger!

BAUER ROTKOPP Das haste früher auch nit getan.

ACHATSCHLEIFER Geh, redd nit mit dene Speckhäls! Mir sin unter uns!

BÜCKLER Ich glaub, die Herrn hawwe Durscht, deshalb sin se so brummig! Die wolle auch e Lag!

GUTSPÄCHTER Mir könnte unsern Schoppe immer noch selbst bezahle, wenn mir auch kein Geldscheißer hätte, wie gewisse andere Leut!

KAUFMANN Mit deete überhaupt nit trinke mit eme hergelaufene Hund!

BENEDUM *springt auf.*

BÜCKLER *winkt ihm ab, geht langsam auf den Tisch der ›bessere Leut‹ zu* Meine Herrn, ich hab Sie genau verstande! Sie möchte sich gern die Ehr un das Vergnügen mache, auch emal mit dem Krämer Jakob Ofenloch anzustoße! Soll geschehe, freut mich ganz besonders! Hans Bast! Bring emal die Flasch!

BENEDUM *kommt mit der Flasche.*

BÜCKLER Da! Guckt euch den an! *Er streift Benedums Rock auf, daß man die nackten Arme und Schultern sieht, die von Muskeln quellen* Glaubt ihr, so was kommt vom Mückefange?! Ihr, mit euer ehrlich Arbeit! Ich sag euch: Der Mann hat in seim ganze Lebe noch nix getan, wozu er kei Lust gehabt hat! Versteht ihr?!

BENEDUM *grinst.*

BÜCKLER *nimmt die Flasche, gießt jedem sein Glas ein* Also prost! Wer Lust hat, soll lebe! Ihr habt doch alle Lust?! He?! *Er sieht sie herausfordernd an.*

BENEDUM *läßt seine Muskeln spielen.*

DIE BESSERE LEUT *trinken verlegen und ängstlich, zur großen Belustigung des anderen Tisches.*

BÜCKLER Das ware mir dene Herrn doch schuldig! Hab die Ehre! *Er verbeugt sich, geht zu seinem Platz.*

BAUER RAAB *zum andern Tisch hinüber* Hat's geschmeckt?!

DIE GEWÖHNLICHE LEUT *grinsen, stoßen sich an.*

KAUFMANN Wirt! Ich möchte zahle.

GUTSPÄCHTER Ich auch.

WIRT Die Herrn wolle doch nit schon aufbreche! Mir sitze doch so gemütlich beisamme! Es ist doch noch nit dunkel drauß!

ARBEITER Lasse laufe, die hawwe Angst!

REISENDER Ich bin eigentlich sehr müd.

BAUER RAAB Der hat's Maul zu weit aufgerisse, der muß gähne!

REISENDER Jetz is zuviel! Ich werde hier belästigt! Gleich hol ich die Polizei!

ACHATSCHLEIFER Wag dich nur nit auf die Gaß!

KAUFMANN Ich hab überhaupt nit richtig getrunke, ich hab nur so getan!

GERBERMEISTER Die Häut sin tadellos, ich verbrenn mir de Schnawwel nit!

METALLARBEITER Das is auch dei Glück.

GUTSPÄCHTER *plötzlich schreiend* Mir werde uns doch hier nit vertreibe lasse! Wo ich sitz, sitz ich!!

BAUER RAAB Bis dir de Arsch knorpelig wird!

Gelächter.

GUTSPÄCHTER Das verbitt ich mir!

BAUER RAAB Ich auch!!

Gelächter.

GUTSPÄCHTER Ruhe!!

STEINBRECHER Gewitterkreuzstoppenochenei! Wer will uns hier's Maul verbiete?!

KAUFMANN Niemand, du Aff!

REISENDER Bin ich hier unter bessere Leut oder nit?!

GUTSPÄCHTER Zweifle Sie dran? C'est du canaille!

ACHATSCHLEIFER Merde du roi, mir könne all Französisch!

BAUER RAAB Spucke könne mir auch! *Er tut's, trifft des Gutspächters Hosenbein.*

GUTSPÄCHTER Säuigel! Wischste's ab!!

BAUER RAAB *in aller Ruhe* Nächst Neujahr!

ACHATSCHLEIFER Wenn's Geld en Batze kost!

ALLE *schreien und lachen plötzlich durcheinander.*

BÜCKLER *steht abseits, als ginge ihn all das nichts an, und betrachtet die Musikantenmädchen, die mit ihrem Vater beim Nachtmahl sitzen. Jetzt winkt er ihnen lachend, sie stehen rasch auf, der alte Blasius beginnt, von Bückler angefeuert, in den allgemeinen Lärm hinein mächtig zu spielen, und Julchen singt, mit dem Gesicht zu Bückler, leise zuerst, dann immer lauter das*

Wirtshauslied

JULCHEN »Ei, wo bleibt mei Joseppche, Jöseppche, Joseppche,
Ei, wo bleibt mei Joseppche, Jöseppche so lang?
Sitzt er nit im Schifferstei,
Trinkt sei Schöppche ganz allei,
Ei, wo bleibt mei Joseppche, Jöseppche so lang?«

Unter dem Einfluß der vertrottelten Musik und des Liedes besänftigen sich die erzürnten Gemüter sehr rasch, es wird ebenso plötzlich ruhig, wie es vorher laut wurde, alle hören auf zu schimpfen, einige summen die Melodie mit, die andern wiegen die Köpfe im Takt, man setzt sich wieder, ein allgemeines »Nix für ungut« *greift um sich, der Wirt schenkt neu aus. Bückler setzt sich allein im Vordergrund an einen Tisch.*

JULCHEN *geht nach Schluß des Liedes, während Vater und Schwester noch weiterspielen mit einem Teller einsammlen, tritt zu Bückler an den Tisch.*

BÜCKLER *nimmt ihr den Teller ab, sieht nach, was draufliegt, dann wirft er ein großes Geldstück dazu, blickt Julchen an.*

JULCHEN *bleibt stehen.*

BÜCKLER *rückt einen Stuhl her, lädt sie schweigend zum Sitzen.*

JULCHEN *setzt sich hin, beugt sich über die Lehne* Du bist auch kein richtiger Warekrämer.

BÜCKLER So? Wer sagt denn das?

JULCHEN Niemand. Du hast nix Händlermäßiges um die Auge.

BÜCKLER Trink e Glas gute Wein mit mir.

JULCHEN Der riecht – –

BÜCKLER Da geht eim's Herz auf, wenn's nit schon offe is!

JULCHEN *trinkt* Prost – *Sie setzt sich.*

An andern Tischen wird leise gepfiffen, getrunken, Karten werden gemischt.

BÜCKLER Ihr habt sie gut sammegespielt. Jetz sin se still wie die ausgekollerte Truthähn.

JULCHEN Das sin mir gewöhnt. Wenn's rauh wird, müsse mir die Leut sanft mache. Dafür hat ma ja die Musik.

BÜCKLER Un wenn se sanft sin, müßt ihr se wild mache, he? *Er brummt* »Es ist der Schinderhannes, der Lumpenhund, der Galgenstrick –«

JULCHEN Gefällt dir das?

BÜCKLER Was du singst, gefällt mir all.

JULCHEN Mir gefällt's nit – ich sing überhaupt nit mehr lang.

BÜCKLER Warum denn?

JULCHEN Immer für andere Leut de Aff mache, das paßt mir nit.

BÜCKLER Was möchste denn sonst anfange?

JULCHEN Ich weiß nit. Vielleicht tu ich heiraten.

BÜCKLER Geh haam.

JULCHEN Wieso geh haam?

BÜCKLER Du hast nix Heiratsmäßiges um die Auge.

JULCHEN Ich glaub, mir gucke uns zuviel an de Auge ab.

BÜCKLER Oder zu wenig! Prost!

JULCHEN Prost!

Sie lachen und trinken beide.

BLASIUS TROMMELVATER *ruft* Julche, bring de Teller her, daß ich mei Nachtmahl bezahle kann!

JULCHEN Gleich komm ich! *Sie springt auf.*

BÜCKLER Aber dann kommste wieder und trinkst dein Wein aus.

JULCHEN Vielleicht –

BÜCKLER Gewiß!

JULCHEN Du weißt's ja genau! *Sie läuft weg.*

BÜCKLER *zur Wirtin, die eine neue Flasche bringt* E schö Mädche.

WIRTIN Ja, die hat e Hälsje wie süße Rahm.

BÜCKLER Komme die oft her?

WIRTIN Jetzt wohne sie ganz hier. *Flüstert ihm zu* Die geht mit dem Gendarm Adam, er will se heirate.

BÜCKLER Pfui Teufel.

WIRTIN Was haste gesagt?

BÜCKLER Nix. Bring mir en Tabak.

WIRTIN *geht grinsend.*

JULCHEN *kommt mit ihrer Schwester Margaret an den Tisch Bücklers zurück* Das is mei Schwester Gretche.

BÜCKLER E süß Böppche. Setzt euch her.

MARGARET Bist du der Krämerjakob, der auf der Lauschieder Kerb war?

BÜCKLER Der bin ich.

MARGARET Von dir hab ich erzähle höre! Du hättst siwwe Bräut, sagt ma!

BÜCKLER Ja, aber die gefalle mir all nit mehr.

MARGARET Warum, haste dir die siwwe scheppe Schwestern ausgesucht?

BÜCKLER Das nit, aber die siwwe dumme!

JULCHEN Mit dir muß ma sich vorsehe, du hast e bös Maul.

BÜCKLER Der Gendarm Adam hat e besseres.

JULCHEN Das hat dir die Wirtin gesteckt, die Babbelewig!

BÜCKLER Nein, das hab ich dir angeroche, daß du e Gendarmebraut bist.

JULCHEN Er interessiert sich für mich, aber es is noch nit fest!

BÜCKLER Da deet ich's rasch fest mache an deiner Stell, damit nix dazwischekommt! *Zu Margaret* Aber du hast noch keiner, he?

MARGARET Ich will auch kein, die sin mir all zu schlecht!

BÜCKLER Da mußt du emal zu mir komme, da bring ich dich in e Kloster.

MARGARET Das wird e schö Kloster sei, wo der Teufel die Beicht hört!

BÜCKLER *zu Julchen* Dei Schwester traut mir nix Gutes zu.

JULCHEN Du führst auch schlechte Rede. Vorhin hast du mir besser gefalle.

BÜCKLER Du mir auch.

JULCHEN Mir könne ja wieder gehe. *Sie steht auf.*

BÜCKLER *steht auch auf* Halt emal! Da hör ich was komme! *Draußen Hufgeklapper und laute Stimmen.*

MARGARET Das sin die Gendarme! Da is deiner dabei. *Sie läuft zur Tür.*

BÜCKLER No, da wünsch ich dir viel Vergnüge.

JULCHEN Bleib da!

BÜCKLER Ich möcht nit störe.

JULCHEN Ich hab doch gesagt, daß es noch nit fest wär –

BÜCKLER Un ich hab dir gesagt, du sollst dich eile, daß nix dazwischekommt.

JULCHEN Ich freu mich, wenn du bleibst.

BÜCKLER Das tut mir leid –

BENEDUM, *der draußen war, kommt wieder herein* Hannes, treib die Küh haam, es hängt e Gewitter am Himmel.

JULCHEN Was sagt dein Freund?

BÜCKLER Ich glaub, unser Gaul is scheu, der hat Kolik! *Er geht rasch mit Benedum durch die hintere Tür.*

Fast im selben Augenblick betritt durch den Haupteingang die Gendarmerie das Wirtshaus, Adam zuvorderst, vom Froschtöter geführt.

ADAM Hier is er drin, sagste?

FROSCHTÖTER Ich hab ihn selbst gesehe, sein Kumpan hat ebe noch vor der Tür gestande!

ADAM Stellt emal en Poste hinters Haus, daß er uns nit heimtükkisch entwische kann! Und nehmt alle Pferd gefange, die wo ihr findt!

GENDARMEN *hinaus.*

DIE GÄSTE, DER WIRT, DIE WIRTIN *umdrängen Adam* Was is los? Wen wollt ihr fange?

ADAM Wen? De Schinderhannes, de Bücklerjohann selbst! Ebe krieg ich die Nachricht, daß er am helle lichte Tag hier eigange is!

WIRTIN Hier war keiner, den ich nit kenn, außer dem Krämer, wo dem Gerberphilipp Häut verkauft hat!

ADAM *zum Gerbermeister* Zeig emal die Häut!

GERBERMEISTER Tadellos Leder! Genau wie die, wo mir gestohle worde sin.

ADAM *dreht die Häute um* Was is denn das für Brandzeiche hinne druff?

GERBERMEISTERR Jessesmariajosepp, das sin ja mei eigne!

ADAM Was? Deine eigne Häut hast du dir wieder anschmiere lasse?

GERBERMEISTER Mei verdammte korzsichtige Auge, mei gottverdippelte!!

ALLE *umdrängen lachend den jammernden Gerbermeister.*

ADAM Von wem haste die bekomme?

GERBERMEISTER Jakob Ofenloch hat er geheiße, der Satan, der Höllefurz!

ADAM Das is er! Unter dem Name soll er jetz umgehn! Los! Er kann noch nit weit sein! Alles hinterdrein!

FROSCHTÖTER Mei Geld!!

ADAM Erst wenn mir'n hawwe, vorher gibt's nix!

GENDARMEN *draußen* Druff! Uff die Gäul!

ADAM Vite! Vorwärts! Hundert Gulde, wer ihn faßt!

ALLE *johlend mit ihm hinaus.*

Julchen und Margaret bleiben.

MARGARET Das war er, du, das war er!

JULCHEN *dreht einen Teller in der Hand, der auf Bücklers Platz stand, erschrickt plötzlich* Du -- da steht was!

MARGARET Zeig her! *Liest* »Mitternacht am Dollbach – verrat nix –«

JULCHEN Soll ich gehe?

MARGARET Du? Das is doch für mich!

JULCHEN Glaubst du?

MARGARET Natürlich! Du hast doch de Adam!

JULCHEN Halt's Maul! *Sie schmeißt den Teller zu Boden, daß er in tausend Stücke geht, rennt hinaus.*

MARGARET Julche – Julche –! *Läuft hinterher.*

Dollbachwald. Starkes Mondlicht durch mächtige Baumkronen. Am Wasser kauern lautlos Bückler und Iltis Jakob.

BÜCKLER *nach einer Weile* Is schon zwölf –?

ILTIS JAKOB *guckt nach den Sternen* Es fehlt noch e Viertel.

BÜCKLER Mir brenne die Füß vom Laufe – *Er zieht seine Stiefel aus, hängt die Beine in den Bach.*

ILTIS JAKOB Glaubst du, daß sie komme?

BÜCKLER Wie das Wasser so hell zwischen meine Fußzehe durchrisselt. Ma könnte meine, der Bach hätt kein Boden.

Langes Schweigen. Bückler starrt ins Wasser, Iltis Jakob klemmt einen Grashalm zwischen die Zähne, zirpt leise. Dann erhebt sich langsam Bückler, zieht seine Schuhe wieder an.

ILTIS JAKOB *der am Buschrand steht, winkt plötzlich mit der Hand.*

BÜCKLER He?

ILTIS JAKOB Sssst –! *Er tritt zu Bückler, beide lauschen gespannt.*

JULCHEN UND MARGARET *kommen aus dem Wald. Stehen wie gebannt im Mondlicht.*

JULCHEN Da fließt de Dollbach. *Sie geht ans Wasser.*

BÜCKLER *zu Margaret* Das is der Iltis Jakob –

MARGARET *sieht ihn an, lacht leise.*

ILTIS JAKOB Kennst mein Name schon?

MARGARET Ja. Vom Höresage.

ILTIS JAKOB Komm, mir gehn bachaufwärts. Ans Forellewehr!

MARGARET *hängt sich bei ihm ein.*

Sie gehen.

BÜCKLER *tritt hinter Julchen.*

JULCHEN *dreht sich langsam zu ihm um* Ich hab's gewußt –

BÜCKLER Was denn?

JULCHEN – daß du mich gemeint hast.

BÜCKLERR Freilich.

JULCHEN Da bin ich jetzt.

BÜCKLER *nickt ernsthaft* Ja –

Ganz leise, fast wie Mückensirren, hört man die Melodie eines Liedes:

»Was scheint der Mond so hell in dieser Nacht –.«

JULCHEN *lächelnd* Das is mei Schwester. Die singt.

BÜCKLER *blickt sie an* Willst bei mir bleibe?

JULCHEN *ruhig, sicher* Gern.

BÜCKLER *streckt die Hand aus* Komm –

Es wird finster.

Wiesmühl am oberen Dollbach. Ein großer verwildeter Rasenhof, von Ahorn, Tannen, Eichen gesäumt. Im Hintergrund das alte zerfallene Mühlwerk, daneben ein niedriges Haus mit verrammelten Fensterläden. Frühe Morgendämmerung. Bückler und Julchen auf der Bank vor dem Haus.

JULCHEN *dehnt sich im ersten Sonnenschauer, streckt die Hand ins Licht* Da sieht ma's Blut durch die Haut laufe –!

BÜCKLER *streift ihre Hand mit den Fingerspitzen* Bist müd?

JULCHEN *lacht* Ich könnt in de blanke Mittag renne! *Sie faßt seine Hand* Komm, zeig her.

BÜCKLER Was denn?

JULCHEN Ob du lang lebst!

BÜCKLER Laß.

JULCHEN Warum? Das is gut, wenn ma's weiß! E Zigeunerin hat mir's gezeigt; da steht alles drin, in der Hand inne!

BÜCKLER *reißt die Hand weg* Das braucht keiner zu wisse – was da drin steht.

JULCHEN Du – was is denn –? *Sie streicht leise über seine geballte Faust.*

BÜCKLER *lacht fast verlegen* Nix is. Die Leut sage, ich müßt aufs Schafott. Aber ich glaub's nit.

JULCHEN, *ohne ihn anzuschauen* Is denn so schlimm – was du treibst?

BÜCKLER *lacht frei auf* Davon versteh ich nix! Das wisse die, wo's Gesetz mache!

JULCHEN Ich glaub, die irrn sich manchmal –

BÜCKLER Meintwege! Ich hab se nie gefragt un werd se nit frage! Was wachse muß, schlägt aus!

JULCHEN *sieht ihn von der Seite an* Wie ich dich gestern gesehn hab, unter de Wirtshausgäst – da hab ich gedacht, der hat's knüppeldick hinter de Ohre – der lügt wie en Bürstebinder – aber ich müßt ihm doch glaube –!

BÜCKLER So. Und was denkste jetzt?

JULCHEN Gar nix. Jetzt weiß ich's ja.

BÜCKLER Was, daß ich lüg wie en Bürstebinder?

JULCHEN Nein, wie zwei Bürstebinder und en Gäulsjudd dazu!

BÜCKLER Das langt für en einzle!

JULCHEN Ja, aber ich glaub dir!

BÜCKLER Wirklich?

JULCHEN Ich glaub dir – ganz und gar – was auch die Leut sage –

BÜCKLER Du, wenn du gern willst, kannst ruhig in mei Hand gucke!

JULCHEN *zieht seine Hand auf ihre Brust* Jetz nit mehr.

Sie sitzen stumm.

JULCHEN *nach einer Weile* Horch!

BÜCKLER Was hörste?

JULCHEN Es pocht –

BÜCKLER Der Tau troppt.

JULCHEN Jetz geh ich nit mehr heim.

BÜCKLER *beugt sich über sie.*

Ein Fenster wird knarrend geöffnet, im Rahmen erscheint Gottverdippelche, ein altes Weib, und schüttet eine Schüssel Wasser in den Hof, gähnend, schlaftrunken.

BÜCKLER, *wie das Wasser auf die Fliesen platscht* Gute Morge!!

GOTTVERDIPPELCHE *bemerkt ihn, erschrickt furchtbar* Kasper! Steh uff! Da is einer! Da is einer!!

BÜCKLER Kannst nit mehr zähle?! Da sin doch zwei!!

GOTTVERDIPPELCHE *wird mutig, da sie die Frau bemerkt* Haderlump, biste auch noch frech?! Nix wie Unzucht treibe, am heilige Himmelfahrtsmorgen, in de fremde Höf, wo ma kei Erlaubnis hat?!

BÜCKLER *steht auf, dreht sich zu ihr um* Gottverdippelche, sei nit so grimmig! Du wirst doch zwei arme Landstreicher noch auf euerm Hofbänkche sitze lasse?

GOTTVERDIPPELCHE *kreischt auf, stürzt fast aus dem Fenster* Jerum, de Hannes, de Hannes, de Bücklerhannes selbig, ei

Hannes, warum sagst es nit gleich – ei ich hätt's doch an der Stimm – ei gleich hol ich de – Kasper!! Kasper!! De Hannes is da, de Hannes! Kasper! Kasper! *Sie rennt krächzend ins Haus.*

JULCHEN Wer is die Hex?

BÜCKLER Ausm Kreuznacher Spinnhaus. Sie führt meim Vatter die Wirtschaft. Sechsmal die Woch is se besoffe, un stehlt wie siwwe Elstern. Sonst is se tadellos!

KASPER *weißhaarig, mit zerfurchtem Greisenkopf, tritt aus der Tür, schaut geblendet ins Sonnenlicht, streckt die Hände aus* Hannes –! Biste wirklich da –!

BÜCKLER *geht auf ihn zu, nimmt ihn bei der Hand, führt ihn zu Julchen* Das is mein Vatter. Er sieht nit mehr viel, du mußt nah bei ihn gehn. Un das is mei Weib.

KASPER *sieht sie genau an, betastet sie auch* Schön is se! un dick, wo sich's gehört! Da muß was dran sein, an eme rechte Weib!

JULCHEN Das freut mich, daß du zufriede bist!

KASPER Der Hannes weiß, was er will! *Zu Bückler* Lang warste nit mehr da!

BÜCKLER Ich hatt viel Geschäfte, un bin als in de große Ödhöf abgestiege!

KASPER Meim Sohn stehn alle Höf offe aufm weite Hunsrück.

BÜCKLER Das will ich meine!

KASPER *an der Stalltür* Kätche! Kätche! Komm heraus! Mußt in die Wirtschaft laufe, Schnaps un Tabak hole!

PUDDELKÄTCHEN *ein dünnbeiniges Waisenkind, kommt aus dem Stall, bleibt zitternd stehen mit einwärtsgedrehten Füßen, schielt zu Bückler.*

BÜCKLER Was is denn, Mädche, warum fährste denn samme? Haste Angst?

PUDDELKÄTCHEN Nein – aber ich fürcht mich! *Rennt wie gehetzt weg.*

BÜCKLER Die rennt –

KASPER *nicht ohne Stolz* Die Kinder hierzuland glaube, du hättst's mit dem Teufel!

JULCHEN Gestern wär ich auch noch gelaufe wie's böse Gewisse, wenn ich de Schinderhannes erblickt hätt!

KASPER Ja, mein Sohn hat's zu was Großes gebracht in dere kleine Welt!

GOTTVERDIPPELCHE *schreit aus dem Fenster* De Kaffee is fertig!

BÜCKLER Komm, Julche, der soll uns schmecke, auch wenn er von alte Bucheckern is! Heiß wird er ja sein!

JULCHEN Ja, und schwarz auch!

Sie gehen lachend ins Haus.

KASPER *allein auf der Schwelle, tänzelt in der Sonne* De Hannes is da!

Zwischen den Bäumen erscheinen einige Bettelkinder und Greise, von Puddelkätchen geführt, neugierig und angstvoll herglotzend.

KASPER Ja, kommt nur all bei, ja guckt un staunt alleweil, 's is wahr, 's is wahrhaftig wahr, der Hannes is komme, hat e Weib mitgebracht, so stramm wie e zweijährig Weidekuh! Un Geld hat se! Wie welke Blätter! Zehn Säck voll Taler hammer schon ins Haus geschleppt! Ich muß gleich herein, zähle! *Er geht ins Haus.*

Hinter den Büschen ein schriller Pfiff. Die Bettler und Kinder stieben auseinander, verschwinden. Gleich darauf erscheint Margaret Blasius, gefolgt von Iltis Jakob, Seibert, Zughetto, Benedum.

ILTIS JAKOB Laßt die Finger weg, sag ich euch, das is mei Mensch, da gibt's gar nix.

MARGARET So? Dei Mensch bin ich? Dat deet mir passe! So weit sin mir noch lang nit!

SEIBERT Siehste, Jakob, da haste's!

ILTIS JAKOB Ich werd schon wisse, wie weit mir sin, da brauch ich niemand zu frage!

ZUGHETTO Ach was, Mensch is Mensch, un wenn de dir e Läppsche um die Auge bindst, tut's dei Großmutter auch, gell Mädche? *Er versucht, Margaret unter den Rock zu greifen.*

MARGARET *kreischt, läuft ihm weg.*

BENEDUM *pocht an die Tür* Hannes, laß die Hinkel heraus, der Hahn hat schon gekrische.

BÜCKLER *kommt mit Julchen heraus, die zu Margaret tritt* Da, hört ihr die Hähn in de große Bauernhöf? Fett sin se, vom viele Hafer! Die brülle wie die Stier!

BENEDUM Meinste, mir könnte ein schnappe?

BÜCKLER Wir bräuchte sowieso en Festtagsbrate.

ILTIS JAKOB Los! Wer geht mit?

BÜCKLER Ich geh selbst, ich kenn hier die Schlich.

BENEDUM Einer muß Schmier stehn.

ZUGHETTO Das mach ich, ich kann am beste über die Finger pfeife.

BÜCKLER Drin is Quetscheschnaps. Ihn zehn Minute sin mir wieder da.

Ab mit Zughetto

Benedum, Iltis Jakob und Seibert gehn ins Haus.

JULCHEN UND MARGARET *bleiben allein.*

MARGARET Du, wolle mir rasch fort?

JULCHEN Warum denn?

MARGARET Ich glaub, mir sin hier nit sicher.

JULCHEN Wenn er selbst dabei is, tut dir keiner was.

MARGARET Ja, das glaub ich auch. Wenn er selber da is –

JULCHEN Ich möcht bei ihm bleibe.

MARGARET Ganz?

JULCHEN Ja, solang's geht.

MARGARET Wenn ich ihn hätt, blieb ich auch.

JULCHEN Geh heim, un sag's dem Vatter, ich hätt e Stell gefunde.

MARGARET Ja, daß ich das Geflenn höre muß un de Geigeboge auf de Kopp krieg! Ich hab's auch satt! Ich bleib überhaupt auch!

JULCHEN Ich mein, du hättst Angst?

MARGARET Vielleicht nimmt er uns alle beide –

JULCHEN *lachend, schlingt den Arm um sie* Das glaub ich nit – *Hinter den Bäumen taucht der Gendarm Adam auf mit zwei Gendarmen. Scheerer und Stämmele, zwei reiche Hofbesitzer, begleiten sie.*

SCHEERER Da wohnt sein Vatter. Aber eigentlich gehört das Haus der Gemeinde. Der Bückler junior hat sich's widerrechtlich angeeignet.

ADAM Ei, wozu bist du Gemeinderat, wenn du so was passiere läßt?

SCHEERER Mir hawwe uns als nit getraut, was zu unternehme, aus Angst vor Brandschäde! Aber jetzt, denk ich, wo die Gendarmerie hier is, könnte mir den Alte ausräuchern. Vielleicht erfährt ma dann vom Junge auch was.

ADAM Der is über alle Berg, sonst hätte mir'n schon!

Sie kommen herbei.

ADAM *bemerkt die Mädchen, die gerade ins Haus wollen, noch ohne sie zu erkennen* Halt! Stehnbleibe! Da wäre ja schon zwei Galgevögel!

JULCHEN *dreht sich herum, sieht ihn an.*

ADAM *fährt zusammen* Was tust denn du hier –?

JULCHEN Ich such hier e Stell –

ADAM So? In der alte Mühl, die nit mehr mahlt?

MARGARET Ei, weißt du's nit –

JULCHEN *winkt ihr zu schweigen.*

ADAM *zu den Gendarmen* Ihr zwei geht emal ins Haus un verhaftet alles. Das Mädche kann mitgehn. *Die Gendarmen mit Margaret ins Haus* Ihr zwei – *Zu den Hofbauern* – untersucht emal die Ställ auf Schluppwinkel un Diebsgut. *Die Bauern ab. Zu Julchen* Du bleibst hier.

JULCHEN Wer hat mir hier zu befehle, wo ich bleib?!

ADAM Ich befehl ja gar nit. Aber du brauchst mir auch nit so grob zu komme.

JULCHEN Ich komm so, wie ma mir kommt!

ADAM Das is nur, weil ich nit erwarte konnt, dich hier zu treffe.

JULCHEN So, un deshalb brauchst du mich noch lang nit am Arm zu packe wie e Bettelmensch!

ADAM Julche, jetzt sag mir's doch, was du hier treibst!

JULCHEN Ich hab dir doch gesagt, ich such e Stell. – Hier wär was frei, hab ich gehört, bei eme alte Mann. Ich wollt grad hineingehn, frage!

ADAM Da bin ich ja noch recht komme.

JULCHEN Ich hab's nit mehr ausgehalte mit dem Vatter. Als nix wie Jammern un Vorwürf, daß mir kei reiche Herrn bringe!

ADAM So, un da läufste einfach weg, bei Nacht und Nebel?

JULCHEN Ja, was sollt ich denn mache –? Ich wär dann noch emal heim, mei Sach hole!

ADAM Un hast gar nit dran gedacht, erst emal en Freund zu frage –?

JULCHEN Ich hab ja kein –

ADAM Julche – Warum guckste mich denn nit an? Kannste mir nit in die Auge sehn? Julche! Magst mich nit mehr?

JULCHEN Nein, eigentlich nit. *Plötzlich dicht zu ihm* Du, geh fort! Wenn du mich gern hast, geh fort! Ruf dei Leut samme un geh! Ich komm dann später ins Dorf – un sag dir alles!

ADAM *packt ihre Hand* Jetzt will ich's wisse! Hier will ich's höre! Da sin mir allein, un später is en Lumpsack!

JULCHEN Du – ich kann jetzt nit – ich hab jetz kei Zeit – ich – laß mich los –

ADAM Julche – du kommst jetz mit! Ich bring dich hier weg! Ich helf dir! Ich sorg für dich! Ich laß dich nit mehr los, wehr dich nit! Ich kann dich auch zwinge!

JULCHEN Laß mich los! Ich ruf laut, wenn du nit aufhörst! Ich schrei! Ich – da!

Im Haus lautes Stampfen, Fluchen, eine Scheibe zerklirrt. Adam läßt Julchen los, gleich darauf erscheinen die beiden Gendarmen, schleppen Kasper und Gottverdippelche heraus, auch die Bauern tauchen aus dem Stall wieder auf.

GENDARM Drei Stück sin entwische. Bis aufs Dach hammer se getriebe, dann sin se durch die Fensterluk gesprunge!

ADAM Da is ja der Alte! Her mit ihm!

KASPER Was is denn los, wo is denn mein Sohn, mir hawwe grad Kaffee getrunke, ich seh ja gar nix, Julche, wo biste denn –?

GENDARM Was? Der kennt dich?

JULCHEN Schweig! Ich geb dir kei Antwort mehr.

ADAM Legt den Gefangenen Handschelle an!!

GOTTVERDIPPELCHE *beginnt zu schreien und zu jammern.*

ADAM Los!! Wird's bald!!

GENDARM Die alte Leut könne ja so nix mache!

ADAM *in sinnloser Wut* Handschelle!!

JULCHEN Pfui! Pfui Teufel! Du Schinder!

ADAM Still da!! Handschelle hab ich gesagt!!

JULCHEN Ausspucke muß ma vor dir!!

ADAM Gleich leg ich dich auch in Eise, du schlecht Mensch!!

JULCHEN Wag's nur!!

ADAM *schreiend* Schweig!! Handschelle!!

In diesem Augenblick treten Bückler und Zughetto aus den Büschen, jeder hat einen mächtigen Hahn und eine Gans am Gürtel baumeln. Hinter ihnen Benedum, Iltis Jakob, Seibert und andere Banditen.

DIE BAUERN Der Schinderhannes! Der Bückler!! *Weichen kreuzschlagend zurück* Mei beste Staatshahne! Mei Stoppgäns!

GENDARM *schreit auf* Jesu Zuversicht, ich hab siwwe Kinner!!

JULCHEN *mit einem Sprung zu Bückler, packt seine Hand.*

ADAM *starrt sie an, steht wortlos.*

GENDARM *wankt, hält sich an seinem Kameraden.*

BÜCKLER *tritt langsam vor* Gottverdippelche, hol emal die Schnapsflasch! Dem Mann wird üwwel!

KASPER Hannes, die wolle mich in Eise schließe!

BÜCKLER Das werde die sich als noch e bißje überlege.

ADAM, *als höre und sehe er nichts, wendet sich zum Gehen.*

BÜCKLER Halt! So rasch sin mir nit fertig! Erst sag emal deine Bleisoldate, sie solle uns ihr Kanöncher abgewwe!

ADAM Ich hab hier nix mehr zu sage. Für mich is aus.

BÜCKLER *tritt zu ihm* Adam! Laß doch nit gleich de Kopp hänge! Mich hast du auch schon geschnappt! Heut is es emal umgekehrt! *Zu den Gendarmen* Los! Die Revolver raus!!

BENEDUM *nimmt sie ihnen ab.*

ERSTER GENDARM *schnallt rasch seinen Säbel ab, will ihn auch geben.*

ZUGHETTO Du, dei Brotmesser kannste ruhig behalte! So Sache hammer selbst! *Hält ihm ein langes Stehmesser unter die Nase.*

ZWEITER GENDARM Wenn's nit so rasch gange wär, wär alles anners komme.

BÜCKLER Ja, dann hätte mir dir e paar neue Öffnunge gebohrt, damit du mehr Durchzug hast, du muffiger Butzellümmel! Los, jetz!! Trab trab galopp!! Wen ich in zwei Minute noch seh, der kriegt sei eigne Pistolekugel in de Hinnern!

DIE GENDARMEN *rennen.*

SEIBERT *singt* »Laaf, was de laafe kannst,
Bis de Mittwoch früh,
Sonst haun mir krumm und lahm dich all
Un sperrn dich in de Schweinestall,
Denn da gehörst de hi!«

ILTIS JAKOB *ruft den Gendarmen nach* Halt!

DIE GENDARMEN *bleiben stehen, drehen sich um.*

ILTIS JAKOB Der zweite von links hat falsche Tritt!

DIE GENDARMEN *laufen fluchend unter dem Gejohl der Bande weiter, verschwinden. Adam folgt langsam.*

ZUGHETTO Hättst ihm's Genick umgedreht und seine Kerl die Gurgel – wär besser gewese.

BÜCKLER Ach was. Ich mag kei Leich. Jetzt packt mir emal die zwei Mistböck da hinne, die sich grad in de Stall verdrücke wolle!

BENEDUM UND SEIBERT *schleppen die reichen Bauern nach vorne.*

BÜCKLER Ihr Saubauern! Ihr habt gedacht, jetzt könnt ihr's wage, weil die Gendarme hinter mir her sin, un habt mein Vatter angewwe! Dem alte Mann gönnt ihr sei Ruh nit, der keim Spatz e Haar krümmt in seim Häusje?!

STÄMMELE Das Haus gehört nicht ihm!

BÜCKLER *brüllend* Niemand gehört's! Dem Teufel gehört's! Dem Feuer gehört's! Heut nacht brenn ich's samme mit Stump un Stiel! *Zum Kasper* Jetzt hättste doch kei ruhig Stund mehr drin, wo die Saukerl die Polizei druffgehetzt hawwe. Ich nehm dich mit in de hohe Hunsrück un such dir e neues! *Zu den Bauern* Aber ihr zwei, pumpt all eure Fässer voll, damit ihr gut lösche könnt! Wenn das Haus brennt, braucht's Gesellschaft! Ihr Dreckmäuler, ihr Knechtschinder, euch kenn ich! Mei halb Kinderzeit hab ich vor eure Hoftorn gestande, um e Krüstche Brot! Immer die selb Litanei: bei de Arme kriegt ma als noch en Notbrocke – – bei de Reiche nix wie Hundsbiß! Gestäupt bin ich worde, mit nasse Birkezweig, vor alle Leut, auf de nackte Arsch! Wege e paar verlauste Pferdsdecke! No, jetzt habt ihr mir das Arschgeld bald bezahlt!

JULCHEN *tritt hinter ihn, legt ihre Hand auf seine Schulter.*

GOTTVERDIPPELCHE *erscheint in der Tür, sie ist stark betrunken* Da wär die Schnapsflasch – wenn se noch gebraucht wird.

BÜCKLER Macht euch en gute Tag! Heut nacht ziehn mir weiter. Komm, Julche! *Er geht mit ihr ins Haus.*

ZUGHETTO *nimmt Gottverdippelche die Flasche aus der Hand, dreht sie mit dem Hals zur Erde, es kommt kein Tropfen heraus* Ausgesoffe, du Schnapseul?!

GOTTVERDIPPELCHE Ich will nit selig werde – grad hat se noch gegluckert!

BENEDUM *zu Iltis Jakob* Du, brauchst e paar Stiefel?

ILTIS JAKOB *nickt, sie fallen über die reichen Bauern her, schmeißen sie um, ziehen ihnen die Stiefel aus.*

ILTIS JAKOB *während die Bauern schweigend und voll verbissener Wut aufstehn* Heut abend knistert's, heut nacht gibt's Funke! Was der Hannes verspricht, das hält er!

KASPER BÜCKLER *auf der Haustreppe* Schad is, schad is um mei Häusche! Aber der Hannes kauft mit e neues, hat er gesagt! *Zu den Bettlern und Armeleut, die wieder neugierig heranschleichen* Hoch is er hinaufkomme, mein Sohn!

BAUER STÄMMELE *auf nackte Füßen forthinkend, schreit* Der kommt noch höher! Bis auf die Galgetrepp!

BENEDUM Obacht, verschluck dich nit!

Wildes Gelächter.

Zweiter Akt

Ein Jahr später: Ostersamstagabend, im Wirtshaus ›Grüner Baum‹. Trübes Licht von draußen. Der Regen prasselt gegen die Fensterscheiben. Im Ofen brennt noch Feuer. Ein paar Mäntel und Jacken sind zum Trocknen aufgehängt. Die Gaststube ist leer. – Aber von oben hört man gedämpften Lärm, die Klänge einer Ziehharmonika, Gestampfe von Tanzenden. Dann und wann helles Geschrei, Weiberkreischen. Die Tür wird aufgestoßen. Christian Zoppi, Metzgermeister, massive Erscheinung, mit Knotenstock und Ochsenziemer, tritt ein, schüttelt das Regenwasser vom Hut und von den Kleidern.

ZOPPI Holla! He! Wirtschaft! *Er lauscht nach oben, dann ruft er hinaus* Treibt die Ochse in de Stall, bind se gut fest un hängt en die Kripp voll Heu! Dann geht in die Küch un laßt euch heiße Supp gewwe un e Budellche Rote! *Er haut mit dem Stock auf den Boden* Hier steht Christian Zoppi mit siwwe Metzgerbursch, lauter nasse Köpp un leere Bäuch! Soll ma denn hier am Hungerpips verrecke?!

WIRT *steckt den Kopf aus einer Türspalte* Wer is denn da schon wieder un macht Krakeel, als ob er's in bar bezahle könnt!

ZOPPI Komm heraus, Bäumcheswirt, du wirst nit gebisse!

WIRT *kriecht hervor, sieht sich ängstlich nach allen Seiten um.*

ZOPPI Los, mach e bißje! Bring mir was zu esse! Zwanzig Meile über Land, mit ener Raß frisch gekaufter Schlachtochse – bei dem Säuwetter – das is e ander Sach, wie alleweil mitm Hosebode übers Ofebänkche gerutscht!

WIRT Ei, Zoppi, biste verrückt, daß du im Hunsrück Ochse kaufst?! Ei, treibt se doch zum Rhein herunter, so rasch wie se laufe könne!

ZOPPI Gäulsfürz! E warmes Esse will ich, un e Viertelche Quetscheschnaps! Allez vite!

WIRT *dicht bei ihm, flüsternd* Zoppi – bis du die Supp geblase hast, sin dei Ochse geschlacht, un in dei Geldkatz kannste Regewürm un tote Maulwürf sperrn!

ZOPPI *packt ihn am Schlawittchen* Aha! Hammer dich, Bürschje?! So einer bist du?! Ich hab mir's gleich gedacht, wie ich die leere Gaststub gesehn hab! *Er deutet nach oben* Sichere Leut – he?!

WIRT Die ganze Schinderhannesband is beisamme! Auf meim Tanzboden sieht's aus, als hätte tausend Teufel durch die Dachsparrn geschi-!

ZOPPI *schüttelt ihn* So – un seit wann machst denn du Salz un Kümmel mit dene Lumpebrüder? Gibt's denn kei ehrlich Wirtschaft mehr an der Landstraß? Euch sollt ma's Handwerk zuallererst lege – ihr Kundewirt, ihr Diebeshehler, ihr gepfefferte un geriwwelte Baldowerer!

WIRT Laß mich los, Zoppi, was kann ich denn dafür – ei, schüttel doch de Bürgermeister un de Amtmann un die Polizei, schüttel doch die Dreckbauern un die Holzknecht un die Fuhrleut – ei, schüttel doch de ganze Hunsrück durch e Sieb, un guck, ob einer drin liegebleibt, der's nit mitm Schinderhannes hält!

ZOPPI *läßt ihn los* Un deshalb will ich erst recht mei Esse un mein Quetscheschnaps!

WIRT *zieht sich schleunigst zurück* Ihr Metzger habt dickere Köpp wie all euer Ochse! Wenn du nachher auf der Nas liegst mitm verschmissene Schwelles un 'm verdrehte Genick, nachher wirst an mich denke!

ZOPPI So hurtig läuft die Flasch nit aus! Metzgerblut ist keine Buttermilch! *Er steckt die Pfeife an.*

WIRT Ich wasch mir die Händ un will's nit gewese sein! *Er verschwindet.*

ZOPPI *hinter ihm herknurrend* Wart nur, Börschje, du kriegst se, dir werd ich die Supp noch salze.

EIN METZGERBURSCH *kommt eilig herein* Da schleicht als einer um de Stall herum – un e paar Kerl stehn hinterm Haus un stecke die Köpp samme!

ZOPPI *ruhig* Der Schlag soll se treffe.

METZGERBURSCH Ich glaub, die hawwe's auf unser Ochse abgesehn! Wenn's der Schinderhannes is mit seine wilde Tiern, dann könne mir acht Mann nix mache!

ZOPPI Immer kalt Blut un warm angezoge! Mei Ochse sin hier so sicher, als wärn se schon im Schlachthaus!

METZERBURSCH Dafür deet ich danke, wenn ich en Ochs wär!

ZOPPI Halt de Schnawwel, du vorwitziger Rotzbub! Zwei Mann ziehn auf Poste in de Stall – un wenn was los is, dann pfeift mir! Ich krieg se schon eweg! Die sollt ihr heut noch laufe sehn!

Im selben Augenblick draußen laute Stimmen, Schreie und Ochsengebrüll.

ZOPPI Heilig Dippchenochenei! *Er springt auf und rennt zur Tür.*

EIN VIEHTREIBER *stürzt ihm entgegen* De Schinderhannes! De Schinderhannes!

Viehtreiber und Metzgerbursch retirieren hinter die Tische und von da durch die Küchentür hinaus – während durch die vordere Tür, mit einer schwarzen Halbmaske vorm Gesicht, Zughetto erscheint, von Seibert gefolgt.

ZOPPI *tritt ihnen entgegen* Die Händ von meine rechtmäßige Ochse, sag ich euch! Ich bin Christian Zoppi un versteh kein Spaß!

ZUGHETTO Un wenn du de goldene Domsgickel von Kölle wärst: – hier sin mir die Herrn, un du hast's Maul zu halte!

ZOPPI Mach die Gäul nit scheu, du Heckebankert! Ich redd, wann ich will!

ZUGHETTO Säukerl, soll ich dich an deine Schlappohrn über die Haustür nagele wie en totgeschlagene Uhu?! Soll ich dir de Bauchnabel in ranzig Öl backe?! Mistkäfer! Du stehst vorm Schinderhannes!

ZOPPI Geh doch heim, du mit deim ausgefranste Schnurrbart! So en struppige Geißbock is der Bückler noch lang nit! Erst mach emal den Drecklappe vom Gesicht herunter, wenn de mit mir redde willst! Ei, ich deet mich schäme, in der Karwoch als Faßenachtsnarr herumzulaufe!

SEIBERT Heilig Lewwerwurscht, der gibt dir's, Schoggo, das deet mir lange!

ZUGHETTO *reißt wütend seine Maske ab, schmeißt sie zu Boden, man sieht, daß er schwer betrunken ist* Das is mir egal, die Ochse wern geschlacht, ich will heut nacht noch Lendebrate fresse, un wenn du die Häut heimtrage willst, dann mußt du se bar bezahle, merk dir's!

ZOPPI Ich sag euch: wer einem Ochs e Haar krümmt, der wird's bitter bereue! Hinter meim Vieh steht mehr wie die Metzgerzunft!

SEIBERT Geh, redd nit so geschwolle, dei Viehtreiber un dei Borsch hawwe die Hose voll, un mit dir mache mir kurze Prozeß, wenn de frech wirst!

ZOPPI Wenn du wüßt, was ich weiß – dann deetste renne wie der Has vorm Treiberläppche!

SEIBERT No – was weißt denn du? Daß der Ortsgendarm besoffe is un de Amtmann sei Gichtknolle pflastert? He? Was weißt denn du?

ZOPPI Ich weiß, daß ihr all mitenanner in fünf Minute verschwindibus wie Rauch – wenn ihr euch nit die Haar wollt schere lasse!

SEIBERT Bei dem rappelt's!

ZOPPI Ihr habt auch lang kei gestreifte Kittel mehr getrage, gell? E Zuchthaus is kein Kaninchestall, ihr Brüder!

SEIBERT *schreiend* Was du weißt, will ich wisse! Raus mit der Sprach, sonst hol ich dir die Klöß ausm Hals, un wenn's mitm lange Messer is!

ZOPPI Ich redd kei Wort mehr. *Er setzt sich an den Tisch* Wirt! Mei Esse!

SEIBERT Mein lieber Schwan – verbrenn dir nur die Zunge nit an deim Esse! Glaubst du, du könnst uns hier auf de Kopp spucke, weil du daheim auf dicke Zinsfüß läufst?! Die Zeite sin vorbei, Freundche! Hier aufm Hunsrück, da ruft der Gugguug nit mehr für die reiche Leut, da hat'n annern Wind geblase!

ZUGHETTO Un mei Großvater hat immer gesagt: Ein Scheißkerle, wer in der heilig Osternacht nit besoffe is! Ein Scheißkerle!

SEIBERT Halts Maul, Schoggo, mach dir kein Fleck ins Hemd! *Er stemmt die Arme auf den Tisch, beugt sich weit vor, daß er fast Zoppis Gesicht berührt, faucht ihn an* Was weißt du, he?!

ZOPPI Weg, Handkäsfresser, du stinkst ausm Hals!

SEIBERT Kerl, du hast dei Totehemd an! *Er schlägt nach ihm. Zoppi pariert. Gleichzeitig geht eine Seitentür auf, hinter der man die Treppe nach oben sieht. Auf der Treppe erscheint Benedum, über ihm, durch eine falltürartige Bodenklappe, einige Köpfe, die herunterlugen. Die Musik von oben tönt lauter.*

STIMMEN *von oben* Wo bleibt denn's Ochsefleisch un die frische Rindsupp?! Habt ihr's überzwerg Lochstück noch nit abgeschnitte?

ZUGHETTO Hier muß erst der Oberochs gegerbt werde, vorher is nix!

BENEDUM *kommt herunter* Die Hand von der Pistol, Seibert! Wenn der Bückler heimkommt un es liegt ein Toter in der Stub, für nix un wieder nix, nachher kriegst de die Kränk ohne Dokter! – Was is denn los?

SEIBERT Der sagt, er weiß was, aber er weiß ja gar nix.

BENEDUM Was will er wisse?

SEIBERT Er hat gedroht, er hat aus der falsch Kehl geblase – aber jetz is ihm der Adam ausgange, jetz klemmt er die Zähn samme vor Angst un Bang!

ZOPPI *zu Benedum* Wo steckt denn euern Bückler, he?!

BENEDUM Das geht dich grad nix an, Metzger, wenn's mir selber nit wisse.

ZOPPI *lacht* Der wird e sicher Schlafstub hawwe, mit schöne eiserne Vorhäng! E schwedisch Gardin, wenn das nobler is!

BENEDUM *mit einem Sprung auf ihn los* Was haste gesagt?!

ZOPPI Ei, habt ihr denn kei Ohrn!

BENEDUM Seibert, dapp en!

Sie dringen von zwei Seiten auf Zoppi ein, der, hinterm Tisch, auf die Fensterbank springt und das Fenster aufstößt.

ZOPPI Ei, hört ihr denn nix, ihr Blindschleiche?!

SEIBERT *schmeißt den Tisch um, will Zoppi packen* Ich mach en kalt!

ZOPPI Ja, morge früh! *Er springt durchs offene Fenster in den Hof, ruft von draußen herein* Hört ihr denn als noch nix?! *Er verschwindet.*

SEIBERT *schreit* Wachtposte! Petronellemichel! Hinterdrein! Gebt Feuer! Legt ihn um! *Er will zum Fenster hinaus.*

BENEDUM *packt ihn an der Schulter, mit steifem Arm, wie von plötzlichem Schrecken gelähmt* Halt –

Auf der Treppe erscheint der Musikant Benzel, hinter ihm in der Bodenluke einige Frauenzimmer – er spielt auf der Ziehharmonika, sie singen kreischend: »Das war im Böhmerwald, wo meine Wiege stand, im dunklen Böhmerwald, da bin ich wohlbekannt –«

BENEDUM Ruhe! Seid doch emal still!

BENZEL *hört auf zu spielen, die Weiber kreischen noch weiter.*

BENEDUM Ruhig! Sakrament! Ich dreh euch de Hals um, Dreckmenscher!

DIE WEIBER *verstummen, ziehn sich rasch zurück. Die Luke klappt zu, es wird sehr still.*

BENEDUM *steht mit Seibert am Fenster, sie lehnen sich weit hinaus* Hörst du was?

SEIDERT Ach wo. De Wind pfeift –

BENZEL *mit dünner Falsettstimme* Der pfeift aber komisch –

ZUGHETTO *knurrend* Angstschisser!

Jetzt geht die Wirtshaustür auf, alle starren hin, herein kommt Froschtöter, ein halbwüchsiger, etwas verwachsener Bengel, mit einem großen Sack auf dem Rücken – er geht schleifenden Schritts mitten durch die Stube, zur Schänk, wo eine Fenstertür in die Küche führt.

SEIBERT Was bringste da, Krüppel?

FROSCHTÖTER En ganze Sack voll junge Brunnefrösch, mit zarte, grüne Schenkelcher! Das fresse die Franzose gern!

ZUGHETTO Die Säu!

FROSCHTÖTER *verschwindet grinsend in der Küche.*

SEIBERT *kommt langsam nach vorne* Was hat er gesagt –? Die Franzose?! Ei, habt ihr's denn gehört? – Die Franzose – hat er gesagt –

ZUGHETTO *geht plötzlich auf die Tür los, hinter der Froschtöter verschwunden ist* Der Spitzel! Der Spürhund, der giftkrottige!

DER WIRT *steckt hastig den Kopf durchs Schiebefenster. Schreit in die Gaststube* Ich schenk nix mehr aus heut! Die Wirtschaft muß geräumt werde! *Er klappt das Fenster zu, man hört einen Schlüssel schnappen.*

ZUGHETTO *wirft sich gegen die Tür* Verflucht!

BENEDUM *immer noch am Fenster* Das is der Wind nit! Das is der Wind nit –

SEIBERT *leise* Kotz un verreck!

Jetzt hört man, immer deutlicher, aus der Ferne heranstechend, eine schrille hastende Militärmusik, gleichmäßig stampfendes Taktgeräusch, schartige Bläsertöne, dünne, gelle, Pfeifen, dumpf stoßende Trommelwirbel.

BENZEL *nach einer Weile, mit zitternder Stimme* Ich glaub, die ziehn weiter. – Die komme nit her. –

Die Musik reißt ab.

SEIBERT Sie halte!

BENEDUM Schließt die Fensterläde! Macht Licht! Halt, Benzel, hiergebliebe! Jetzt wird sich nit unter die Weiberröck verkroche! Tür zu! Wenn die drowwe nix gehört hawwe, brauche se nix zu wisse. Das fehlt noch, daß alles durchenannerläuft un dem Wolf ins offene Maul rennt wie die Schaf im Dunkel!

SEIBERT Wenn mir wüßte, wo der Hannes steckt!

ZUGHETTO Warum macht er auch immer sei Extratourn, wo nix dabei herauskommt!

SEIBERT Da is noch alleweil en gute Schlag dabei herauskomme, für dich wie für die andern, alter Schlechtschwätzer!

ZUGHETTO Wenn du dich nur owwe anschmuse kannst, Lochkrawweler!

BENEDUM Ihr zwei müßt noch keppele, wenn der Henker die Schling wachst. Guckt lieber nach, ob die Wach trocke Pulver hat.

BENZEL Ihr wollt doch nit schieße, gege 's leibhaftig Militär!

BENEDUM Wolle wolle mir nit, aber müsse werde mir müsse.

BENZEL Ei, warum nehme mir nit die Bein unter de Arm un butze die Platt, solang se warm is? Warum solle mir denn schieße, solang mir laufe könne? Ich kann ja gar nit ziele mit meim Glasaug!

BENEDUM Da kannste's als Sprengkugel in die Büchs lade. Still jetzt. Ich will emal ins Dorf, baldowern. Seibert, du hältst die Leut samme! Solang mir nit wisse, wo der Bückler steckt, solang verläßt mir keiner das Quartier!

SEIBERT Un wenn der Metzger hingange is un führt die Franzose her? Un wenn er wirklich was gewußt hat in seim hinterfotzige Klotzkopp, daß der Bückler sitzt?! Was mache mir denn, wenn se de Hannes geschnappt hawwe, un jetz komme se angerückt, kolonneweis?!

BENEDUM Soll ich's denn wisse? Frag doch nit so dumm!

ZUGHETTO Ich bin kein Hoseschisser, aber der Benzel hat recht, das beste wär, mir deete die Platt butze – en Ranke Brot un die Schnapsbuddel eigesteckt un en leere Stall gesucht oder en Heuschober – dann könne se Ostereier lege bis morge früh!

BENEDUM Un ich sag: Solang mir nit wisse, wo der Bückler steckt, verläßt mir keiner das Quartier nit! Er hat gesagt, auf alle Fälle hier beisammebleibe, bis er zurück is! Wenn mir de Dachboden besetze mit alle Gewehr, un auf jeden, der aus de Luke schießt, komme zwei, die lade – dann solle se nur anrücke, kolonneweis, dann könne se kalte Ärsch kriege, kolonneweis!

Von draußen hört man den Wachtposten, Petronellemichel, laut rufen.

PETRONELLEMICHEL Halt! Stehebleibe! Nit gerührt, Bürschje, wenn dir dei Lebe lieb is! Macht emal die Tür auf, ich hab ein! Licht her!

ZUGHETTO *reißt die Tür auf* Als herein mit em! Hier wird sauber balbiert!

PETRONELLEMICHEL *schleppt den zitternden Metzgerburschen herein* Da, guckt's euch an, das Jammerläppche!

METZGERBURSCH Tut mir nix, ich tu euch auch nix!

BENEDUM Da hammer ja Glück!

SEIBERT Ja, da hammer ganz en große Fang gemacht!

METZGERBURSCH Laßt mich doch laufe, ich kann ja nix dafür, ich hab's ja nit gewüßt, ich bin ja auch nur en arme Dreckteufel un hab nix wie mei lumpig Lebe!

PETRONELLEMICHEL Die annern sin auf und davon, der Meister

vornedran, abweg de Berg enuff, in Richtung aufs Gemeindehaus! Den hab ich grad noch gedappt, weil er über sei schlankelige Plattfüß gestolpert is!

METZGERBURSCH Der Meister, der hat's gewüßt, der hat schon gleich die große Sprüch gekloppt, mir hawwe's nit gewüßt, daß unser Ochse für die Franzose sin, so wahr ich leb, mir hawwe nix gewüßt!

SEIBERT Da haste's! Die hawwe hier schon furagiere lasse mit Vorbedacht, die mache hier Quartier, die gehn gege uns, die wolle uns ausräuchern!

BENZEL Ich heb die Händ hoch, wenn se komme: Pardon, Camarade, nix méchant, Camarade, Chocolade, Camarade – s'il vous plaît prisonnier, das is mir ganz egal!

BENEDUM Un dann e eisern Armband un ins Kittche spaziert, das is dir auch egal, he?

BENZEL Ausm Kittche kommt ma raus, ausm Grab nit!

ZUGHETTO Da is was Wahres dran.

BENZEL Siehste, Schoggo, jetzt wirste nüchtern!

PETRONELLEMICHEL Es muß was geschehn, soviel is sicher.

SEIBERT Enuff in die Dachluk, un alle Flinte gelade!

BENEDUM Aber totestill, damit se nit wisse, wo mir stehn.

METZGERBURSCH *will sich lautlos verdrücken.*

SEIBERT Halt! Der muß mit enuff!

METZGERBURSCH Was soll ich denn drowwe, was wollt ihr denn mit mir?

ZUGHETTO Wenn mir nix mehr zu fresse hawwe, wirst de durch die Fleischmaschin gedreht.

METZGERBURSCH Ach Gottche, Gottche, Gottche, wenn das mei Mutter wüßt!

SEIBERT Da deetse sage: Aus dem is doch noch was worde! Allez! *Sie steigen zum Boden hinauf, schleppen den Metzgerburschen mit.*

DER WIRT *streckt vorsichtig witternd den Kopf durchs Schiebefenster, dann kommt er ängstlich heraus, schleicht zur Tür, hinter der die Banditen verschwunden sind, dreht den Schlüssel um, legt einen Riegel vor.*

FROSCHTÖTER *erscheint aus der Küche* Sin se all owwe?

WIRT All mitenanner, jetz noch drauße vorm Haus die Leiter weg – dann hammer se sicher.

FROSCHTÖTER Dann könne se zappele drowwe wie e Bütt voll Kaulquappe! Jetz lauf ich rasch un hol die Soldate her, damit mir die Köpfpreis kriege.

WIRT Wenn der Bückler dabei wär, gäb's fünfmal soviel!

FROSCHTÖTER Der wär uns nit in die Fall geschlupft, der riecht Gift und Eise wie en alte Fuchs!

WIRT *an der Haustür* Horch! De Hund bellt! Da komme se schon!

FROSCHTÖTER Die Franzose?!

WIRT Ich weiß doch nit –

FROSCHTÖTER Rasch enaus, die Leiter umgelegt!

WIRT *läuft hinaus, draußen Stimmen und Schritte.*

WIRT *kommt rückwärts wieder zur Tür herein, ihm folgen auf dem Fuß die Bauern Raab und Rotkopp und ein paar andere Männer aus der Ortschaft: Holzknecht, Achatschleifer, Steinbrecher.*

BAUER RAAB Was machsten du da drauß, Bäumcheswirt?

WIRT Nix Genaues! Ich wollt nur emal gucke!

ACHATSCHLEIFER Ob de Rege naß is, gell? Du bist mir de Rechte!

FROSCHTÖTER *schlüpft eilig in die Küche zurück.*

HOLZKNECHT Der Osespitzel is auch dabei! Da stinkt's, wo der die Nas hineisteckt!

WIRT Was möcht ihr denn – noch so spät? Ich hab eigentlich schon geschlosse –

ACHATSCHLEIFER So, un wenn die Franzose komme, da is noch Feuer im Ofe, gell?

WIRT Die Franzose –?!

STEINBRECHER Guck emal die Unschuld, das heilige Muttergöttesje!

BAUER ROTKOPP Schwätzt nit lang und macht kurze Fuffzeh! *Zum Wirt* Is der Bückler hier oder nit?

WIRT Was geht mich denn der Bückler an –?

BAUER ROTKOPP Nit mehr wie die Schneck im Salat! Ob er da is, will ich wisse!

WIRT Sei Leut sin in der Näh, glaub ich, ihn selbst hab ich seit siwwe Tag nit gesehn, mei Hand soll verdorrn, wenn's nit wahr is!

ACHATSCHLEIFER Aus dem kriegste doch nix heraus. Ruf die Leut her, daß mir se frage könne!

WIRT Das duut kei Gut, sag ich, das duut kei Gut! Besser wär, ihr deet wieder heimgehen un deet euch nix wisse mache bis morge früh!

BAUER RAAB Ja, daß es uns morge früh der Star vom Kirschbaum pfeift! Nein, mir wolle gleich wisse, wie de Stecke schwimmt!

ACHATSCHLEIFER Ruf dem Bückler sei Leut her, mir hawwe mit'n zu redde!

WIRT Ei, ropp du doch selber der Katz e Haar ausm Schnurrbart un laß dir die Händ verkratze! *Er läuft rasch in die Küche zurück und schließt sich wieder ein.*

BAUER ROTKOPP Jetzt sin mir so klug wie vorher. *Er setzt sich.*

HOLZKNECHT Der Teufel soll in de Wald fahrn un alles zammesplittern mit Stump un Stiel! Was gehn denn uns die Franzose an un die Deutsche un de Krieg un's ganze Drumherum! Damit kann ich mei Bälg nit füttern, wenn se kreische!

BAUER RAAB Seit ich mei erste Windel beschisse hab un mei erste Krisch getan, weiß ich nix anders wie allweil Krieg und Soldate un Steuern un Abgab un Einquartierung, un Geld wo nix wert is, un Mehl, das ma nit behalte darf, un Fleisch, das ma nit bezahle kann, un für jeden, der's Maul auftut, zwei Schutzleut un e Dutzend Richter, die's ihm wieder zubinde! Seit hier der Schinderhannes groß worde is, hat sich kein Zinstreiber mehr übers Land gewagt, un wie mir hier sitze, hat keiner mehr en halbe Kreuzer Steuern zahlt! Unser Korn hammer selbst gedrosche un unser Kartoffel selbst gefresse, un die Würscht sin billig worde, weil kein fremde Händler mehr die Preis getriebe hat!

ACHATSCHLEIFER Unser Werkmeister in der Schleiferei hat gesagt, die Bandite müßte raus, un es müßt wieder Ordnung gewwe, weil sonst kei Ausfuhr wär! Ei, was geht mich die

Ausfuhr an, Ausfuhr is was für die reiche Leut, ich brauch kei Ausfuhr, ich brauch besser Esse, wenn ich schaffe soll!

STEINBRECHER Das sin unser Brotherrn, die hole 's Militär, ob deutsch oder französisch, von de Fürschte, oder von der Republik, damit se mehr Profit mache un uns schlechter bezahle könne!

HOLZKNECHT Bravo! So isses auch mit der Holzschlägerei! De Fürscht von Lahnstein will sein Wald verjuxe, und mir hawwe die Händ voll Blase! Ei, hat denn der die Tanne wachse lasse un auf die Buchewurzel geregnt?!

BAUER ROTKOPP Das hilft uns all nix, wie mir schimpfe un kreische, jetz is aus mitm starke Joseph! Ihr habt se gehört einmarschiern un haltmache vorm Gemeindehaus, so viele Füß hawwe getrappt, wie kein Kaufmann hat zähle könne, e ganz Bataillon muß es sein, wenn's nit mehr sin.

ACHATSCHLEIFER Un wenn se komme mit der ganze Rheinarmee un mehr Kanone wie Leut – solang er hier nit verrate wird, kriegt kein Teufel den Bückler zu fasse!

BAUER ROTKOPP Wer redt hier von Verrate! Wenn der Schinderhannes im Hunsrück gehetzt wird, dann hat jeder Zwiwwelkaffer noch e Schlupploch, in das er verschwinde kann! Aber ich sag, es hilft uns nix! Die graben uns das Wasser ab, bis mir vor Durscht verrecke! Der Hannes kann uns nit mehr helfe – jetz muß er sich selbst helfe, jetz kommt er ins Gedräng, und das geht auf unserm Buckel aus! Sei Leut hawwe's toll getriebe, un er hat auch selbst en schwere Sündezettel, vorigs Jahr auf Christi Himmelfahrt hat er zwei reiche Höf herunnergebrannt, die Gutsbesitzer liege alleweil dene Mainzer Generäl in de Ohrn – un jede Magistratskass, wo er hat springe lasse, un jeder Soldategaul, wo er gestohle hat, heckt e neues Regiment gege ihn! Aber wer muß de Krieg bezahle, un wer muß hungern, damit der General hier Treibjagd mache kann? Mir, un unser Weiber und Kinner, un unser Vieh und unser Wirtschaft!

BAUER RAAB So isses, bei de Generäl müsse mir zahle, un beim Schinderhannes hammer noch dazukriegt!

BAUER ROTKOPP Un trotzdem sage ich: der Schinderhannes

muß fort ausm Land, sonst geht uns die Saat verhagelt un richt sich nimmer hoch!

In der Tür erscheinen ein paar priesterartig schwarz gekleidete, aber recht armselige Gestalten, der Schullehrer Philipp Mosebach, der greise Schmied Schauwecker, ein Mann mit Stelzfuß und ein hagerer zerlumpter Bettelknabe.

MOSEBACH Christi Brudergruß, ihr rechtschaffene Männer.

ACHATSCHLEIFER Da – guck, die Sektebrüder hawwe auch Pulver geroche! Ihr kommt grad recht, ihr Prophete, uns is der Heilig Geist ausgange, vielleicht könnt en ihr wieder anzünde!

SCHMIED SCHAUWECKER Mir letzte Jünger des Täufers Melchior sin's gar nit anders gewohnt, Spott un Hohn is unser täglich Brot, das mir in Demut fresse – aber wenn de nit gleich zu uze aufhörst, du schlechter Pfälzer, du eingewanderter, du Kuckuck im Bachstelzenest, du aufgeplusterter – da sollste de alte Schmiedejockel kennelerne, wie er die Spreu vom Weizen sondert! Amen! *Er setzt sich.*

MOSEBACH Friede, Friede, verzankt euch nit wege nix, ihr Männer, wo uns der böse Feind im Nacke sitzet, all ohne Unterschied!

BAUER RAAB Wo kommt ihr denn her?

BETTELBUB Mir han in der Wachstub gesesse vom Gemeindehaus un hawwe die Auferstehung des Herrn erwartet, seit Einbruch der Dämmerstund, aber es is als nix passiert, nur der Schmiedejockel hat ein streiche lasse –

SCHMIED Saubub! Das war de Teufel, wo mir ausfahrn is!

BETTELBUB Ich hab's geroche!

STELZFUSS Schiß oder Satan, da sin die Gendarme komme von Oberstein un hawwe gesagt: Ihr müßt hier raus, hier wird Quartier gemacht, hier kommt e Regiment Chasseurs ins Ort, zu Pferd un zu Fuß, mit Reiter un Wage, wie der Pharao, wo die alte Judde verfolgt hat –

SCHMIED Hab ich gesagt: Da soll de Dollbach aufschwelle wie ein rotes Meer, un soll se verschlinge allesamt mit Roß und Waffe –!

BAUER RAAB *lacht* Das wär e Stückche!

MOSEBACH Lacht nit, ihr Männer, euch sucht der Herr mit Plage heim un schlägt euch im eigne Fleisch! Ich hab im Dunkel gestande mit meine zitternde Schaf, un hab se anrücke sehn un redde hörn mit unserer Obrigkeit auf der Mairie: sie komme her zur Straf wege der Räuberschaft un Rebellion, sie wolle de Hunsrück säubern von zuviel Kraft un Widerstand, bei uns wird zwangsmäßig ausgehobe, mir solle junge Leut stelle für die Rheinarmee – jed Haus, wo mehr wie zwei Männer hat, soll einer einrücke als Rekrut!

BAUER ROTKOPP *springt auf* Soldat werde?! Mein Schorsch? Mein Jörl?! Eher bind ich mei siwwe Taler in e Sacktuch un mach übern Rhein, mit all meine Leut!

ACHATSCHLEIFER Ja, daß dich drüwwe der Preuß un der Österreicher packt un dich erst recht in de steife Krage zwängt un unter die Pickelhaub!

STEINBRECHER Krieg spiele und blutig Verreckelches, Schlachthämmel, Kanonefutter, so muß es komme, dazu sin mir gut!

HOLZKNECHT Da hack ich mir lieber mit meim große Beil das Schienbein in Fetze!

BAUER RAAB Un was hat unser Maire dazu gesagt – un was hat der Schultes gemacht un der Friedensrichter un der Amtmann?!

MOSEBACH Spar meiner brüderliche Scham die Antwort, Raab. Du kennst ja die Sörtcher –

SCHMIED Gekatzebuckelt hawwe se bis auf de Erdbodden, un dem Herrn Kommandant die dreckige Stiffel abgeleckt, da hätt nit viel gefehlt!

BAUER ROTKOPP *läßt den Kopf auf die Tischplatte fallen* Hätt ma nur kei Kinner in die giftig Höllewelt gesetzt.

MOSEBACH Lasset uns beten – *Er beginnt stockend; Schmied, Stelzfuß und Bettelbub fallen leiernd ein* »Herr, der du uns Ärmste der Armen – und Ärmste der Armen – mit Wasser und Feuer wiedergetaufet hast – wiedergetaufet hast – laß uns das Haupt hochheben gegen alle Verfolgung der Widersacher –

gegen alle Verfolgung der Widersacher – und nicht ablassen von unser Glaub und Recht – von unser Glaub und Recht –«

Wildes Hilferufen und Schreie einer Frau gellen plötzlich von oben, dann auf der Treppe und hinter der vom Wirt verriegelten Tür – es wird mit Fäusten und Füßen gegen die Tür getrommelt – man hört Schritte, Rufe, Gestampf – alles springt auf, lauscht entsetzt – einige stürzen zur Tür.

ACHATSCHLEIFER Hebt doch die Riegel hoch! De Riegel uff! So! Un de Schlüssel rum, da is ja zugeschlosse! Halt aus, Mädche, mir komme!

Die Tür geht auf, heraus stürzt Margaret Blasius, mit zerrauftem Haar und zerrissenen Kleidern, Würgmalen am Hals, Blutspuren an der Stirn, sie rennt wie besessen bis in die Mitte der Stube, schreit mit dünner heller Stimme, immer im selben Ton.

MARGARET Der bringt mich um – der bringt mich um – der bringt mich um –!

ILTIS JAKOB *will ihr nach, wird vom Achatschleifer und Steinbrecher festgehalten* Laßt mich los! Das is mei Sach, das geht keiner was an! Laßt mich los, ihr Kassern!

BENEDUM, SEIBERT, ZUGHETTO UND BENZEL *sind hinter Iltis Jakob auf der Treppe erschienen, drängen in den Raum.*

BENEDUM Jakob! Komm doch bei dich!

SEIBERT Ach was, haut ihm übern Kopp! Ein Dreckfetze, wo jetz hinter die Menscher hermacht! *Er packt ihn am Hals, Benedum trennt sie.*

ILTIS JAKOB *keuchend, blau im Gesicht, fällt fast zusammen.*

MOSEBACH *tritt zu Margaret, die wie ein Tier, zitternd, suchend durch die Stube läuft* Sei stille, Schwester, mir schütze dich –

MARGARET *sieht sich hilflos um, von einem zum andern.*

BENEDUM Der Bückler is nit hier, Mädche, geh ruhig wieder nuff, dir passiert nix mehr!

MARGARET *fast ohne Stimme* Warum – is er nit hier –?

BENEDUM Ich weiß doch nit – er wird schon wiederkomme! Geh her jetzt! *Er will ihre Hand fassen.*

MARGARET *schreiend* Nein – nein – ich bleib nit hier – ich will nit – ich bleib nit mehr hier – lieber im Wald verrecke – lieber im

Wald – lieber im Wald – *Sie rennt schreiend zur Tür hinaus, verschwindet im Dunkel.*

ZUGHETTO *will ihr nach* Halt! Stehebleibe! Wo machstn du hin!

BENEDUM Lasse laufe. Du holst se doch nit ein.

SEIBERT Totschmeiße sollt ma den! Mir annern schaffe, daß uns der Schweiß in die Auge läuft un hacke alle Betten samme un mache Brustwehr un Barrikade vor jede Fensterluk – der Louis will hinterrücks das Mädche knalle mit Gewalt!

BAUER RAAB *spuckt aus* Wege dem Viehzeug kriege mir die Plag ins Land.

BENEDUM Das is nur weil der Bückler verschwunde is, seit mehr als e Woch. Wenn der Hannes fehlt, da sin mir wie en Bauch ohne Kopp un Knoche, ich sag's, wie's is.

ACHATSCHLEIFER Un wißt ihr gar nit, wo der Bückler stickt?

BENEDUM Wenn ich's wüßt, deet ich hier nit sitze.

BAUER RAAB Komm, Juller, mir gehn. Wenn der Bückler nit hier is, hat's ja doch kein Zweck. Die Köpp hängelasse könne mir auch daheim.

BAUER ROTKOPP Was soll ich daheim, wo die Weiber flenne.

MOSEBACH *in der Ecke, mit seinen Sektierern* Lasset uns beten – *Sie murmeln flüsternd und verworren.*

Bauern, Achatschleifer, Holzknecht und Steinbrecher stecken die Köpfe zusammen. Man hört den Wind gehen.

BENZEL Vielleicht hat er Ruch bekomme zur rechte Zeit un hat sich linkshändig über die Berg gemacht mit seim Julche!

SEIBERT Benzel, dir soll die Zung verfaule in deim kranke Rache.

BENZEL Ich sag: den hammer gesehen! Der hat sei Schäfche ins Trockne gebracht, der hat mehr Geld, wie mir wisse – drowwe in Holland läßt sich sauber lebe – weit vom Schuß – un mir könne die Köpp hinhalte!

BENEDUM Den Stinkbock hat der Bückler ausm Simmerer Turm getrage, für den hat er drei Tag Eisestäb gefeilt un e Wachkugel in de Hals bekomme!

BENZEL Das hat mit der Wurscht nix zu tun!

SEIBERT Wenn einer spricht, der sonst immer Musik macht, da soll ma gar nit hinhöre. Bei dem is der Kopp voll Würm.

BENZEL Aber die Würm, die leuchte als heller wie de andern ihr Bohnestroh! Da gibt's als Glühwurm, denk ich –!

BENEDUM Jetz is genug, Benzel. Ich will kei Wort mehr hörn!

BENZEL Auch gut. Da pfeif ich eins! *Er pfeift: »Das ist der Schinderhannes – der Lumpenhund, der Galgenstrick.«*

ZUGHETTO *summt leise den Text mit.*

Es pocht an die Tür.

ALLE *fahren auf.*

SEIBERT *packt die Pistole* Wer da?!

BÜCKLERS STIMME *draußen* Darf ma hier eintrete ohne Passierschein?

BENEDUM *springt auf, schreit* Passiert, passiert, mit Pferd und Wage!

BÜCKLER *tritt ein, lachend* Das war die richtig Antwort! Hans Bast! *Er drückt Benedum die Hand, dann wendet er sich rasch zurück* Komm herein, Julche, daß de trocke wirst! *Er sieht sich um* Es sind ja viele Leut in der Stub, aber kei schlechte Auge drunter! Guten Abend, ihr Leut! *Er grüßt nach allen Seiten.*

JULCHEN *tritt ein* Guten Abend –

BÜCKLER Komm, Julche, zieh dein Mantel aus, das platscht ja alles vor Näß! Das rechte Frühlingswetter, heut morgen hat noch die Sonne geschiene, jetzt könne mir schwimme, auf Ostern! Da, setz dich ans Feuer, un zieh auch die Stiefel aus! Seibert, leg en frische Holzklotz auf, der is ja fast verkohlt. *Er wirft seinen Mantel über einen Stuhl. Es herrscht Schweigen* No, ihr seid recht lebhaft hier, das muß ma sage! Hat euch der saure Wein die Stimm aus der Gurgel gekratzt? Was is denn los, Benzel? Du siehst ja aus wie geschissene Äppelbrei! Hast wieder mit der Gall zu tun? Ich sag's ja, die kranke Leut könne die Märzluft nit vertrage, besonders wenn se scharf is, wie heuer! *Er geht zur Schänk* Aha! Zugeschlosse! Der Wirt muß früh schlafe. Auch gut! Mir sin versorgt! *Er holt eine Flasche aus seinem Mantel, schüttelt sie, tut einen tiefen Zug* Das wärmt, bei dem Wetter! Wer will emal?

BENEDUM Hannes – ich hab dir was zu melde –

BÜCKLER Was denn? Ich will nit hoffe, daß einer fehlt?!

BENEDUM Das nit. Es sin alle Mann beisamme –

BÜCKLER Das is die Hauptsach. Das annern eilt nit. *Er tritt zu den Bauern* Wie steht's, Rotkopp? Habt Ihr de Mistpuddel schon aufs Feld gefahre?

BAUER ROTKOPP *starrt ihn an, antwortet nicht.*

BAUER RAAB Bückler – der will dir was melde –

BÜCKLER Ich hab schon gehört! Wird weiter nix auf sich hawwe. Möcht lieber wisse, wie bei euch das Brünnche läuft, ihr Nachbarsleut all mitenanner! *Er setzt sich rittlings auf den Tisch.*

SEIBERT *fast schreiend auf ihn zu* Hannes! Die Franzose sin im Ort!

BÜCKLER Ja – das dritte Regiment zu Fuß, un e halb Schwadron berittene Chasseurs. De Kommandant heißt Mollinet, un sein Hauptmann is en Elsässer Keibekopp, der sich einbildt, er könnt unser Sprach verstehn! *Er lacht dröhnend* Un deshalb stecke euch die Klöß im Hals, ihr Leut?! Und deshalb habt ihr Eisbrocke zwische de Zähn?! Spuckt se doch aus, daß ihr wieder Luft kriegt!

ACHATSCHLEIFER Da gucken her! Der weiß schon alles!

BÜCKLER Un noch e bißje mehr, was ihr nit wißt!

HOLZKNECHT Was denn? Ziehn se wieder ab?!

STEINBRECHER Müsse mir nit Soldat werde?!

BÜCKLER Das kommt darauf an! Das wird sich weise!

SEIBERT Ihr Leut, jetz is alles wurscht un schnuppe, jetz kann's Kieselstein regne un Roßäppel schnein, jetz is de Hannes da, jetz hammer gewonne!

BAUER RAAB Sei doch still, du Krischer, laß en doch erst redde! Was is mit de Franzose, Bückler?

BÜCKLER Ich hab se schon heut mittag in Hottebach gesehn, da warn se aufmarschiert am Straßekreuz un wußte nit rechts oder links. Da hab ich's Julche in de Wald geschickt un bin emal hingange. Der Hauptmann hat e Landkart aufm Sattel gehabt – da war nix druff wie en braune Placke – als hätt der liebe Gott unsern Hunsrück vom Himmel herabgeschisse! »Wo fehlt's denn, Capitaine?« – hab ich gesagt. – »Ich bin hier Staatsförster un kenn mich e bißje aus!« Sagt der in seim wacklige Keibedeutsch: »Mir suche die Mairie von Griwwelschied, da han mir schon Furage hinbestellt un künne de Wäg nit finde!« Da hab ich se dann e Streck über Land gebracht un hab mir erzähle lasse, was ich wisse wollt!

ACHATSCHLEIFER Un was hat er verzählt, der Saumage?!

BÜCKLER »Erst muß de Hunsrück gesäubert werde von Raubzeug un Bandite« – hat er gesagt – »dann kann ma Schritt vor Schritt die harte Bauernköpp weichkloppe! Die viele Fresser tun hier nit gut« – sagt er – »die Hälft muß Soldat werde, damit die ander Hälft genug zu schaffe hat un auf kei dumme Gedanke kommt!«

BAUER ROTKOPP Hätt ich dem sei schlechte Gurgel zwische de Finger!

BÜCKLER »Freilich« – sag ich – »so denke mir all in der fürstlich Beamteschaft, die Leut muß ma untehalte, sonst könnt's uns gehn wie euch sellemals, in Paris!«

ACHATSCHLEIFER Das hat gesesse!

BÜCKLER »Ja« – sagt der un guckt mich so schepp von owwe an – »euer Rheinfürschte, die wisse genau, warum se mit uns sammegehn! Dene is grad recht, wenn mir hier das faule Stroh dresche!«

BAUER RAAB Da habt ihr's! Unser Fürschte! Unser eige Land!

BÜCKLER Zum Schluß hat er mir en frisch gedruckte Zettel in die Hand gestoppt: »Da« – sagt er – »das schlage Se an auf Ihrer Försterei! Das soll e jeder lese, damit er weiß, was für Wetter gibt!« *Er zieht ein Plakat aus der Tasche, rollt es auf – klatscht es mit einem Hieb in einen hervorstehenden Nagel an der Wand* Guckt euch an, ihr Leut, es kost nix un is auch nit geloge! *Er tritt zu Julchen, die unbeweglich am Feuer sitzt, ohne ihn anzublicken.*

DIE ANDERN *umdrängen das Plakat.*

BAUER RAAB Sag's vor, Schulmeister, für die, wo nit lese könne!

MOSEBACH *liest, alle lauschen atemlos* »Fünftausend Gulden rheinische Währung auf den Kopf des Johannes Bückler, genannt Schinderhannes, tot oder lebendig, am Leib oder vom Rumpf getrennt – setzt aus der Kommandant von Mainz und der Commissaire général der Rheinlande. Wer sich der Teilnahme oder Gemeinschaft mit seiner Bande schuldig macht, fällt unter Kriegsrecht und wird mit dem Tode bestraft. Wer seiner Sach oder Person Vorschub leistet und ihm oder seiner Bande Nahrung oder Unterschlupf gewähret, fällt unter Kriegsrecht und wird mit dem Tode bestraft, samt Verlust von Haus, Hof und Habe. Gezeichnet Jean Bon St-André, Kommandeur der Rheintruppen.«

ACHATSCHLEIFER Der is gepfeffert und gesalze, der Mainzer Jambon-Schinke!

BAUER ROTKOPP Jetzt hängt eme jedem hier in der Stub de Kopp nit fester wie en losgedrehte Hoseknopp.

SCHMIED SCHAUWECKER Der Tod hat alleweil sei Sens geschliffe – und braucht nit auf de Kommandeur von Mainz zu warte. Wenn er kommt, is er da.

BENEDUM Un wen se nit hawwe, hänge se nit! Der Hunsrück is groß und voll dicke Wälder.

ZUGHETTO Mir könnte auch in de Spessart mache, oder in de Odewald, wenn mir erst hier de Kopp aus der Schling draus hawwe.

SEIBERT Wart ab, was der Bückler sagt.

ALLE *sehen zu Bückler hin, schweigen. – Der dreht ihnen den Rücken, stochert im Feuer.*

BAUER RAAB Bückler – mir sin hierher komme heut nacht aus unsere Höf un Häuser, weil mir merke, wie das schlimm Wetter uffzieht von alle Seit un wie de Wald wackelt. Mir hawwe zu dir gehalte bis heutigen Tag, un hawwe nie kein Schade von dir gehabt, un du nit von uns. Jetz brandelt's an unserm eigne Gartezaun – jetz stehn die Wildsäu in unserm Acker drin – mit wern dir auch jetz kein Knüppel zwische die Füß werfe – das kannste sicher sein – aber wenns Boot e Loch hat, muß ma wisse, wie ma's zustoppt!

BÜCKLER *antwortet nicht – er beugt sich tief übers Feuer, legt Holz auf, bläst die Glut an. Man sieht sein Gesicht nicht.*

ALLE *sehen zu ihm hin, in lautloser Erwartung.*

BÜCKLER *richtet sich langsam vom Feuer auf – packt sie mit den Augen. Ein paar Leute, die gesessen haben, heben sich unwillkürlich mit ihm hoch, wie von seiner Bewegung gebannt, starren mit offenem Mund zu ihm hin. Er spricht ruhig und klar, fast leise* Seibert – wieviel Gewehr sin beisamme?

SEIBERT *rasch* Stücker dreißig, un e paar Dutzend Pistole!

BÜCKLER Die andern?

SEIBERT Liegen im Holzschuppe am Birkewäldche.

BÜCKLER Die holst du bei, aber rasch! Nehm dir zehn Mann, lauft, un zieht e Postekett, vom Waldrand bis zum Gemeindehaus. Zughetto un Petronellemichel gehn mit un melde, wenn ihr steht! Ihr wart ruhig ab, bis mir stürme! Die Losung heißt: Himmelhund!

ACHATSCHLEIFER Der schmeißt se naus, Kinner – der schmeißt se naus!

BÜCKLER Aber gründlich, ihr Leut, daß sie's Wiederkomme vergesse!

SEIBERT *schreit* Hoch Himmelhund! *Er stürzt hinaus, mit Zughetto und Petronellemichel.*

BENEDUM Hannes! Sag mir, was ich mache soll!

BÜCKLER Wart ab! Es gibt genug zu tun! Erst muß ein Rennbaum gefällt werde, daß mir gleich die Torn sprenge könne mit drei, vier Stöß – en großer glatter Buchestamm muß es sein, wie drüwwe beim Zaun stehn!

HOLZKNECHT Den mach ich herunner, bei mir da zuckt's, wenn ich losleg! Eh daß ihr in die Händ spuckt, liegt er schon um un is die Kron ab! *Er packt sein Beil und rennt hinaus.*

Man hört während des Folgenden die Axtschläge von draußen.

ALLE *drängen jetzt in wilder Erregung auf Bückler ein.*

STEINBRECHER Ich helf mit, Bückler, ich helf mit!

ACHATSCHLEIFER Der dreht de Spieß um, Kinner, der jagt die, wo ihn jage wolle! Jag se, Hannes, jag se, daß se die Schlappe verliern!

BENEDUM Die sin ja hin un kaput, eh se die Hand wende! Die sin hier fremd bei Nacht un Nebel – un mir kenne jed Schneckehaus in de Büsch!

BAUER RAAB Die solle sehn, was hier heißt: die harte Köpp weichkloppe!

BAUER ROTKOPP Un wenn se wiederkomme, doppelt un dreifach!

BÜCKLER *jetzt mit harter, wilder Stimme* Die komme nit wieder, sag ich euch! Die kriegen e Lehr für ewig und drei Tag! Wenn ich hier sauber mach, da bleibt kein Dreck unnerm Nagel!

ACHATSCHLEIFER Raus mit'n! Raus mit'n!

BÜCKLER Die schreiben mich an die Wand, als Staatsverbrecher – gut! Die solle wisse warum! Wenn die mein Kopp so teuer kaufe wolle, dann solle sie'n auch kennelerne, aber nit zu knapp! Ich will's euch weise, wie ma de Hunsrück säubert: mit dene paar Franzose is es nit geschafft! Was geht mich an, ob einer deutsch redt oder türkisch! Wer hier nit für uns ist, der is gege uns un fliegt raus!

BAUER RAAB So is es: Der Amtmann muß raus!

ACHATSCHLEIFER Heut nacht lernt er fliege, un de Bürgermeister un de Oberbutze dazu!

STEINBRECHER Un der Dreckjudd muß eraus, der de arme Leut nix mehr aufschreibe will!

ACHATSCHLEIFER Judd oder Christ, alle Kaufleut müsse raus, un alle Lohnschinder müsse raus!

BAUER RAAB Un die Pfaffe müsse raus, die nix wie fresse un unsern Kinner die Köpp vollschmuse – die Pfaffe müsse raus!

BÜCKLER Ich nehm's uff mei Wort un Hand – unser Land wird sauber – un soll sauber bleibe! Jetz heißt's nur: sammehalte!

BENEDUM Wie en Stock voll Ranke!!

SCHMIED *wuchtet plötzlich mit hochgereckten Armen auf Bückler los* Sankt Schorsch! Du Drachetöter!

MOSEBACH Der hat's innere Licht! Der hat's innere Licht!

ACHATSCHLEIFER Kei Wunner, wenn uns all mitenanner die Stallatern uffgeht!

SCHMIED Halts Maul, wo das geistlich Zungefeuer auf unser

Köpp herabträufelt! Ihr Leut, heut fällt Ostern un Pfingste uff ein Tag!

MOSEBACH Ihr müsset glaube, Brüder, ihr müsset glaube, dann führt uns Gott in der Feuersäul!

ACHATSCHLEIFER Mir glaube alles, wenn's losgeht, mir glaube, was de willst!

SCHMIED Stimmet an das Osterlied –! *Er beginnt mit mächtiger Stimme, die Melchioriten fallen jubelnd ein*

»Da war ein wunderlich Krieg,
Da Tod und Leben rungen,
Das Leben behielt den Sieg,
Es hat den Tod verschlungen!
Die Schrift hat verkundet das,
Wie ein Tod den andern fraß:
Ein Spott aus dem Tod ist wor-den!«

ZOPPI *ist währenddessen in der Tür erschienen, haut mit dem Ochsenziemer auf den Boden* Hüh –! Ihr habt ja Stimme wie die bayrische Zuchtbulle, ihr!

Der Gesang verstummt.

ZOPPI *zu Benedum* Ich hab euch nit verrate, was geht's mich an, mei Ochse sin bezahlt. Aber in zehn Minute wern se abgeholt, von eme Kommando Kavallerie, da könnt ihr sehe, wo ihr bleibt!

ACHATSCHLEIFER Was will denn der hier mit seim viereckige Kopp!

BENEDUM Das is der Furageur von de Franzose, en Binger Metzger!

ACHATSCHLEIFER Der kommt e bißje spät mit seine Neuigkeite! Ich glaub, der is e bißje langsam, der!

DIE ANDEREN *lachen und johlen.*

ZOPPI *wütend* Ihr habt bald ausgelacht, ihr Lumpebrüder! Wart nur, wenn se komme!

BENEDUM Der merkt als immer noch nix, der Schwelleschädel!

Neues Gelächter.

BÜCKLER Die fange mir ab, die wo die Ochse hole wolle, un dann treibe mir die Ochse vorne her beim Sturm, damit se denke, ihr Furage kommt mit Gebrüll, un dann komme mir!

MOSEBACH Hannibal! Hannibal!

ACHATSCHLEIFER Hoch Hannebampel! *Er dringt auf Zoppi ein* Alter Hannebampel!

ZOPPI Macht, was ihr wollt, ihr Affegesindel, was liegt mir dran! Ich will mei Esse jetz, un wenn ich mir's selber koche soll! *Er tritt zornwütend die verschlossene Küchentür mit dem Stiefel ein, verschwindet in die Küche.*

BÜCKLER Jetz aber kurz Gebet un lange Bratwurst! Hans Bast, sammel alle Leut in der Hauptstraß, de Rennbaum in die Mitt, wenn er fertig is! Aber macht kein Krach, seid still auf der Gaß, damit se nit zu hurtig Wind bekomme! *Zu den andern* Wer macht mit von euch?!

ACHATSCHLEIFER Da bleibt keiner zurück!

BAUER ROTKOPP Wenn der Himmel erunnerfällt, sin alle Spatze tot! Los!

BAUER RAAB Heim un die Sense gewetzt!

BÜCKLER Halt! Es muß Leut gewwe, die de Wolf jage, un es muß Leut gewwe, wo die Schaf hüte! Wer en Hof hat oder e Häusje un e Weib un Kinner daheim, der läßt mit die Finger weg un bleibt hinne! Euch Bauern brauche mir lebendig lieber als totgeschosse! Mir wolle auch wieder Brot esse un Kuche backe!

STEINBRECHER Aber mir, mir hole all unser Kerl ebei, mit de Spitzhacke un mitm Felseklöppel!

SCHMIED Unser heiliger Glaube verbiet uns de Kampf mit Waffe un Gewehr. Aber wenn mir unser eisebeschlagene Spazierknüppel in die Hand nehme un werde angegriffe, da könne mir druffschlage, daß die Funke spritze!

BENEDUM Dran, die Mäuler gehalte un die Waffe geholt! Die Losung heißt: Himmelhund!

ILTIS JAKOB *vor Bückler* Hannes, ich bin en Dreckfetze, Hannes, en elender Dreckfetze –

BÜCKLER Los, nehm dir e paar Leut un fang das Ochsekommando – aber nur nit laut!

ILTIS JAKOB Kein Pfiff sollste höre! *Ab.*

DIE ANDERN *drängen unter Benedums Führung hinaus.*

MOSEBACH Bückler, des Herrn Kraft un Sege in dei beide Händ! Wenn mir uns wiedersehn, da soll die Ostersonn scheine überm Land, un ob de Himmel voll Wolke geht!

BÜCKLER *drückt ihm die Hand.*

ALLE *eilen hinaus, verschwinden im Dunkel.*

Es wird still. Im Zimmer bleiben nur Bückler und Julchen.

BÜCKLER *steht in der Tür, sieht den Abziehenden nach. Dann blickt er sich um, saugt tief die Luft ein* Es hat aufgehört. Die Stern komme raus.

JULCHEN *bleibt unbewegt, ohne aufzublicken, wie seit ihrem Eintritt.*

BÜCKLER *dreht sich zu ihr um* Warum bist so still, Julche?

JULCHEN *schweigt.*

BÜCKLER *zieht die Tür hinter sich zu* Warum sagst gar nix?

JULCHEN *sieht ihm voll ins Gesicht. Sie ist sehr blaß, ihre Augen brennen.*

BÜCKLER Freust dich nit e bißje – wie mein Gaul jetzt rennt?!

JULCHEN Nein. *Sie steht auf* Ich mag nit lüge.

BÜCKLER *tritt dicht zu ihr* Julche! Was ist denn –

JULCHEN *fast lächelnd, bittend* Laß mich jetzt naufgehn! Ich bin müd – sonst nix.

BÜCKLER *starrt sie an* Erst muß ich wisse, was du denkst!

JULCHEN Es is ja zu spät. Du machst ja doch, was du mache willst.

BÜCKLER Ich tu, was ich tun muß! Nix is zu spät! Grad recht is alles!

JULCHEN Du – wenn's noch Zeit is – wenn's noch rückwärts geht – dann laß es sein! Tu's nit!

BÜCKLER Eher trag ich selbst mein abgehackte Kopp nach Mainz – als daß ich hier die Zügel falle laß! *Tobend* Es wird geritte, un wenn der Gaul krepiert!

JULCHEN Jetz schreist du so laut, daß du dich selber nit hörst! Du hast ja Blut in de Auge vor lauter Trotz!

BÜCKLER *läuft umher* Es gibt kei Zurück! Es gibt nur Vorwärts! Jetz krieg ich die Arm frei, jetz will ich se rege! Was Pferd stehle, un Kaufleut plündern, un e Kaß knacke, das kann der krumme Hund, solang ihm die Luft nit ausgeht! *Mit den Füßen stampfend* Ich kann was anders – un ich werd's euch zeige!

JULCHEN Warum schreist du so laut – wenn du recht hast!

BÜCKLER Mei Sach is sauber! Mei Sach is recht! Ich hab nix getan, was ich nit wieder tät! An meine Händ klebt kei Blut!

JULCHEN Heut nit! Aber morge!

BÜCKLER *starrt sie an, heiser* Morge –

JULCHEN Das is nit gut, was du mache willst! Das muß dich umschmeiße! Das geht nit ab ohne Mord –!

BÜCKLER Das is kein Mord! Das is Totschlag! Das schadt nix, im offene Kampf! Die han ja angefange! Warum komme se her?!

JULCHEN Aber du kannst es doch nit wehre! Wie willst denn du Krieg führe, gege die Welt?! Denk doch, wie mir im Weggrabe gelege sin, am Rheinufer drunte, bei der große Heerstraß – denk doch die viele tausend Huf un Räder un Kanone – das trappt un trappt, das rollt un rollt, en ganze Tag lang wie Mühlklappern an unsere Köpp vorbei – ich spür noch de Boden zittern durch mein ganze Leib, wenn ich's im Schlaf seh –!

BÜCKLER Das marschiert alles auf die ander Rheinseit! Das kommt hier nit aufwärts!!

JULCHEN Wenn's aber doch kommt, wie Hochwasser bergauf, un schlägt über dich samme?! Das kannst nit lenke! Das nit!

BÜCKLER Ich kann's! Weil ich's könne muß! Un will!

JULCHEN Du kannst doch die große Armee nit aufhalte, mit deiner Handvoll Hunsrücker!

BÜCKLER Schweig! Das is Männersach! Das geht dich nix an!

JULCHEN Dann frag mich nit – was ich denk!

BÜCKLER Ich frag dich auch nimmermehr! Ich will nix mehr hörn! Geh nauf, bei die annern Weiber, un leg dich schlafe!

JULCHEN Nein! Jetz schickst mich nit schlafen wie en Vieh! Jetz will ich redde, jetz mußt mich zu End höre, hier, wenn sonst keiner da is, wo dir Licht macht! Die sin ja all besoffe, wenn du se anguckst! Die springe ja von der Rheinbrück, wenn du se runnerjagst! Aber dann, wenn se wach werde, dann falle se um wie morsch Holz – un dann bleibst allein, du!

BÜCKLER *steht keuchend, mit geballten Fäusten.*

JULCHEN *dicht zu ihm, fast zärtlich* Jetz is e Jahr, daß ich bei dir bin – un reut mich kein halbe Tag! Un folg dir, wohin de willst! Un wie's auch geht, un sollst kein Laut höre, wenn's hart kommt – nur jetz – glaub nur jetz, was ich seh –! *Stark* Du hebst aus der falsche Schulter, un mußt in die Knie breche! Ich spür's! Ich spür's doch! *Fast ohne Ton* Ich muß es doch spürn –

BÜCKLER Weg! Du hängst mir zu dicht auf der Haut, du zerrst mich runner! Du willst mich klein mache!

JULCHEN Das weißt du selbst – daß das nit wahr is!

BÜCKLER Weibergeheul! Scheißangst, verfluchte! Bleib mir vom Leib!

JULCHEN Dann bleib ich ganz weg, wenn du mich jetz vom Leib willst! *Sie geht zur Tür.*

BÜCKLER Halt! Da gehst nauf – in die Kammer!

JULCHEN Ich geh hin, wo ich will!

BÜCKLER Kein Schritt weiter! Du rührst die Tür nit an!

JULCHEN Jetz geh ich –!

BÜCKLER *tritt ihr in den Weg, brüllend* Du bleibst! Ich verbiet's dir! *Er hebt die Faust.*

JULCHEN Das wagst du nit. Mach Platz!

BÜCKLER Zurück!

JULCHEN Laß mich durch! Geb die Tür frei!

BÜCKLER Da! *Er packt sie bei den Schultern, schmettert sie furchtbar zu Boden.*

JULCHEN *liegt wie gefällt.*

BÜCKLER *steht regungslos, mit hängenden Armen, den Kopf tief gebeugt.*

JULCHEN *hebt sich hoch, schwer und langsam, bleibt kurz stehen, ohne Besinnung, fast wie ein Traum, dann geht sie still zum Feuer, nimmt ihren Mantel, wirft ihn um die Schulter, geht zur Tür und verschwindet, ohne sich umzudrehn.*

BÜCKLER *gelähmt, reglos. Dann reißt er den Kopf hoch, starrt zur Tür, will rufen, schreien, bleibt ohne Laut – es scheint, als wolle er fortstürzen, ihr nach, sie heimholen, dann geht er rückwärts, wie von seinem eigenen Körper gezogen, in die äußerste Ecke des Raums, umklammert mit beiden Fäusten eine Stuhllehne.*

Von draußen hört man gedämpfte Stimmen, leis tappende Schritte, verhaltenes Geräusch, anschwellend, näherkommend. Dann erscheint in der offenen Tür

BENEDUM Bückler – mir stehn! Is alles bombefertig! Sechs Kerl am Rennbaum, wie die Elefante! Die Ochse sin auch am Bendel!

BÜCKLER *antwortet nicht, man hört seinen Atem.*

BENEDUM *starrt ihn an, kommt plötzlich näher* Hannes – was is denn – wird's nix, Hannes?! Soll ich retour blase!?

BÜCKLER *springt auf, reißt ihm das Gewehr aus der Hand, schwingt es hoch, stürmt hinaus.*

BENEDUM *folgt ihm brüllend* Himmelhund! Himmelhund!

Die Losung wird draußen tosend aufgenommen, dann beginnt, mit wildem Geschrei, Geflacker, Ochsengebrüll, Johlen und Singen der große Sturm. Deutlich hört man die besessenen Stimmen der Täufer »Ein Spott aus dem Tod ist worden« *– und das Lied vom Schinderhannes, auch die Marseillaise wird gebrüllt, und vereinzelte Schüsse fallen.*

CHRISTIAN ZOPPI *kommt mit einer dampfenden Schüssel aus der Küche, auf beiden Backen kauend, geht mitten durch den Raum, öffnet ein Fenster, lauscht kopfschüttelnd hinaus, stopft mächtig weiter.*

Dritter Akt

Ein Dorfplatz im hohen Hunsrück, Augustnachmittag. Grelle, kreidige Sonnenglut. Im Kreis verstreut ein paar armselige Hütten, dazwischen magere Obstbäume, krumm und niedrig, mit dürrem, gelbem Laub. Alles verstaubt, von der Hitze versengt. Der Dorfbrunnen, in der Mitte, ist ohne Wasser. Seitlich, halb schon außer Gesichtskreis, steht ein großer Leiterwagen, man sieht noch den Kutschbock und den Rücken des Fahrers, der die Zügel hält. Soldatenwerber, Trommler, Pfeifer und einige frisch angeworbene Rekruten, mit Bändern und Papierhelmen geschmückt, stehen und sitzen auf dem Wagen herum. Am Brunnen eine kleine Gruppe von Zuhörern, Feldarbeiter mit Sichel und Spaten, ein paar Weiber, Kinder und Greise dabei. Abseits, auf Steinen sitzend, Benzel und der rote Fink.

SOLDATENWERBER *singt mit Trommel und Pfeifenbegleitung*

»Der Korporal bei der Kavallerie, das ist ein feiner Mann,
Der Korporal bei der Kavallerie, das ist ein feiner Mann,
Der reitet den Paradegaul und zeigt uns, was er ka–ann.
Ja, ja, ja, ja, und zeigt uns, was er kann!«

Die Musik schweigt Drum, ihr tapfere Leut, deshalb und deretwegen, zögert nicht mehr lang un tretet ein in des deutschen Kaisers glorreiche Kriegsarmee! *Trommelwirbel, der Wagen macht einen scharfen Ruck, der Soldatenwerber fliegt auf den Hintern* Hoppla! Was is denn los!

FAHRER *auf dem Bock* Hüh! Die Gäul hawwe Durscht, die wolle ins nächste Wirtshaus!

SOLDATENWERBER *steht wieder auf, reibt sich die Kehrseite* Ei, halt se doch besser fest, du Krüppel!

DIE ZUHÖRER *grinsen.*

SOLDATENWERBER »Es gibt kein schönneres Leben als ein Soldatenleben«, hat schon der alte Fritz gesunge, un der muß es ja gewußt haben, potz Blitz, sonst hätt er doch lieber zu Haus en gute Wein getrunke in seiner kühle Stubb, statt siwwe Jahr Krieg zu führen, alleweil im frische, fröhliche Feldquartier – hoppla!

Trommelschlag, der Wagen ruckt wieder, er fällt wieder um.

FAHRER Hüh, ihr Teufelsracker!

SOLDATENWERBER Jetz spann doch die Gäul aus, sonst kann ma ja hier nit redde!

FAHRER Die wern zu gut gefüttert, die Mistbrocke!

EIN BAUERNBURSCH Was für Löhnung kriegt ma denn bei euch?!

SOLDATENWERBER Zehn Taler Handgeld, zehn blanke preußische Taler, glatt in die Hand beim Eintritt – das is nach hiesiger Währung Stücker fuffzig Gulde wert! *Er rasselt mit dem Geldbeutel* Un dann, mobile Kriegslöhnung, alle zehn Tage, und dann die prima Verpflegung, morgens, mittags un abends, köstlich Futter, sag ich euch, das könnt ihr gar nicht aufessen, sag ich euch, ein Fleischsüppchen jedesmal, da wirds euch üwwel, wenn ihr nur die Fettauge druff herumschwimme seht!

EIN INVALIDE Machs nur nit zu stark, Freundche! Das mußt du annern Leut erzähle, von wege zu fett gekocht, bei de Preuße!

SOLDATENWERBER Aber die Extrakost, meine werte Herrn, vergesset doch nicht die Extrakost, wo so ein Soldat noch hinten herum verdrückt!

Er singt

»Ein Gläschen Rotwein und ein Stückchen Braten
haben alle Mädchen für ihre Soldaten –«

DIE FRISCH ANGEWORBENEN *fallen ein.*

BENZEL Das klingt nit üwwel – zehn preußische Taler –!

DER ROTE FINK Als noch besser wie auf die Hand gespuckt.

BENZEL Ma könnt ja wieder desertiere hinterher –.

DER ROTE FINK Pssst!

SOLDATENWERBER Un drum, un dessenthalb, un deretwegen, ihr tapfere Krieger, kriegt jetz e jeder einen Becher voll kühle Äppelwein, denn das gehört bei uns zu dem, wo dem Soldaten zusteht, wenn er Durscht hat! *Er schenkt aus einer großen Flasche ein* Das deutsche Militär soll leben: hipp hipp, hurra! *Sie trinken.*

EIN FELDARBEITER Sakrament, wie das gluckert!

SOLDATENWERBER Komm nur hier nuff un laß dich einschreibe, dann gluckerts auch für dich! Das kost hier nix wie en Handschlag, un dann is de Durscht beim Teufel! *Er singt*

»Der Korporal von der Kavallerie, das ist ein feiner Mann,
Der Korporal von der Kavallerie, das ist ein feiner Mann,
Der hockt in der Kantine rum und sauft, so viel er ka–ann.«

DIE ANGEWORBENEN *fallen ein* »Ja, ja, ja, ja, der sauft, so viel er kann.« *Sie stoßen an und trinken.*

BENZEL Hierzuland schenkt uns kein Teufel mehr e Tröppche Äppelwein.

DER ROTE FINK Bis der Hannes wieder en Hof plündert!

BENZEL Der Hannes macht ja nix mehr! Der hat ja en Sprung im Schädel! Du wärst ja en Simpel, als freier Landstreicher, wenn de jetz noch zum Hannes gehst! Da kannste dir gleich en Strick um de Hals binde!

SOLDATENWERBER Drum aber, un dessethalb und deretwegen, meine liebe Leut, wer ein deutscher Mann is, der liebt auch sein deutsches Vaterland, un wer sein Vaterland liebt, der will auch gerne streiten, denn dafür gibt es nicht nur Ruhm, Ehre und Eichenlaub, sondern auch das Awassemang oder Beförderung zu deutsch, da kann einer hochkomme, eh, daß ihm der Bart wächst, un wer das erreicht hat, der braucht nit mehr zu schwitze, der hat ausgesorgt fürs ganze Lebe, für den is e weiches Bett gemacht!

INVALIDE Freilich! Im Massegrab!

EIN ARBEITER Das is ja alles Schlechtschwätzerei. Ich hab noch kein Soldat gesehn, wo reich worde is!

INVALIDE Aber manch einer, wo Hungers verreckt is, auf der Schwell vom Armehaus! *Er humpelt fort.*

SOLDATENWERBER Es gibt doch überall so böse Schandmäuler, die wo das Edle un Schöne mit Unrat besudle müsse! Solche Mensche, die bringes auch zu nix, weil sie das Herz nit aufm rechte Fleck hawwe – das is doch ganz natürlich! Aber ihr, tapfere Helde und Heldesöhn, euch hat der Kaiser lieb, un wen der Kaiser lieb hat, den läßt er nit verderbe! Un wenn er dann die Front abschreitet, mit seine blitzende Auge, un seim stolze Bartwuchs, un schlägt euch Mann für Mann auf die tapfere Schulter drauf, dann geht euch das Herz im Leibe auf, wie ein gesäuerter Hefeteig, hoppla, verflucht – *Fällt wieder auf den Hintern.*

FAHRER Hüh – hüh! Wollt ihr stillstehn!

SOLDATENWERBER Du kitzelst sie ja alleweil mit der Peitsch am Schwanz, du Olwel! *Er redet sitzend weiter* – Un wer ein deutscher Mann is, der hat bei uns frei Hand un freie Statt – da fragt ihn keiner, was er früher war un wo daß er herkommt, da braucht ihr kein Paß oder Leumund und kei Stempel un kei Polizeipapier, da braucht einer nix zu sein als ein deutscher Mann mit ganze Knoche, dann macht sich unsern Kaiser nix weiter zu wisse! Bei uns aufm rechte Rheinufer, da kann e jeder mit seiner schlechte Zivilistekluft den alten Adam ausziehen un schluppt hinein in den Rock der Ehren, wie en Fisch durch e Netzloch ins frische Wasser schluppt! *Trommelwirbel.*

BENZEL *den Kopf wiegend* Wolle mer?!

DER ROTE FINK Wenn er uns nimmt –

BENZEL *steht auf* Herr Wachtmeister, ich hab e Glasaug links – aber rechterseits blick ich wie e Dohl!

SOLDATENWERBER Nix wie her! Das linke Aug muß ma sowieso zudrücke beim Ziele, das brauchst du nit erst zu lerne!

BENZEL Ich kann auch Musik mache auf mehrerlei Instrumente!

SOLDATENWERBER So ein hab ich grad noch gesucht! Der Mann is angenomme! Eilt euch, ihr Leut, wenn ihr noch mitkomme wollt! Ich bin bald vollzählig un mach vor Abend wieder übern Rhein herrüwwer! *Zu Benzel, der eine bejammernswert stramme Haltung mimt* Gut der Mann! Wie heißt der Mann! Der Mann kann befördert werden! So klappt das alleweil bei uns, ihr Brüder!

DER ROTE FINK *der noch gezögert hat, läuft rasch hin. Er hinkt stark* Mir fehlt aber en Zeh, und dann hab ich Plattfüß –

SOLDATENWERBER Dafür gibts Stiefeleinlage, Gott sei Dank! Als herbei! So genau nehme mirs nit!

DER ROTE FINK Ich kann auch reite wie en Kosak!

SOLDATENWERBER Das glaub ich gern, bei deine O-Bein, die kannst du ja unterm Gäulsbauch sammebinde!

EIN BAUERNBURSCH *schreit* Hurra die Krüppelgard!

SOLDATENWERBER Halts Maul, Neidhammel! Dich deet ich gar nit nehme! *Zu Benzel und Fink* Kommt her, ihr tapfere Krieger, trinkt euern Becher Äppelwein, denn das gehört zu dem, wo dem Soldat zusteht, wenn er Durscht hat! *Zu den Zuhörern* Ihr könnt derweil an de Finger zuckele un die Zung am Rache wetze vor Brand!

ARBEITER Sauft doch euern Scheißäppelwein alleins, un bind euch die Hose zu!

BAUERNBURSCH Eppelbeppel, eppelbeppel, eppelbeppel!!

SOLDATENWERBER *zu Benzel und Fink* Das sin unreife Geselle, die wo kein Ehrgefühl im Leibe haben! An sowas darf ma sich gar nit störe! *Zu den Bauern* Bleibt nur daheim, ihr, un laßt euch von de Franzose aussaugen un vom Schinderhannes!

ARBEITER Als noch lieber wie vom preußische Prügelprofoß de Buckel versohle! *Zu den Angeworbenen* Ihr Hämmel, euch is ganz recht, wenn se euch drüwwe die Haut abziehn, so vollgeschlage dumm wie ihr seid! *Er geht, die meisten schließen sich an, nur ein paar Leute bleiben noch an ihren Haustüren stehn.*

SOLDATENWERBER Mit dem Viehzeug sollt ma gar kei Zeit verliern! Wolle mir lieber ins Wirtshaus fahrn und noch e Bratwurscht verdrücke auf des Kaisers lang Lebe un Gesundheit! *Zu Benzel* Komm, schreib dich ein! Wie heißt du, Kamerad?

BENZEL *zögert, druckst verlegen.*

SOLDATENWERBER Auch gut! Da mach e Kreuzche hin, das langt! Bis mir drüwwe sin, fällt euch der rechte Nam schon ein!

BENZEL Geb uns en Taler Vorschuß jedem, mir hätte noch e klei Geschäftche hier!

SOLDATENWERBER Gut! Mir annern fahrn eweil voraus un warte im Wirtshaus. Der Korporal bleibt bei euch, damit ihr nit nebe naus macht! *Er gibt jedem den Taler* Los jetzt! Musik!

Trommel und Pfeife setzen ein.

ALLE *singen*

»Der Korporal bei der Kavallerie, das ist ein feiner Mann,
Der Korporal von der Kavallerie, das ist ein feiner Mann,
Der liegt bei seiner Frau im Bett und zeigt ihr, was er ka–ann,
Ja, ja, ja, ja, und zeigt ihr, was er kann!«

FAHRER Hüh! Hoppla! *Die Gäule ziehen an, alles fällt durcheinander, der Wagen verschwindet.*

KORPORAL Was habt ihr denn vor?

FINK En kleine Abstecher hinte rum, das kann dir auch nix schade!

KORPORAL Wenns nit zu teuer is –

BENZEL Der Herr Korporal is heut eingelade.

FINK *geht voran zu einer niedrigen, halbzerfallenen Hütte im Hintergrund, klopft an den Fensterladen* He, Schnellkatherine, heb die Röck hoch, es kommt feine Besuch!

SCHNELLKATHERINE, *ein dickes, verschlamptes Weibsbild, schaut zum Fenster heraus* Könnt ihr bezahle?

BENZEL Mehr wie de Wert, alte Äppelhur!

SCHNELLKATHERINE Wart, ich mach uff! *Sie verschwindet, schließt die Tür auf.*

FINK *zum Korporal* Ein Prachtmensch, kann ich dir sage!

KORPORAL Grad zum Abgewöhne!

Alle drei treten ein.

EIN WEIB *in der Haustür* Das Dreckmensch, das elende, wenn se sich nur de Tod hole deet!

EIN KRANKER *im Fenster* Was will se denn mache! Das Öfche muß doch rauche!

DAS WEIB Unsers auch, un mir hawwe noch die Huck voll Kinner! Die will nix schaffe, die Sau!

EIN BUB *kommt gelaufen* Treibt die Hinkel in de Stall! Holt die Gäns von der Gass'!

DAS WEIB Was is denn los – wird wieder requiriert?!

BUB Der Bückler kommt, mit vier von seine Kerl! Sie hawwe schon auf der Landstraß unser Kuh melke wolle, aber da kommt ja kein Fadden Milch ausm Euter, bei dere Gluthitz!

DAS WEIB Rasch, alle Läde zu, un die Tür verriegelt! *Sie zieht den Buben ins Haus.*

DER KRANKE Nix wies Deckbett über de Kopp!

Er klappt das Fenster zu. Der Platz liegt verödet.

BÜCKLER, BENEDUM, SEIBERT, ZUGHETTO UND ILTIS JAKOB *kommen von der Landstraße. Erschöpft, zerlumpt, mit Staub und Schmutz bedeckt.*

ZUGHETTO *stürzt sich auf den Brunnen, wirft sich zur Erde* Verflucht! Kein Troppe drin –

SEIBERT Das hättste dir denke könne. *Er setzt sich auf den Brunnenrand. Auch die andern sinken fast vor Ermattung zu Boden.*

BÜCKLER *nach einer Weile* Mir müsse warte, bis dunkel wird. Dann könne mir absteige, zum Fluß hinunner. Jetz möcht ich's nit riskiere, das ganze Land schwärmt von Gendarmeriepatrouille.

ILTIS JAKOB Ich kann's nit aushalte bis Nacht! Mir liegt die Zung wie en heiße Steinklumpe im Hals!

SEIBERT Meinst du, mir andern hätte Schneeschmelz im Rache? Mir müsses all aushalte! Das geht schon erum.

ZUGHETTO *richtet sich auf, lacht vor sich hin.*

ILTIS JAKOB Was lachst du denn noch? Bist hirnverbrannt?!

ZUGHETTO Das hätt mir einer vorher sage solle – was ich emal um en Troppe Wasser gäb!

BÜCKLER *hat sich lang ausgestreckt, den Kopf im Schatten der Brunnensteine.*

ILTIS JAKOB Ob ma mal ins Dorf macht, un an die Häuser kloppt um e Gläsche Faßwein oder Tresterschnaps?

SEIBERT Du wirst dich vergucke! Hast nit gesehn, wie die Fensterläde zugange sin un die Riegel geschnappt hawwe, wo wir nur von fern gemerkt werde?! Uns kennt e jeder als Schinderhannesleut – da wird sich keiner die Finger verbrenne!

ILTIS JAKOB *nach einer langen Pause, aus heiserer Kehle fauchend – bellend* Ich mach nit mehr mit länger! Das is doch kei Lebe mehr!

SEIBERT Jakob, spar dir dei Stimm.

ILTIS JAKOB Nein! Das muß anners werde! Warum sin mir noch hier?! Das soll mir einer sage!

BÜCKLER *liegt unbewegt, als höre er nichts.*

ILTIS JAKOB *hebt sich auf die Knie, stiert ihm ins Gesicht* Uff Ostern hammer losgeschlage! Zu Pfingste warn mir geschmisse! Jetz gehts auf die Hundstag, da hänge mir als noch rum, un könne nit lebe, un könne nit sterbe! Warum denn?! Warum?!!

BENEDUM *richtet sich auf, sieht ihn drohend an.*

ILTIS JAKOB Guck mich nur an, so grimmig wie de willst! *Er fährt wieder auf Bückler los, der sich nicht regt* Warum sin mir nit längst in der Eifel, oder am Niederrhein, beim schwarze Picard, beim Fetzer, wos noch große Züg gibt, un klotzig Beutegeld!? Warum hängst du hier fest wie der Fuchs im Grabe, bis alle Löcher verstopft sin! He?!

SEIBERT Du kannst ja fortmache. Es hält dich keiner.

ILTIS JAKOB *rasend* Die Hurnweiber, die gottverfluchte, giftzahnige! Hinmache un sammesteche, wo ma se blickt un trifft! Weil dem an Ostern sei Mensch durchgangen is – deshalb kriegt er die Schuh nit ausm Sumpf! Da könnt ihr verdurste un verrecke drum!

BÜCKLER *springt auf, haut ihm ins Gesicht, daß er umstürzt.*

ILTIS JAKOB *rafft sich blutend auf, rennt weg* Das hat gesesse! Jetzt wißt ihr's! *Verschwindet.*

BÜCKLER *zitternd vor Wut* Wer will das noch sage –! *Brüllend* Wer will das noch sage!

BENEDUM Der weiß ja vor Durscht nimmer, was er redt.

SEIBERT Der Säuhund! Wenn er wiederkommt, gibt's Knochebrüch!

BÜCKLER *steht abseits mit verbissenen Zähnen.*

Eine Tür knarrt, Benzel erscheint rückwärts aus der Hütte, singend.

BENZEL »Der Pfanneflicker – nimmt seinen Hut:
Adjeh, adjeh, Mammesell, der Flick ist gut!«

Auch der rote Fink und der Korporal erscheinen, hinter ihnen Schnellkatherine, die in der Tür stehenbleibt.

BENZEL *bemerkt Bückler, fährt furchtbar zusammen.*

DER KORPORAL Allez hopp jetz! Die warte schon viel zu lang!

Benzel und Fink müssen dicht an Bückler vorbei, der sie scharf ansieht. Auch Benedum, Seibert und Zughetto stehen auf, kommen näher.

BÜCKLER *ruhig, leise* Wohin denn, Benzel, he? Was für Gesellschaft haste denn da gefunde?

BENZEL *schluckt, antwortet nicht.*

DER KORPORAL Das sin unser jüngste Soldate, die zwei, frisch vom Faß! Ihr erst Attack han se schon geritte, grad! Bei uns wird noch angeworbe, für die kaiserlich Kriegsarmee! Habt ihr kei Lust, ihr?!

FINK Komm, Korporal, es eilt, glaub ich!

KORPORAL Im Wirtshaus drunte könnt ihr noch eingeschriebe wern! Zehn Taler Handgeld! Überlegts euch! Vorwärts! *Er geht mit Benzel und Fink, die sich nicht umdrehn.*

BÜCKLER Hans Bast! Seibert! Zughetto! *Er spricht sehr ruhig* Merkt jetz gut auf, was ich sag! Die Armee is das Schlimmste nit! Es möcht ja keiner gern Rekrut spiele, un mit dem Desertiern gehts auch nit so hurtig, wie ma denkt. Aber ihr kämt wenigstens hier aus der Franzosegrenz, wo unser Köpp kein Batze wert sin! Ihr kämt gesichert übern Rhein! Un könnt neu anfange drüwwe – als wär das all nit gewese! Das bedenkt gut.

BENEDUM Wenn du meinst, Hannes – daß es nit anders geht, – dann wirst schon recht hawwe! Gut! Dann führ uns hin!

BÜCKLER Ich –? *Er schüttelt den Kopf, lacht leise* Ich bleib im Hunsrück. Solang ich noch en hohle Baum weiß, in dem ich vertrotze kann!!

BENEDUM Un mir sollen ausreiße, he?!

BÜCKLER *wild* Schwätz nit!! Hier is aus un verlore – das merkt euch, einmal für allemal! Da gibts nix mehr!! *Wieder leise* Ich verdenk es keinem, wenn er sein Kopp unterm Fallbeil wegzieht. Dem Benzel nit – un euch erst recht nit. *Er wendet sich ab.*

SCHNELLKATHERINE *hat sie von ihrer Tür aus beobachtet, ist dann ins Haus verschwunden, jetzt erscheint sie wieder auf der Schwelle, schleppt einen großen breiten Holzbottich voll Wasser heraus, stellt ihn auf die Gasse* Da, sauft! Is noch vom letzte Gewitterguß, aus der Regetonn! Stinkt schon e bisje, is aber sauber! *Sie geht ins Haus zurück.*

SEIBERT Hannes!! Wasser!!

ZUGHETTO *juchzt rauh krächzend auf.*

ALLE VIER, AUCH BÜCKLER *werfen sich rings um den Bottich zur Erde, stecken gemeinsam die Köpfe hinein, beginnen hastig, in großen Zügen, wie verdurstetes Vieh, zu schlürfen.*

BENEDUM *hebt nach einigen Zügen das wassertriefende Gesicht* Hannes, dadrüwwer wolle mir gar nit mehr rede. Ohne dich geht keiner.

SEIBERT *hebt den Kopf* Eher spuck ich alles wieder aus!

ZUGHETTO *im Saufen* Bravo! Ich auch!

BÜCKLER *lachend* Trinkt, un schwätzt nit so viel.

ALLE VIER *trinken weiter, in immer stilleren Zügen.*

Margaret Blasius ist unterdessen von der Landstraße her erschienen, abgemagert, zerfetzt und elend, mit nackten zerschundenen Füßen. Bevor sie den Brunnen erreicht hat, hebt Bückler den Kopf, erkennt sie, springt auf, während die andern weitertrinken. Einen Augenblick starrt er sie reglos an, dann stürzt er auf sie zu.

MARGARET *umfaßt ihn mit beiden Armen, klammert sich an ihn.*

BÜCKLER *macht sich langsam los, schiebt sie zurück, hält sie an den Schultern* Margret! Wo kommst denn du her, Mädche?! Was suchst denn du hier?!

MARGARET Dich such ich, dich such ich doch, seit fünf Tag sin mir doch hinter dir her, von Ort zu Ort, un jetz hats Julche nit weiterkonnt –

BÜCKLER *läßt sie los, daß sie fast umfällt* Das Julche?! Wo?!!

MARGARET Am Simmernbach, im Kornfeld mußt ich se liege lasse, da han schon die Wehn anfange, un jetz muß es Kind komme – da bin ich gerannt un gerannt, daß ich euch noch einhol zuvor –

BÜCKLER *dreht sich herum und macht ein paar rasche Schritte, als wolle er davonrennen, bleibt plötzlich stehn wie vom Donner gerührt – als höre er jetzt erst den Sinn ihrer Worte – es ist als ob er auf der Stelle erstarrt, wie von Schreck und Angst und plötzlichem Taumel – dann wendet er sich langsam zu ihr – die Augen weit aufgerissen, das Gesicht totenblaß, mählich aufleuchtend – still werdend* Was – hast da gesagt – du? Das Kind – muß komme? – Das Kind?!

MARGARET Das weißt du gar nit –? Das hast du gar nit gewußt – wie se fort is – damals?!

BÜCKLER *setzt sich auf den Brunnenrand, zieht sie auf seinen Schoß, schließt sie in die Arme, fast wie man ein kleines Kind wiegt* Jetz sag mir's noch emal – ganz ruhig – und so, wie's is.

MARGARET Im Frühsommer, da is noch gut gange, da hat uns ein Bauer genomme, als Stallmädcher – aber jetz, wie er gemerkt hat, was mit ihr los is, da hat er uns vom Hof gejagt – das war die letzte Woch, un seitdem hammer dich gesucht im ganze Land, un immer grad warste weiter, un immer hats Julche gesagt: sie muß und muß dich finde, eh daß es kommt. –

BÜCKLER *wirft plötzlich den Kopf zurück* Benedum! Seibert! Zughetto! Her! *Er reißt Margaret hoch, springt auf* Wo sagste, genau?!

MARGARET Grad wo de Simmernbach in die Nab fließt, im Kornstück vom Raabebauer!

BÜCKLER Jetz kannste doch nimmer laufe – kommst nach, später, gell?

MARGARET Vielleicht – wenns geht!

BÜCKLER *zu den andern* Los! Mitte durch! Zum Flüßje nunner! Fragt nit, un rennt! Wer zuerst dort is! *Er stürzt fort, die andern folgen ihm ohne zu fragen, von seiner Hast angesteckt, in wildem Lauf.*

MARGARET *bleibt allein, sieht ihnen lachend nach, folgt ein paar Schritte, verstummt – lehnt erblassend, wie auslöschend, an einem dürren Baum.*

Ein reifes, wogendes Kornfeld. Darüber schwimmt der Himmel in einem satten goldbraunen Abendlicht. Ein schmaler Feldweg. Zur Seite Ufergesträuch und Weidenbüsche, die den Fluß verdecken. – Vom Weg zum Kornfeld führt eine Böschung hinauf, so daß die Ähren weit über Haupthöhe ragen. Einige Bauern, darunter auch Bauer Raab, kommen langsam, abendmüde, mit geschulterten Sensen von der Arbeit.

EIN GREIS, *der ohne Sense vorausgeht* Wenn man an eme reife Kornfeld vorbeigeht, riecht man das frischbacke Brot! *Er schnuppert an den Ähren.*

EIN FELDARBEITER So reddst du auch nur, weil de nix mehr schaffe brauchst. Wenn der noch die Sens aufm Buckel schleppe müßt, da käm der gar nit auf solche Sprüch.

DER GREIS Brot! Frischbacke Brot –! Du brauchst nur in die Ähren zu beiße – un hast de Mund voll Brot –!

BAUER RAAB Hat da nit e klei Kind geschrien?

EIN BUB Das sin die Katze beim Jage! Die Feldmäus han heuer geheckt wie's heilig Donnerwetter. In jeder Pflugscholl krawwelt e Nest voll Junge!

EIN BÄRTIGER Ungeziefer, Unkraut un Unwetter kommt alleweil mitsamme!

BAUER RAAB Und noch manch ander Plag, wo nit vom Himmel is! *Sie gehen.*

DER GREIS *trottet nach* Brot! Frischbacke Brot! *Verschwindet.*

Das Korn bewegt sich, aus den Ähren taucht Bücklers Kopf, dann sein Körper, auf dem Bauch kriechend – er blickt sich um, dann pfeift er scharf und leise zwischen den Zähnen. Aus dem Ufergebüsch erscheinen Seibert und Benedum.

BÜCKLER *in einem gedämpften Ton, als schlafe jemand nebenan – aber mit leuchtenden Augen* He! Kommt bei, rasch! Es lebt! Es hat auch Händ un Füß!

BENEDUM Was is? Bub oder Mädche?

BÜCKLER En Bub, glaub ich – ich hab noch gar nit recht geguckt –!

BENEDUM Das sieht ma doch auf de erste Blick!

BÜCKLER Komm, helf mir 's Julche beihole! Sie kann noch nit gehn, allein!

BENEDUM Das glaub ich! *Sie verschwinden.*

SEIBERT *zurückbleibend, schüttelt den Kopf* So was –! *Er lacht leise.*

BÜCKLER UND BENEDUM *kommen wieder. Sie bringen Julchen, die sie rechts und links stützen.*

JULCHEN *hält das Kind unter einem Tuch an ihre Brust gedrückt. Sie ist bleich, aber aufrecht, befreit, helläugig.*

BÜCKLER Da, setz dich an die Böschung solang! Der Zughetto is weg un holt e Boot, en breite Fischernache, da kannst drin liege, mitm Kind! Wird's gehn, bis dahin?

JULCHEN *mit fester, ruhiger Stimme* Mei Mutter hat die Sens kaum falle lasse, wie se mich kriegt hat! Macht euch kei Sorg wege mir! Ich komm schon mit!

SEIBERT Darf ma mal gucke?

BÜCKLER Aber Vorsicht, daß es keiner drückt!

JULCHEN Es schläft, glaub ich – *Sie lüpft einen Zipfel der Decke.*

BÜCKLER, BENEDUM UND SEIBERT *stellen sich auf die Zehenspitzen, schauen drunter.*

BÜCKLER *nach einer Weile* Is es nit viel zu klein –?

JULCHEN Mir hat's gelangt! Das wiegt sei vier, fünf Kilo, das!

BENEDUM Das gibt en Trotzkopp! *Zu Bückler* Das hat e Stirn wie du!

BÜCKLER Ich glaub, es regt sich!

JULCHEN *hüllt es wieder ein* Komm, schlaf, mei Bübche!

BÜCKLER Geht jetz un guckt, daß der Zughetto uns nit verfehlt! Er soll immer gut unter de Weide halte, damit er nit gesehn wird! Dann fahren wir am Ufer lang, im Schilf, bis es schummert – un dann streiche mir ab, in der Mitte Strömung! Wenn's tagt, sin mir schon weit!

BENEDUM UND SEIBERT *verschwinden im Gebüsch.*

BÜCKLER *dreht sich zu ihr um, zögernd* Du gehst doch mit –?

JULCHEN *lacht* Kindskopp – der du bist!

BÜCKLER Trotzdem?

JULCHEN Das is doch lang vorbei –!

BÜCKLER *setzt sich neben sie* Ich bring euch durch! Ihr braucht euch nit zu sorge!

JULCHEN *streicht übers Kind* Mir sin auch nit ängstlich – mir zwei! Wo steckt die Margret?

BÜCKLER Ich weiß nit – vielleicht kommt se nach – vielleicht will sie auch im Hunsrück bleibe.

JULCHEN Un mir?

BÜCKLER Mir? Mir bleibe, wo's gut is – wo mir lebe könne, wo's weitergeht – wo's trifft, Julche! *Er springt auf* Herrgott, mir han ja soviel Platz auf der Welt!

BENEDUM *taucht aus dem Ufergebüsch* Er kommt –!

JULCHEN Ja – ich hör schon die Ruder plätschern!

BÜCKLER *blickt sich um* Da hast du gelege – drin!

JULCHEN Schad is ums schöne reife Korn. Das richt sich nimmer hoch!

BÜCKLER Ich werd's bezahle! Die sin ja noch nit weit!

BENEDUM Was willste?

BÜCKLER Obacht! *Er holt was aus der Tasche* Mein erste Steckbrief – un e Stückche Schreibkohl – das langt! Geh her! *Er schreibt rasch auf Benedums Rücken.*

SEIBERT *erscheint* Los! Mir hängen am Weidebusch!

BÜCKLER So! *Er hebt ein Stück Holz vom Boden auf, spießt den Zettel damit in die Erde, holt ein Geldstück aus der Tasche, wirft es dazu* Jetzt muß ich's noch kundmache! *Er springt auf die Böschung, legt die Hände vor den Mund, stößt einen wilden, rauhen, juchzenden, trillernden Schrei aus* Das war unser Kindsanzeige! Das han se gehört, bis Griwwelschied! Jetz rasch! *Er hebt mit Seiberts und Benedums Hilfe Julchen hoch, sie verschwinden im Flußgestrüpp.*

DIE BAUERN *kommen zurück.*

EINER *bleibt stehen* Da gibt es so Schuftkerle, die wo eim das reife Korn zuschand stampfe!

BAUER RAAB Halt emal! Was is'n das? *Hebt Zettel und Geld auf.*

EIN ANDERER Geb 's dem. *Deutet auf den Bub* Der hat Komelonstund, da lernt er lese.

DER BUB *hält sich den Zettel vor die Augen, buchstabiert* »Ein breußisch Daler vor verdruckt Korn von Bickler Johann und Blasius Julchen, wo hier gelege sin mitsamt ihrm kleine Kind uff Nimmerwiedersehn.«

DER BÄRTIGE Los, hol de Kaplan bei, un laß das Feldstück weihsprenge, daß die Frucht nit schwarz wird.

DER BUB *will laufen* Soll auch de Landjäger komme?

BAUER RAAB Halt! Das Feld is mein, un das betritt kein fremde Fuß ohne mein Wille! Den Fetze Schrift, den könnt ihr ruhig zum Amtmann trage, den mag er bespürn un beschnuffle, soviel er will. Aber den Taler – den bring ich heim, un mach ihn fest auf meiner höchste Hopfestang, un trag ihn herum durchs ganze Land, bis daß ihn jeder kennt – un jedem e Licht uffgeht! *Er hebt den Taler mit beiden Händen hoch, geht langsam.*

DIE ANDERN *folgen stumm.*

DER GREIS *trottet schnuppernd nach* Brot! Frischbacke Brot – *Sie verschwinden.*

Ein Kasernenhof der kaiserlichen Truppen auf der rechten Rheinseite. Kahle Mauern, Hoftor, Kaserneneingang, Latrine. Recht sichtbar an einer der Wände hängt ein großer Steckbrief mit gemaltem Bild des Johann Bückler, genannt Schinderhannes, man sieht die Ziffer der Belohnung: 5000 Gulden, in dicker roter Schrift. Von einem außerhalb liegenden Übungsplatz her schallt eine dünne Pfeifen- und Trommelmusik, taktmäßige Exerzierschritte, Kommandorufe. Eine Reihe Rekruten in fahlen Drillichanzügen, das schirmlose Gemeinenkäppchen in die Stirn gedrückt, ist zum Strafexerzieren angetreten. Benzel und der rote Fink machen unter den auch sonst recht kläglichen Gestalten die jammervollsten und lächerlichsten Figuren. Korporal Mauschka, der Unteroffizier vom Dienst, geht vor der Front auf und ab.

KORPORAL MAUSCHKA Stillgestanden! Da gibt es immer noch ein paar ganz stockverbotene Rasselböcke unter euch, die nicht wissen, was militärisch ist! Kerls, ich will euch zeigen, was militärisch ist, bis euch das Blut in den Stiebeln steht! Nimmst du die Knochen zusammen, du krummer Hund! Bauch rein, Brust raus, Knie durch, Kinn auf die Krawatte, Arme leicht angewinkelt, Tuchfühlung, Sakrament! Von der Nasenspitze bis zu den Stiefelspitzen will ich eine gerade Linie ziehen können. Kerl, wie oft soll ich dir das noch sagen! *Er zerrt einen hin und her* Glaubt ihr vielleicht, das ist hier ein Kinderspielplatz?! Das ist hier kein Kinderspielplatz! Achtung! Ganze Schwadron: Kehrt! Kehrt! Kehrt! Kehrt! Kehrt! Richt euch! *Er nimmt die Richtung* Willst du stillstehn, du Hund, willst du stillstehn? Der dritte das linke Ohr tiefer, der fünfte die Nasenspitze rauf, der letzte den Bauch rein! Kerl, du streckst ja den Nabel vor wie die schwangere Jungfrau von Buxtehude! Wer lacht da! Wenn ich hier einen erwische, der ohne Kommando lacht – dann hat er ausgelacht!

BENZEL *tritt vor* Bitte austreten zu dürfen.

KORPORAL Mensch, du willst hier austreten, mitten im Dienst?! Hast du denn keinen Funken Ehrgefühl?! An die Latrine, marsch, marsch!

BENZEL *rennt.*

KORPORAL Zurück, marsch, marsch!

BENZEL *trabt zurück.*

KORPORAL Mußt du noch immer austreten?!

BENZEL *kläglich* Es könnt sonst was passiere!

KORPORAL An die Latrine, marsch, marsch!

BENZEL *rennt wieder.*

KORPORAL Zurück, marsch, marsch!

BENZEL *trabt zurück.*

KORPORAL Mußt du noch immer austreten?!

BENZEL *keuchend* Jetz wär's nimmer nötig...

KORPORAL Scher dich ins Glied! Jammerlappen! Euch will ich's zeigen! Solang euch nicht nachts im Traum der Angstschweiß aus allen Poren sprudelt, solang habt ihr noch keine Ahnung, was ein Soldat ist! Rührt euch! *Er geht am Glied entlang* Ihr denkt vielleicht, ich bin ein Schweinehund?! Ich bin auch ein Schweinehund. Aber nur im Dienst! Verstanden?! Außer

Dienst da bin ich der beste Kerl! Da kann ich ein urgemütliches Viech sein, merkt's euch. Da kann man mit mir sogar mal einen heben, wenn man Durst hat und Geld. Das geschieht hier alles nur zu eurem Besten! Wen Gott lieb hat, den züchtigt er. Ihr sollt hier Menschen werden! Menschen muß man aus euch machen! Verstanden?! Bis jetzt seid ihr nämlich nur Rekruten. Na, das wird ja mit der Zeit mal besser werden. Außer Dienst, da freß ich ja keinen auf. Ein feiner Kerl kann ich sein – wenn ich will!

EIN LEUTNANT *kommt durch das Hoftor, hinter ihm ein Gefreiter, der Bückler, Benedum, Seibert, Zughetto – noch in Zivil – hereinführt.*

KORPORAL Achtung! Stillgestanden! *Er meldet* Korporal Mauschka mit zehn Rekruten vom dritten Bataillon beim Strafexerzieren!

LEUTNANT Danke. Lassen Sie rühren. Hier sind vier Neue, schreiben Sie die Namen auf, schicken Sie sie sofort in die Kammer zum Einkleiden.

KORPORAL Zu Befehl, Herr Leutnant!

LEUTNANT *ab.*

KORPORAL *stellt die Neuen in einer Reihe auf, betrachtet sie eingehend* So, meine Herrn, ihr wollt Soldaten werden, meine Herrn, da wolln wir euch mal gleich ins Auge fassen, meine Herrn! Ihr denkt vielleicht, man kann Soldat werden, wenn man für alles andere zu dumm ist?! Da habt ihr euch aber schwer geschnitten, wenn ihr das glaubt! Der Soldat braucht vor allen Dingen zwei Sachen, und wenn er die nicht hat, dann wird er nie ein rechter Soldat: erstens Murrrks in den Knochen, zweitens Grrrips im Schädel. In der Beziehung scheint's bei euch recht flau, so was merkt unsereiner auf den ersten Blick!

SEIBERT UND ZUGHETTO *haben Benzel bemerkt, versuchen ihm Zeichen zu geben, flüstern miteinander.*

KORPORAL *fährt auf sie los* Wollt ihr die Schnäbel halten! Verfluchte Rasselböcke! Glaubt ihr vielleicht, das ist hier ein Kinderspielplatz?! *Zu Seibert, der ihn haßerfüllt ansieht* Kerl, schau mich nicht so an mit deinem Verbrechergesicht! Wie heißt du?!

SEIBERT Schmitt.

KORPORAL Schmitt? Das wär mir auch ein Name! Schmitt kann jeder heißen. Ich heiße Mauschka, so kann nicht jeder heißen! Vorname?

SEIBERT Heinerich.

KORPORAL *zu dem Gefreiten* Schreib auf: Heinerich Schmitt. Der nächste: Zuname?

ZUGHETTO Schmitt.

KORPORAL Ich hab ja gesagt, Schmitt kann jeder heißen. Seid ihr vielleicht Brüder?

ZUGHETTO Nit, daß ich wüßt.

KORPORAL Vorname?

ZUGHETTO Heinerich.

KORPORAL Auch Heinerich? Jammervoll! *Zum Gefreiten* Schreib auf: Heinerich Schmitt zwei. *Zu Benedum* Zuname?

BENEDUM Schmitt.

KORPORAL Kerl, wenn du Heinerich heißt!

BENEDUM Sie hawwe mich zu Haus als Heinz gerufe.

KORPORAL Blödsinn! Heinerich Schmitt drei! *Wendet sich drohend zu Bückler.*

BÜCKLER *mit lauter Stimme* Heinerich Schmitt vier!

KORPORAL *tritt zurück, mustert sie prüfend* Mir scheint, da ist was nicht richtig bei euch! Na, euch werden wir schon kriegen – ihr Schmitte! *Zum Gefreiten* Führ die Kerls in die Kammer, damit sie Brocken fassen! Aber sag dem Sergeanten, er soll ihnen ja nichts Neues geben! Für die krummen Hunde ist die älteste Flohkluft immer noch zu gut! Vorwärts marsch!

DER GEFREITE *mit Bückler und den andern ab.*

KORPORAL *zu den Rekruten* Achtung! Abzählen!

DIE REKRUTEN *zählen schreiend ab* Eins, zwei, drei, vier, fünf, sechs, sieben, acht, neun, zehn!

KORPORAL Eins bis acht weggetreten! Seid ihr noch nicht weg?! Seid ihr noch nicht weg?! Neun und zehn bleiben hier!

Die Rekruten verschwinden, außer neun und zehn: es sind Benzel und der rote Fink.

KORPORAL *stellt sich dicht vor sie hin* Ihr zwei habt gezwinkert mit den Neuen! Ihr denkt vielleicht, so was sieht man nicht?! Hier sieht man alles! Merkt's euch! Habt ihr gezwinkert?! Ja – oder nein?!

FINK Mir is grad was ins Aug gefloge!

KORPORAL *zu Benzel* Und du?!

BENZEL Ich hab e Glasaug, linkerseits! Das annere klappert als von selbst e bißje!

KORPORAL Auch gut! Auch gut! Wie Sie befehlen, meine Herrn! Wie Sie befehlen! Wenn ihr kein Gedächtnis habt, da sollt ihr wenigstens Bewegung haben! Soviel ihr wollt! Soviel ihr wollt!

KORPORAL *geht zur Kaserne, kommt mit ein paar Schlappen zurück. Dann hebt er den linken Fuß, deutet auf seinen verdreckten, ganz mit Kot bespritzten Reiterstiefel* Ausziehn!

BENZEL *zieht ihn aus.*

KORPORAL *zu Fink, indem er den andern Fuß hebt* Ausziehn!

FINK *zieht den andern Stiefel aus.*

KORPORAL In drei Minuten bin ich zurück. Dann sind die Stiefel alle beide so blank wie die gewichsten Hundsbeutel! Dort in der Ecke steht Wichszeug! Ich will mich in jedem Stiefelschaft rasieren können, wenn ich zurückkomme. Ihr wißt, was es sonst setzt! *Er lacht vor sich hin, geht dem Ausgang zu, indem er ein Lied singt, das man vom Exerzierplatz her grölen hört*

»Es kommen auch Soldaten in den Himmel,
Manch anderer verliert Arm und Bein, vallera!
Denn dafür sorgt der Feldkaplan und Feldscher,
Kaplan und Feldscher,
Weil die für Leib und Seel bezahlet sei–ei–ein,
Weil die für Leib und Seel bezahlet sein – vallera!«

Er verschwindet.

FINK *hat Wichszeug aus der Ecke geholt, den Ärmel aufgeschürzt, den Stiefel drübergestülpt, jetzt knurrt er hinter Mauschka her* Läus sollst kriege – un e kurz Ärmche, daß de nit kratze kannst! *Er beginnt verzweifelt zu bürsten.*

BENZEL *wiegt den schmutzigen Stiefel in der Hand, betrachtet ihn von allen Seiten, plötzlich stellt er ihn sanft und leicht auf die Erde, stößt einen leisen Pfiff aus.*

FINK *schaut auf, starrt ihn an.*

BENZEL *wiegt den Kopf hin und her, grinst sonderbar.*

FINK *macht plötzlich ein paar hüpfende Schritte auf ihn zu.*

BENZEL *steckt die Hände in die Taschen, pfeift vor sich hin.*

FINK *mit dünner, brüchiger Stimme* Du – meinste wirklich –?

BENZEL *pfeift das Schinderhanneslied.*

FINK *läßt den Stiefel fallen* Himmel-herrgott-sakrament –!

KORPORAL *kommt zurück* Na! Zeigt mal her die Pracht! *Er sieht die ungeputzten Stiefel am Boden liegen, leise* Kerl! *Lauter* Kerl! *Brüllend* Kerl!

BENZEL Ich möcht zum Hauptmann geführt werde!

KORPORAL Zum Hauptmann?!

FINK Jawohl! Ich auch!

KORPORAL Zum Hauptmann?! Seid ihr denn ganz verrückt?! Zum Hauptmann?!

BENZEL *mit heller Stimme, fast zwitschernd* Ich weiß was!

KORPORAL Mensch, wenn du krummes Geficke vor deinem Hauptmann stehst, dann hast du vergessen, ob du ein Männchen oder Weibchen bist!

FINK Der weiß doch was! Un ich weiß es auch!

BENZEL Ssst! Ich weiß was! *Er macht die Geldzählgebärde.*

KORPORAL Na, dann kommt mal mit! Aber wehe eurer, wenn's nur leerer Wind ist, und ich bin dann aufgefallen bei der Kommandantur!

BENZEL *süß lächelnd* Ich weiß was –!

Sie werden in die Kaserne geführt.

BÜCKLER UND BENEDUM *kommen aus einer andern Tür, jeder hat einen Drillichanzug auf dem Arm.*

BENEDUM *deutet auf das Steckbriefplakat* Du, hast gesehn?!

BÜCKLER No, un?! Meinst du, daß ma mich danach erkenne kann? *Er lacht* So glauben die Gimpel, daß einer rumläuft alleweil, mit wütige Augedeckel un gefletschte Zähn! Zu dumm so was!

BENEDUM Ich hätt nie gedacht, daß das hier drüwwe auch gilt!

BÜCKLER Das gilt ja hier auch nix! Das is nur für de Fall der Auslieferung. Un davor sin mir sicher in der Kluft! Meinst du, ich würd se sonst anziehn – auch nur en halbe Tag?!

BENEDUM Wenn's nur keiner ausplatscht!

BÜCKLER Wenn schon! Die werde sich hier nix wisse mache! Die brauche hier jede Faust, un solche wie die gewiß! *Er schüttelt die Fäuste.*

BENEDUM Ich mein als, mir passe schlecht fürs Militär.

BÜCKLER Nit schlechter als in en andern Saustall auch! E Zeitlang muß es gehn, dann sehn mir weiter.

JULCHEN *erscheint am Hoftor, blickt sich suchend um.*

BÜCKLER *wirft seine Uniform auf eine Kiste, rennt zu ihr* Julche!

BENEDUM *geht.*

JULCHEN Du – sie hawwe mich angenomme, als Hilfsmagd in der Marketenderei – un's Kind is bei der Sanitätskolonn – da is e Schwester, die's versorgt, weil es so stark wär, sagt se, un ich darf dreimal am Tag hinkomme, un kann ihm die Brust gebe, solang ich Milch hab!

BÜCKLER Da bleibe mir beisamme alle drei, fast unterm gleiche Dach.

JULCHEN Wenn's auch nur e Kasernedach is!

BÜCKLER Kasern – oder Zuchthaus! Mir hawwe ja Zeit, un komme ja wieder raus!

JULCHEN Reut's dich gar nit?

BÜCKLER Kei Spur! Kei Stäubche! Was liegt mir dran! Ich ging auch ins Bergwerk nunter! Wenn's nur weitergeht!! Wenn man nur lebe bleibt! Uns hat doch all der Tod schon an die Kehl gegriffe! Es war doch aus, Julche, un jetzt fängt's ganz unte an!

JULCHEN Un wirst wieder hochkomme, du, un wirst wieder aufsteige – un wirst nit mehr umschmeiße!

BÜCKLER Nein! Jetzt heb ich nit mehr aus der falsche Schulter! Was kommt, weiß ich nit – aber es muß doch was gewwe auf der Welt, wo ma voll zupacke kann – un das werd ich finde!

JULCHEN Das wern mir finde – mir zwei – un wenn mir erst übers große Meer fahre müsse un die halbe Welt abkloppe!

BÜCKLER Un wenn mir Dreck scheppe müsse so lang, un Stein karrn, un Läus knicke, un schlechte Stiffel butze! *Er nimmt den Stiefel auf, den Fink hat fallen lassen* Ich kann auch schaffe, wenn's sein muß! Da, guck! *Er fährt drauflos* Es is ja so wurscht, was ma macht, – wenn ma nur was macht!

JULCHEN *laut lachend* Mach's nur nit zu gut, da geht ja's Leder in Fetze!

BÜCKLER Meintwege! So, so, so und so! Hoppla! *Er schmeißt den Stiefel in die Luft, packt sie am Arm.*

JULCHEN Willst du aufhörn – aufm Kasernehof?

BÜCKLER Was heißt hier Kasernehof, ich trag noch kei Montur, ich bin hier noch privat un halber nackig! Komm! *Er reißt sie an sich.*

JULCHEN Du mußt noch viel lerne, bis de zahm wirst!

BÜCKLER Un werd wild bleibe, un wenn's im Käfig is!

JULCHEN *reißt sich los, läuft weg.*

BÜCKLER *folgt ihr lachend, winkend, bis zum Hoftor.*

Die Kasernentür geht auf, es erscheinen ein Stabsoffizier, ein Hauptmann, ein Adjutant. Dahinter eine Wache vor Gewehr, Korporal Mauschka, Benzel und Fink.

BÜCKLER *dreht sich um, bemerkt sie, sieht ihnen schweigend, unbeweglich entgegen.*

STABSOFFIZIER Sie sind Johann Bückler, genannt Schinderhannes.

BÜCKLER *ohne Zögern* Jawohl. Der bin ich.

DER STABSOFFIZIER Sie sind verhaftet.

BÜCKLER Nein! Das geht nit! Ich heiß hier Heinerich Schmitt un bin Rekrut!

STABSOFFIZIER Sie geben zu, daß Sie Bückler sind?

BÜCKLER Ja! Der bin ich! Warum denn nit! Aber das gilt doch hier nix! Ich bin ja Soldat! Ich gehör ja zu euch! Ihr habt mich doch angeworbe! *Er zieht seinen Werbeschein heraus, hält ihn dem Offizier hin* Der hat mir gesagt: Kannst sein, wer de willst – bei uns hat jeder Deutsche Freistatt!

STABSOFFIZIER *zum Adjutanten* Reden Sie mit dem Mann! *Wendet sich ab.*

ADJUTANT Bückler – der Regimentsstab sieht sich gezwungen, Ihre Anwerbung aufheben zu müssen. Leisten Sie keinen Widerstand – Sie werden ja selbst begreifen, daß es zwecklos ist.

BÜCKLER Wieso denn –? Ich bin doch hier nit verfolgt! Das war doch alles drüwwe, auf der ander Seit! Auf der Franzoseseit!

ADJUTANT Was bilden Sie sich denn ein? Glauben Sie, daß wir hier Rebellen und Mordbrenner beschützen? Sie gehören vors Kriegsgericht!!

BÜCKLER *tritt einen Schritt zurück, sieht ihn starr an, spricht leise* So. So seid ihr. So...

ADJUTANT Vergessen Sie nicht, daß Sie politischer Verbrecher sind.

BÜCKLER Hier! *Er streckt beide Hände, zum Fesseln gekreuzt, vor die Brust* Bitte!

DER STABSOFFIZIER *tritt rasch zu ihm* Es tut mir leid, Bückler –

BÜCKLER Das is mir gleich. Vorwärts!

DER ADJUTANT *winkt.*

DIE WACHE *tritt vor, legt ihm Handschellen an.*

Gleichzeitig werden durchs Hoftor, schon in Eisen, von Wachen eskortiert, Benedum, Seibert und Zughetto gebracht.

BENEDUM *sieht Benzel bei den Offizieren stehen, brüllt auf, reißt sich los, will sich mit gefesselten Händen auf ihn stürzen.*

BÜCKLER *tritt ihm in den Weg* Laß den Mann ruhig gehn! Der hat uns e sauber Licht uffgesteckt, sonst nix! Jetzt wisse mir doch endlich, was politisch is!

ZUGHETTO Un jetz brauche mir nit Soldat zu spiele! Gott sei's getrommelt und gebaßgeigt!

SEIBERT Lieber de Kopp unters Fallbeil als unter euer Pickelhaub!

ZUGHETTO *beginnt wild zu singen* Ha ha hammer dich emol, hammer dich emol –

SEIBERT *fällt ein* Ha ha hammer dich emol an deim verrissene Kamisol –

BÜCKLER UND BENEDUM *beginnen stampfend zu singen* Das is der Schinderhannes, der Lumpenhund, der Galgenstrick –

SOLDATEN *kommen neugierig herzugelaufen, während die Wachmannschaft die Gefesselten anpackt.*

KORPORAL Ruhe! Stillgestanden! Abführen! Weggetreten! *Die Gefangenen, singend, laut lachend, brüllend, johlend, werden weggeschleppt.*

Vierter Akt

Im Holzturm zu Maina. Julchens Gefängnisraum: eine fast wohnlich eingerichtete Kammer. Tisch, Bett, und Stühle, die Wände zum Teil mit altem dunklem Holz gefüllt, mit Heiligenbildern beklebt. Ein schmales, vergittertes Fenster, weit über Kopfhöhe, in der Hinterwand. – Julchen sitzt im letzten Tageslichtschimmer, der durchs Gitter fällt, tief über eine Arbeit gebückt.
Der Schlüssel wird hörbar gedreht.

JULCHEN *fährt hoch.*

KAPLAN ÜBERWASSER *der Gefängnisgeistliche, tritt ein, schließt die Tür hinter sich.*

JULCHEN *springt auf, läuft ihm entgegen* Wo is es?! Wann darf ich hin?!

KAPLAN Gelobt sei Jesus Christus –

JULCHEN – und in Ewigkeit, Amen – is es denn gesund?!

KAPLAN Ihr Kind ist bei bester Gesundheit und befindet sich seit einer Stunde im Erdgeschoß, bei der Schließerin –

JULCHEN Hier –? Im Holzturm –?

KAPLAN Gewiß. Sie können es heut noch sehen.

JULCHEN *faßt seine beiden Hände* Gleich! Bitte! Gleich!

KAPLAN Ein Wort noch – *Er zögert kurz* Der Gerichtshof ist von Ihrer Unschuld überzeugt. Man wird Sie morgen freilassen.

JULCHEN *starrt ihn an* Frei? Ganz frei komm ich –?

KAPLAN Ohne Zweifel.

JULCHEN Un er?! Was wird mit'm? Sag doch! Muß er lang sitze? Oder nur e paar Jahr? Oder gar nit? Sag doch!

KAPLAN *spricht rasch und trocken* Das Todesurteil ist heute nachmittag bestätigt worden. Es trifft außer ihm neunzehn seiner Mitgefangenen. Sein Vater ist auch dabei. Die Exekution wird morgen früh bei Sonnenaufgang stattfinden.

JULCHEN *steht schweigend, unbewegt. Dann mit fester Stimme* Da is nix mehr zu hoffen.

KAPLAN Nein. Seien Sie stark.

JULCHEN Seh ich ihn noch –?

KAPLAN Die Gefängnisleitung hat ihm eine besondere Gnade erwirkt. Er darf die letzten Stunden allein mit Ihnen verbringen. Man wird ihm sogar die Ketten abnehmen.

JULCHEN Hier – in meiner Kammer –? Das is gut –

KAPLAN Wenn Sie mich brauchen – oder geistlichen Beistand wünschen –

JULCHEN Wann wird er kommen?

KAPLAN Sofort.

JULCHEN Sagt ihm nit, daß ich's weiß! Bitte, sagt's ihm nit! Sonst wünsch ich nix.

KAPLAN Und wenn er mich fragt?

JULCHEN Dann lügst du!

KAPLAN Ich will's versuchen – *Er öffnet die Tür.*

Die Schließerin erscheint, führt Julchen hinunter.

KAPLAN *läuft ruhelos hin und her.*

Man hört schwere Tritte treppauf. Dann wird die Tür geöffnet, zwei Soldaten bringen Bückler herein. Er trägt das rote Hemd und die schwarzen Hosen der Verurteilten. Sein Aussehen ist unverändert: ruhig und gesund. Der Soldat nimmt ihm die Handschellen ab, verschwindet mit dem andern.

BÜCKLER *tritt sofort auf den Kaplan zu* Weiß sie's?

KAPLAN Ich glaub kaum –

BÜCKLER Du sagst ihr kei Wort! Sonst sollste was erlebe! *Droht ihm mit der Faust.*

KAPLAN *weicht zurück* Bückler, ich will nicht hoffen, daß Sie die Ihnen erwiesene Vergünstigung sofort zu Unbotmäßigkeiten benutzen!

BÜCKLER *setzt sich, lacht ihn an* Nur nit ängstlich! Ich tu dir nix. Du kannst dei Sprüchjer ruhig sage!

KAPLAN Johannes Bückler, du hast den geistlichen Beistand abgelehnt. Du willst ohne Gott zum letzten Gang schreiten.

BÜCKLER Ich will überhaupt nit. Aber ich muß!

KAPLAN *kühl* Es ist meine Pflicht, Ihnen das Heilige Buch zu überreichen.

BÜCKLER Zeig her! Will gleich emal steche! Da kommt als das narrischste Zeug heraus! *Er wirft die Bibel auf den Tisch, stellt sich davor* Eigentlich braucht man e Messer dazu. Aber's geht auch mitm Fingernagel, ausnahmsweise! *Er sticht mit dem Finger zwischen die Seiten, ohne hinzusehen. Dann nimmt er es auf, betrachtet die Stelle* Die Schrift kann ich aber nit lese! Das sin ja Buchstaben wie kahle Äppelbäum! Les vor – da, wo mein Finger is!

KAPLAN *liest* Jesus Sirach, 13, 6–7. »Denn vom Trauern kommet der Tod, und des Herzens Traurigkeit schwächet die Kräfte.«

BÜCKLER Noch emal.

KAPLAN Denn vom Trauern kommet der Tod, und des Herzens Traurigkeit schwächet die Kräfte.

BÜCKLER Denn vom Trauern kommet der Tod – Wenn das wahr is – dann sterb ich nie! *Er lacht.*

KAPLAN Gott geb dir das ewige Leben – *Er geht rasch.*

BÜCKLER *schaut sich in der Kammer um. Es wird immer dunkler. Der Holzturmwirt, ein altes, zierliches Hutzelmännchen, kommt mit einer Lampe.*

WIRT Bon soir, Monsieur – darf man eintreten, ich störe doch nicht?

BÜCKLER Nit e bisje! Komm nur bei, Alter!

WIRT *sieht sich um* Ja so, man ist noch allein, man läßt noch etwas warten. – Sehen Sie, die Herren müssen immer auf die Damen warten. Selbst hier ist das nicht anders – partout la même chose. – *Er hängt kichernd die Lampe auf* Aber Sie gestatten doch, daß ich trotzdem schon serviere? Halten Sie es nicht für einen Mangel an Takt. Es geht hier alles nach Vorschrift, wissen Sie. Und die Vorschriften, die Vorschriften, die kennen keine Delikatesse. Ja, ja. Das ist ein schlimmes Kapitel! Ein schlimmes Kapitel! *Er beginnt den Tisch zu decken* Sehen Sie, ich bin jetzt über vierzig Jahre in dieser Stellung, und seit über vierzig Jahren kämpfe ich einen aussichtslosen Kampf, daß diese sogenannten Henkersmahlzeiten, wie will ich sagen: mit etwas mehr Zartgefühl behandelt werden. Übrigens ein miserabler Ausdruck: Henkersmahlzeit, finden Sie nicht? – Diese plumpe Zusammenstellung von Strangulation und Verdauung. – Man sollte einfach sagen: letzte Mahlzeit – ganz schlicht und einfach: letzte Mahlzeit, denn wissen Sie, das ist in der Sprache wie bei den Speisen: das Einfachste ist immer das Gehaltvollste! Entschuldigen Sie einen Augenblick. – *Er holt eine Schüssel* Natürlich darf man einfach nicht mit gemein verwechseln. Das wäre ganz falsch, wissen Sie. In der Beziehung macht man in meinem Beruf die traurigsten Erfahrungen. Gerade zum Beispiel, was die Speisenwahl betrifft zu diesen – letzten Mahlzeiten –, da werden Dinge von einem verlangt, Dinge – Sie glauben nicht, mein Herr, wieviel Unkultur und Geschmacklosigkeit einem hier zugemutet wird. Einmal hat sich jemand junges Huhn mit Rotkraut bei mir bestellt! Denken Sie doch: Junges Brathuhn – und Rotkraut! Das kann man doch kaum zusammen aussprechen! Er hatte, glaub ich, seinen Bruder erschlagen, es kann auch sein Onkel gewesen sein, ein roher Patron jedenfalls. Manche wieder, die essen alles durcheinander und schlingen fast den Teller mit – als ob sie nie im Leben anständig gespeist hätten. Ich würde mich einfach schämen. Wieder andere, denken Sie, die wünschen sich nichts als Handkäse, recht faule Handkäse, und schwarzen Kaffee! Was für ein ordinärer Geschmack! Ich habe die Erfahrung gemacht, daß hauptsächlich Lustmörder diese Neigung zu starkriechenden Speisen haben. Um nicht zu sagen: zum Gestank. Sie Ihrerseits haben Schweinebraten gewählt, das ist ein solides, nahrhaftes Essen und hält auch gut vor. Mit der Zubereitung werden Sie durchaus zufrieden sein! Durchaus zufrieden! Natürlich absolut ohne Knoblauch. Oder lieben Sie Knoblauch?

BÜCKLER *der ruhig sitzend zuhört* Nein, nein, das kann ich nit rieche.

WIRT Sehen Sie. Das hab ich mir gedacht. Essen Sie nicht zu viel Fett, wenn ich Ihnen raten darf! Essen Sie nicht zu viel Fett! Es geschieht manchmal, daß die Herren dann in der Frühe alles wieder ausbrechen. Das hat natürlich keinen Sinn. Aber das sind nur die mit den ganz schwachen Nerven. Wünschen Sie viel Sauce?

BÜCKLER Mach nur, wie de willst!

WIRT Ja, jetzt muß ich allerdings noch eine ganz peinliche Prozedur vornehmen – ich kann Ihnen gar nicht sagen, wie peinlich mir diese abscheuliche Vorschrift ist – wenn ich doch noch einmal meine Stellung kündigen sollte, dann wird es hauptsächlich diese unvernünftige Vorschrift sein, die mich dazu treibt – ich muß Ihnen nämlich das Fleisch zerschneiden, ich darf Ihnen kein Messer hier lassen – obwohl ich wirklich wissen möchte, was Sie heute noch mit einem Messer Schlimmes anfangen sollten! Die Verwaltung meint, es könnten Selbstmorde vorkommen. Das ist doch eine lächerliche Pedanterie! Weshalb soll sich einer des Nachts mit dem stumpfen Tischmesser den Hals abschneiden, wenn er es am anderen Morgen viel rascher und bequemer haben kann? Man legt den Kopf aufs Brett, das Beil fällt herunter, es ist alles vorbei. Warum sich noch vorher anstrengen? Das hat doch keine Logik! Aber die Vorschriften, ich sage immer, die Vorschriften kennen keinen Takt und keine Überlegung! Was jetzt den Wein anlangt, so hat man leider nur offenen Faßwein bewilligt, er ist nicht schlecht, garantiert naturrein, aber man hätte natürlich auch eine bessere Sorte bewilligen können. Ich sage immer: Es wird zu viel gespart auf Kosten der Qualität. Mit den Zigarren ist es dieselbe Sache. Die Verwaltung hat nur Holländer angeschafft – immerhin kräftige Holländer –, aber ich hätte Ihnen lieber Havannas angeboten!

BÜCKLER Mir werde se schon schmecke! *Er hält ihm die Kiste hin* Rauchst du auch eine?

WIRT Vielen Dank, mein Herr, vielen Dank! Ich bin Nichtraucher – und Anti-Alkoholiker! *Er verbeugt sich* Gesegnete letzte Mahlzeit!

BÜCKLER Danke!

WIRT *geht.*

BÜCKLER *schüttelt den Kopf, steckt sich eine Zigarre an.*

JULCHEN *wird von der Schließerin hereingebracht.*

BÜCKLER *springt auf* Julche!

SCHLIESSERIN *geht, schließt außen ab.*

BÜCKLER Wie geht's denn, Julche?!

JULCHEN Gut geht's – grad komm ich vom Kind! Es is ja so gewachse! Un dick is es worde!

BÜCKLER Ja, ich hab's auch gesehn, eh daß ich herkomme bin! En Mordsbrocke!

JULCHEN *betrachtet ihn* Du siehst aus, als kämste frisch ausm Hunsrück!

BÜCKLER Mir is auch nit schlecht gangen im Kittche. – Es hat mir nix gefehlt wie die Freiheit. Un jetz hawwe se mir schon die Kett abgenomme! Du – das is e gutes Zeiche, glaubste nit?

JULCHEN Ja, ich glaub auch – das hat was zu bedeute!

BÜCKLER Freilich! Sonst wärn die gar nit so nobel gege uns! Guck nur, was die alles hingestellt hawwe! Wein, un Weißbrot, un Brate!

JULCHEN Komm, setz dich, un laß dir's schmecke!

BÜCKLER Du auch, Julche, gell?

JULCHEN Mir hawwe doch lang nit mehr genachtmahlt mitenander!

Sie setzen sich.

BÜCKLER *sieht sich um* Recht e schöne Stub han se dir gewwe!

JULCHEN Ja, sie geht auch auf de Rhein herunner mit der Fensterseit! Da hör ich als morgens die Bootsleut pfeife – un nachts sieht ma die Lichter von der Schiffbrück.

BÜCKLER Ich denk als – wenn ich wieder frei käm – da möcht ich am liebste bei die Schiffer gehn. Das is e Lebe!

JULCHEN Vielleicht wird's emal –

BÜCKLER Das is alles möglich – *Er sieht sie an* Willste nix esse, Julche?

JULCHEN Du mußt anfange!

BÜCKLER Ja so.

JULCHEN Und vergeß auch de Wein nit! Prost!

BÜCKLER Prost, Julche! Sollst lebe!

JULCHEN Du auch!

Sie stoßen an.

BÜCKLER *setzt das Glas ab, sieht sie stark an.*

JULCHEN *erwidert seinen Blick, will etwas sagen, schweigt.*

BÜCKLER *nach einer Weile, mit ruhiger Stimme* Du – wenn's vorbei is – laß dir vor de Leut nix merke. Das geht niemand was an – was ma spürt. Trag de Kopp hoch, un beiß die Zähn samme. Du wirst schon durchkomme. Du bist ja noch jung.

JULCHEN *wiederholt benommen, tonlos* Ich bin ja noch jung –

BÜCKLER Warum solle mir heut kein klare Wein trinke mitenander?! Mir hawwe uns auch sonst nix vorgemacht.

JULCHEN *lächelnd* Nein, das is unser Sach nit.

BÜCKLER *lacht* Mir hawwe uns die Wahrheit alsfort an die Köpp geschmisse, un wenn se hart war wie Pflasterbrocke!

JULCHEN Un han uns gezerrt un gerisse wie Hund un Hamster, wenn's nit anders ging.

BÜCKLER Un is mancher Fetzen Haut heruntergange dabei, un mancher rote Kratz is wieder zugewachse, un is wieder ganz worde, was zerschmisse war, un hat sich alles gereckt über Tag un Dunkel –

JULCHEN Un kann doch nit ganz vorbei sein alles – un aus – un abgerisse!

BÜCKLER Nein! Es is nit zu End! Heut noch nit! Ich spür nix vom Sterbe! Hab ich kalte Haut, un Beinschwund, un Därmreiße?! Mir fällt auch kein Zahn ausm Maul, un kei Haar vom Schädel! Ich will nit wisse, was morge kommt! Heut bin ich noch da!

JULCHEN Un bist bei mir – un bleibst – bis die Sonn aufgeht!

BÜCKLER Die geht noch spät uff, im Frühling! Was hawwe mir Glück, Julche – daß kein Sommer is!

BEIDE *lachen laut auf.*

JULCHEN Horch! Sie mache Musik, drunte in der Rheinstraß – *Man hört eine ferne Drehorgel – dünn wie Spieluhrklänge – das Lied vom Schinderhannes leiern.*

BÜCKLER *nach einer Weile* Das hawwe die jetz schon im Leierkaste – unser Lied!

JULCHEN Un singe's auf alle Jahrmärkt!

BÜCKLER *munter* Da wern se mich auch nit so rasch vergesse!
JULCHEN *leicht, frei* Nein, das glaub ich kaum!
BÜCKLER No, mir kann's wurscht sein. *Er lauscht* Da! Kannst es noch singe, du?!
JULCHEN Freilich.
Sie blickt ihn an, singt leise ein paar Töne mit, reißt jäh ab.
BÜCKLER *steht rasch auf, dreht sich zum Fenster* Der macht auch Schluß – drunte –
Die Musik wird still.
JULCHEN *schweigt, sitzt unbeweglich.*
BÜCKLER *geht zur Fensterwand, duckt sich zusammen, springt hoch, greift das Gitter, zieht sich mit den Armen empor, bis sein Gesicht in Fensterhöhe hängt. Dann, fast lautlos, springt er zur Erde zurück* Es kommt e Gewitter auf – es riecht nach Teer, un Rege – aber vielleicht riecht auch nur das Rheinwasser so scharf. – Weit – riecht's – da drauße –
JULCHEN *sehr leise, ohne sich zu regen* Du – komm zu mir –
BÜCKLER *geht vom Fenster zum Tisch, den Blick in sie gebannt, Schritt vor Schritt ganz langsam auf sie zu.*
JULCHEN, *wie er dicht bei ihr hält, fährt hoch wie in plötzlicher Todesangst* Nein!
BÜCKLER *frei, mächtig, leise und groß, wie Atem* Doch –! *Er nimmt sie in die Arme.*

Vor den Toren von Mainz, erste Morgendämmerung. Im Hintergrund am Frühhimmel, die Türme und Dächer der Stadt. Eine riesige Menschenmenge drängt zum Blutgerüst, das man hinter provisorisch errichteten Bretterwänden auf einem Hügel aufragen sieht. Im Vordergrund der Weg, der zu den Zuschauertribünen führt, rechts und links von Mauern und Bäumen abgegrenzt. Polizisten und Billeteure halten das nicht zahlungsfähige Publikum von den Eingängen zur Tribüne fern. Einzelne Gruppen kommen und gehen, andere haben sich auf Mauervorsprüngen, Bänken, Zäunen, auch Baumästen feste Sehplätze gesichert. Flugblattverkäufer, Brezelweiber, Bettelbuben erfüllen die Luft mit hellem, leierndem Geschrei. Ununterbrochen, bald ferner, bald näher, tönt das Schinderhanneslied im Gekreisch der Drehor-

gel und im dünnen Geplärre der Kinder. Der Menschenlärm kocht in einem gleichmäßig surrenden, brodelnden Ton.

EIN POLIZIST Weitergehn! Weitergehn! Hier nur kein Menscheauflauf! Zurück, wo kei Kart hat! Es gibt doch kei Sitzplätz mehr, ich hab's Ihne doch schon zehnmal gesagt! Is alles ausverkauft, da hätte Se früher komme müsse! Weitergehn! Weitergehn!

EIN FAMILIENVATER *mit Frau und Kindern* Hast du die Butterbröter eigepackt?

FRAU Ich hab se dir doch zum Spazierstock gelegt, in weiß Papier gewickelt!

FAMILIENVATER Natürlich! Bei uns muß immer was vergesse werde! Wenn ma mal en Ausflug macht, da muß ma sich ärgern!

FRAU Ich hab se dir doch zum Spazierstock gelegt!

FAMILIENVATER Ich hab doch mein Spazierstock garnit mitgenomme! Jetz hammer kei Butterbröter! Wenn's lang dauert un die Kinner kriege Hunger, dann bist du dran schuld! Es muß eim auch e jeder Ausflug verdorbe werde!

FRAU Ich hab se doch eingewickelt un hab se dir doch zum Spazierstock gelegt!

FAMILIENVATER Ei, warum soll ich denn immer die Butterbröter einstecke?! Wozu haste denn dein neue Ridikül?!

FRAU Da sin doch schon die Operngucker drin! Ich hab se dir doch zum Spazierstock gelegt!

FAMILIENVATER Jetz hammer kei Butterbröter, wenn's lang dauert!

EIN BÄCKERWEIB *mit Korb* Bubeschenkel! Fastebrezel! Hartekuche!

BUB Babba! Hartekuche!

FAMILIENVATER Was, Geld ausgewwe für das dreckig Zeug!

FRAU Wenn's Kallche doch Hunger hat!

FAMILIENVATER Da hättste die Butterbröter nit vergesse solle! Es wird nix kauft!

BUB *fängt an zu heulen.*

FAMILIENVATER *zerrt ihn schimpfend weiter.*

EIN REISENDER *in einer Gruppe von Leuten, kommt in den Vordergrund* Also in diesem Augenblick geht die Tür auf, un herein stürzt en Haufe Räuber, vornedran der Schinderhannes! Un schießt sofort sei Pistol ab! So dicht an meim Ohr vorbei is die Kugel gepfiffe, un mein beste Freund wälzt sich in seim vergossene Blut! Ich das sehen, die Wut kriege, dem Kerl die ander Pistol aus der Hand reiße un aufn anlege –, das war alles eins! »Elender Bube!« brüll ich en an – »du bist emal an die Unrechte komme!« Und eh daß ich abdrücke konnt, da war er schon drauß un über alle Berg, mit seine ganze Bandite!

EIN ZUHÖRER Fabelhaft!

EINE FRAU Das nenn ich Geistesgegenwart!

REISENDER Ach, das is garnix! E bißje kaltes Blut un e bißje starker Wille un e bißje feste Griff un e bißje Courage un e bißje Menschekenntnis, sonst gehört da garnix dazu! Wenn ma so en Kerl nur richtig anzupacke weiß, da is der sofort erledigt!

EIN JUNGER MANN Na, na, na.

DER REISENDE Was wolle Sie, Sie unverfrorener Mensch! Sie glaube mir vielleicht nit?!

DER JUNGE MANN Ich mein doch nur –

DER REISENDE Nix hawwe Sie zu meine! Werde Sie erst emal e paar Jahr älter! Erlebe Sie erst emal was! Das is doch eine Gemeinheit sondergleichen! Dafür begibt ma sich in Gefahr!

EIN ZUHÖRER *zum jungen Mann* Wie könne Sie den Herrn denn so beleidige?

DER JUNGE MANN Ich hab doch nur –

DER REISENDE Ich weiß, was Sie hawwe! So sehn Sie mir grad aus! Am End sin Sie auch einer von dene!

EIN DICKER MANN Habt ihr gehört, der is auch so einer von dene!

EIN BUB Es sollen Kerle da sein, wo de Hannes befreie wolle!

DER REISENDE So sehen Sie mir grad aus! Da kann ja jeder komme!

DER JUNGE MANN Ich hab doch nur –

EIN GLATZKOPF Seie Sie still! Juddebub!!

ANDERE *kommen herbeigerannt* Was isn da los? Herbei! Sie hawwe ein erwischt!

EIN SPITZBAUCH Hier is ein Spion vom Schinderhannes entlarvt worde!

EIN WEIB *schrill* Schutzmann! Schutzmann!

ANDERE Spion! Packt en! Spion!

DER REISENDE So eine Unverfrorenheit! So ein gemeiner Kerl!

SCHUTZMANN *kommt* Wo is er? Her mit em!

DER JUNGE MANN *kläglich* Ich hab doch nix wie na na na gesagt!

SCHUTZMANN Na na na na na na na! *Packt ihn, schleppt ihn fort, die Leute folgen.*

FAMILIENVATER *taucht wieder auf* Was war denn das? Was is denn passiert?!

EIN LANGHAARIGER Da is e Komplott entlarvt worde! De Schinderhannes hätte befreit werde solle! Es warn schon Bombe gelegt un e ganz Flasch voll Salpeter hätt hochspritze solle, un es warn auch die Brunne vergift un e Weib hat Pistole im Korsett stecke gehabt, un –

FAMILIENVATER Jetz hammer wieder nix gesehn, wege euerm dreckige Hartekuche! Rasch hinnerher! *Läuft mit den Seinen der Menge nach.*

BENZEL UND DER ROTE FINK *mit knalliger Eleganz gekleidet, jeder mit einem aufgeputzten Weibsbild am Arm, drängen sich durch die Menge.*

BENZEL Wer hat mir denn da auf die Gamaschen getreten? Das ist doch unerhört, mir einfach auf die Gamaschen zu treten!

WEIBSBILD Mit Fleckewasser geht's ja wieder runner!

BENZEL Nein, ich trage nichts Gereinigtes! Nein, das ist mir nicht gegeben.

FINK Weg da, mir hawwe bezahlte Sitzplätz, mir wolle was sehe für unser Geld!!

SCHUTZMANN Achtung! Ausenanner mit euch!! Laßt die feine Leut passiere!

BENZEL UND FINK *verschwinden auf die Tribüne.*

EIN WEIB Wer war denn das?

BETTELBUB Das war der Herr von Blooß, der is nackt auf die Welt komme!

DAS WEIB Wart ab, ich sags deim Vatter!!

BETTELBUB Der wills nit mehr wisse, der wird heut geköppt!!

EIN HENKERSKNECHT *inmitten einer Schar von Gassenbuben und alten Vetteln* Das is ja kei richtig Hinrichtung mehr heutzutag, mit der Guillotine! Das is ja garnix, das dauert kei halbe Minut, un da is de Kopp herunner! Das kann ja jeder Gassekehrer mache, da braucht ma doch kei gelernte Scharfrichter dazu! Zu meiner Zeit, wie ich in Frankfurt Erster Scharfrichtergehilfe war, da hat ma noch was könne müsse! Da is noch alles mit der Hand gemacht worn, das war doch noch e Hinrichtung! So was, das nenn ich überhaupt kei richtig Hinrichtung nit! Das is doch kei Hinrichtung!

EINE VETTEL Geköpfteblut is Geköpfteblut, das macht kein Unnerschied, ob Hand oder Maschin!

HENKERSKNECHT Stellt euch nur dicht an de Zaun un halt eure Gulde bereit, ich bring's gleich herüwwer in eme Blechdippche, daß es besser warm bleibt!

EIN DÜRRES WEIB Glaubste wirklich, daß es was nützt?

DIE VETTEL Wie in Kowwelenz der Nikolai geköppt worden is, da hat mei Schwiegerbas e Viertelschöppche frisch Blut kriegt un hat sich eigeriwwe, un hätt noch im gleiche Jahr zweimal heirate könne, un die Kerl sin ihr nachgemacht wie die Hund hinnern Schweiß, un jetz hat se Zwilling.

EIN BENGEL Aber kein Mann!

DIE DÜRRE *zum Henkersknecht* Könnt ich nit für en halbe Gulde kriege?

HENKERSKNECHT Unnerm Gulde wird nix abgewwe! Wer das nit anlege will, der braucht kei Blut! *Geht weiter.*

FRANZÖSISCHE SOLDATEN *gehen vorbei, mit Mädchen am Arm, singen*

»Auprès de ma blonde,
comme fait bon, fait bon dormir …«

DIE DÜRRE Da guck, die Theres läuft mit de Franzose!

DIE VETTEL Die sollt ma nit mehr grüße, die Sau!

Sie gehen.

EIN FLUGBLATTVERKÄUFER Die schauerlichen Moritaten des Räuberhauptmann Schinderhannes, hochsensationell, mit bunte Bildcher für fuffzig Kreuzer, frisch nach der Natur gestoche, nur für Erwachsene, da kann ma sehe, wie ers getriebe hat, und hat auch der Weiber, Kinder und Greise nicht geschonet, mach dich weg du Läusert, sonst haste ei sitze, die Bittel sin ja so frech wie Spatzedreck, *Er haut nach einem Gassenbuben* die schauerlichen Moritaten des Räuberhauptmann Schinderhannes, da guckt euch an die Schandvisage, die Affestirn, die geißböckische Naseflügel un die blutgierige Ohrläppcher!! Kaufts euch, ihr Leut, für euer bettlägerige Anverwandte, die wo aus Gichtbruch oder gastrisch Fieber nit selber komme könne! Wer den Kopp sieht, der kann nur sage: herunner damit!!

Eine Schar Hunsrückbauern, von Bauer Raab geführt, kommen schweigend heran. Sie tragen Bücklers Bild und seinen Korntaler auf langen Hopfenstangen. Die Menge weicht ihnen ängstlich aus. Sie rücken fast bis zur Absperrung vor.

EIN GASSENBUB Was is denn das für narrisch Prozession?!

FLUGBLATTVERKÄUFER Sei still, das sin die Hunsrücker vom Schinderhannes, das sin alles Menschefresser, da muß ma mache, daß ma weiterkommt!

Jetzt kommt der Leierkastenmann, von einer riesigen Kinderschar gefolgt, die das Lied vom Schinderhannes in allen Tonarten mitbrüllt, auf die Bühne, er spielt wie rasend, die Leute toben und schreien. Mitten hinein erschallt, dünn und blechern, das Totenglöckchen vom Stadttor, alles erstarrt einen Augenblick, lauscht wie gebannt, der Leierkasten wird still.

FAMILIENVATER *drängt sich nach vorne* Wasser! E bisje Wasser oder e bisje Spiritus! Meiner Frau is schlecht worde!

EIN WEIB Warum nimmste se auch mit, wenn se im siebte Monat is?!

GASSENBUBEN *schreien* Sie komme! Sie komme! *Klettern auf Bäume und Zäune.*

Plötzlich beginnen, leise anschwellend, dann mächtig hochbrausend, die großen Glocken von Mainz zu läuten: Dom und Sankt Stephan, Emmeran, Quintin und Christoph, Peter und Karmeliter.

STIMMEN Was is denn los?! Da läut ja de Dom! Un de Stephan! Un de heilig Peter!!

SCHRILLE STIMME Läßt denn der Bischof für die wilde Tiere läute?!

EIN HUNSRÜCKER *dröhnend* Das sin die Glocketürmer, die läute heut von selbst, weil en der Strang in der Faust schuckelt!!

BENZEL *kommt wie ein geprügelter Hund, heulend, jammernd, hysterisch jaulend und schluchzend, von der Tribüne, will durch die Menge wegrennen* Laßt mich durch!! Macht Platz!! Laßt mich durch!! Ich kanns nit ansehn! Ich kanns nit ansehn!!

BAUER RAAB So? Du kannsts nit ansehn?!! Du kannst es nit ansehn?!! *Er geht auf ihn los.*

DIE HUNSRÜCKER *dringen auf Benzel ein* Das is er! Packt ihn!! Schmeißt ihn um!! Zieht ihm die seiden Halsbind zusamme!!

BENZEL Es is nit wahr!! Ich bins nit!! Ich weiß von nix!! Ich wars nit gewese!! Hilfe!! Hilfe –

BAUER RAAB Ja! Dir is geholfe!! *Er schlägt ihn nieder.*

DIE HUNSRÜCKER *zertrampeln ihn.*

SCHUTZMANN *versucht gegen sie vorzudringen* Zurück mit euch!! Ausenander mit euch!! Chaffeurs!! Prenez garde!!

FRANZÖSISCHE SOLDATEN *von der Absperrung, mit gesenktem Bajonett, eilen auf seine Rufe herbei.*

BAUER RAAB *preßt ein Bajonett herunter, zertritt es mit dem Stiefel* Ihr Bürgersoldate, ihr habt auch lang kei Bastille mehr gestürmt!! *Zu den Hunsrückern* Los!! Auf die Tribün!! Zeigt dem Hannes, daß mir noch lebe!!

Sie stürmen durch die Absperrung auf die Tribüne, von der Angstschreie und Schreckensrufe erschallen. Es wird dunkel. Die Glocken stürmen und brausen.

Julchens Gefängnis im Holzturm. Bückler liegt lang ausgestreckt auf dem Lager, in ruhigem, tiefem Schlaf. Julchen sitzt aufrecht am Kopfende. Die ersten Sonnenstrahlen wachsen durchs Gitter, treffen Bücklers Gesicht.

BÜCKLER *regt sich, erwacht* Es braust –

JULCHEN Sie läute samme mit alle Kircheglocke –

BÜCKLER *richtet sich auf, wach und klar* Dann wird's Zeit –

JULCHEN Grad is die Sonn aufgange –

BÜCKLER Horch –!

Von drunten leiser Trommelwirbel, anschwellend.

JULCHEN Sie komme –

BÜCKLER Das dauert noch. Mir sin ja drei Treppe hoch. Julche –

JULCHEN Ja –

BÜCKLER Das is doch komisch – daß die mit alle Glocke läute –

JULCHEN Freut's dich –?

BÜCKLER *nickt.*

JULCHEN Jetz komme se rauf!

BÜCKLER So viele Füß trappe –

JULCHEN Un so viel Eise rasselt!

BÜCKLER *springt auf, wie in freudigem Schreck* Die bringen all mei Leut mit herauf! Die kommen mich abhole – mit all meine Leut!

JULCHEN Freilich! Ich hör schon die Stimme!

BÜCKLER *starrt sie an – weicht jäh zurück wie in fassungslosem Entsetzen – in plötzlichem, furchtbarem Grauen* Neunzehn Leut – Julche – neunzehn Leut!

JULCHEN *tritt zu ihm* Geh her! *Sie streicht ihm das Haar aus der Stirn.*

Die Tür wird aufgeschlossen. – Auf der Treppe stehen deutlich sichtbar angetreten alle Mitverurteilten – Seibert, Benedum, Zughetto darunter –, manche stehen aufrecht mit starken oder trotzigen Gesichtern, einige hängen fast ohnmächtig, mit leichenhafter Haut, in ihren Ketten, zwei Junge haben sich fest aneinandergeklammert – der alte Kasper Bückler steht ganz vorne mit festlichem, stolzem Lächeln. Zur Seite und hinter den Gefangenen starren Bajonette.

BÜCKLER *steht unbeweglich, betrachtet sie schweigend.*

DER SCHLIESSER *tritt zu ihm.*

BENEDUM Komm, Hannes, führ uns, mir stürme! Die Losung heißt: Himmelhund!

EINIGE DER GEFANGENEN *beginnen zwischen geschlossenen Zähnen das Schinderhanneslied zu summen, stampfen leise dazu.*

BÜCKLER *tritt einen Schritt auf sie zu, es wird still* Mit euch bin ich überall gern hingange. Aber den Gang möcht ich lieber allein mache!

BENEDUM Laß gut sein, Hannes! Viel Füß marschiere besser!

ZUGHETTO Es bläst en frische Rheinwind, mir wern kei Koppweh kriege bis enuff!

DER SCHLIESSER Allez! Fertigmache!

BÜCKLER Nur nit hastig, Alter! Eh mir dort sin, könne die nit anfange! *Er dreht sich zu Julchen, die still, aufrecht, neben ihm steht* Julche! *Er drückt ihr kurz beide Hände, dann geht er zur Tür* Los jetz!

KASPER BÜCKLER Ei, Hannes – weißt es schon, Hannes – fünfzehntausend Leut sin komme!

BÜCKLER *dreht sich noch einmal um, zu Julchen, strahlend, mit lachendem Gesicht* Julche! Haste's gehört, Julche?! Fünfzehntausend Leut! *Er geht hinaus* Fünfzehntausend Leut! *Die Tür schließt sich hinter ihm.*

JULCHEN *steht allein, mit stillem Gesicht, wiederholt leise, ohne Bewegung* Fünfzehntausend Leut! –

Die Glocken stürmen und brausen.

Katharina Knie

Ein Seiltänzerstück in vier Akten

Personen

KARL KNIE SENIOR, genannt Vater Knie
KATHARINA KNIE, seine Tochter
FRITZ KNIE, LORENZ KNIE, IGNAZ SCHEEL – ihre Vettern
(Parterre-Akrobatik, Balance-Spiele)
(Trampolin, Sprungseil, Luftarbeit)
JULIUS SCHMITTOLINI (Clown-Intermezzi, komisches Kunstradeln)
BOBBI, genannt Bibbo
(früher Stemm- und Kraftakte, jetzt Kasse, Kochen, Waschen)
MARIO
FAMILIE EICHEL
MARTIN ROTHACKER, Landwirt
ROTHACKERIN, seine Mutter
MEMBEL, Gerichtsvollzieher
DILLINGER, Polizeikommissär
BLOOMAUL, Tätowierer
BERBERITZCHE, Zettelausträger
Musikanten, Lausbuben, Publikum

Personalien

Vater Knie ist hoch in den Sechzig, bestreitet aber noch, außer der Direktionsführung und Leitung der ganzen Truppe, einen Teil des Programms, vor allem die Hauptattraktion: Besteigung des hohen Turmseils. Katharina ist Mitte der Zwanzig (vierundzwanzig), tritt als Kugelläuferin auf und arbeitet mit Ignaz Scheel auf der Mastbaumspitze in den Matrosenspielen. Ignaz Scheel, mit Spitznamen der »schöne Nazi« gerufen, ist von athletischem Körperbau, schminkt sich und legt großen Wert auf seine Frisur (Schmalzlocke). Die Brüder Knie, Neffen des Alten, sind zweiundzwanzig und achtundzwanzig Jahre alt. Fritz Knie, dem älteren, wurde im Kriege das Bein abgeschossen, er trägt eine Holzprothese, man merkt aber kaum ein leichtes Schleppen oder Hinken in seinem Gang. Er arbeitet parterre, als Standmann oder Jongleur. Sein jüngerer Bruder, Lorenz, ist ein hübscher, salopper Bengel, der viel nach den Mädchen sieht und dem die artistische Arbeit sehr schwerfällt.

Martin Rothacker ist ein Mann von etwa vierzig Jahren, Sohn eines kleinen Bauern, später durch Familienerbschaften Großgrundbesitzer geworden. Seine Mutter, ehemals Magd, ist über siebzig Jahre alt.

Szene

des ganzen Stückes ist der Marktplatz eines kleinen pfälzischen Städtchens, auf dem die Seiltänzertruppe Knie ihre Wandervorstellungen gibt. Die Wohn- und Transportwagen der Truppe sind so aufgefahren, daß sie den vorderen Teil der Bühne nach hinten und nach der Seite abschließen und dadurch einen besonderen Raum schaffen. In der Mitte ist zwischen den Wagen ein breiter Durchgang freigelassen, der einen vollen Ausblick auf den Platz möglich macht, aber auch durch hängende Zeltplanen ganz abgeschlossen werden kann. Die Wagen sind gleichmäßig ockerbraun gestrichen, die Fenster zum Teil durch bunte Vorhänge, Blumentöpfe, Geranienkästen belebt. Zu den Türen hinauf gelangt man durch kleine, angelehnte Leitertreppchen. Gewöhnlich sind zu den seitlichen Wagen, zu Bäumen oder Stangen starke Leinen gespannt, an denen Wäsche zum Trocknen hängt, und zwar hauptsächlich Arbeitswäsche, Trikots, bunte Hosen und so weiter. In einer Ecke des vorderen Raums ist ein kleiner Herd eingegraben, der den Wasch- oder Suppenkessel heizt. In den anderen Ecken allerlei Gerätschaften und Gebrauchsgegenstände der Artisten. Das Ganze macht den Eindruck einer fast pedantischen Ordentlichkeit, hat nichts von der Schlamperei oder dem Dreck des Zigeunerlagers an sich. Über den Wagentüren ist der Name des Direktors, Karl Knie senior, in schönen Buchstaben aufgemalt. – Wenn der mittlere Zwischenraum frei ist, sieht man zunächst das Spielpodium der Artisten, die fest aufgebauten Geräte, das Sprungseil, das Gestänge des hohen Turmseils, die Vertäuung der Trapeze, den großen Mast für die Matrosenspiele, zu dem eine Strickleiter hinaufführt, die Spirale der Kugelläuferin. Dahinter die Holzbänke für die Zuschauer, den Standplatz für die Musik, die Absperrung mit Kasse. Noch weiter hinten und seitlich wird der Platz von großen, blühenden Kastanien gesäumt, deren Zweige zum Teil die Wagendächer überragen. Zwischen den Kastanien sind einzelne Häusergiebel sichtbar, dahinter ist das Flußufer zu denken.

Die ersten beiden Akte spielen im Frühsommer des Inflationsjahres 1923, die übrigen ein Jahr später, um die gleiche Jahreszeit: Kastanienblüte.

Erster Akt

Der Platz liegt im hellsten Sonnenschein. Die Zeltbahn ist hochgezogen, man sieht bis zum Horizont. Auch die Türen und Fenster der Wagen stehen zum Teil offen, so daß man das Innere sieht. Im Vordergrund, in der Ecke, ist Bibbo am Waschkessel beschäftigt. Mario hockt auf einer Wagendeichsel und spielt Mundharmonika. Wenn der Vorhang auf ist, sieht man

KATHARINA *hastig die letzten Sprossen der Strickleiter vom hohen Mast herunterkletternd – dann rennt sie über den Platz nach vorne, macht Bibbo ein Zeichen, springt hinter einen der seitlichen Wagen.*

IGNAZ SCHEEL *kommt zwei Sekunden später ebenfalls vom hohen Mast herunter, rennt nach vorne, wobei er sich das Bein reibt* Heee! Katherinche!! Käthche!! Katharina!! Sakraments-Schinnoos, gehschdu her!! Wart nur, wenn ich dich dapp, du Krott!!

BIBBO *wäschereibend, pustet dazu im Takt wie eine Lokomotive und brummt vor sich hin, als ob sie die Bimmelbahn nachahme* Dampf e bißje, stampf e bißje, lauf e bißje, schnauf e bißje...

IGNAZ *sieht sie mißtrauisch von der Seite an, dann fährt er auf Mario los, der noch immer spielt* Tu dein Fotzhobel weg, ma wird ja ganz rappelig von dem Gedudel! *Stößt mit dem Fuß nach ihm* Nix wie faulenze und Brot fresse, Tagdieb!

MARIO *brummt* Brutta bestia. *Steckt beleidigt die Harmonika ein, geht in den Wagen.*

BIBBO Sch-tatata, sch-tatata, dampf e bißje, stampf e bißje...

IGNAZ *krempelt sein Hosenbein auf* Da! Das ist doch e stark Stück! Da sieht ma alle Zähne! Es kimmt auch Blut, wenn ma drückt!

BIBBO Sch-tatata, sch-tatata, drück e bißje, drück e bißje...

IGNAZ Du, geb emal acht, dich drück ich gleich! *Geht drohend auf sie los.*

KATHARINA *schreit hinterm Wagen vor* Drück e bißje, drück e bißje, wehwehwehweh!!

IGNAZ *fährt mit offenem Mund herum – dann rennt er zum Wagen, packt eine Fuhrmannspeitsche, die am Bock hängt* Aber jetz! Aber jetz!!

KATHARINA *kommt in herausfordernd harmlosem Schlenderschritt nach vorne* Möchten Sie was, Herr Scheel? Warum gucken Sie mich denn so an? Hab ich was im Auge?? *Tritt dicht zu ihm, hebt ihr Lid hoch, blinzelt ihn an.*

BIBBO *lacht.*

IGNAZ *wirft die Peitsche nach ihr* Halts Maul, Plunz!! Das ist doch keine Art, einen Kollegen einfach ins Bein zu beißen.

KATHARINA So, un was is denn das für Art, eine Kollegin dahin zu greife, wo du mich angetatscht hast, du Schwein!!

BIBBO Aha!

IGNAZ *stampft auf* Gar nix aha. Du bist überhaupt nit gefragt. Mit Porzellanmimösjer kann ma nit artistisch arbeite.

KATHARINA Bibbo, du kennst die Nummer, is das nötig, daß er mich da hingreift?!

BIBBO Es ist geradezu un-artistisch.

KATHARINA Da haste's, un-artistisch, jetzt weißte's, un-artistisch!!

IGNAZ Ich weiß ganz genau, was artistisch ist, da brauch ich euch grad zu frage!! – Die weiß ja gar nit, wo ich hingegriffe hab.

KATHARINA *schreit dazwischen* Gezwickt hat er mich.

BIBBO Wo du hingreifst, is immer verkehrt. Außerdem kann ich mir's denke.

KATHARINA Richtig! Da war's auch.

IGNAZ Ach Quatsch! *Holt einen Taschenspiegel mit Kämmchen heraus, zieht sich die Schmalzlocke nach.*

BIBBO Sch-tatata, sch-tatata... *Geht mit einem Bündel Wäsche ab.*

KATHARINA Von mir aus könnte mir weiter arbeite. Sin Sie fertig, Herr Scheel?

IGNAZ Du, werd mir nur nit zu frech. Dir werd ich emal ganz anders komme, merk dir's.

KATHARINA Da bin ich ja neugierig. Probier's doch.

IGNAZ An deiner Stell, da möcht ich mucksmäusjestill sein und deet mich gar nit an de Lade lege, jawohl.

KATHARINA Ich glaub, dir fehlt was?! Dir ist nit gut, gell??

IGNAZ Wo warst du denn heut nacht?

KATHARINA Ich? Heut nacht?

IGNAZ Wo hast du dich denn rumgetriebe, he? Wo bist du denn herkomme, in der Früh, wie's geschummert hat?!

KATHARINA Das geht dich überhaupt nix an, merk dir's.

IGNAZ Aber de Vatter, der wird emal richtig staune, wenn er's hört! Ei, der wird e Freud hawwe, glaubste nit?

KATHARINA Es ist ja gar nit wahr!! Du lügst ja!!

IGNAZ So, un was hasten du heimgeschleppt, in der Früh, was hasten du dort unterm Wage versteckelt?! Was war denn in dem Sack drinne?!

KATHARINA Du falscher Hund! Du Schlicher, der de bist!

IGNAZ Was das war, will ich wisse!!

KATHARINA Nix war's!! En Dreck war's –

IGNAZ *setzt sich, macht sich die Nägel mit einem Taschenmesser sauber* Im Krieg sellemols, in Frankreich da hawwe's die Mädcher als für e Kommisbrot gemacht. Heutzutag, wos Brot e Million kost, wer weiß, was de Bäcker da bäckt!

KATHARINA Du Lump. Das nimmste zurück.

IGNAZ Ich hab ja gar nix gesagt.

KATHARINA Das is e Gemeinheit, so was!! Der Vatter schlägt dich tot!!

IGNAZ *steht auf, zuckt die Achseln* Dich vielleicht ehnder.

KATHARINA Ich bleib überhaupt nit hier, wenn das so fortgeht!!

IGNAZ *grinst* Von mir aus könnte mir weiter arbeite.

KATHARINA *brüllt ihn an* Mach dich weg!

IGNAZ *fährt zusammen* Na na na, halb so wild is auch noch richtig. Ich sag ja nix. Ich kann auch dicht halte –

KATHARINA Das is mir wurscht. Ich weiß nix. *Sie wendet sich ab, setzt sich auf die Treppe.*

MARIO *streckt den Kopf aus dem Wagen, dann kommt er sanft und höflich heraus, kauert sich neben Katharina, spielt auf der Harmonika.*

KATHARINA *lacht ihn an, wippt mit den Beinen.*

IGNAZ Schmußkopp, nabbelitanischer!

KATHARINA Du, laß den Bub gehn, oder?!

IGNAZ Schafft nix, und frißt unser Brot weg.

MARIO *setzt die Harmonika ab, höflich lächelnd* Prego –?

KATHARINA Nix. Spiel nur weiter.

MARIO *spielt.*

IGNAZ *dreht ihm verärgert den Rücken.*

JULIUS SCHMITTOLINI *der Clown, ältlich, dicklich, krummbeinig, kommt eilig von der Seite* Hammelbein! Hammelbein! *Er stößt einen Pfiff aus.*

MARIO *hört auf zu spielen. Auf den Pfiff kommen Fritz und Lorenz Knie, Bibbo und die anderen herbeigelaufen.*

BIBBO Was is denn schon wieder?

JULIUS De Vatter kommt, mitm Gerichtsvollzieher. Er hat mir gewinkt, daß ich vorlaufe soll.

LORENZ Immer die Pfänderei noch owwedruff.

FRITZ Was denn, wo nix is, kann der Teufel nix hole.

KATHARINA Ob er die Maali pfänden kann?

IGNAZ Freilich, die wird abgezoge, die gibt prima Salami.

KATHARINA Dann nehm ich's un lauf in de Wald!

FRITZ Blödsinn, die Maali kann er nit nehme, die gehört zum Handwerk. Er darf nur pfände, was privat is.

IGNAZ So? Zum Handwerk gehörtse? Das wär ja noch schöner!! Nix lerne will se, noch nit emal en litterische pas espagnol! Die hat kei Spur von Talent und kein Funke Disziplin im Leib, die wird ihr Lebtag nit manegereif, die kann er ruhig pfände, nix wie fort damit!!

KATHARINA *mit den Fäusten auf ihn los* Du! Ich hau dir die Zähne erein!!

IGNAZ *ihr ausweichend* Als druff! Als druff! Die Maali wird abgezoge, das Miststück, das schandmäßige !!

FRITZ *dazwischen* Katharinche, laß die Finger von em!! Wenn de kein Spaß mehr verstehst, du –

KATHARINA *geht auch auf ihn los* Ja, helf ihm nur, halt nur samme, ihr Schlappwedel, ihr Feiglappen ihr!!

LORENZ Druff Käthche, druff Käthche! Ich helf! Ich kipp en!! *Springt auf Ignaz, zerzaust ihm die Frisur. Der packt ihn mit Wutschrei um den Leib. Fritz versucht, sie auseinanderzureißen, Katharina stürzt sich kreischend ins Getümmel, alle vier raufen johlend und lachend wie die Gassenbuben.*

MARIO Oh quel malheuer, oh quel malheuer, oh brutto brutto brutto brutto...

JULIUS *steckt sich inzwischen eine lange, dünne Virginia mit dem Strohhalm an.*

BIBBO *ist mit wuchtigen Schritten zum Wagen gegangen, hat die große Peitsche geholt, klatscht sie jetzt auf die Erde, daß der Dreck spritzt, kommandiert mit rauhem Manegebaß* Adagio! Adagio! Sakramentsmalefizbanditengesindel miserables, scheußliches, unverdauliches...!!

DIE KÄMPFENDEN *lassen keuchend voneinander ab, stehen alle vier mit verlegenem Lachen, sich gegenseitig anstoßend.*

JULIUS *voll ruhiger Würde* Ma sollt nit meine, daß ihr seit acht Tag kei Fleisch mehr gesse habt. *Zu Bibbo* Wo is der Überschuß von gestern abend?

BIBBO *schlägt sich auf den Bauch, langt dann ins Korsett, läßt eine Handvoll Millionenscheine sehen* Hier, Papier hält warm.

JULIUS Steck dem Vatter sei goldene Uhr dazu – er hat se durch de Hoseschlauch ins Gras rutsche lasse, wie ihn der Kerl gerichtlich angesproche hat.

BIBBO *steckt die Uhr ins Korsett* Wer hat noch was?

IGNAZ Mei Ohrring!

LORENZ Mei Halskettche mitm Omulett!

FRITZ Un wenn er dich leiblich visitiert?

BIBBO Der wird die Finger vom weibliche Geschlecht weglasse, sonst kann er was erlebe.

IGNAZ Achtung! Sie komme schon!

JULIUS Rasch ausenanner, damit wir kein komplottmäßige Eindruck mache. Tut all, als ob mir was zu tun hätte.

ALLE *zerstreuen sich, in recht ungeschickter und auffälliger Weise. Von hinten kommen Vater Knie und der Gerichtsvollzieher Membel.*

KNIE Bitte sehr, bitte sehr, mein Herr, nix wie eingetrete, immer gradaus geht de Weg um de Eck erum, ei, mache Sie doch kei Umständ, ich bin doch hier zu Haus!

MEMBEL Es is mir furchtbar peinlich, Herr Knie, es ist mir furchtbar peinlich –

KNIE Aber was denke Sie denn, Herr Membel, uns komme Sie grad recht! Mir hawwe so selten Gelegenheit, uns emal mit gebildete Leut zu unterhalte, so was muß ma beim Schopf packe, gelleze?!

MEMBEL *ängstlich zurückweichend* Der Spediteur hätt ja nochemal e Aug zugedrückt, es is nur wege der Luschtbarkeitssteuer –

KNIE Da hört sich doch die Weltgeschicht auf! Die Luschtbarkeitssteuer!! Hat ma so was schon gehört! Wenn die da owwe gar nit mehr wisse, womit se uns de Bart abschabe solle, dann erfinde sie die Luschtbarkeit!! Ei, wo ist denn hier die Luschtbarkeit, das möcht ich gern erfahre!! Steige Sie doch emal enauf aufs hohe Seil, un gucke Sie sich die Welt über die Balancierstang an! Da stickt en heilige Ernst drin, sag ich Ihne, aber kei Luschtbarkeit. Un für die Leut, die zugucke müsse, mitm Hintern auf dene harte Holzbänk un de Kopp ins Genick gedrückt, bis ma en steife Hals kriegt – das is doch kei Luschtbarkeit, das is ungesund, jetzt wisse Se's, un dafür wird nix zahlt, kein rote Heller nit!!

MEMBEL Es ist mir furchtbar peinlich, Herr Knie, es ist mir furchtbar peinlich –

KNIE No, Herr Membel, nehme Se's nit so schwer, Sie könne ja nix dafür. Sie hawwe ja auch's Papiergeld nit erfunde – gehn Sie ruhig in die Wage nei un stempeln Se, was Sie wolle, ma kanns ja wieder abkratze bis zum nächste Ort!

MEMBEL Herr Knie, Sie wälze mir en Stein vom Herze – wissen Se, ich trau mir schon gar nit mehr die Brill zu putze, weil ich doch nix wie böse Gesichter seh. Awwer Sie hawwe so e Art, daß eim de Leib aufgeht!

KNIE Das is die Höflichkeit der Könige, Herr Membel, das brauche mir von Berufs wege! Wolle Sie nit e bißje Platz nehme?

MEMBEL Vielen Dank, Herr Knie, ich möcht Sie gar nit aufhalte – un denn fällt mir auch das Hinsetze so schwer, ich hab doch Krampfadern, un die ganze Wade voll harte Knippelcher!

KNIE Ei, das tut mir aber leid. Kann ma denn da gar nix dagege mache?

MEMBEL Früher bin ich zum Friseur gange, der hat mich mit Franzbranntwein geriwwe, aber heutzutag, wer kann sich denn so was leiste, wo e Viertelschöppche medizinische Alkohol anderthalb Millione kost?

KNIE Wisse Se was, Herr Membel: Wenn Sie mit der Pfändung fertig sind, da könnt ich Sie e bißje massiere. Ich hab en selbsterzeugten Ameisespiritus, ausm Schwarzwald – das heißt, wenn Sie mir die Flasch nit beschlagnahme!

MEMBEL Aber wo denke Se hin, Herr Knie!

KNIE No, Dienscht is Dienscht un Schnaps is Schnaps, hawwe de Preuße gesagt! Da, gucke Se sich mei Wage an. Die drei erste sein leer, da kommt die Bagage enei – zehn Zentner Eisestäb von siwwe Meter Läng – un die ganze Stange un Dräht, da mache Se sich emal en Begriff, was das e Last is, un was mir für Transportkoschte zahle müsse. In manche Nester könne mir nur drei Tag spiele, un dann schon wieder die Spedition an de Bahnhof un an de nächste Platz!

MEMBEL Hawwe Se nit früher selbst Gäul gehalte?

KNIE Gäul? Wie en Bierbrauer! Da is kaum mehr's Kummet drüwwer gange, so Speckhäls hawwe die gehabt! – Verkauft sin se allesamt, ich konnt's nit mehr schaffe. Wisse Se, der Spediteur, dem kann ma's Geld emal schuldig bleibe – aber der Gaul schreibt eims Futter nit auf, un wenn ma's mit hundert Prozent verzinse deet!

MEMBEL Ja, ja, die Zeite, Herr Knie, die Zeite! Wer hätt denn das gedacht.

KNIE Ach hörn Se mir auf, es wird auch wieder anders komme! Jetzt laufe die Leut ins Kino, un verderbe sich die Auge an dem halbfertig Zeug. Aber auf die Dauer, da wern se doch merke, was solide Arbeit is. Da is mein Wohnwage – hinterm Vorhang is die Bettstell von meiner Tochter, un ich schlaf auf dem Strohsack, nebem Kanoneöfche. Steige Se ein, un gucke Se sich um!

MEMBEL Es is mir furchtbar peinlich, Herr Knie – *Geht in den Wagen.*

KNIE Katharinche! Komm runner!

KATHARINA, *die gerade im Begriff war, die Strickleiter wieder hoch zu klettern, läuft zu ihm hin.*

KNIE *tätschelt sie zärtlich* No? Warste fleißig, Mädche?

KATHARINA Grad hab ich die neu Nummer mit Ignaz probiert, aber es geht noch nit richtig, es tut mir immer in de Schultern so weh!

KNIE Freilich, du hast kei Kugellager mehr im Gelenk, es is en Jammer, was die junge Leut so steif werde heutzutag! Wenn ihr mal über dreizehn seid, könnt ihr euch pensioniere lasse!

KATHARINA Aber die alte Nummern gehn wie geschmiert!

KNIE Ja, wenn mir Nachwuchs hätte, da bräuchtste nit mehr zu arbeite. Kinderkriege is auch e Kunscht.

KATHARINA Wenn de Mann fehlt –

KNIE De junge Meinrad Stey hat wieder geschriwwe. Dem sei Geschäft geht tadellos, der wandert jetz in Bayern, mit sechzehn Pferd un mit mechanische Orgelmusik. Der deet mir Kompagnie biete auf halb und halb.

KATHARINA Du verträgst dich ja doch nit, Vatter, wenn de nit allein un selbständig bist. Mitm Birkeneder hat's ja auch nit gut getan. Un denn – wenn ihr euch dann trenne müßt – un ich wär mit ihm verheirat – dann müßt ich bei ihm bleibe, statt bei dir.

KNIE Un wenn ich emal tot wär – wo bleibste dann?

KATHARINA Vatter – sag so was nit.

KNIE Das kann all komme.

KATHARINA *fast heftig* Dann möcht ich erst recht nit beim Stey bleibe!!

KNIE Nono, es is ja noch nit so weit. Das wird sich all auswachse, wie de Hinkel ihr Schwänz, gell?

KATHARINA *ängstlich nach Membel schielend, der gerade aus dem Wagen kommt* Der hat was –

MEMBEL *einen Gegenstand hochhaltend* Die silbern Zuckerzang wär vielleicht nit unbedingt lebenswichtig?

KNIE Nix wie mitgenomme, unsern Zucker könnte mir auch mit de Finger esse, wenn mir ein hätte, un außerdem is se aus Nickelblech.

MEMBEL Hawwe Se unterm Wage auch noch Gepäck?

KATHARINA *rasch zu ihm hin* Nein – das is nix – nur Dreck un Lumpezeug!

KNIE Lassen doch nachgucke, Mädche, wenn er sich die Fingernägel voll Wageschmier mache will! Bei uns is nix Unrechtes nit zu finde.

MEMBEL Es is ja nur, weil ich mei Amtspflicht erfülle muß – *Er bückt sich, schaut unter den Wagen* Was is denn da in dene Säck drin?

KATHARINA Stroh, un Häcksel – zum Nachfülle für die Bettsäck! *Zu Knie* Im Dorf wird gedrosche, da hab ich's umsonst kriegt!

KNIE Bei dem Mädche is ma gut aufgehobe. Die schüttelt ein abends die Matratz auf, daß ma glaubt, ma liegt in lauter Daune.

MEMBEL Ja, da könnte mir die Untersuchung ordnungsmäßig abschließe. Hawwe Se Tinte und Feder?

KNIE Freilich. Hol's heraus, Katherinche.

KATHARINA *läuft in den Wagen.*

KNIE Das Mädchen schreibt Ihne so flink wie se Kugel läuft. Deutsch un Lateinisch un Rundschrift, un was Se wolle. In jedem größere Kaff, wo wir ware, hab ich se in die Schul geschickt, un wenn mir im Winterstandquartier liege, da besucht sie die Handelsschul, un lernt rechne un buchführe un all das Zeug. Ich denk immer, wenn ich mich doch noch emal vergrößern sollte, oder es doch noch emal in en bessere Zirkus einheirate deet – da kann ma das brauche. Bei mir, da hapert's nämlich e bißje mit der Schreiberei – denn wisse Se, was ma als Bub nit gelernt hat, das will eim nit mehr in de Finger. Mein Vater, der hat noch drei Kreuzjer gemacht, das war kontraktsgültig, da konnt keiner nix bestreite. Und ich hab mit drei Jahr schon als Spitzemann köpflings auf der Pyramid owwe gestande – da is fürs ABC nit viel üwwrig gebliebe! Mei Mutter hat immer gesagt: Der Bub is mir schon mitm Doppelsalto ausm Leib gesprunge – der hat eher auf de Händ laufe könne wie auf de Füß – was der braucht, lernt er von selbst, da kann de Lehrer sein Stock spare. No – un so is es auch komme.

KATHARINA *kommt hastig, verstört, völlig verändert aus dem Wagen – fast mit unterdrücktem Aufschrei* Vatter! *Es ist, als wolle sie zu ihm fliehen, aber sie bleibt auf der Wagentreppe.*

KNIE *starrt sie an* Was is denn, Mädche?

KATHARINA Es komme Leut – ich hab se durchs Wagefenster gesehe –

KNIE Is dir was, Mädche – was denn für Leut – hast vielleicht nix gesse über Mittag?

KATHARINA *hat sich zusammengerissen, spricht aber noch verwirrt* Es is jemand – es is einer dabei, den ich – ich glaub, vom Amt is einer dabei –

KNIE No, das sin mir ja gewöhnt, nit wahr, Herr Membel?

KATHARINA *hat sich an den Wagen gelehnt, sie ist sehr blaß.*

KNIE *tritt zu ihr, faßt sie an den Schultern* Zeig emal die Zung, Mädche.

KATHARINA Laß doch, Vatter, es is nix.

KNIE Die Zung, hab ich gesagt.

KATHARINA Die müsse gleich da sein – man hört se ja schon!!

KNIE Maul gehalten un Zung eraus! Wird's oder wird's nit?!

KATHARINA *verzweifelt* Da –! *Streckt hilflos die Zunge heraus, Knie mustert sie sorgsam, während hinter ihm, in seinem Rücken, Martin Rothacker, Polizeikommissär Dillinger und Berberitzche auftreten.*

KATHARINA, *wie sie Rothackers ansichtig wird, schließt rasch den Mund und befreit sich mit einem Ruck vom Vater, der ihren Kopf in den Händen hielt.*

KNIE *dreht sich langsam um, den Arm um ihre Schulter legend* Guten Abend, meine Herrn.

ROTHACKER *grüßt schweigend.*

KNIE Was verschafft mir die Ehre, meine Herrn? Wolle Sie reservierte Plätz löse? Soviel Sie brauche, meine Herrn! Bei uns sin nur die Zaunplätz ausverkauft, die wo kei Geld koste, un dabei sin mir doch das billigste Kunschtetablissement der Welt! Siwwehunnertfuffzigtausend Mark kost Sie der Sitz, ganz vorne bei der Musik. Im Kino zahle Se doppelt soviel! Un de Sarrasani rechnet nach Dollar – ei, der kann sich's auch leiste!

DILLINGER Sie sin Karl Knie senior, selbstschtändiger Direktor der Wandertruppe Knie?

KNIE Die Frag nimmt mich wunder, Herr Kommissär, Sie kenne mich doch schon e dutzend Jahr! Aber wenn Se's vergesse hätte: Ich bin's halt immer noch! Un werd's auch noch e bißje bleibe.

DILLINGER Sie deete besser, sich der größtmöglichste Bescheidenheit zu befleißiche, sonscht könnt ich mich veranlaßt sehe, die volle Schtrenge des Gesetzes walte zu lasse. Ich hab bei Ihne e amtliche Haussuchung durchzuführe. Jedwede Schwierischkeit, wo Sie mir mache, fällt unter Widerschtand gege die Staatsgewalt un wird mit Gefängnis bestraft.

KNIE, *dem das Blut zu Kopf steigt, tritt einen Schritt vor, beherrscht sich mühsam* Ich versteh Sie nit recht, was Sie von mir wolle, meine Herrn. So e Sprach hab ich noch nit gehört in meim Lebe – wenn ich auch stark auf die Siebzig geh un viel herumkomme bin. *Zu Membel* Könne Sie mir erkläre, was die Herrn hier zu suche hawwe?!!

DILLINGER, *der jetzt erst den Gerichtsvollzieher bemerkt* Darf ich Sie auf e Wörtche bitte, Herr Kollege?

MEMBEL *tritt zu ihm, sie flüstern.*

ROTHACKER, *dem das Ganze peinlich zu sein scheint, geht wütend auf und ab.*

KATHARINA *nach einem hastigen Blick auf ihn, versteckt sich hinter dem Wagen.*

BERBERITZCHE *Gemisch von sensationslüsterner Schadenfreude und pflichtschuldiger Mitteilsamkeit, läuft zu Vater Knie* Ihr sollt gestohle hawwe, sage se, ihr wärt e Diebsgesindel, sage se, du wärscht en alter Hehler, hawwe se gesagt –

KNIE *steht eine Sekunde in ohnmächtiger Wut, dann haut er kurzentschlossen dem Buben eine Ohrfeige herunter* Lausbub, litterischer!

BERBERITZCHE *läuft kreischend* Diebsgesindel!!

KNIE *steht mit geballten Fäusten.*

ROTHACKER *ergreift plötzlich die Initiative, fast brutal* Jetz wird's schon zu dumm – *Zu Knie* Ich bin der Landwirt Rothacker. Ich bin bestohle worde.

KNIE Ich bin der alte Knie – un hab mit Ihrer Sach nix zu tun.

ROTHACKER Das wird sich zeige.

KNIE Freilich! Das wird sich zeige!! Das werd ich Ihne gleich zeige!!

DILLINGER Herr Knie, ich verwarne Sie zum zweiten Male.

ROTHACKER Was wolle Se denn, wenn er unschuldig is, hat er ganz recht! Bringe Se doch emal erst ein Beweis zusamme!

KNIE *zu Dillinger* Wie komme Sie dazu, mich derart schandmäßig zu verdächtige?!

DILLINGER Wer e gut Gewisse hat, braucht sich überhaupt nit aufzurege. Ihne is ja persönlich nix nachzusage, aber auf Ihre Leut hab ich schon lang e suschpektes Auge geworfen.

MEMBEL Es handelt sich um drei Säck Hafer, von der beste Sort, drei halbe Zentnersäck!

ROTHACKER Es is mir nit wege dem lumpige Hafer zu tun, es is wege der Frechheit! Jede Nacht, die Gott geschaffe hat, geht ein Sack parti, un noch dazu ausm Privatstall, gleich nebe meim Wohnhaus.

MEMBEL Dem Herrn Rothacker gehört nämlich das Gut Wettersal, de größte Grundbesitz in der Gegend, un alle Weinberg drum herum!

ROTHACKER Das tut nix zur Sach. Ich laß mir's halt nur nit mehr gefalle.

KNIE *springt an den Wagen, reißt an der Glocke, dann auf die Mitte des Platzes, ruft laut* Bei! Geht all bei!! Da her!! Katherinche, komm auch eraus!! So – da sin se all beisamme, da stellt euch her, un jetzt paßt emal all Obacht! *Inzwischen sind alle zusammengelaufen, stehen in einer Reihe* Hier diese Herrn verdächtige uns des Diebstahls un der gemeine Hehlerei. So was is noch nicht passiert, solang der Name Knie auf einem Wagenschild steht, un das is e gute Zeit, das sin e paar hunnert Jahr in der Weltgeschicht retour. Ei, was denke Sie denn von uns. Glaube Sie vielleicht, auf unserm Buckel könnte Sie Böckches hüppe, weil mir fahrende Leut sin un in ordentliche Wage wohne statt in eure muffelige wackelige Mietshäuser?! Ihr sagt vielleicht, mir hätte kei ehrlich Handwerk, aber mir pfeifen euch auf euer stockfleckignahtbrüchig Ehrlichkeit, die is uns viel zu schlecht, wir hawwe unsre eigne, un von der könnt ihr kei Stäubche nit herunnerkratze! Is es so, oder is es nit so?

BIBBO So is es.

KNIE Da habt ihr vielleicht emal was von Zigeuner läute höre, oder Bettelbrüder und Strauchdieb!! Mit so was hat unsereiner nix gemein! Mir lebe für die Kunscht un sterbe für die Kunscht, un wenn mir nix zu esse hawwe, dann schnalle mir die Gürtel enger un beiße die Zähn samme un arbeite, un das geht niemand was an! Ei, da deete mir lieber auf der Landstraße verrecke, eh wir von euch e Krüstche Brot hawwe wolle, das nit aufm Seil oder in der Manege gewonne is!

FRITZ Un außerdem sin mir organisiert.

ROTHACKER *beobachtet unterdessen Katharina, wie wenn man sich besinnt, wo man jemanden schon gesehen hat. Sie ist blaß und wie abwesend.*

KNIE, *dessen erste Wut sich ausgetobt hat, bedeutend ruhiger* So, jetz gucke Sie sich mei Leut an, da würd ich für jeden einzle die Hand stundelang ins glühende Kohlefeuer halte. Das hier is mei Tochter Katharina – un das sin mei beide Brudersöhn, dene is der Vatter im Krieg an der Gripp gestorbe, der war ein ungewöhnlicher Schulreiter, da sag ich nit zuviel. Der Lorenz, der is e bißje salopp in de Knoche, un läuft mir zuviel hinner de Mädcher her, aber sonst is es en gute Bub. Dem Fritz, dem hawwe se an der Somme e Bein abgeschosse, krempel die Hos auf, Fritz, un zeig dein Holzstumpe. Sechs Zentimeter vom Oberschenkel sin weg, und deshalb is er doch bei der Kunst gebliwwe.

FRITZ Ei, von was sollt ich denn lebe? Vielleicht vom Invalidedank?

KNIE Schweig, bis de gefragt wirscht! Das is der Scheel, ein prima Luftarbeiter, der hat schon Anträg vom Stosch un vom Krone un vom Corty-Althoff gehabt, un is doch vom alte Knie nit fortgange. Das is der Julius Schmittolini, un wenn Sie emal en Hund zu dressiere hawwe, dann gewwe Se'n dem: der lernt em in acht Tag alle Stückcher. Der Mann hat noch unter meim Vatter gearbeit, der is noch vom alte Stamm. Un das is die Witwe vom selige Strohschneider, die hat emal selber e Dutzend Wage besesse un drei, vier große Seil gespannt. Jetz hat se bei mir e Lebensstellung.

DILLINGER *auf Mario deutend* Was is denn das für einer?

KNIE Der? Ein Italienerbub, den hab ich bei Konstanz auf der Landstraß gefunde. Sein Vater un sein Bruder hawwe die Faschiste ins Zuchthaus gesetzt, da is er ausgerückt un wollt in Deutschland bei die Chaussee-Arbeiter gehn. Weil hier mehr Freiheit wär, hat er gesagt – no, er hat's halt nit besser gewüßt. Aber Talent hat der Bub für zwei, der wird's emal zu was bringe, den laß ich jetz schon allein mit'm Schirm aufs hohe Turmseil steige.

DILLINGER Der wird's gewese sein. Alle Italiener stehle.

MARIO *springt vor und stößt einen unverständlichen Wortschwall aus.*

KNIE Schtopp! Retourbillett! Halto die Geschio. Der versteht nämlich noch kei Deutsch. Meine Herrn, jetz is die Reih an Ihne. Ziehe Sie uns die Trikots ab, wenn Se könne! Ich sag kei Wort mehr. *Er stellt sich in Reih und Glied zu seinen Leuten.*

ROTHACKER Herr Kommissär, Sie ware ja vorhin so sicher, jetz bringe Sie Beweise bei oder mache Sie Schluß.

DILLINGER Ja, das is nit so einfach, wie Sie glaube, da muß ich erscht e kriminalistische Vernehmung durchführe.

ROTHACKER Blödsinn. – Hat jemand von Ihne aus meim Stall drei Säck Hafer entwendet oder nit?

JULIUS Ich möcht wisse, wozu. Mir hawwe doch längst kei Bespannung mehr.

DILLINGER Die meiste Diebstähl werde heutzutag zwecks Weiterverschleiß in Angriff genomme, un nit zur Selbstversorgung.

KNIE Was is denn los, Ignaz, hast du was zu melde?

IGNAZ, *der plötzlich zu Katharina getreten war und ihr was zuflüstern wollte* Nein. Ich nit. – Ich nit.

ROTHACKER Hat sonst jemand was zu melde? Herr Kommissär, dann mache Sie, was Sie wolle. Ich bin hier fertig.

KNIE Halt! halt, halt, halt! So hawwe mer nit gewett. Jetz will ich mei Recht hawwe!!

ROTHACKER Ich verzichte auf jede weitere Untersuchung des Falles. Herr Knie, ich glaube, daß Ihnen Unrecht getan worden ist. Mir tut das leid. Adieu. *Wendet sich rasch.*

KATHARINA *hat während der letzten Sätze in wachsender Erregung mit sich gekämpft, springt jetzt plötzlich vor, fast schreiend* Nein!!

ALLE *wie angedonnert, unbewegt. Kleine Pause.*

ROTHACKER *über die Schulter weg, knapp, fast barsch* Na? Noch was?

KATHARINA *mit schwerer Zunge* Gehn Sie nicht fort, Sie.

ROTHACKER *wendet sich ihr voll zu, sieht sie an.*

KATHARINA *plötzlich wie in einem Wutanfall auf Dillinger losfahrend* Der is ja viel zu dumm, der Mensch dort!!

ROTHACKER Er hat euch halt falsch verdächtigt, das kann mal vorkomme. Und ich hab gesagt, daß es mir leid tut. Also. Was verlangen Sie noch?

KATHARINA *sieht ihn trotzig an* Nix. Ich bin's gewese.

KNIE *starrt mit großen Augen, mit zusammengepreßtem Mund zu ihr hin.*

ROTHACKER *macht einen Schritt auf sie zu – freundlich, fast leise* Sie wollen sagen, daß Sie meinen Hafer genommen haben?

KATHARINA *ohne ihn anzusehen* Da war gar kei Stroh drin, in dene Säck, un auch kei Häcksel nit.

DILLINGER Komme Sie mit. Folge Sie mir.

KNIE *lacht plötzlich, fast tonlos, wie einer, dem es die Stimme verschlägt* Das sin ja all schlechte Witz – *Auf Dillinger losfahrend, der Katharina an der Schulter fassen will* Laß die Hand weg!!

Dann ganz ernst und fest Katharina anschauend Hast du's getan – oder nit?

KATHARINA *gibt keine Antwort, sieht unter sich.*

IGNAZ *tritt vor, nicht ohne Eitelkeit und theatralische Pose* Ich hab den Hafer gestohle!

KATHARINA *zu Rothacker, hastig* Der lügt! Das macht der nur, damit er sich nachher dick tun kann.

KNIE *dreht sich plötzlich um, geht ein paar Schritte abseits.*

DILLINGER *benutzt die Gelegenheit, um wieder Katharinas Arm zu packen.*

KATHARINA *beißt ihn in die Hand.*

DILLINGER Au!! Au!! Sakrament nochemal! Das gibt vierzehn Tag!

ROTHACKER *mit unterdrücktem Lachen* Lasse Sie doch die Finger weg, wenn Sie's nit verstehe. *Sieht Katharina an* Die kenn ich doch – irgendwoher! Die hab ich doch schon emal gesehen –

KATHARINA *zuckt die Achseln.*

KNIE *fährt jäh herum, Katharina anschreiend* Ob du's getan hast – oder nit??!

FRITZ *schwerfällig* Ich glaub – mir sin's all mitenander gewese.

KATHARINA Nein! Ich war's! Ganz allein!! Da hat keiner nix mit zu tun!!

FRITZ *demütig* Ich hab ja nur gemeint, es wär besser so.

MEMBEL Und wenn ich höflichst frage dürft: wozu hawwe Sie's denn getan?

KATHARINA Für die Maali! Fürs Eselche! – Das kann ma ja nit mehr mit ansehn!

DILLINGER Halt! Das muß ich aufschreibe. Was war das, mit seller Maali, un mit sellem Eselche?

BIBBO Sie hat halt e Eselche, das heißt Maali. So e kleines, grieselgraues. Der Vatter wollt's ja seinerzeit mit der Bespannung verkaufe, aber dann hat er's ihr doch gelasse, un der Ignaz un der Julius wollten e Nummer damit mache.

JULIUS Es wird aber nix; da kann ma eher en Hahn Eier lege lerne. Das Tier hat kein künstlerische Spiritus nit in sich.

IGNAZ Das kann nie was werde, weil's verwöhnt wird. Un wenn ma's emal schlage will, kratzt se eim die Augen aus.

KNIE Bei mir wird überhaupt kei Tier geschlage!! Herrgott, hätt ich's nur nit erlaubt! Aber sie hat ja gebitt und gebettelt, was kann ma denn da mache? *Er steht in hilfloser Verzweiflung.*

BIBBO Ma konnt's auch wirklich nit mehr mit ansehn. Dem Tier stehn schon alle Rippe ausm Leib. Mir hawwe ja kaum mehr e Brot für unser eigne Mahlzeit! Das bißje Gras un die paar Brennessel, was am Wegrand wächst, davon kann so e Tier nit vegetiere.

KATHARINA Ja, un schöner wird's auch nit davon, un Triefauge kriegt's, sooft ma se auch wischt, un de Ohren läßt's hänge, un die Pferd aufm Acker, die hawwe Hintern wie Mastschinke.

KNIE Un da gehst du einfach hin, un stehlst –? Mei Tochter geht einfach hin – un stehlt?! Ei, ich jag dich vom Wage, ich schmeiß dich hinaus, ich laß dich überhaupt nit mehr auftrete, du, ich guck dich drei Tag nit an! *Wendet sich wieder ab.*

ROTHACKER Jetzt möcht ich nur eins wisse: Warum hat sie den Hafer grad bei mir geholt, wo se'n e halb Stund übern Berg trage muß? Hier ringsherum gibt's den Hafer zentnerweis in jeder offene Scheuer, warum holt se'n grad aus meim Privatstall, drei Nächte hinternander? *Er sieht sie an.*

KATHARINA *zuckt wieder die Achseln, erwidert seinen Blick ganz kurz, dann wendet sie sich ab, schweigt.*

KNIE, *der ganz blaß ist und immer mehr einen hilflosen verstörten Eindruck macht* Jetz holst du sofort den Hafer unterm Wage vor. Jetz nimmst du de Säck auf de Buckel, einer nach dem andern, un trägst se all wieder hin!!

DILLINGER Damit wär der Eigentumsdelikt noch lang nit aus der Welt geschaffe.

KATHARINA *steht unbeweglich.*

KNIE No! Wird's bald? Du holst die Säck eraus un trägst se wieder hin!!

KATHARINA *macht keine Miene dazu.*

KNIE *vor Aufregung zitternd, packt seinen Stock mit beiden Händen* Ich hab dir in meim Lebe noch kein Schlag nit gewwe!!!

ROTHACKER *legt mit einer ruhigen Bewegung die Hand auf den erhobenen Stock* Dann werde Sie's auch jetzt lieber bleibe lasse. Und was den Hafer anlangt, den soll sie mal ruhig behalte. Herr Kommissär, mir is überhaupt kein Hafer gestohle worde, das war ein Irrtum von mir. Ich hab den Hafer der Truppe Knie geschenkt. Schluß. *Er geht rasch.*

KATHARINA *schreit plötzlich hinter ihm her* Behalt dein Hafer! Ich will dein Hafer nit!!

ROTHACKER *dreht sich herum, lachend* Ich hab ihn euch gewiß nit aufgedrängt.

KNIE *ganz grün vor Wut und Scham* Gleich gehst du hin un entschuldigst dich!!

KATHARINA *steht wieder wie ein Bock.*

KNIE Du bittest um Verzeihung!! Du gehscht hin un bittest um Verzeihung, du –

ROTHACKER Jetz wird's aber Zeit, daß ich fortkomm! Auf Wiedersehn allerseits! *Ab.*

DILLINGER Die Sach hat noch e kriminelles Nachspiel. Wege Verletzung einer Amtsperson. Alles kann ma sich doch nit gefalle lasse.

KNIE *ganz gebrochen zu Membel, wie wenn er sich an einen Fremden klammern wollte* Ich bin ja selbst dran schuld! Ich hab das Kind verzoge – ich hätt's ja wisse könne – mei eige Schuld is es –

MEMBEL Es is noch gut abgange, Herr Knie! Der hätt se auch verhafte lasse könne!

KNIE Gestohle hat se, so oder so, da hilft alles nix.

MEMBEL Was mich anlangt, da könne Sie meiner Diskretion sicher sein. Bei so was, da bin ich einfach nit dabei gewese. Nein – da war ich einfach nicht dabei.

BIBBO *schlägt ihm auf die Schulter* Herr Membel, Sie hawwe Ihrn Beruf verfehlt. Sie müßte amtlicher Leumundszeuge werde oder Staatsanwalt, oder sonst was, wozu ma Charakterköpf benötigt.

MEMBEL *lächelt selig* Auch in meim Beruf is der Takt die Seele der Musik.

BIBBO *entschieden* Auf Wiedersehn!!

MEMBEL *halb erschrocken, halb beglückt* Auf Wiedersehn! Auf Wiedersehn! *Er geht rasch. Kaum ist er fort, dringen alle auf Katharina ein, außer Vater Knie, der unbewegt, wie versunken auf demselben Platz stehenbleibt.*

LORENZ Warum haste denn nix gesagt, ich hätt die Sach schon verkassemaduckelt!

FRITZ Wie kannste denn so was mache, Katherinche, du bist ja gepickt!

LORENZ Wieso denn, die hat ganz recht, als Bub haste auch Äppel gestrenzt!

FRITZ Das is was anders.

LORENZ Das is gar nix anders.

IGNAZ Du diebisch Elster, du schlecht Atzel, die de bist, du beißt mich nit nochemal ins Bein, du!!

BIBBO Laß se doch gehn jetzt.

JULIUS Wenn der Esel wenigstens was lerne wollt.

IGNAZ Der gehört abgezoge un Salami draus gemacht, ich hab's ja immer gesagt!!

KNIE, *der immer noch wie in tiefen Gedanken dasteht, reißt sich plötzlich auf, reckt sich empor, läßt seinen Stock durch die Luft sausen, schreit* Ach was! Strafübung für die ganze Truppe, los, alle Mann ans Gerät. Arbeiten, arbeiten. Wer steht noch nit, wer hippt noch nit, vite, vite, avanti, avanti, hee – hopp!! Hee – hopp!!

ALLE *stürzen wie aus der Pistole geschossen, fast mechanisch, mit der Präzision elektrischer Gliederpuppen, an ihre Geräte – Ignaz die Strickleiter hinauf, die Brüder Knie auf die Matte, Katharina wirft ihren Kittel ab, springt im Trikot auf die Kugel, auf der sie über die Bühne läuft, Mario ist sofort an den Musikplatz gelaufen, wo er zu spielen beginnt. Julius saust auf einem kleinen Fahrrad durch die Manege, Bibbo streut Sägemehl und Kolophonium, schleppt die ›objets‹ herbei. Bei sinkendem Vorhang alle in toller fanatischer Bewegung.*

KNIE *anfeuernd* Hee – hopp! Hee – hopp! *Er steht stockschwingend, alles dirigierend, in der Mitte.*

Zweiter Akt

Frühe Morgendämmerung. Der Platz liegt verlassen. An den Wagen sind noch die Läden geschlossen, die Vorhänge zugezogen. Die Geräte zum Teil gegen den Tau mit Zelttuch oder Stroh zugedeckt.

BIBBO *hockt in wollenem Unterrock und Kattunjacke am Kessel, die Kaffeemühle zwischen den Knien, mahlend. Von Zeit zu Zeit bläst sie in die Glut oder schmeißt ein Scheit hinein.*

KATHARINA *kommt von der Seite auf den Zehenspitzen, die Schuhe in der Hand, daß man sie nicht hören soll. Sie hat ihre schönste Bluse an, aus farbiger Waschseide, die Haare sind frisiert und mit einem Band zusammengehalten.*

BIBBO *tut zunächst, als bemerkte sie nichts – erst wie Katharina gerade in den Wagen schleichen will, dreht sie ihr langsam den Kopf zu, sieht sie groß an.*

KATHARINA *fährt zusammen, steht einen Augenblick zögernd, dann lacht sie unsicher* Jetzt wollt ich mir grad mei Stiffel putze –

BIBBO Komisch.

KATHARINA Was denn komisch?

BIBBO Daß die über Nacht so dreckig worde sin. Un erst die Strümpf! Die sin ja ganz voll frische Spritzer!

KATHARINA *läuft kurz entschlossen zu ihr hin* Wenn du de andere nix sagst, dann sag ich dir was. – Ich hab de ganze Hafer wieder hingebracht. Aber die andern, die deete mich ja doch nur uze damit!

BIBBO Weiß es der Vatter?

KATHARINA Bis jetz noch nit. Er hat mich gar nit mehr angeguckt, seit gestern abend.

BIBBO Lassen brumme. Das hält er kein halbe Tag nit aus.

KATHARINA Ja, das glaub ich auch – *Sie gähnt.*

BIBBO Biste müd?

KATHARINA Ich hab die ganze Nacht nit schlafe könne. Un dann bin ich aufgestande, wie's noch dunkel war, ich hab doch den Weg dreimal hin un her mache müsse!

BIBBO War's denn so eilig drum?

KATHARINA Ma kann's ja doch nit behalte. Vielleicht is auch schlecht fürs Eselche, wenn's alsfort gestohlene Hafer frißt. E paar Kilo hat's schon im Bauch.

BIBBO No, die werde nix schade. Komm, gieß de Kaffee auf, ich muß Holz trage.

KATHARINA Ein Augeblick – *Sie läuft rasch hinter den Wagen, zieht ihre Bluse aus, wirft den Arbeitskittel über, kommt wieder vor, hängt die Bluse ans Fenster, dann macht sie sich am Kessel zu schaffen.*

BIBBO *tritt mit einem Arm voll Holz zu ihr hin* Warum haste dich denn so fein gemacht – zum Sackschleppe?

KATHARINA Ich? Ei – es könnt eim doch jemand begegne.

BIBBO Wer denn?

KATHARINA No, irgend jemand.

BIBBO Ich hab schon gedacht, es wär Sonntag, un du wollst in die Meß gehn.

KATHARINA *rasch* Ja, das hab ich auch gedacht. Aber es is ja erst Freitag.

BIBBO Freilich, sonst hätte se schon geläut.

KATHARINA *ganz in Gedanken* Wenn's Sonntag wär. Aber es is ja kein Sonntag –

BIBBO *sieht sie von der Seite an* Haste'n gesehn, gestern abend? In der ersten Reih hat er gesesse.

KATHARINA Wer denn?

BIBBO De Rothacker. Un was hat er gelacht, wie der Julius vom Rad gefalle is!

KATHARINA Hat er sich wehgetan?

BIBBO Ach wo, der fällt wie e Katz. Er kann nit älter wie vierzig sein.

KATHARINA Sechzig is er. Er hat ja schon unterm Großvatter gearbeit.

BIBBO Was redst denn du vom Julius. Den Rothacker hab ich gemeint. Aber jünger is er auch nit. So um die Vierzig herum, das is das beste Alter für en Mann. Das grün Gras verdaut ma schlecht, und das alt Stroh schmeckt nach nix. Grad wenn's reif is, soll ma 's Korn schneide.

KATHARINA Rasch, geb mir e bißje kalt Wasser, ich muß de Kaffee schrecke!

BIBBO Wie ich zum ersten Mal geheirat hab, da war ich siebzehn, un de Mann war zwanzig. Nach zwei Jahr is er mir durchgange mit Ahua, dem Fischweib, die hat lebendige Goldfisch gesse un schweres Geld verdient. Wie ichs zweite Mal geheirat hab, da war ich zwanzig, und de Mann war sechzig. Nach zehn Jahr is er sanft entschlafe. Un wie ichs dritte Mal geheirat hab, da war ich fünfunddreißig, un de Mann war vierzig, das war die wahre Liebe, un mir wärn auch alt worde miteinander. Aber nach zehn Jahren is ihm in Wien en Kronleuchter auf de Kopp gefalle – no, das kann jedem passiere.

KATHARINA *seufzt langgezogen* Ach ja.

BIBBO Nemm de Schöpplöffel, die werde schon wach im Wage.

KATHARINA Erst warm Wasser für de Vatter. Rasch! *Sie trägt ein Gefäß mit dampfendem Wasser in den Wagen. Einzelne Wagenfenster werden von innen aufgestoßen, man hört während des Folgenden die Geräusche des Aufstehens, Gähnens, Sich-Hochrappelns und den Ablauf der morgendlichen Toilette. Der alte Julius kommt zuerst heraus – blinzelt in die aufgehende Sonne, schlendert zum Kaffeekessel.*

BIBBO Wie siehst denn du aus, du hast ja dei Gebiß vergesse!

JULIUS *erschrocken, lallt aus eingefallenen Lippen eine unverständliche Entschuldigung, läuft rasch zum Wagen zurück, langt ins Fenster, greift aus einem Wasserglas sein Gebiß heraus und läßt es sich, den Rücken zum Publikum gedreht, zwischen den Kiefern einschnappen. Dann wendet er sich um, völlig verändert, sichtlich verjüngt* Guten Morgen! *Er zeigt blendende Zähne.*

DIE BRÜDER KNIE *sind unterdessen seitlich aus einem Wagen herausgestiegen, Fritz recht munter humpelnd, Lorenz mit katzenhafter Faulheit – sie tragen kurze Hosen und haben nackte Oberkörper, beginnen sich hinterm Wagen prustend zu waschen. Dann kommen sie vor, jeder nimmt ein paar Tropfen aus einer Ölflasche auf die Hand, sie massieren sich gegenseitig die Muskeln.*

KATHARINA *kommt aus dem Wagen des Vater Knie zurück, geht zum Kessel.*

BIBBO *leise, zu ihr* Was machst du denn für Gesicht?

KATHARINA Er hat mir gar nit Gutemorge gesagt.

BIBBO Mach, als ob de's nit merke deetst. Da, füll ihm de Kaffee ein.

IGNAZ, *den man vorher in seinem Wagen lang und anhaltend gurgeln hörte, erscheint in der Tür, wendet sich zu einer am Dach hängenden Spiegelscherbe, bearbeitet sich mit Kamm, Pomadenstange, Augenbrauenstift, Puderquaste.*

DIE BRÜDER KNIE *sind fertig geworden, kommen zum Kessel, jeder nimmt von einem Brett einen dort hängenden Aluminiumbecher herunter, läßt sich von Bibbo Kaffee einfüllen.*

IGNAZ *feuert plötzlich einen Fußtritt unter den Wagen, ins Stroh* Aufstehn! Sakrament!

MARIO *kommt aus dem Stroh gekrochen* Oh lala! *Schüttelt sich den Häcksel aus den Haaren.*

IGNAZ Da, leer mei Waschwasser aus.

MARIO *freundlich* Va bene, va bene! *Leert es dicht neben ihm, fast auf seine Füße.*

IGNAZ *stampft auf* Saubub, schandmäßiger!!

BIBBO Geh her, Mario, mit dem is morgens früh nit gut Kirsche esse. Der schläft sich die Krätz in de Hals.

IGNAZ *stampft auf, geht auch zum Kaffeekessel, nimmt seinen Becher* Da is ja wieder nix wie Satz drin. Pfui Teufel, die Brüh. Wer hat denn die aufgosse?

KATHARINA Ich, wenn de's wisse willst.

IGNAZ Ach so, der Kaffee is heut mit Hafer gekocht! Mit Eselshafer!

KATHARINA Du, fang mir nur nit mit mir an, sonst kannste was erlebe!!

IGNAZ *auf Bibbo los* Jetz hab ich's gesehn, du hast dem Läusert e Stückche Zucker in de Becher geschmuggelt!!

BIBBO Was geht's dich an?

IGNAZ Dem schlag ich nochemal sei süß Maul in Fetze, dem Makkaronischluzzerer, dem Appelsinenlutscher, der gelb Meloneschnuut!!

MARIO Mille grazie, Signore, mille grazie!

FRITZ Ärgert mir nur de schöne Nazi nit, sonst kriegt er uns vorzeitig Falte.

LORENZ Un die Milch könnt ihm sauer werde.

IGNAZ *will heftig erwidern, sieht aber den Vater aus dem Wagen kommen, verstummt sofort* Psst! –

VATER KNIE Gute Morge!

ALLE Gute Morge, Vatter!

KATHARINA *hat rasch den Kaffee in eine schöne bauchige Porzellantasse gefüllt, auf der in großen Buchstaben, mit Blumenschrift, der Name Karl aufgemalt ist, will sie ihm hinbringen.*

KNIE *übersieht es, geht ruhig an ihr vorbei zum Kessel, nimmt einen der Aluminiumbecher vom Brett, füllt sich selbst Kaffee ein.*

KNIE Bobbi! Schneid mir e Stückche Brot herunner! Haste de Bube ihr Portion schon gewwe?

BIBBO Ja, für de ganze Tag.

KNIE Dann lauf bis mittags ins Dorf un kauf noch e neues. Morge soll's schon wieder teurer werde, hab ich gehört.

BIBBO Die Milch kann ma sowieso nit bezahle, die kost achthunderttausend, un Butter is nirgens kei aufzutreibe.

KNIE Ihr müßt wieder Speckschwarte besorge, un Schmalz auslasse.

BIBBO Gestern abend hat uns en Bauer statt Eintritt e halb Dutzend Eier gewwe, die gibt's heut mittag als Pannekuche.

KNIE Dem Mann müßt ma e Denkmal setze, aus Mandel un Rosine, damit ihn die Kinner gern hawwe. So, seid ihr all fertig?

FRITZ Fertig!

KNIE Dann kommt emal all mit, nehmt die Schubkarrn un die Schippe – wir müsse Kies hole vom Flüßjesufer un die Löcher zuschütte in der Bahn. De Anmarsch muß auch planiert werde – da sin ja Dreckpfütze, daß die Kinner drin ersaufe un de Mädcher ihr Halbschuh steckebleibe. Lorenz, lauf zu dem Neubau enüwwer un frag, ob wir de Lehmwalz leihweise hawwe könnte. Bis heut abend muß alles tadellos geschliffe sein, da will ich ein prima Parkett sehn! *Er nimmt eine Schaufel auf den Rücken, geht voraus.*

IGNAZ *leise maulend* Dazu wäre mir nit verpflichtet. Das is kei künstlerisch Arbeit.

FRITZ Arbeit is Arbeit, dafür esse mir Brot.

IGNAZ Ach, häng dich doch uff mit deine Bolschewistesprüch.

FRITZ Du denkst vielleicht, du wärst was Besseres, he?

IGNAZ Wer was wert is, fühlt sich auch was wert.

FRITZ Für dich wollte mir sowieso schon en Dienstmann engagiere. Daß de dir nur die Finger nit dreckig machst!

IGNAZ Was Kappes. *Sie gehen, die anderen sind schon voraus, es bleiben nur Bibbo und Katharina, die das Kaffeegeschirr wegräumen und dann beginnen, aus einem großen Korb Wäsche herauszunehmen und an den Leinen aufzuhängen.*

BIBBO *summt unter der Arbeit leise die Melodie eines Liedes zwischen den Zähnen, dann und wann lauter werdend*

»An jenem Fluß, der da rauschend schoß,
Saß ein Mägdlein daran, war so schön –«

KATHARINA *arbeitet schweigend. Nach einer Weile bleibt sie plötzlich stehn* Hast du gesehn, wie er war?

BIBBO No ja, so is er halt.

KATHARINA Weißt du, mir is oft, als ob ich gar nit mehr lebe möcht.

BIBBO Wenn's eim so is, muß ma en saure Hering esse.
Singt weiter

»Und als das Mägdlein Kränzlein wand,
Kam ein Jüngling des Weges, war so schön –«

KATHARINA Hör doch auf.

BIBBO Warum denn?

KATHARINA Ich mag nit... Das is alles so dumm!!

BIBBO *sieht sie an* Das kommt davon, wenn man die Nacht nit schläft.

KATHARINA Weißt du eigentlich, wann's hier weitergeht?

BIBBO Das hängt vom Besuch ab. Morge, spätestens übermorge.

KATHARINA Ma kommt auch gar nirgends mehr zur Ruh.

BIBBO Was willst denn du zur Ruh komme? Dazu is unnerm Sargdeckel als noch Zeit genug. Schlaf nachts, is gescheiter.

KATHARINA Ma möcht sich doch auch emal umgucke, irgendwo.

BIBBO Zu lang am gleiche Platz, das tut nit gut in der Arbeit, merk dir das für später, wenn de mal selbständig bist. Da denkt ma, die Leut wisse's ja schon, un ma kennt jeden Meter Luft in der Manege, da schnickt ma sich nit mehr richtig samme, un dann gibt's Bruch. Am erste Abend vor fremde Leut – da is noch keiner falsch abgesprunge!

KATHARINA Bist du mal über de Berg enauf gange – wo das Gut liegt?

BIBBO Woher denn? Ich hab doch de ganze Tag zu tun.

KATHARINA Da is en Garte dabei, so was hab ich noch nie gesehn. Wenn de über de Mauer guckst – der hört gar nit auf!

BIBBO Sin auch Heinzelmänncher drin?

KATHARINA Davon hab ich nix bemerkt.

BIBBO In ein wirklich feine Garte gehörn Heinzelmänncher un künstliche Reh – sonst is nix.

KATHARINA Das muß es Lebe sein! Die brauche doch gar kei Geld! Dene wächst grad alles in de Mund.

BIBBO Ja, hier gibt's viel Gemüs un en gute Wein.

KATHARINA Un was Obst!! Wenn da die Quetsche un die Äppel reif sin – da möcht ich emal hier sein!!

BIBBO Un wenn du so e Bäumche schüttelst, dann kriegste e Protokoll. Das wächst all für die annere Leut.

KATHARINA Ich möcht's ja nur angucke.

BIBBO Davon wird ma nit satt.

KATHARINA *nach einer Weile* Im Winter, in der Stadt, da gefällt mir's ja gar nit so gut. Da bin ich immer froh, wenn's warm wird, un wenn wir losziehn.

BIBBO Das is wege der Handelsschul. Da is noch niemand gern hingange.

KATHARINA Aber im Sommer denk ich an manche Ort: Wenn nur emal was passiere deet – daß ma e Zeitlang dableibe könnt!!

BIBBO *spuckt rasch dreimal aus* Pfui Teufel! Sag so was nit!! Wenn das der Vatter hört!

KATHARINA *sieht sich rasch um* Er is ja nit da.

BIBBO Sei froh, solang's überhaupt noch weitergeht!! Schwer genug hält's allweil. Nachher haste's, wenn mir heut hänge bleibe un zumache müsse – da kannste an de Fingernägel zukkele.

KATHARINA Ach was!! Mir deete doch nit steckebleibe, mit so viele junge Leut! Das glaubst ja selbst nit!! Weiter ging's schon – un wenn mir die Wage drücke müßte bis zum nächste Ort!!

BIBBO No siehste. Jetz redste vernunftmäßig. Du erbst doch emal den ganze Betrieb, das darfste nie vergesse!

KATHARINA No ja, ... ich – hab ja auch nit gemeint, daß der Trupp was passiere sollt, oder de Wage! Ma denkt sich nur manchmal aus, daß ma selber liege bleibt – ganz allein. Ich war doch noch nie krank.

BIBBO Freu dich.

KATHARINA Ich deet mich heimlich wegschleiche – daß niemand weiß, wo ich bin – un dann deet ich mich einfach in de Grabe lege, un deet zuhöre, wie mir's in de Ohre saust – ganz egal, ob mich einer findt oder nit.

BIBBO Ja, an der Landstraß zum Gutshof da drowwe, gell?

KATHARINA Ach wo! Im Wald am liebste! Bist du oft krank gewese?

BIBBO Mehr wie genug. Aber zum Hinlege hab ich nie kei Zeit gehabt, un da is auch so vorbeigange. Höchstens beim Kinderkriege hab ich mei drei, vier Tag gelege.

KATHARINA Das is es ja – ma hat ja nie Zeit –

BIBBO Ich will dir mal was sage – ma braucht auch kei Zeit – wenn ma richtig bei der Sach is. Ma muß nur wisse, wo ma hingehört. Vielleicht kommt emal en Mann, der dich vom Wage wegnimmt, un wo de fester hängst als beim Vatter.

KATHARINA Sei still!!

BIBBO Warum denn? Es muß so Leut gewwe, un so Leut. Ma muß nur wisse, wo ma hingehört. Da, halt die Lein fest.

KATHARINA *nimmt schweigend die Leine auf, langsam rückwärts gehend.*

BIBBO *beginnt wieder leise zu singen, dann lauter*

»Und als dreiviertel Jahr um warn,
Saß das Mägdlein am Fluß, weinte sehr – –«

KATHARINA *läßt plötzlich die Leine los, daß alles herunterfällt.*

BIBBO Was is denn, Sakrament!!

KATHARINA *antwortet nicht, sieht starr und wie gebannt auf den Platz – dort kommt jetzt Rothacker, hinter ihm ein paar Stallbuben, die Säcke schleppen.*

BIBBO *sammelt murrend die hingefallene Wäsche auf* Jetzt kann ich's all wieder ausschwenke.

ROTHACKER *zu den Buben* Da, stellt's an de Wage, un dann Trab nach Haus!

DIE BUBEN *stellen die Säcke ab, gehen.*

ROTHACKER *ohne Gruß, fast grob* So. Da is Hafer, un da is Melasse, un da sin Rüben. Das langt für e Zeitlang.

BIBBO *nimmt den Wäschekorb auf, geht zum Fluß, dicht an Rothacker vorbei, laut singend*

» – – und sie stürzt sich voll Verzweiflung in die Flu-u-ut,
Und sie stürzt sich voll Verzweiflung in die Flut, vallera!« *Ab.*

ROTHACKER *macht einen Schritt auf Katharina zu.*

KATHARINA *mit einer Bewegung, als wolle sie fliehen, dann plötzlich ganz fest ihm entgegentretend* Das geht nit. Das nehm ich nit an.

ROTHACKER Es is ja gar nit für Sie. Es is für die Maali.

KATHARINA *stur* Das muß ich jetzt all wieder zurücktrage.

ROTHACKER Ich laß mir aber nix zurückschenke, verstehn Sie?

KATHARINA Ich trag's aber doch enauf.

ROTHACKER Un denn trag ich's wieder runner, un Sie wieder nauf, ja mir könnte ja nix mehr weiter tun, wie alsfort Säck hin un her schleppe! *Lacht.*

KATHARINA *stampfend* Ich trag's aber doch enauf. Jetz grad!!

ROTHACKER Dann nehme Sie sich wenigstens en ordentliche

Schubkarrn dazu. Sie hawwe sich recht plage müsse, heut früh, am Steilweg, unter der Gartenmauer.

KATHARINA Ich? Das war ich gar nit. – Hawwe Sie mich gesehn?

ROTHACKER Der Vatter is streng, was?

KATHARINA Der Vater hat's überhaupt nit gewußt! Das hab ich frei gemacht. Wenn er mich gezwunge hätt, dann hätt ich die Säck in de Neckar geschmisse.

ROTHACKER Un wisse Sie, was Ihne dann gehört hätt? Fünfunzwanzig – Ssst! *Macht die Bewegung des Durchhauens.*

KATHARINA Von wem denn? Das wagt keiner!

ROTHACKER No, da wär ja weiter nix zu wage dabei.

KATHARINA *lacht unsicher* Ich hätt's ja gar nit getan. So was sagt man nur so.

ROTHACKER *ernsthaft* Dann könnte ma auch die Prügel zurücknehme. Wo sin denn all euer Leut?

KATHARINA Die wasche Kies aus, am Flüßje.

ROTHACKER *schaut in einen Wagen* Sauber is da drin.

KATHARINA Und schön auch! Sehn Sie die Fächer, un die Photographien!!

ROTHACKER Die Mutter Gottes hängt auch überm Bett.

KATHARINA Freilich! Der Vatter is fromm. Sonntags, da müsse mir immer in die Meß gehn.

ROTHACKER Tun Sie's gern?

KATHARINA Das kommt auf die Pfarrer an, das kann ma vorher nie wisse. Manche sin ja sehr schön – aber die meiste sin alt un fett un singe wie die Rabe.

ROTHACKER Un dann is langweilig, gell?

KATHARINA Langweilig is es nit – ich setz mich immer nebe de Fritz – der schneid heimlich Fratze un singt lauter Blödsinn statt lateinisch, er streckt auch beim Umgang hinterm Bischof die Zung heraus. Er sagt, er glaubt überhaupt nix, er ist Proletarier – aber de Vatter darf's nit wisse.

ROTHACKER Glaube Sie auch nix?

KATHARINA Doch, schon, e bißje –

ROTHACKER Das langt auch. *Schaut wieder in einen Wagen* Wenn's regnet, muß es ungemütlich sein.

KATHARINA Warum? Ich hab's gern, wenn es so troppt un trommelt, besonders nachts, da kann ma sich was denke dabei... Un im Winter stehn mir ja unter feste Dächer. E bißje eng is es halt. *Sie beobachtet ihn von der Seite, wie er, gleichsam spürend und witternd, wie von einer seltenen Fährte angezogen, Wagen und Platz umkreist.* Sind Sie auch schon viel gereist?

ROTHACKER Es geht. Zuletzt vier Jahr lang, davon hab ich genug.

KATHARINA Ach wo, das war de Krieg, das zählt nit. Ich meine, so wie wir, so »schweifen wie der Vogel zieht«, – kenne Se das Lied nit?

ROTHACKER Nein, wie geht's denn?

KATHARINA *sitzt auf der Wagendeichsel, singt leise*

»Ach, ich muß von hinnen wandern,
Schweifen wie der Vogel zieht,
Darf nicht bleiben bei den andern,
Denen hier das Glück erblüht.
Zieh nicht weiter, schöner Knabe,
Fühlst du nicht des Abschieds Schmerz –
Die Gesänge der Matrosen,
Sie zerreißen mir das Herz.«

ROTHACKER *ernst* Sin Sie denn schon so weit herumkomme?

KATHARINA Ich hab schon sehr viel von der Welt gesehn – Nürnberg – un Donau-Eschingen – un Mainz – un Bayrisch-Sulzbach!

ROTHACKER Ei, guck emal an.

KATHARINA Un einmal sin mir im Schnee steckegebliebe, das war im Schwarzwald, da hat's schon im Oktober geschneit, un einmal is der Blitz in unsern Mastbaum geschlage, un ein Zigeuner hat mitm Messer gestoche, aber der Ignaz hat ihm e Bein gestellt, un der Fritz hat ihm de Sack über de Kopf geworfe, un der Vatter hat ihm de Händ gebunde, un de Bibbo hat ihn dann abgeschimpft.

ROTHACKER Und dann?

KATHARINA Dann hawwe mirn laufe lasse.

ROTHACKER Ja, da kann ma was erlebe, so unterwegs.

KATHARINA Freilich – all die Abenteuer, un all die Gefahren – und die Geheimnisse!

ROTHACKER Was is denn das, die Geheimnisse?

KATHARINA Das is, was ma nit laut sage darf. Wo ein Schatz verborge liegt, oder wo ma en Schädel findt, oder altes Galgeholz, das weiß der Julius alles – oder en Glückspfennig, oder wo's Hirschkäfer gibt – und wo manchem sei Wieg gestande hat –

ROTHACKER Wo sin Sie denn gebore?

KATHARINA Das is ja so ein Geheimnis – das darf niemand erfahre.

ROTHACKER Ich sag nix weiter.

KATHARINA Mei Mutter, die hab ich gar nit gekannt. Vielleicht war sie was Großes, aber ich sag ja nix – da gibt es als Schloßfräulein, die heimlich Kinder kriege – un Fürsten, wo ihr Fleisch un Blut verleugne, un alle das – aber eines Tages, da kommt's heraus – un bei meiner Windelwäsch, da war ein Tuch dabei, das war aus lauter Seide, un ganz mit Kröncher bestickt –

ROTHACKER *ernst* Hawwe Sie's noch?

KATHARINA *sieht ihn von der Seite an, beginnt laut zu lachen* Das glaubt der alles!!

ROTHACKER Gewiß! Warum denn nit?

KATHARINA *noch stärker lachend, plötzlich wild verzweifelt* Ach, geh! Sie tun ja nur so!!

ROTHACKER Wer sagt denn das?

KATHARINA *springt auf, als wolle sie wegrennen* Das is ja viel zu dumm, ich – gehn Sie doch fort!!

ROTHACKER Kommen Sie her un setzen Sie sich wieder.

KATHARINA *langsam zurückkommend, fast ängstlich, setzt sich wieder.*

ROTHACKER *beobachtet sie lange, mit etwas ungewissen Augen* Jetz möcht ich nur wisse – woher ich Sie schon kenn.

KATHARINA *lächelnd* Vielleicht hat's Ihne geträumt.

ROTHACKER Nein, das glaub ich kaum. Ich träum nit viel.

KATHARINA Vielleicht sin Sie mal Chaise gefahre, im Traum?

ROTHACKER Mitm offene Dogcart fahr ich als.

KATHARINA Ja, auf der Landstraß, nach Mannheim!

ROTHACKER Halt emal – jetz hab ich was – Da hat sich e Mädche hintedrauf gehängt, wie's als die Dorfbube mache!

KATHARINA Das sin aber schon zwei Jahr her!

ROTHACKER Und ich hab mit der Peitsch nach rückwärts geschlage, un da sin Sie vor Schreck heruntergefalle un in de Grabe gerollt.

KATHARINA Ich hab mir die Knie arg aufgeschunde, un die Ellboge auch.

ROTHACKER Das kommt davon! Sie hawwe wie tot in de Brennessel gelege.

KATHARINA Ich hab mich nur so gestellt!

ROTHACKER Und wie ich abgestiege bin un hab mich über Sie gebückt, da warn Sie schon auf und davon, wie en Has in die Roggefelder nei!

KATHARINA *lachend* Da wärn Sie nit leicht mitkomme!

ROTHACKER Ich hab's erst gar nit probiert. – – Ja, das sin jetz zwei Jahr her.

KATHARINA – – Aber ich hab Sie wiedergesehn, im vorige Jahr.

ROTHACKER Wo denn?

KATHARINA Das sag ich nit.

ROTHACKER Un dies Jahr – hawwe Sie den Hafer geholt.

KATHARINA Ja, wege meim Eselche...

ROTHACKER Freilich, wege sellem Eselche... *Verstummt.*

KATHARINA *nach einer Pause* Wie alt sin Sie eigentlich?

ROTHACKER Zweiundvierzig.

KATHARINA Un ich bin vierundzwanzig. Wenn ma's herumdreht, sin mir gleich alt!

ROTHACKER Un zusammegezählt hätte mir sechsunsechzig, das is e gut Spiel.

KATHARINA Ja, da hammer gewonne!

ROTHACKER Un wer muß zahle?

KATHARINA Alle beid – oder keiner!

BEIDE *sehen sich einen Augenblick an, beginnen dann wie Kinder, die herausplatzen, laut zu lachen. Das Lachen wird immer toller, ›sinnloser‹ – sie überhören dabei, daß Vater Knie vom Fluß herauf über den Platz gekommen ist und hinter ihnen stehenbleibt.*

KATHARINA *spürt es plötzlich, fährt mitten im Lachen herum, verstummt, springt auf und rennt wie ertappt davon.*

ROTHACKER *steht auf, immer noch mit einem jungenhaften Lachen* Gute Morge, Herr Knie! *Streckt ihm die Hand hin.*

KNIE *nimmt die Hand etwas steif* Guten Tag, Herr Rothacker. *Kleine Pause* No, hat's Ihne gefalle gestern abend, in der Vorstellung?

ROTHACKER Ei, großartig! Die junge Leut könne was, das muß man sage.

KNIE Die hab ich all selber angelernt. Wenn man en Gaul un e paar neue Trikots anschaffe könnt, da hätt ich was zu biete. En Zauberkünstler müßt ich auch engagiere.

ROTHACKER Es hat ja auch so e Menge Abwechslung.

KNIE Es müßt halt immer noch besser gehn. Wisse Sie – – Sie spare mir en Gang. Ich wollt sowieso zu Ihne raufkomme, eh daß wir weiterziehn, un mich noch emal entschuldige, wege der schreckliche Geschicht, die da passiert is.

ROTHACKER Ach, das is ja schon gar nit mehr wahr. Ich hätt fast nit gewußt, wovon Sie rede.

KNIE Ja, für Sie is es kein Gegenstand, aber für mich is es die Tochter, das läßt sich nit wegschlafe, so was, das stickt wie en Wespestachel!

ROTHACKER *unvermittelt – wie von seinem eigenen Einfall überrumpelt* Sage Sie mal, Herr Knie: Möchte Sie Ihr Tochter nit hierlasse? Vielleicht als Magd, aufm Landgut?

KNIE *starrt ihn an, ohne Verstehen* Mei Tochter – als Magd? – Ich weiß nit recht, was Sie da sage wolle?! Wo de Vatter selbständig ist, un alle Großvätter selbständig warn – wie kann denn da die Tochter diene, das gibt's doch nit!

ROTHACKER Ich hab mich vielleicht nit richtig ausgedrückt – bei uns versteht ma das anders; ich mein ja nit als Stallmagd –

sondern so – damit sie was lernt – die Gutswirtschaft, un die Ökonomie, das muß ma von unneruff anfange.

KNIE Ei, wo denke Sie denn hin? – Ich brauch sie doch überhaupt, im Programm. Die deet auch gar nit bleibe, da kenne Sie unser Rass schlecht. Sie kriege kei Katz vom Haus weg, un kein Knie vom Wage! Wie sind Sie eigentlich da drauf gekomme?

ROTHACKER Ich weiß nit, es ging mir grad so durch de Kopp – es is ja heutzutag nit mehr so einfach, mit der Seiltänzerei.

KNIE Einfach is das nie gewese – es war schon alleweil e hartes Brot. Aber dafür weiß ma auch, was ma hat. Wer aufm Seil groß worde is, der kommt sei Lebtag nit herunner.

ROTHACKER Da gibt es wohl schon e paar Geschlechter Knie beim gleiche Handwerk?

KNIE E paar? E paar Dutzend, wär besser gesagt! Mir hawwe ein Gewerbeschein als freie Seiltänzer, der stammt ausm sechzehnte Jahrhundert.

ROTHACKER Das is allerhand.

KNIE Hawwe Sie denn gemeint, daß sie ganz hierbleibe sollt?

ROTHACKER Ich hab mir das gar nit weiter überlegt – es käm ja drauf an, wie alles wird, un ob sie sich einschafft – aber ich wollt Ihne da nix in Ihr Sach redde, Herr Knie.

KNIE – Wenn ma nur wüßt, ob's jetz noch schlechter wird, in unserm Land.

ROTHACKER Was kann ma da wisse. Vielleicht wär's schon am beste, wenn emal alles richtig unner die Dampfwalz käm.

KNIE Mir wär's ja wurscht – ich bin schon mehr abgerutscht un immer ins Netz gefalle. – Aber es is e Kreuz, wenn ma alt wird, un hat für sei Kind noch nit emal genug zu esse – das kann ma gar niemand sage, was das heißt! Im Winter hab ich noch e Sümmche auf der Sparkasse gehabt: Fort is es! Wie Dampf ausm Kessel. Un wenn ich abends de Kurs vom nächste Tag ansetze deet, da ging mir kein Mensch aufn Sitzplatz! Es is auch gar kein Kunschtsinn mehr unter de Leut, seit se kei Geld mehr hawwe. Herrgott, ich rauch Ihne da mei schlecht Tobak vor – nehme Sie mir's nit übel, ich redd sonst nie von dene Sache.

ROTHACKER Ja, ihr laßt wenigstens de Kopp nit hänge un schimpft nit auf die Judde, das findt ma selten heut.

KNIE *mit plötzlicher Heftigkeit* Das wär früher gar nit möglich gewese – daß mei Tochter sowas tut!! Un es hätt auch jetz nit vorkomme dürfe – erst recht nit!

ROTHACKER Sie müsse das nit so ernst nehme.

KNIE Nein, nein, nein, nein *Läuft umher* – Da steckt was dahinter, das krieg ich nit heraus – es stimmt was nit, es geht nit mehr zusamme, es is falsch Luft im Werkel, es – – *Bricht ab, wie erschrocken, setzt sich auf die Wagendeichsel* Da denkt ma – ma kennt so e Kind, bis auf de klare Grund... *Verstummt.*

ROTHACKER *nach einer Weile* Lebt eigentlich Ihre Frau noch?

KNIE *wie in Gedanken* Woher denn? Die is mir doch gestorbe, da war ich kaum e Jahr verheirat.

ROTHACKER Woran is se denn gestorbe?

KNIE Im Kindbett. Der Doktor hat gesagt, es dauert noch e Woch, un mir mußte weiter. Dann is es auf der Fahrt losgange, mitte im Wald – drei Stund vom nächste Dorf. Sie hat sich verblut.

ROTHACKER Vorher hawwe Sie keine Kinder gehabt?

KNIE Nein – und nachher erst recht nit. Deshalb is ja auch nix mit meim Geschäft! En Seiltänzler muß e Frau hawwe, un Kinder wie die Pfifferling! Mir ware noch sechzehn Geschwister im Wage, un hawwe all vom dritte Jahr ab gearbeit.

ROTHACKER Warum wollte Sie denn nit wieder heirate?

KNIE Ach – das kann ma schwer sage. Es hat ja auch vorher lang genug gedauert, bis es richtig war – da hätt ich mir's längst leiste könne. Un dann hatt ich mich so an das Kind gewöhnt – da wär's gar nit mehr gange. Ei, da hätt ich kei Frau mit hereinredde lasse, in de schlimmste Zeite nit!

ROTHACKER Sie hawwe sie ganz allein aufgezoge?

KNIE No ja, was ma so nennt – ich hab ja immer e Waschfrau gehabt.

ROTHACKER Da hat sie wohl auch recht früh auftrete müsse?

KNIE Freilich. Kaum daß sie stehe konnt, wie sich's gehört. Aber sie war halt nie so richtig bei der Sach. Für die ganz große Kunscht langt's nit – da fehlt ihr was im Inwendige dafür. Bis zum Batoudesprung un zum Léotardière konnt ich's nie mit ihr bringe – vielleicht – hab ich se auch zu wenig getriezt. Mein Vatter un mein Großvatter, die hawwe's noch mitm Stock un mitm Riemen gemacht, da sin mir jeden Morgen vor der Arbeit für alle Fäll de Größ nach verdrosche worde. Geschadt hat's uns ja auch nix – aber ich hab mir dann gesagt: Was einer so nit lernt – das mache ihm die rote Strieme un die blaue Flecke auch nit geschmäcklicher!

ROTHACKER Das war ja auch richtig. Sie hat's ja auch so geschafft. Es wird doch am meiste geklatscht bei ihre Nummern.

KNIE Das is mehr wege de Haar un wege de Auge, als wege der Equilibrischtik. Wer's nit versteht, merkt's ja nit so genau. Unsereiner, der spürt das bis in die Zahnwurzel, wo de letzte Wuppdich fehlt! – Sonst hätt se ja auch längst geheirat.

ROTHACKER Was hat denn das mit der Kunst zu tun?

KNIE E ganze Menge. Sie kann doch nit einfach heirate, wen se mag – das geht nit bei unserm Stand! Es kommt nur ein erstklassiger Bankist in Frage, en selbständiger Direktorsohn oder so was, da hätt se schon drei-, vierfach die Wahl gehabt. Aber sie will un will nit...

ROTHACKER Vielleicht hat sie en andere gern – der nit vom Bau is.

KNIE Da hätt ich noch nix davon gemerkt – daß die ein gern hätt. Ich glaub, da drin is sie auch e bißje komisch.

ROTHACKER No ja. Sie is ja noch jung.

KNIE Ja, ja, sie is ja noch jung – – ich denk auch oft, sie is noch wie e Kind, – – un doch is was anders dahinter, Herrgott – – – *Fast hilflos* – das könnt ja all sein, wie's wollt – – wenn ma nur wüßt, wie's weitergeht –

ROTHACKER Wisse Sie was, Herr Knie: – Wenn's halt noch schlimmer kommt, oder wenn Sie mal irgendwo festsitze, dann schreibe Sie mir e Kart. Ich würd Sie schon heraushaue.

KNIE *schroff* Das werde Sie nit erlebe, daß ich Bettelbrief schreib.

ROTHACKER Davon hab ich auch nix gesagt, Herr Knie.

KNIE *blickt unter sich* Ich bitt Sie, vergesse Sie das. Ich wollt das gar nit sage – wirklich nicht.

ROTHACKER *kurz* Das macht ja nix. *Wendet sich halb, sieht nach der Sonne* Jetz wird's aber Zeit – ich hab noch viel zu tun heut.

KNIE *vertritt ihm fast unbewußt den Weg* Es steht nit schlecht auf de Felder, gell?

ROTHACKER Aber auch nit besonders gut. Die meiste Arbeit macht doch der Wein, un damit is dies Jahr nit viel los.

KNIE Kann ma das jetz schon wisse?

ROTHACKER Ziemlich. Die Eisheilige hawwe's aufm Kerbholz. Es hat gut angesetzt, aber 's meiste is verfrore.

KNIE Was da auch für Sorg un für Plag drin stickt.

ROTHACKER No ja, es geht viel kaputt. Voriges Jahr hatte mir den schwere Hagelschlag, da sin die Kornährn wie ausgedrosche aufm Acker gelege. Jed Jahr hat sei Mucke, das is nit anders. Un doch wächst immer noch genug.

KNIE Wenn da jetz so e Mädche die Gutswirtschaft lernt – oder vielleicht en junger Mann – un hat kei Geld un kei Erbschaft von daheim zu erwarte – da kann er doch auch nit viel damit anfange, heutzutag?

ROTHACKER Ei, sage Sie das nit! In der Landwirtschaft geht's immer weiter, un wenn alles andere im Dreck steckebleibt. Was wächst, behält sein Wert, da kommt nix auf dagege. Denke Sie mal, was heut gepflanzt wird überall, un was da noch zu verbessern is, an der Sämaschin, un an de Dungmittel, un am Viehfutter, un an allem überhaupt – wenn da einer Hand und Kopp hat, un die Auge aufmacht, un vorwärts guckt – für den is alleweil mehr Arbeit, als er leiste kann. Der Staat macht jetz Musterwirtschafte überall, un wo ma hinhört, werde junge Leut gesucht, die Schwung ins Rad bringe. Un denke Sie dann: Es kriegt einer e billig Pacht, un spart sich was, un kann sich e Stückche eige Land schaffe – auch nur e Steinwurf Acker, der eim selber gehört – da kann eim nix mehr irrmache, da lebt und stirbt ma dafür.

KNIE Ich glaub, da muß ma auch dazu gebore sein. Unsereiner

kommt überall herum, un hat überall Erd unter de Füß, un da denkt ma halt: Land is Land.

ROTHACKER Das eige Land is was anders, das würde Sie auch merke, das geht jedem so.

KNIE Gewiß, wenn schon de Großvatter im gleiche Gutshof gesesse hat –

ROTHACKER *lacht* Mein Großvatter hat noch Holz geschlage aufm Schwarzwald owwe.

KNIE Hawwe Sie denn das Gut nit von kindauf besesse?

ROTHACKER Ach kei Spur! Mein Vatter hat kaum en Morgen Land gehabt, und noch nit emal e Kuh im Stall. Er hat nebeher Gäul beschlage, un Zäum und Kummet gericht. Mei Mutter hat als Magd bei ihm gedient – und nach der Heirat hat sie die Knechtsarbeit auch noch mitgenomme. Die hawwe sich gerackert von früh bis spät.

KNIE Und wie sin Sie dann zum Gut komme?

ROTHACKER Wie de Kuckuck zum Nest. Mir hawwe plötzlich geerbt. – Grad wie mein Vatter im Sterbe lag. Von entfernte Vettern, an die mir niemals gedacht hätte.

KNIE Da hat Ihrn Vatter selbst von der Erbschaft gar nix mehr gehabt?

ROTHACKER Nix wie en Grabstein. Das Gut war auch gar nit auf der Höh – Steuern un Schulde druff, un versaut wie en alter Taubeschlag. Aber damals war mei Mutter noch jung, die hat was herausgeholt, das glaubt eim keiner.

KNIE Lebt Ihr Mutter noch?

ROTHACKER Freilich! Die is nit viel älter wie Sie.

KNIE Un is auch Ihr Frau gesund?

ROTHACKER Solang mei Mutter noch lebt, brauch ich kei Frau. Sie is ja noch überall dabei un guckt de Leut auf die Arbeit. Da heißt es zupacke, was gibste, was haste!

KNIE Da wär mei Tochter in e harte Lehr komme, wenn Sie se mitgenomme hätte.

ROTHACKER Das glaub ich. *Er sieht Knie an, der mit merkwürdig abwesendem, verbohrtem Blick dasteht* Aber das gibt's ja gar nit! *Lächelt* Sie gewwe Ihr Kind nit her, Ihr Lebtag nit!

KNIE *schreit ihn fast an* Wenn ich aber muß –!!

ROTHACKER *sieht ihm ins Gesicht* Jetz möcht ich wisse, was Sie denke, Herr Knie.

KNIE *nach einer Pause, langsam, und jedes Wort ausgrabend* Höre Sie zu – was ich jetzt sage – das is mir selber so neu – als wär's da vor mir aus der Erd aufgewachse. Ich glaub, es tut hier nit mehr gut mit meiner Tochter – es is nit wegem Geld, un wege der Lebsucht: – Was mir zum Lebe brauche, das schaff ich noch immer bei, das wär mei Sorg nit. Aber das Mädche hat mir die schnurgrad Richtung verlore – das merk ich auf Schritt und Tritt – die geht mir danebe – die läuft in krumme Schiene – – un ich kann's nit grad biege, un ob ich mir die Händ verrenk! Wenn ich denk, daß es dann besser wird – un daß sie woanders eher zu sich selber kommt – dann deet ich se fortschicke.

ROTHACKER *nach einer Weile* Wenn Sie das ernsthaft wolle, Herr Knie –

KNIE *unterbricht ihn mit einer Bewegung* Was ich will – das gehört jetz nit aufs Trapez. Vielleicht is es ihr Glück, wenn se hier fort kommt un e ander Zucht un Ziel kennelernt. Vielleicht auch nit – dann wird se schon wieder zurückfinde. Ich denk halt nur: Ma darf ihr die Chance nit wehre.

ROTHACKER Überdenke Sie's zweimal, Herr Knie. Sie könne mir morge auch noch Bescheid sage.

KNIE *fest, fast hart* Nein! Das is bedacht. Das kommt jetz nur noch auf mei Tochter an. Ich ruf se gleich her – un wenn se wirklich will – dann soll se mitgehn.

ROTHACKER Ich könnt sie als Elevin einstelle. Frei Kost un Schlafstatt, im erste Jahr ohne Gehalt.

KNIE Das is dann ihre Sach. Wenn se wirklich fort will, dann muß sie sich selber einrichte. Noch eins: Das Mädche braucht e starke Zügelhand. Die bockt, wenn ma locker läßt.

ROTHACKER Bei meiner Mutter wird se schon Schritt gehn. Ich könnt ja auch selber fast ihrn Vatter sein.

KNIE Un wenn se nit will – dann bleibt die Sach unter uns begrabe.

ROTHACKER Hand drauf.

KNIE Wie heiße Sie eigentlich – mitm Vorname?

ROTHACKER Martin. Martin Rothacker.

KNIE So. Un ich heiße Karl. *Er schüttelt ihm die Hand* Jetz hol ich se rasch. Ein Augenblick bitte. *Er läuft hinter die Wagen, man hört ihn laut rufen* Hee!! Katherinche!! Bei!!

ROTHACKER *sieht ihm gespannt nach.*

KNIE *kommt rasch zurück, Katharina an der Hand führend. Sein Blick brennt jetzt wie von einem inneren Fieber, das er gewaltsam zu unterdrücken versucht. Seine Stimme ist ganz ruhig.*

KATHARINA *steht still neben ihm, sieht Rothacker nicht an.*

KNIE So. Jetz paß emal auf. Da der Herr hat gefragt, ob du hier bleibe willst. Jetz gleich, auf der Stell. Du könntest die Gutswirtschaft lerne, bei seiner Mutter, aufm Hof. Jetz weißt es. Jetz sag selbst, was de willst.

KATHARINA *schweigt, wirft einen kurzen fragenden Blick auf Rothacker.*

ROTHACKER Zunächst vielleicht nur, bis die schlimmste Zeit vorüber is – ich mein, bis ma sieht, wie alles wird. Sie könnte als Elevin eintrete – da is grad eine abgange.

KNIE Mir is recht – wenn du's willst. *Ganz still, aber mit einem Gesicht wie einer, der ein Gottesurteil anruft* Jetz sag's. Ja oder Nein.

KATHARINA *nach einem kurzen Schweigen, leise, aber ganz fest* Ja –! Da bleib ich –!

KNIE *steht einen Augenblick unbewegt, dann faßt er sie bei der Hand, heftig* So. Dann komm. Dann mach rasch. Los, in de Wage, pack dei Sache samme, ich helf dir – – Flott, eh die andern komme! Das viele Redde hat kein Zweck nit. *Zu Rothacker* Ein Augenblick noch bitte, das dauert nit lang. *Er zieht sie fast mit sich in den Wagen.*

ROTHACKER *geht auf und ab, zuerst langsam, nachdenklich, dann immer rascher.*

BIBBO *kommt leise summend vom Fluß zurück, sieht ihn, bleibt vor ihm stehen, etwas spöttisch* Da wird's eim heiß, gell?

ROTHACKER *bleibt auch stehn, sieht sie an, ziemlich grob* Was wolle Sie?

BIBBO *lacht gutmütig, kommt ihm einen Schritt näher* Meine Sie's ernst, Herr?

ROTHACKER Ich glaub, Sie spinne! Gell?!

BIBBO *noch näher* Wisse Sie was? Wenn Sie's nämlich wirklich ernst meine, dann könnt's vielleicht wirklich ernst werde. *Leise* Sie meint's nämlich wirklich ernst.

ROTHACKER *starrt sie an, sprachlos.*

BIBBO *ernsthaft* Aber das is e ernste Sach. Ja ja. *Sie geht weiter.*

ROTHACKER *sieht einen Augenblick hilflos hinter ihr drein, dann stampft er auf* Blödsinn!! Das is ja dummes Zeug!!

KNIE *kommt in diesem Augenblick wieder mit Katharina zur Wagentür heraus, sie trägt ein Bündel, das er ihr noch zuschnüren hilft* So, da wäre mir schon fertig – viel Sache hat se nit, aber sie wascht ja alles selber. Sobald's wieder gut Geld gibt, oder wenn die Sparkass mei Einlag aufwerte deet, da kriegste neu Wäsch geschickt, vorher muß es so gehn.

KATHARINA *sieht Bibbo, die abseits steht und mit offenem Mund die Szene beobachtet, läuft zu ihr hin* Adieu, Bibbo! Ich geh –!

BIBBO *starrt sie eine Zeitlang an, zieht dann mit einer langsamen Bewegung wortlos ihren Kopf an sich.*

KNIE *unterdessen zu Rothacker* Da auf dem Kärtche steht mei Daueradress, sonst schreibe Se an de Komet nach Pirmasens, da kriege mir alles nachgeschickt – für de Fall, daß was los is. – Wenn's gut geht, braucht ma ja nit zu schreibe. *Er reicht ihm die Hand* Adieu.

ROTHACKER Gute Reis! Un dann, auf Wiedersehn!

BIBBO *läßt plötzlich Katharina los, geht rasch fort.*

KNIE *streckt Katharina die Hand hin* Adieu, Mädche.

KATHARINA *steht einen Augenblick wie zögernd zwischen Rothacker und Knie, antwortet nicht.*

ROTHACKER Da spann ich eweil die Gäul ein. Ich hab mein Dogcart am Fluß stehn. *Er geht.*

KATHARINA, *wie er fort ist, hastig* Adieu, Vatter.

KNIE Also. Mach's gut.

KATHARINA Ja, Vatter – *Sie folgt Rothacker nach.*

KNIE, *dessen Gesicht keinerlei Gefühlsausdruck zeigt, ruft plötzlich laut* Halt! Halt emal! Komm noch emal her!! *Läuft ein Stück hinter ihr drein.*

KATHARINA *ist umgekehrt, kommt zurück.*

KNIE Du hast ja das Flitterleibche eingepackt – e Glück, daß mir's noch einfällt. Das kannst ja doch nit brauche, da drowwe – un ich kann mir kein neues anschaffe, wenn ich Ersatz krieg!

KATHARINA *schnürt wortlos ihr Bündel auf, man sieht, daß es ihr nahgeht. Sie holt das Flitterleibchen heraus, gibt es ihm* Es hat mich sowieso schon lang nit mehr gefreut – weil keine Pailletten dran sind.

KNIE So. Jetz eil dich un laß ihn nit warte.

KATHARINA Ja, ich geh schon. Adieu.

KNIE Adieu.

KATHARINA *geht langsam, ihr Bündel zuschnürend.*

KNIE *bleibt stehen, bis sie fort ist, dann beginnt er, das Flitterleibchen zusammenzulegen, in immer kleinere Falten.*

KATHARINA *kommt plötzlich noch einmal zurück, atemlos rennend, prallt fast auf ihn* Ob ich's Eselche auch mitnehme darf?

KNIE Natürlich, natürlich – *Schreit sie fast an* Nix wie fort damit!!

KATHARINA Dann hol ich's gleich! *Läuft schreiend weg, mit strahlendem Gesicht* Hüh! Maali! Hü – o – hü!! *Man hört sie noch eine Weile schreien und lachen, dann wird's still.*

KNIE *steckt das Flitterleibchen weg, setzt sich dann auf eine kleine Leitertreppe am Wagen.*

MARIO *kommt gerannt, sieht sich suchend um, bemerkt Vater Knie, der, ohne von ihm Notiz zu nehmen, ganz still und schmal, mit altem Gesicht, auf der Leiter kauert. Er beobachtet ihn scheu, dann geht er ein paar Schritte zurück, winkt.*

JULIUS, FRITZ, LORENZ *kommen leise auf Zehenspitzen, starren ganz verstört zu Knie hin.*

IGNAZ *kommt etwas später, in raschem Schritt, schwitzend vor Aufregung, will losbrechen* Wißt ihr's schon?! Das is doch – –

JULIUS *unterbricht ihn durch eine energische Bewegung, weist mit dem Kopf auf Vater Knie.*

KNIE *hebt langsam den Kopf, spricht, mehr zu sich, zuerst leise, wie aufwachend* Die kommt wieder – *Mit immer stärkerem Ausdruck – wie wenn ein Gedanke allmählich Macht gewinnt* Die kommt wieder – die kommt wieder!! *Er steht auf, reckt sich zu ganzer Größe, blickt die andern an, die immer noch schweigend zu ihm hinsehen* Was steht ihr denn da un tut nix? Was guckt ihr mich denn all so komisch an, he? Packt lieber euer Zeug. Heut nacht ziehn wir weiter. *Er kommt ein paar Schritte vor, bleibt wieder stehen, groß und gestrafft* Un was mei Tochter anlangt – da macht euch emal wege der kei Gedanke. *Mit einem sonderbaren gläubigen Lächeln* Die kommt wieder!

DIE ANDERN *gehen schweigend auseinander. Ignaz bleibt stehen und zuckt die Achseln.*

KNIE *mit einem fast irren, fanatischen Ausdruck* Da kannste Gift drauf nehme! Die kommt wieder –!

Dritter Akt

Ein Jahr später, am gleichen Platz, während der Abendvorstellung. Dunkle Frühlingsnacht, der Hintergrund ist durch primitive elektrische Lichtanlagen ungleich beleuchtet. Ein kleiner Scheinwerfer von oben stülpt einen Lichtkegel auf die Arena. Die Bänke der Zuschauer, spärlich besetzt, liegen im Dunkel. Manchmal sind im Streiflicht die Kastanienbäume zu erkennen, auf denen sich die Zaungäste wie Affen festgeklammert haben. Sobald die Zeltbahn heruntergelassen wird – oder vielleicht wie eine Art Vorhang zugezogen –, verschwindet der ganze Hintergrund, es bleibt nur der vordere Raum zwischen den Wagen zu sehen, der gleichsam eine Bühne für sich bildet. Dieser Raum ist durch mehrere Petroleumlampen erleuchtet, die im Halbkreis an den Wagen hängen.

Bei Beginn des Aktes ist die Zeltbahn offen, man sieht in der Arena die Familie Eichel in voller artistischer Tätigkeit, wozu die Musik, eine gemietete Dorfkapelle, mit schauerlich falsch blasendem Baß-Bombardon und schrillen Trompeten den ›Einzug der Gladiatoren‹ spielt.

Im Vordergrund die anderen Mitglieder der Truppe, Ignaz, Fritz, Lorenz, Julius, Mario. Einige schon in ›Kostüm und Maske‹, still ihren Auftritt erwartend und die Arbeit der Kollegen in der Arena beobachtend, andere mit Vorbereitungen beschäftigt, in jenem merkwürdigen Gemisch von Ruhe und Hast, das jedem künstlerischen Auftreten vorauszugehen pflegt.

Die Wagenfenster stehen zum Teil offen, im Innern brennt Kerzenlicht, es liegen da Trikots, Clownrequisiten, Ersatzgeräte bereit. Frau Eichel ist am Kessel damit beschäftigt, für ihre Familie Kartoffeln zu kochen. Der Wagen des Vater Knie ist geschlossen, die Vorhänge sind zugezogen. Einige Minuten lang stummes Spiel und laute Musik.

Dann kommt – während im Hintergrund Vater Eichel das niedere Sprungseil verläßt, die Musik aufhört, das Publikum kurz applaudiert und die Kinder Eichel, nur mit Mundharmonika begleitet, mit ihren akrobatischen Darbietungen beginnen –

BIBBO *von der Seite, in einem sonderbaren Aufzug. Eine große breite Schublade hat sie als Kasse vor den Leib geschnallt, auf dem Kopf trägt sie ein Schild, auf dem das Wort »Cassa« aufgemalt ist. Sie geht zur Mitte, läßt die Zeltbahn herunter, so daß der Platz nun nicht mehr zu sehen ist und auch die Geräusche fast völlig abgedämpft werden – dann schnallt sie sich die Kasse und Schild ab, sammelt die Geldstücke in Zigarrenschachteln, die Scheine in eine Brieftasche, wobei sie halblaut vor sich hin zählt.*

BIBBO – siebenzehn, achzehn, neunzehn, zwanzig, einundzwanzig –

IGNAZ *tritt hinzu* Pfennig oder Mark?

BIBBO Roßäppel, wenn de so dumm fragst. *Zählt weiter* – Einundzwanzig, fuffzig, fünfundsiebzig, achzig, fünfunachzig, sechsunachzig – es werde nit mehr.

JULIUS, *der still in einem grotesken Clownkostüm auf einer Kiste hockt* Un mitm Zaungeld?

BIBBO Da komme kei zwei Mark samme. Lauter Bruch un Dalles. Postkarte kauft auch kein Teufel.

IGNAZ Du mußt dich nackig photographiere lasse, das ging wie warme Weck.

BIBBO Schweig. *Sie spuckt aufs Geld, murmelt rasch und wie gewohnheitsmäßig* Vaduppel dich, vaduppel dich, vaduppel dich. – *Dann steckt sie's weg* Ma sollt's nit für möglich halte: Jetz hammer Samstag – un sin de erste Abend am Platz, un es gibt wieder gut Geld im Land – un trotzdem mache mir nix.

IGNAZ Kei Wunder, wo se jetzt e Kino im Ort hawwe, mitte in der Hauptstraß.

FRITZ Das liegt nit am Kino.

IGNAZ Wodran denn sonst?

FRITZ Mir mache nix mehr, weil mir nix mehr sin. Das weißte ja selbst.

IGNAZ Un doch liegt's am Kino!! Ich glaub, heut läuft mein Film hier.

FRITZ Wenn du nur endlich emal aufhöre deetst, von »deim Film« zu redde. Was geht denn uns dein Film an?!

IGNAZ Nit mehr wie de Dreck unnerm Nagel! Aber mich geht

er was an –!! Da kann ma noch hochkomme. Das is doch noch e Sach!!

FRITZ E sauber Sach. Wenn's ernst wird, hole se en Seiltänzer oder ziehen e Pupp an Dräht übers Brückegeländer. Un dann schneide se Fratze, als hätte se sich de Hüfte ausgekugelt.

IGNAZ Dich könnt ma da freilich nit brauche, mit deim Schnappfuß.

FRITZ Mir wär's auch viel zu schmierig. *Wendet sich ab.*

JULIUS *während von draußen ein dünner bröckliger Applaus hörbar wird* Hört emal. Das soll en Applaus sein. Das is doch kein Applaus.

BIBBO *am Spalt der Zeltbahn* Un dabei arbeite de Kinner pe pe.

JULIUS Das hilft alles nix. Es müßt wieder e Mädche bei, oder e junges Weib, zum Aufpulvern.

IGNAZ Da könne mir lang warte. Der find doch an jeder was auszusetze, die kein Bart hat. An die heilig Katharina kann ma ja nit kratze, auch wenn se abgängig is.

FRITZ *mit einer raschen Bewegung zu Knies Wagen* Still!!

IGNAZ Ach wo. Er hört ja nix hinner seine doppelte Polsterläde. Un da soll ma noch Spaß am Handwerk hawwe, bei derartige traurige Familieverhältnisse!!

JULIUS Ich glaub, de andern Seiltänzer geht's auch nit besser, heutzutag.

IGNAZ Aber die wisse wenigstens, warum de D-Zug hält!! Der Vatter merkt ja nix mehr – der denkt als, mir reite Galopp, un wenn uns de Gaul unnerm Sattel verreckt.

JULIUS Laß mir de Vatter ausm Spiel, gell?! Solang der lebt, stehts Rad nit still – un wenn er's mitm Kopp anschiebe müßt.

IGNAZ *brummt* Narre sin auch Leut. *Fährt plötzlich auf Lorenz los* Lorenz, geh mir von meim neue Trampolin herunner, mit deine dreckige Füß!!

LORENZ Ich wollt ja bloß emal probiere.

IGNAZ Da hat keiner nix zu probiere. Das hat mei Geld kost.

FRITZ Du mit deim Geld. Du hast überhaupt kei Solidarität im Leib.

IGNAZ E Viertel warm Blutwurscht is mir auch lieber.

FRITZ Du bist en Burschoa, merk dir's. Du bist ein trauriger Individualischt.

IGNAZ Un du bist en Depp.

Drehen sich verärgert die Rücken.

LORENZ *an der Zeltbahn stehend, in die Arena schauend* Jetz hätt ich grad gemeint, ich deets Katherinche sehn!!

BIBBO Was?! Wo denn ?!!

ALLE *hastig zur Zeltbahn, aufgeregt sich gegenseitig zurückdrängend.*

LORENZ Da drüwwe, das Mädche in der erst Reih, mit dem Band im Haar – – aber sie is es nit.

IGNAZ Die? Du bist ja verrückt.

LORENZ No ja. Ma kann sich doch irrn.

ALLE *sichtlich enttäuscht von der Zeltbahn weg.*

LORENZ Jetz bin ich nur gespannt, ob se kommt oder nit.

FRITZ Freilich kommt se! Nur heut noch nit – weil se's doch noch nit wisse kann. Das müßt ja en Zufall sein.

JULIUS Abwarte.

LORENZ Ma hätt doch heimlich enuff schicke solle – sie herhole.

BIBBO Blödsinn. De Vatter hat's verbote, da weiß er auch weshalb.

Von draußen Tusch der Musik, dünner Applaus, Bibbo zieht die Zeltbahn hoch – man sieht die Eichels, die sich mit zierlicher Bewegung nach allen Seiten verbeugen – dann laufen sie Hand in Hand aus der Arena – machen kehrt, laufen noch einmal zurück, wiederholen die genau eingelernte, fast tänzerische Verbeugung, kommen endgültig nach vorn, sammeln sich bei der Mutter am Kessel. Die Kinder hocken sich sofort alle ums Feuer, dicht zusammengedrängt, wie die Vögel auf der Stange.

VATER EICHEL Was gibt's denn heut?

IGNAZ Was soll's denn gewwe? Was es immer gibt. *Spuckt aus.*

FRAU EICHEL Quellkartoffel mit Schmierkäs un Brot. *Zu Ignaz* Uns is das gut genug.

IGNAZ *brummend* Natürlich, wenn mir's bezahle. Das hawwe mir nötig, siwwe Mäuler mehr zu stopfe.

BIBBO *tritt ihm auf den Fuß.*

IGNAZ Au, du Hex.

DIE EICHELS *tun, als hätten sie nichts gehört, essen stumm und eifrig.*

JULIUS *zu Bibbo* Halt mir emal die Reife zum Entrée, ich mach e Intermezzo! *Er ist plötzlich ganz verändert, von einer fast wilden drastischen Elastizität in jeder Bewegung, springt zum Kessel, nimmt der Frau Eichel eine Kartoffel aus der Schüssel* Erlaube Sie mal, bitte!

BIBBO *hat unterdessen die Zeltbahn ein Stück aufgezogen, mit einem in Kopfhöhe gehaltenen großen Reifen aus dünnem Papier verdeckt.*

JULIUS *nimmt einen Anlauf, springt Kopf voraus in die Arena, man hört das Lachen der Zuschauer.*

BIBBO *läßt den Reifen sinken, hält die Zeltbahn so, daß man die Arena überblicken kann. Die anderen treten zu ihr hin und schauen gespannt nach hinten.*

JULIUS *ist mit einem Purzelbaum draußen gelandet, wo er mitten im Rund auf der Erde sitzenbleibt, er hält die Kartoffel in die Höhe und ruft laut* Wozu hat Gott die Kartoffel erschaffe!!?? *Da es im Publikum still wird, wiederholt er – mit markierten Bewegungen, als schäle er die Kartoffel* Wozu hat Gott die Kartoffel erschaffe??!!

STIMMEN AUS DEM PUBLIKUM Zum Esse! Zum Koche – zum Esse – zum Brate – zum Esse –

JULIUS Nein, nein, nein, nein, nein –! Damit die arme Leut auch jemand hawwe, dem se die Haut abziehn könne!!
Gelächter im Publikum.

BIBBO *läßt lachend die Zeltbahn sinken, während das Spiel hinten weitergeht* Was der heut wieder für Einfäll hat.

FRITZ Ma sollt's nit für möglich halte, fünfunsechzig Jahr. Jeden Abend was anneres.

BIBBO Das kommt, weil er de ganze Tag nix redd. Der spart sich alles auf Nacht.

BERBERITZCHE *kommt gelaufen* De Tätowierer wär da.

BIBBO Den brauche mir nit. Mir sin doch kei Schleppkahnschiffer.

IGNAZ Ich hab ihn bestellt.

BIBBO Ach so, du willst bei die Neckarschleimer gehn?

LORENZ In Mannheim is e Mädche, die sagt, sie traut ihm nix zu, weil er kein Anker aufm Arm hätt.

FRITZ Ja, un kei Haar auf der Brust.

LORENZ Un auch sonst e bißje wenig.

IGNAZ *eisig* So Sache hör ich überhaupt nit.

FRITZ Der Ignaz is so vornehm worde, das macht alles de Film. – Seit der für de Harry Piel über en Dachgiebel hat springe dürfe, seitdem is der Mensch so veredelt!

LORENZ Geh haam, Ignaz, du wirst dich doch nit tätowiere lasse? Das trägt ma doch heut gar nit mehr!

IGNAZ Das wirst du grad wisse, was ma trägt, du Anfänger. *Zu dem Tätowierer Bloomaul, der eben auftritt* Sie komme aber spät, höre Sie mal!

BLOOMAUL Ich hab mir als vorher die Nas e bißje begieße müsse, damit's Ihne nit so weh tut.

IGNAZ Wieso denn? Tut's denn arg weh?

BLOOMAUL Das kimmt ganz drauf an. Wenn ich nämlich gar nix getrunke hab, da fehlt mir die notwendige Wuppdizität, da schnuckelt Ihne die Stichnadel alsfort unner de Haut herum, wie so en mechanische Drillbohrer. Aber wenn ich mei drei, vier Schöppcher Schillerkrätzer gelade hab, un noch en Gimmeldinger un noch en Bergsträßler zum Abgewöhne – dann krieg ich e feste Hand, dann mach ich nur klitsch klatsch bumm, un die Sache sitzt. De Wein geht natürlich auf Ihre Koschte, un das is als noch billiger, wie wenn Sie sich chloroformiere lasse.

IGNAZ Jetz klopp kei Sprüch un zeig dei Vorlage, allez!

BLOOMAUL *zieht ein Bündel Vorlagen heraus, gibt sie ihm* Das sin die gewöhnliche, die Indianer un die Anker un die Vorname. Die nackte Mädcher un die bessere Sache hab ich extra.

LORENZ, *der dazu getreten ist* Als nix wie her, die wolle mir grad sehn!

FRITZ *über Bloomauls Schulter* Das is schön, die verschlungene Händ, wo drüwwer steht Fraternité.

IGNAZ Das is doch nix. Ich möcht schon was Besseres.

BLOOMAUL Vielleicht was Klassisches, für die Damen der Gesellschaft. *Zeigt ihm ein paar Blätter.*

IGNAZ Au, das is gut, das dicke, nackte Mädche mit dem Papagei.

BLOOMAUL Ja, das is emal was anners.

LORENZ Was steht denn da drunter?

FRITZ *buchstabierend* Zeus besucht Leda in Gestalt eines Schwanes.

IGNAZ Die Unnerschrift lasse mir weg.

BLOOMAUL Die wär sowieso nit druff komme. Das is aber was Teures, das wird sonst nur auf sogenannte Haremstöchter gemacht, die wo sich dann öffentlich sehe lasse. Ich hab nämlich auch Sulima, die Perle des Orientes, tätowiert. Die war aus Dreisa bei Darmstadt. De ganze Leib voll klassische Sache, auf de Hinnerbacke de Bismarck un de Kaiser Wilhelm, un unnerm Bauchnawwel e Dampfschiff, wo drunner steht: Die Reise ins gelobte Land.

LORENZ Sin Sie auch emal mitgefahre?

BLOOMAUL Da drüwwer schweigt der Kavalier. No? Nehme Se's?

IGNAZ Ja. Ich kann mir's ja leiste.

LORENZ Von der Filmgage, gell?

IGNAZ Das geht dich gar nix an.

LORENZ *zu Bloomaul* Das is nämlich ein Star, der Herr Scheel.

FRITZ Ja, das is de Harry Piel, wenn's dem zu schwindlig wird.

BLOOMAUL Das macht mir gar nix aus. Ich hab auch schon Kapitäne tätowiert.

IGNAZ Jetz hab ich noch en kurze Auftritt am Doppeltrapez, denn bin ich fertig, da mache mir's gleich.

BLOOMAUL Ich heb inzwische noch e Schöppche, nebenan beim Riesling.

IGNAZ Aber in fünf Minute sin Sie wieder da!

BLOOMAUL Das wird grad ausgehn. Guute!! *Er geht.*

FRITZ Eigentlich komme mir jetz zuerst dran.

IGNAZ Laßt mich emal vor, seid nit so krittelisch.

FRITZ Meintwege.

LORENZ Aber daß de mir nit schreist, Ignaz, wenn der dich nachher mitm Messer kitzelt!

IGNAZ Ach, geh haam. Ein Kerl wie ich!! *Ruft* Hee! Mario!!

MARIO *kommt aus einem Wagen im Trikot* Ja! Färrtiesch.

IGNAZ Färr-tiesch, färr-tiesch, wenn ich so was hör. Ferrdisch, heißt das. Der Bub lernt sei Lebtag kei Deutsch. Mario, sag emal Handkäs!

MARIO Han-gäse, Han-gäse!

IGNAZ Schon e bißje besser.

FRITZ Warum denn Handkäs?

IGNAZ Er hat mich gefragt, was er sage soll, wenn er e Mädche anspreche will. Da hab ich ihm gesagt, er muß ihr die Hand küsse un muß dreimal Handkäs sage, dann is alles richtig.

MARIO Han-gäse, Han-gäse!

IGNAZ No ja, es wird schon.

Indessen ist Julius aus der Arena zurückgekommen, ernst und müde, und ohne auf den Applaus hin seine Verbeugung zu wiederholen. Die Musik setzt draußen schmetternd wieder ein, spielt den ›Torero‹ – Ignaz und Mario haben einige Sekunden mit tiefem Ein- und Ausatmen ganz ruhig nebeneinander gestanden, jetzt gibt Ignaz ein leises Kommando: – Los! – Beide laufen mit wippenden Sprüngen, auf den Fußspitzen, und mit ›weichen Kniekehlen‹ in die Arena, verbeugen sich kurz, springen zum Trapez. Bibbo schließt hinter ihnen die Zeltbahn, die Musik wird leise.

LORENZ *zu den Eichels schauend* Wenn's nur rasch geht, ich hab schon en Mordshunger.

FRITZ Daß du dir nit einfalle läßt und ißt mir was vor der Arbeit!

LORENZ Ach wo, ich bin doch kei Kind mehr.

FRITZ Das wolle mir hoffe. Komm, mir ruhn noch e bißje. *Beide steigen in einen offenen Wagen, legen sich auf die Matratzen. Es bleiben außer den eifrig und stumm essenden Eichels nur Julius, Bibbo und Berberitzche auf der Bühne. Julius steht am Spalt der Zeltbahn, beobachtet, mit dem Rücken zum Publikum, die Arbeitenden draußen.*

BIBBO *zu Berberitzche, der sich die ganze Zeit über grinsend und neugierig herumgedrückt hat* Was tust denn du noch hier? Du sollst längst daheim im Bett liege.

BERBERITZCHE Ich hab ja gar kei Bett. Ich schlaf aufm Sofa.

BIBBO Dann geh heim und leg dich aufs Sofa.

BERBERITZCHE Ich wollt nur abwarte, ob se kimmt.

BIBBO Was reddst du da? Wer denn?

BERBERITZCHE Euer Mädche, wo voriges Jahr hierbliwwe is! Ich war grad drowwe im Hof un hab's ihr gesagt, daß ihr da wärt un ihm auch.

BIBBO Wer hat denn dir das aufgetrage, du Läusert?

BERBERITZCHE Ei, ich hab gedacht, ich bekäm noch was dafür! Die hörn's doch sonst gar nit so rasch, da drowwe. Sie hat e ganz weiß Nasespitz kriegt, un er hat gar nix gesagt, un hat ihr als über de Kopp gefahre.

BIBBO Er, er – wer denn?

BERBERITZCHE No, er! Ihrer! De Gutsherr!

BIBBO Jetz hältste aber's Maul, gell?!

BERBERITZCHE Ei, wißt ihr denn das nit? Die gehn doch mitenander – schon e halb Jahr. Er will se auch heirate, es is e Geredd im Dorf drüwwer!

BIBBO Julius – Julius – –

JULIUS *dreht sich langsam um* Ja? Was is denn? Was machsten du für Stimm?

BIBBO *zu Berberitzche* Jetz aber mit Sprüng!!

BERBERITZCHE Ich hab gedenkt, ich krieg noch was.

BIBBO *hebt die Hand* Gleich kriegst es doppelt un brauchst nix herauszugewwe!!

BERBERITZCHE So. Morge kleb ich kei Zettel an.

BIBBO Da läßt es bleibe. Marsch!! *Schubst ihn weg.*

BERBERITZCHE *verschwindet ohne Eile.*

FRAU EICHEL *zu den Kindern, die gerade mit Essen fertig geworden sind* Ho, jetz macht ins Bett. *Sie packt ihr Geschirr in einen Korb, folgt mit ihrem Mann den vorausgehenden Kindern* Gute Nacht mitsamme.

JULIUS UND BIBBO Gute Nacht.

DIE EICHELS *ab.*

JULIUS Da hat de Vatter en gute Griff getan, mit dene! Was die all arbeite, un wie still un sauber die sin! Das is noch die richtige Seiltänzlerei.

BIBBO Haste gehört, was der Bub gesagt hat?

JULIUS Nein. War er wieder frech?

BIBBO *antwortet nicht, geht zum Wagen des Vaters, lauscht* Ob er schon wach is?

JULIUS Ich glaub, er schläft überhaupt nit. Wenn ich als hereingeh, um ihn abzumassiere, vor seim Auftritt, da liegt er mit offene Auge un guckt nur so an die Deck.

BIBBO Ich mach jetz sein Kaffee heiß. Es is ja gleich so weit. *Geht an den Kessel.*

JULIUS Was hat denn der Bub gesagt?

BIBBO Ach nix. Geschwätz.

JULIUS Hat er was vom Katherinche gewußt?

BIBBO *dreht ihm den Rücken, gibt keine Antwort.*

JULIUS No ja. *Geht zum Wagen der Brüder Knie* Hallo! Ihr kommt gleich dran. *Zu Bibbo* Du kannst mir's doch sage.

BIBBO *ohne aufzusehen, leise* Sie heirat.

JULIUS – Ich hab mir's gedacht.

BIBBO *fast tonlos* Ich auch.

JULIUS No, das is doch kei Unglück.

BIBBO *sieht ihn an* Was wird denn der Vatter mache?

JULIUS Dann wird alles besser werde, glaub ich. Dann weiß er doch, wo er dran is un kann's emal abmache. So wie jetz – daß er auf jed Postamt rennt un kriegt nix, un daß er jeden Tag denkt: Heut muß se komme – un wenn's Abend wird, sagt er: Morge vielleicht – das is doch kei Lebe, das ging doch nit mehr lang!

BIBBO Er hat mich ja noch nit emal ihr Bett abziehn lasse.

JULIUS Ich sag, es is e Glück, wenn die Hängerei uffhört! Das gibt en saubere Schnitt, der blut, un der wird auch wieder heil.

BIBBO Ob er se gutwillig hergibt?

JULIUS Warum denn nit? Er hat se ja schon emal fort gelasse – un jetzt weiß er doch wozu!

BIBBO Ich weiß nit – mir is angst und bang.

JULIUS Ich glaub, du wirst alt, Böbbche.

IGNAZ *kommt aus der Arena gestürzt, ganz außer sich* Ihr Kinner, 's Katherinche kimmt!!

JULIUS Psst! Nit so laut! De Vatter schläft noch.

BIBBO Wirklich? Wo denn??

IGNAZ Ich hab se vom Trapez aus auf der Straße komme sehn, ganz allein, un gehüppt is se wie so e Gäulche! Da hab ich mitte im Aufschwung »Hurra« gekrische, un da is se stehn gebliwwe un hat enuff geguckt, un da hab ich gewinkt un hab noch emal »Hurra« gekrische, un dann hab ich zum Mario gesagt: »Dreh noch e paar Dutzend Saltos, damit die Leut was zu lache hawwe, ich geh eweil ab.« Sie muß gleich da sein, sie läuft um de Platz erum!

FRITZ UND LORENZ *sind gerade aus dem Wagen gekommen, dazugetreten.*

FRITZ Wie schade, daß se so spät kommt, wo unser beste Nummern schon vorbei sin.

LORENZ Ob se wieder dableibt?

IGNAZ Ei, mir lasse se gar nit wieder fort! Komm, mir hole rasch de Vatter!

JULIUS Halt! Bleib da! Der Vatter darf sie nit sehn, jetz, vor seim Auftritt.

IGNAZ *sieht ihn etwas betreten an* Meinste?

JULIUS Ja, das darf nit sein.

BIBBO Ich glaub auch, es is besser.

IGNAZ Un wenn er heut emal unne bleibt?

JULIUS Das tut er ja doch nit. Er darf sie nit sehn vorher.

FRITZ – Ja – es wird schon besser sein.

ALLE *schweigen einen Augenblick, als sei ein schlimmes Wort gefallen, stehen wie ratlos.*

KATHARINA *erscheint von der Seite zwischen den Wagen, noch atemlos vom Laufen – sie ist einfach, hübsch, nicht zu ländlich gekleidet, Rock und Bluse, mit einem farbigen Schal um die Schultern, auch in der Haartracht einfach, aber gepflegter als früher. Ihre ganze Erscheinung ist weniger kindlich, fraulicher, doch nicht derber oder schwerfälliger geworden. Sie bleibt kurz stehen, einige Atemzüge lang, dann tritt sie fast zaghaft, und wie man auf heißem Boden geht, hervor. Sobald sie aber der andern ansichtig wird, verliert sie jede Beklemmung, ist ganz zu Hause, als sei sie eben erst fortgegangen, läuft, beide Hände ausgestreckt, auf die Artisten zu, die, noch unter der Einwirkung der letzten Worte, fast etwas steif, unfrei, ihr entgegensehen.*

KATHARINA Ja, guten Tag – *Sie läßt die Hände sinken.*

BIBBO *geht auf sie zu, gibt ihr die Hand* Guten Tag, Mädche!

KATHARINA *hält die Hand.*

IGNAZ Ei Katherinche, da biste ja wieder!

KATHARINA Ja – da bin ich wieder – *Lacht* Un da seid ihr auch all – all mitenander – *Hastig* Wo is denn der Vatter?

BIBBO Der kommt gleich.

KATHARINA Is er schon fertig – mit der Arbeit?

JULIUS Er geht doch immer am Schluß.

FRITZ Erst komme mir noch dran. Un de Julius macht vielleicht noch e Intermezzo.

KATHARINA Ei Fritz – dir is ja 's Trikot geplatzt – am Ärmel.

FRITZ *deckt rasch die Hand drüber.*

BIBBO Es is ja so viel zu flicke, de ganze Tag.

KATHARINA *bei Lorenz* Der Gürtel sitzt auch nit gut – so – *Richtet ihn* Da is er ja abgeschabt. Komm, mir schlage 'n e bißje um.

LORENZ *lachend* Dank dir schön, Katherinche. Viel Staat kann ma doch nit mehr damit mache. Mit dem alte Zeug.

KATHARINA Habt ihr denn gar nix Neues, dies Jahr?

JULIUS Woher denn? Umsonst kriegt ma nix.

KATHARINA Es gibt doch wieder gut Geld, überall –

BIBBO Ja, in annere Leut ihr Tasche. Wo gehn se denn hin, wenn se Geld ausgewwe wolle, Samstag abend? Tanze, un sich de Bäuch vollschlage, un Schluß. Un sonntags laufe se uff de Sportplatz, die Lackel, un bilde sich ein, wenn se en Fußball stoße könne oder e paar asthmatische Luftsprüng, dann mache se mehr wie mir.

JULIUS Mir sin halt nit mehr an der Reih. Da kann ma nix mache.

KATHARINA *zu Ignaz, zögernd* Mit wem gehst denn du jetz auf de Mastbaum?

IGNAZ Mitm Mario. Der is schon besser wie du.

KATHARINA No no, oho!

BIBBO *rasch* Aber die Leut sehn ihn nit so gern.

KATHARINA Habt ihr denn kein Ersatz angenomme?

JULIUS Nix, was ma so nenne könnt. Es hatte sich e paar junge Mädcher angetrage, aber der Vatter hat se all nit gewollt.

IGNAZ Dafür hawwe mir e ganze Familie, siwwe Leut mit der Mutter – damit mir ja nit zu viel verdiene!!

JULIUS De Vatter hat se umsonst ins Geschäft kriegt. Dene is noch schlechter gange wie uns. Ihr Wage war abgebrannt.

LORENZ Aber jetz sin se schon schlafe.

KATHARINA Ich bin doch froh – daß ihr kein Ersatz gebraucht habt – –

IGNAZ Gebraucht hätte mir's schon.

BIBBO No, es is ja auch so gange.

KATHARINA *umherspürend* Aber die Arena sieht doch ganz anders aus –!

FRITZ Das macht nämlich die Beleuchtung. *Wird eifrig* Da guck emal her – was da rechts in dem kleine Wage is! Das is nämlich en Akkumulator, jawohl. Da hawwe mir jetzt immer en eigene Scheinwerfer, un sin gar nit auf die Überlandzentrale angewiese!

JULIUS Dafür hawwe mir auch de ganze Frühjahrseinnahme hinlege müsse. Es geht heut nit anders, die Leut wolle Elektrizität, sonst komme sie überhaupt nit mehr.

KATHARINA Un wenn er emal kaputt is?

FRITZ *überlegen lächelnd* So was is doch leicht repariert. Ich kann dir's genau erkläre.

KATHARINA Ja – das muß ich all sehn – Wo nur de Vatter is?!

BIBBO Der kommt erst kurz vor seim Auftritt. Das dauert noch e Weil.

IGNAZ No, un wie geht's denn dir, Mädche? Du hast ja gar nix von dir höre lasse!

KATHARINA No ja – es is mir ja gut gange, immer – Un denn hatt ich so viel zu tun!

IGNAZ Willst denn du dort bleibe – oder kommste jetz wieder zu uns?

KATHARINA Das geht ja nit – ich bin doch noch gar nit fertig, mit der Lehr. Vorigs Jahr war ich immer aufm Feld, un jetzt komm ich erst in de Garte un in de Weinberg.

BIBBO Fein biste worde – da traut ma sich gar nit anzugreife.

FRITZ Verdienst denn du schon Geld?

KATHARINA *unsicher* No ja – ich geh doch ins zweite Jahr – Viel is es ja nit, aber...

LORENZ Da guck emal – en Ring hat se auch an!

IGNAZ Tatsächlich, en glatte, runde Goldring, ganz breit is er!! Der hat sein Wert – wenn er echt is!

KATHARINA Natürlich is er echt! Das is doch e Familiestück – *Kleine Pause* Ich werd nämlich heirate.

IGNAZ *nach kurzem Schweigen* Kreiz Spreiz un Kuckucks Schwanz nochenei! Wen denn?

KATHARINA *gibt keine Antwort.*

FRITZ Frag doch nit so dumm.

IGNAZ Scheppe Dippes un zugenäht, wenn das de Vatter hört!

KATHARINA *rasch* Sagt's ihm nit, keiner! Ich wollt's ihm selbst sage, zuallererst. Deshalb hab ich auch nit mehr geschriwwe, die letzte Zeit. *Zu Bibbo* Ich hab gedacht, er kann's doch nit richtig lese allein – un ich wollt nit, daß es ihm einer vorliest...

JULIUS *in das allgemeine Schweigen* No, Katherinche, da sin mir ja all froh, für dich.

BIBBO Haste's denn gut, drowwe?

KATHARINA Ja, furchtbar gut – das Schaffe macht mir ja nur Spaß – es is auch immer so viel los, da kommt ma gar nit zum Nachdenke. – Un jetz is auch de Mutter besser geworde, seit ich im Haus wohn.

BIBBO War sie denn früher nit gut?

KATHARINA Gut schon – aber grob un furchtbar kurz angebunde, so was hatt ich noch nit erlebt! Die spricht kei drei, vier Wort bei der Arbeit! Un dann hat sie mir nit über de Weg getraut, sie hat immer geglaubt, ich wollt was Unrechtes, un hat alles vor mir weggeschlosse, un hat jeden Abend mei Sach nachgeguckt, ob ich nix genomme hab. Im Anfang, da wär ich bald fortgelaufe.

BIBBO *streichelt ihr die Hand* En schöne breite Ring.

KATHARINA Den hab ich erst acht Tag. Mir solle nämlich morge ins Aufgebot. Er kommt jetz gleich selber her un will mich abhole un mitm Vatter spreche. Mir hawwe extra gewart solang.

IGNAZ Un das nennt ma jetz e Elevin, heutzutag.

BIBBO Schweig.

Von draußen hört man kurzen Applaus, gleich darauf kommt Mario aus der Arena, sieht Katharina, hebt pathetisch die Arme, will laut losbrechen.

JULIUS Psst! Leise!

MARIO *leise, Katharina begeistert anstarrend* Oh lala! Oh lala!

KATHARINA *winkt ihm lächelnd zu, steht etwas beklommen.*

FRITZ Jetz müsse mir auftrete. Guckste zu, Katherinche?

KATHARINA Ja freilich. Ich bin schon gespannt. *Zu Bibbo, während Fritz und Lorenz Gladiatorenstellung einnehmen und dann in ruhiger, gesetzter Weise auftreten* Wo is denn de Vatter wirklich? Sag mir's doch!

BIBBO *indem sie hinter den Brüdern die Zeltbahn wieder zuzieht* Gleich. Ich sag dir's gleich, Mädche.

DER TÄTOWIERER BLOOMAUL *ist während der letzten Sätze, bedenklich schwankend, wieder herzugekommen, steht recht verglast vor Ignaz* So. Jetz kann's losgehe.

IGNAZ Sie sin ja wieder e Viertelstund zu lang ausgebliwwe, Sie!

BLOOMAUL Das is nur, weil Sie erst e bißje abschwitze müsse, sonst kann die Prozedur nit richtig vor sich gehe. Wolle wir anfange?

IGNAZ Allez, da in de Wage. *Zu Katharina* Den hab ich nämlich extra aus Mannheim komme lasse. *Geht mit Bloomaul in seinen Wagen. Es bleiben nur Julius, Bibbo, Katharina und Mario, der sich in einiger Entfernung auf eine Deichsel setzt und sie unentwegt anstarrt.*

JULIUS *hat inzwischen den Kaffee vom Kessel genommen, den Bibbo vorher zum Wärmen drüber gehängt hatte, geht langsam zum Wagen des Vater Knie.*

KATHARINA *plötzlich wie im Schrecken* Bibbo – jetzt hab ich's doch huste höre, im Wage dort – –!

BIBBO Ja, er schläft jetzt immer e Stündche, vor der Arbeit. Der Julius bringt ihm dann heiße Kaffee un massiert ihn.

KATHARINA *mit einer wilden Bewegung zum Wagen hin.*

JULIUS *stellt sich ihr in den Weg* Halt!

KATHARINA Was is denn?!! Laß mich doch durch! Ich will doch zum Vatter!!

JULIUS Das geht jetz nit, Mädche.

BIBBO *tritt zu ihr.*

KATHARINA Wieso denn nit?!! Was is denn los?!! Sagt mir's doch – –

BIBBO Geh mal her, Mädche, un hör emal zu – *Sie faßt sie bei der Hand, gibt Julius einen Wink, der verschwindet mit dem Kaffee in den Wagen* Mitm Vatter is nit mehr so wie früher – ich hab dir ja gesagt, er muß immer sei Ruh hawwe vor der Arbeit, er legt sich aufs Bett und sperrt die Fensterläde zu un läßt die Vorhäng herunner, damit er die Musik nit hört, un da darf ihn niemand störe.

KATHARINA Seit wann is denn das?

BIBBO Es is recht plötzlich komme, es wird bald e Jahr sein.

KATHARINA Un is er auch sonst – nit mehr so wie früher?

BIBBO No, e bißje müd is er als, un manchmal redd er auch e bißje komisch Zeug samme. Aber was das Geschäft anlangt, da gibt's gar nix, da läßt er nit locker un macht noch alles alleins.

KATHARINA So. – E bißje müd is er als – *Sie wiederholt das wie abwesend.*

BIBBO Ja. Un drum is es besser, du gehst jetz wieder fort.

KATHARINA *starrt sie an* Warum denn –?

BIBBO Damit er dich nit sieht, eh daß er aufs Seil steigt.

KATHARINA – Is denn so schlimm?

BIBBO Schlimm is es gar nit, un du weißt ja, wie sicher der drowwe geht, nit anders wie aufm Erdbode auch. Aber es is doch immer e stark Stück Arbeit für so en alte Mann – un er hat dich halt lang nit mehr gesehn.

KATHARINA Denkt er denn nit sowieso, daß ich heut herkomm?

BIBBO Mir sin ja erst am Nachmittag von Bruchsal komme un hawwe erst gegen Abend im Dorf ausläute lasse. Da hätt ma gedacht, ihr habt's noch gar nit gehört da drowwe – un er hat extra verbote, daß einer naufgeht, dich hole. Sie soll von selbst komme – oder gar nit, hat er gesagt.

KATHARINA Ja – da werd ich halt wieder fortgehn –

BIBBO Du kannst ja gleich nach Schluß zurückkomme. Oder morge früh.

KATHARINA Denkt er denn – daß ich jetz wieder da bleib?

BIBBO Das weiß ma nit. Da drüwwer spricht er kei Wort.

KATHARINA Da geh ich jetz –

BIBBO Adieu, Mädche.

KATHARINA *leise* Adieu. *Sie will gehen. In diesem Augenblick ertönt aus dem Wagen, in dem Ignaz mit dem Tätowierer verschwunden ist, ein gellendes, druchdringendes Geschrei.*

IGNAZ *erscheint in der Wagentür* Au! Au! Au! Au! Sakrament un verdippelt nochemal!! Der schneidt ja bis auf die Rippe!

BLOOMAUL *gleichgültig* Sie hawwe ja nit still gehalte, Sie!

KATHARINA *ist unwillkürlich stehengeblieben, will nun weglaufen. Es ist zu spät, denn . . .*

VATER KNIE *hat ebenfalls auf das Geschrei hin, fast im selben Moment, mit einem Ruck seine Wagentür aufgerissen, steht jetzt groß auf der Treppe* Was ist denn da los –? *Mitten im Wort fällt sein Blick auf Katharina, die wie gebannt im Lichtstreif der Laternen steht, zu ihm hinstarrt. Er ist, auf den ersten Blick ersichtlich, ungeheuer gealtert. Seine Haltung ist noch immer gestrafft und aufrecht, aber sein Gesicht ist gezeichnet, zergraben, durchsichtig geworden – Hände, Stirn und Augen, wie von innen verzehrt. Er steht, schon im Trikot, aber erst halb fertig, so, wie er gerade im Wagen saß, unbeweglich auf seinen kleinen Stock gestützt.*

KATHARINA *sieht wortlos, regungslos, zu ihm hin.*

Es ist totenstill geworden, man hört aus der Arena die halblauten Anfeuerungsrufe der Artisten, die ohne Musik arbeiten.

KNIE *nach minutenlangem Schweigen, ruhig und leise, fast geheimnis-*

voll die Hand hebend – als wolle er es noch stiller machen Schraubt die Lichter hoch! Macht ganz hell. Los, bewegt euch. Un zündt alle Kerzen an, die noch im Vorrat sin! Vor jedes Wagefenster muß en Wachsstock! Allez! Taghell muß es werde! *Er winkt Katharina zu* Gleich! – Gleich! *Rasch ab in den Wagen.*

KATHARINA *hastig zum Wagen hin, fragt Julius, der gerade herauskommt* Was is denn? Was macht er denn drin?

JULIUS Ich weiß nit, er hat so sei Sache drin. Wie is denn das passiert?

BIBBO Der Ignaz hat gekrische, und da is –

KATHARINA *herrscht sie an, heftig* Jetz schwätz nit, un tu, was er sagt!

BIBBO Ja – sie hat recht. *Beginnt, die Lichter hochzuschrauben.*

KNIE *kommt aus dem Wagen zurück, trägt ein kleines, silbernes Lämpchen in der Hand, tritt zu Katharina, hält es hoch* Weißt du, was das ist? Das is e Notlämpche, aus der schlimm Zeit, von der Pestkirch in Ulm. Das hat jetzt in meim Wage gebrannt, seit Jahr und Tag, un is kei Stund nit verlosche. Komm her, Mädche. Blas es aus. *Da Katharina zögert – drängend* Komm –!

KATHARINA *hebt sich auf die Zehenspitzen, bläst das Lämpchen, das er sehr hoch hält, aus.*

KNIE So — Da war schon wieder kaum en Troppe Öl mehr drauf. *Er stellt es fast zärtlich beiseite* Ich hab's ja gewußt, daß es nit ewig brennt! Ich hab's gewußt –! *In die Luft redend, ohne sie anzusehen* Nur, daß es so rasch geht, das hätt ich nit gedacht. Das hätt auch noch e Jahr dauern könne, oder noch e Woch, oder noch zwei Jahr, oder noch e ganze Nacht – un wann's viertel schlägt – un wann's halber schlägt – un ma sieht nix, un hört nix, un denkt nur, es kommt, es kommt – Un dann schneit's eim plötzlich vom helle Himmel herunner!!

KATHARINA *wie in Todesanst* Vatter!! Seh mich doch an!!

KNIE *sich jetzt erst ihr langsam voll zuwendend* Ja, Mädche. Komm. Geh her. Un hab mir doch kei Angst! Un mach mir doch kei Sach! Mir wern doch nit heule, gell? Das wär ja noch schöner!! No komm. Geh her. *Er streichelt ihre Haare – immer leichter, freier, beschwingter werdend* Das is ja gar nit wahr. Du warst ja gar nit fort, Mädche. Du hast ja nur schlecht geschlafe – un die bös Nachteul hat gekrische, un de Holzwurm hat gebohrt, un de Wage hat im Hohlweg gestande, wo de dicke, schwere Waldnebel stickt – aber jetz wird's Tag – jetz wird's hellerlichter Tag – gell, Mädche?

KATHARINA *jetzt ganz gefaßt, sieht ihm, wie vom Glück überwältigt, ins Gesicht* Ja, Vatter! Jetz freu dich nur, Vatter!!

KNIE Freilich!!

»Jetz freun mir uns, jetz freun mir uns,
jetz freun mir uns alle Tage –«

Ei, lach doch emal, Mädche! Lach doch emal! Jetz hammer siwwe Tag Sonntag, un Juxtag, un Wäldchestag! Jetz schmeiße mir hohle Nüß in de Luft, wie de Bellachini, un dann falle uns reife Äpfel uff de Kopp –!! Jetz ziehn mir abends kei Schuh nit aus, un morgens kei Stiffel nit an, un laufe Tag un Nacht in lange Strümp un Tanzgalosche – un jetz dürfe de Kirchtürm nit mehr schlage – un die Bauern kein Dreck mehr fahre – un die Kinner kei Masern kriege – un kei Blatt vom Baum falle – so freun mir uns, gell? *Halb singend, beinah tanzend, wie ein Kind Katharina umherziehend*

»Un dann gehn mir auf die Wies,
Un da kriege mir nasse Füß!

Un da gehn mir ins Stroh
Un da beißt uns de Floh –
Aber wo!!

Und da gehn mir ins Heu,
Un das wär uns nit neu,

Un da gehn mir in de Klee,
Un der tut uns nit weh,

Un da gehn mir auch tanze
Ins Bett bei die Wanze – –«

Hergott Kinner! Ihr Kinner! Das Katherinche is da!! *Atemlos, strahlend, taumelnd, im Kreis herum, fast schreiend* Das Katherinche is daaaa –! *Zu Fritz und Lorenz, die gerade aus der Arena kommen* Un da stehn se un gucke se, un staune Bremsklötzer in die Luft!! Ei, ihr habt mir's ja nit glaube wolle! Ihr! Seht ihr's! Jetzt habters!! Die hat's geroche, daß mir da sin – die hat's in der Luft geschnuppert – die hat was brause höre im Stock – un da mußte se einfach heimfliege – wie so e winderschlage Bien – wenn die Weißel schwärmt – Un mir? Mir hawwe gar nix gericht! Noch nitemal Tannereiser am Wage! Un überhaupt nix vorbereit! Un nix wie leere Händ un dumme Köpp — halt emal! Wart emal! Ich hab ja was für dich, Mädche! Ein Augeblick! Ich hol dir was heraus! *Läuft rasch in den Wagen.*

IGNAZ *auf Katharina los* Lauf doch rasch fort. Er schnappt uns ja üwwer! Da muß was geschehn. Ma müßt ihm doch sage, daß –

KATHARINA Still jetzt! Um Gottes wille!! *Hält ihm den Mund zu.*

FRITZ *zu Julius* Die Leut werde schon unruhig, es is ja so spät. Die wolle's Turmseil sehn!

JULIUS Ich geh noch emal naus. *Zwischen den Zähnen fluchend* Himmel-Herrgott-sakra-nundedieu! *Nimmt einen Anlauf, springt durch den Spalt der Zeltbahn laut lachend in die Arena.*

KNIE *erscheint wieder in der Wagentür, Katharina heranwinkend, schwingt etwas in der Hand* Da, guck! Sin da jetz vielleicht Pailletten dran oder nit?!

KATHARINA Das is ja mei altes Leibche!

KNIE Die hawwe mich noch drei Dollar kost, in Karlsruh, vorigs Jahr. Das war damals noch e Vermöge! Jetz is es ja gar nix. Aber schön is es doch, nit wahr? Die hab ich auch selber druff gestickt, das hat keiner sehn dürfe, nachts, heimlich, im Wage, un hab mir schön die Finger verstoche – *Lacht* – un hab doch gewußt, wozu!! Das is jetz wie neu, siehste! *Wirft es ihr zu* So haste's doch hawwe wolle, gell?

KATHARINA Ja – so hatt ich mir's immer gewünscht –

KNIE Das kannste gleich anziehn, beim erste Auftritt, oder

schon bei der Prob! Ei, kannsten du noch was, Mädche? Oder haste alles verlernt, bei de Bauern?

KATHARINA Ich weiß nicht recht, Vatter –

KNIE No, das wird sich weise. Gehüppt muß werde, un wenn de Teufel auf Stelze geht! Was is denn da los?! *Man hört aus der Arena unruhige Stimmen und Bewegung des Publikums, und von den Bäumen, wo die Zaungäste hängen, ertönen einzelne Pfiffe und unverständliche Zurufe, aus denen sich der Name – »Knie« allmählich immer stärker heraushebt.*

JULIUS *ist wieder erschienen, ganz aufgeregt* Die pfeife, un schmeiße mit Kuhmist! Sie hätte genug vom August, sie wollte de Knie sehn!

KNIE Das ist ja großartig. Da guck emal die Rotzbube!! Natürlich, die wo nix zahlt hawwe, sin am lautste!

JULIUS Soll ich hinausgehn un sage, es wär Schluß für heut?

IGNAZ *springt vor* Ich geh noch rasch aufs Seil, damit keiner sein Geld zurückverlange kann, un dann mache mir Schluß.

KNIE *sieht ihn ganz entgeistert an* Ei, was fällt denn dir ein? Wer geht hier aufs Seil un macht hier Schluß, solang der Vatter noch krawwele kann?!

IGNAZ Ich hab gedacht, du bleibst heut emal unne.

KNIE Ich? Heut? Unne bleibe? Ei, was soll denn da mei Tochter denke? Un wo bleibt denn da das ganze Renommée? Die Leut wolle de Knie sehn, un dann noch emal de Knie, un dann dich noch lang nit, merk dir's. Hörste's, wie se kreische? *Man hört jetzt deutliche Rufe »Seiltänzer Knie! Wo bleibt der Knie!« usw.* Als ob die nit e bißje warte könnte auf die Kunscht! Rasch, Bibbo, die Bratpfann un de Spirituskocher un de Teig! *Zu Katharina* Seit's wieder billig Mehl gibt, back ich am erste Abend immer Kreppel aufm Seil, un Appelpanneküchelcher, weißte noch, wie früher, vorm Krieg, un schmeiß es de Bube auf de Platz runner. Tu viel Schmalz in die Pfann, Bibbo, die solle heut en gute Tag hawwe! Heut mache mir überhaupt alle Stückcher, die mir könne! Heut is Festvorstellung! Heut is – *In diesem Augenblick fliegt – unter noch lauterem Gejohl von draußen – eine Handvoll Kuhmist zwischen den Wagen herein* Ei, wart emal ab, ihr Bittel!! Wart emal ab!! Euch will ich gleich was pfeife und schmeiße!! *Er springt, während das Lärmen und Johlen im Hintergrund immer stärker wird, zu einem Wagen, an dem eine Leiter angelehnt steht, schwingt sich mit drei Sätzen aufs Wagendach, wo ihn das Scheinwerferlicht aus der Arena voll trifft, und winkt, halb drohend, halb grüßend, ins Publikum, das zum Teil klatscht, zum Teil noch lauter randaliert, dann aber, wenn er spricht, still wird. Mit einer großen Gebärde im Halbkreis beginnt er schallend zu reden* Ihr traurige Wandervögel auf dene Kastaniebäum, die wo ihr zu schlecht seid, einem lebensgefährliche Luftkünstler eure fünfzehn Pfennig Zaungeld zu bezahle! Schäme sollt ihr euch bis tief in euern unmäßige nixnutzige Schlund hinunner, ei der muß ja ganz kratzig un trocke sein vor lauter Filz un Geiz!! Deshalb könnt ihr auch nix wie pfeife, aber auch noch nit emal so sauber wie en Spatz oder so pfiffig wie en Kanari! Wenn ma de Bäum schüttele deet, wo ihr druff sitzt, da wärn die Maikäfer noch das Beste, was herunnerfällt! Un auch ihr da drunne, hinnerm Staketezaun, glaubt ihr vielleicht, ich wüßt nit, daß ihr immer fortlauft, wenn unser Mädche mitm Sammelteller kommt? Un die wo mit Kuhmist schmeiße, die will ich überhaupt nit anspreche, das wär noch viel zu viel Reklam für euch, da deet ihr euch vielleicht noch was druff einbilde! Euch sollt ma all von rechtswege die Köpp herunner mache un sollt se der hiesig Musik in die Instrumente stoppe, damit ma das falsche Blase nit so deutlich hört! Ja, bleibt nur sitze, ihr Musikantemeister, un regt euch nur nit auf, für die Taubstumme seid ihr tadellos, un auch für die lahme Gichtknoche, die lerne ja's Laufe, wenn ihr bloß zu blase anfangt! Also! Jetz bessert euch, un macht emal en flotte Walzer zum Entrée, jetz steigt der alte Knie aufs hohe Seil, un backt euch Panneküchelcher!

ZURUFE Bravo! Bravo Knie!

KNIE Bibbo! Lauf enaus un mach de Absperrung auf, daß die Bube unners Seil könne! Aber laßt mir die kleine Bube vor, ihr lange Lackel könnt hinne auch was sehn! Alez! Da sin ja noch drei Reihe Sitzplätze frei – da lauft emal, ihr Bube, un wer zuerst hinkommt, darf heut frei sitze!! Hopp! Hopp! Hurra, die Gäul! Ei, guckt emal, wie sie laufe!! Verdient habt ihr's ja nit, mit euerm Pfiffikus, aber heut habt ihr Glück, heut is überhaupt e Festvorstellung, heut mache mir nur noch prima Stückcher – de große Übergang, un de Traversierung aufm Fahrrad stehend freihändig – heut könnt ihr von mir alles hawwe, was ihr wollt – heut is nämlich bei uns e freudig Ereignis eingetrete! – un deshalb habt ihr auch e bißje warte müsse!

ZURUF De alt Knie hat e Kind kriegt! *Gelächter.*

KNIE *in das Lachen einstimmend* Jawohl! Ich hab auch e Kind kriegt! Wie de Josepp, vom Heilig Geist! Un das is fertig auf de Welt komme! Das braucht nit mehr zu wachse! Ja, lacht nur, ihr Leut! Ich lach ja selber – un ich weiß auch warum!! *Schlägt ein Rad, laut juchzend.*

SCHRILLER ZURUF »Seiltänzler Knie! Wenn de fällscht, bischte hi!!«

KNIE *wieder auf den Beinen* Ja, das könnt euch so passe! Da drauf wart ihr ja bloß! Aber damit is nix! Was en echter Seiltänzler is, stirbt im Bett!! Los jetz!! Musik! Un de Strickhalter an ihre Poschte! Allez hopp, avanti! anvanti!! *Springt vom Dach herab, eilig zu seiner Wagentür, ruft Katharina zu* Jetz muß ich rasch ins Kostüm. Stell dich vornehin, Mädche, daß de gut siehst! Ignaz, mach dich fertig, du gehst mit enuff, zum Übergang!

IGNAZ Jawoll. *Zieht hastig Seilschuhe an, reibt sich Hände und Schuhsohlen ein.*

KNIE *verschwindet im Wagen, während draußen die Musik auf schauerliche Weise die ›Donauwellen‹ spielt.*

ALLE – BIBBO, JULIUS, LORENZ, FRITZ *drängen, kaum daß Knie verschwunden ist, auf Ignaz ein* Du darfst en nit mitm Fahrrad traversiere lasse! Das hat er seit Jahr und Tag nit mehr gemacht. Das mußte'm ausredde, drowwe! Mach doch einfach's Rad kaputt, un sag, es wär schon gewese – –?

KATHARINA *dazwischen* Halt!! *Fast drohend, mit einem sonderbar zwingenden Ausdruck* Du läßt ihn ganz mache, was er will – verstehst du! Da hat ihm keiner was reinzuredde hier!!

JULIUS Das hat er mehr als e Jahr nit gemacht, das kann ma nit verantworte!

BIBBO Un so außer sich wie er is!

KATHARINA Da hat keiner was zu verantworte! Keiner!

FRITZ Un wenn was passiert?

KATHARINA *ganz fest* Da passiert nix.

IGNAZ Dann streik ich. Dann geh ich nit mit enuff.

KATHARINA *fast brutal* Du gehst mit!!

IGNAZ *geduckt* Meinetwegen. – Es is ja dein Vatter.

KATHARINA Ja. Un ich bin sei Tochter.

DIE ANDERN *sind unwillkürlich etwas von ihr zurückgewichen, so daß sie allein im Vordergrund steht.*

IGNAZ *holt rasch unter seinem Wagen eine Schnapsflasche mit Glas hervor, gießt sich ein.*

KNIE *kommt eilig aus dem Wagen heraus, sieht, wie Ignaz das Glas ansetzen will, haut es ihm mit einer knappen Bewegung seines Stokkes, wie nebenbei, vom Mund weg. Dann wirft er Katharina eine Kußhand zu, stellt sich Seite an Seite mit Ignaz parat. Er hat jetzt die ererbte historische Tracht der süddeutschen Seiltänzer angelegt: Kurze Samtmantille überm lichtblauen Trikot, Federbarett, goldener Meistergürtel. Die andern – Fritz, Lorenz, Mario, Julius, Bibbo – springen zum Eingang der Arena, reißen die Zeltbahn auf, bilden Spalier. Kurzes, tiefes Atmen, dann laufen Knie und Ignaz im gleichen Schritt hinaus, wo sie mit Zuruf und Trampeln begrüßt werden. Die Zeltbahn schließt sich hinter ihnen, die Artisten bleiben gespannt beobachtend, hinten stehen – gleich darauf sieht man Knie und Ignaz an einer Strickleiter hochklettern, nach oben verschwinden.*

KATHARINA *sitzt ganz allein im Vordergrund auf einem Wagentreppchen, ohne hinaufzusehen, mit stillem, fast abwesendem Blick.*

Nach einer Weile reißt die Musik jäh ab, unterdrückte Angstrufe aus dem Publikum, starke Bewegung unter den zuschauenden Artisten.

JULIUS *in die Arena rufend* Sitzebleibe!! Alles sitzebleibe!! Ruhe!

FRITZ *durch die hohlen Hände in scharfem Flüsterton nach oben rufend* Runnerkomme!! Runnerkomme!!

KATHARINA, *immer ohne hinzuschauen, in gleicher Haltung* Was is denn –?

BIBBO *nach rückwärts sprechend* Nix is passiert. Er ist gestrauchelt, der Ignaz hat ihn gefange. Sin schon wieder aufm Brett.
Von oben hört man jetzt die ruhige Stimme des alten Knie, ohne die Worte zu verstehen – nur einen kurzen Satz, der mit einem scharfen Kommandoton endet.

FRITZ Er hat gesagt, es war nur Spaß, jetzt geht's erst richtig los!

JULIUS Kommt, mir gehn unters Seil.

ALLE *hinaus in die Arena. Die Musik setzt schmetternd ein.*

KATHARINA *bleibt allein, sitzt mit geschlossenen Händen, mit starkem, gesammeltem Ausdruck, unbewegt.*
Die Bühne verdunkelt sich, ohne daß der Vorhang fällt.

Man hört bei verdunkelter Bühne, gedämpft, die Musik weiterspielen – nach einigen Minuten auf fernher hallendes Kommando von oben taktmäßig aussetzen – neues Kommando – kurze atemlose Stille während der Rad-Traversierung – dann Tusch der Musik, Lärm und donnernder Applaus des Publikums. Gleich darauf – während das Geräusch der sich zerstreuenden Menge im Hintergrund verebbt – wird die Bühne wieder hell. Wenn die Bühne wieder hell ist, sieht man Katharina – immer noch in der gleichen Haltung – wie versunken, im Vordergrund. Die Lichter in der Arena sind jetzt erloschen, es ist nur noch der vordere Raum beleuchtet, der dadurch viel geschlossener, konzentrierter wirkt.
Während sich die Menge in die Nacht verläuft, hört man vom Platz her Vater Knie die übliche Schlußrede halten, man unterscheidet aber kaum einige Worte wie »Schluß« ... »Empfehlung« ... »Wiedersehen« ... – Indessen erscheint ...

ROTHACKER *von der Seite zwischen den Wagen. Er bemerkt Katharina, geht zu ihr hin.*

KATHARINA *sieht erst auf, wie er dicht bei ihr steht – fährt hoch – starrt ihn an.*

ROTHACKER *hat die Hand ausgestreckt, läßt sie, mit dem Blick auf ihr Gesicht, langsam sinken.*

KATHARINA *wie plötzlich erwachend – ergreift hastig die Hand* Komm! Rasch fort!! In de Schatte –!

ROTHACKER Was is denn – Laß dich doch ansehn. Was is denn passiert? Du hast ja gar kein Gesicht.

KATHARINA Du kannst jetz nit hier bleibe – er darf dich nit sehn, jetzt!!

ROTHACKER Weshalb?

KATHARINA Er weiß ja noch nix –!!

ROTHACKER Warum sagst du's ihm nit?

KATHARINA Ich konnt nit – er hat doch jetzt erst gearbeit!

ROTHACKER Dann bleib ich, un sag's ihm selbst.

KATHARINA *im Aufschrei* Nein!!!

ROTHACKER *sieht sie kurz an, dann dreht er sich um, geht.*

KATHARINA *schwankt einen Augenblick – rast ihm nach – erreicht ihn fast schon zwischen den Wagen, klammert sich an seinen Arm, seine Schultern* Du – bleib doch in der Nähe –!! Ich komm dir gleich nach – ich hol dich zurück!!

ROTHACKER – Sagst du's ihm jetz?

KATHARINA Ich weiß noch nit – ob ich's kann – *Leise, in großer Angst* Laß mich doch jetzt nit los! – Bitte –

ROTHACKER Ich geh bis zum Fluß – dann komm ich wieder.

KATHARINA Dank – *Läßt die Arme sinken.*

ROTHACKER *zögert kurz, als erwarte er noch etwas – dann geht er.*

KATHARINA *steht unbewegt, ihm nachschauend.*

KNIE *in einen weiten Mantel gehüllt, Barett und Gürtel unterm Arm tragend, kommt aus der Arena. Hinter ihm die andern. Er geht bis zur Mitte, sieht starr geradeaus, dann, mit einer herrischen Bewegung über die Schulter sprechend!!* Abbauen!! *Da sich keiner regt, nach einer kurzen Pause* Abbauen!! Habt ihr nit gehört? Seil runner! Stange raus! Bretter sammereiße!! Alles fertig zum Abmarsch.

JULIUS *ganz verstört* Vatter – das is doch dein Ernst nit. Mir hawwe doch hier schon für siwwe Tag die Platzpacht bezahlt!

KNIE *wendet sich ihm zu, ruhig und fest* Abbauen, hab ich gesagt. Un was ich sag, das is auch mein Ernst. Jetzt macht, daß es vorwärts geht! Ich zieh mich rasch um un lauf selbst zum Spediteur, die Gäul bestelle. Morge früh is es zu spät.

BIBBO *zu Katharina* Hast du's gehört –?!!

KATHARINA *sich jetzt erst umwendend – zu Knie hin* Was is denn, Vatter – was is denn geschehn –?

KNIE *lächelnd* Gar nix Mädche. Nur fort müsse mir. Nix wie fort!! Wo ma einmal gestrauchelt is, da soll ma nit mehr aufseile – heißt en alter Bankistespruch. Hier is en guter Platz – aber nit für uns. *Geht zum Wagen, dreht sich noch einmal zu ihr um* Hier bist du fortgange, un hier bist du heimkomme, un jetz is rund un Schluß. Hier brauch mir nix mehr als e Handvoll Schlaf un en gute Aufbruch. *Ab in den Wagen.*

ALLE *stehen einen Augenblick schweigend.*

JULIUS *plötzlich mit dem Fuß stampfend* Los! Abbauen! Habt ihr's nit gehört?!

FRITZ No ja. Abbauen. *Schlurft langsam nach hinten.*

IGNAZ *wütend, verbissen* Also abbauen! Sakrament – *Packt einen Vorschlaghammer, geht rasch nach hinten. Lorenz, Mario, Julius folgen. Gleich darauf hört man die heftigen, zornigen Schläge der Hämmernden und während des folgenden die wechselnden Geräusche des Abbruchs. Es bleiben nur Bibbo und Katharina.*

BIBBO Was wird denn jetzt? Solle mir wirklich ziehn, morge –?

KATHARINA Auf alle Fäll! Hier kann er nit bleibe, das geht nit, wie's auch kommt – dann besser rasch fort.

BIBBO Un du –?

KATHARINA *gibt keine Antwort.*

BIBBO Du mußt es ihm doch sage, jetz.

KATHARINA Ich kann's nit...

BIBBO Un wenn du's verschweigst – was dann? Du kannst doch nit einfach weglaufe!! Ich deet's ihm ruhig ins Gesicht sage.

KATHARINA Wie denn – ins Gesicht?! Er sieht mich ja gar nit. Guck doch sei Auge an. Die sin ja wie umgedreht! Da wird nur hell drin, was ihm inwendig aufgeht – un das kann ma nit fasse – da kommt ma gar nit hin!!

KNIE *kommt wieder heraus, winkt Katharina* Da, haste schon hereingeguckt, in de Wage? Da liegt noch alles, wie du's verlasse hast! Das Bett is auch frisch bezoge – da hättst du jede Stund heimkomme könne, das ganze Jahr lang. Geh nei, schau dich um, un mach dir's bequem! Ich komm bald wieder. *Er geht.*

KATHARINA *zögernd zum Wagen, dessen Tür offengeblieben ist. Schaut hinein* Es steht noch alles wie früher – ganz genau.

BIBBO *ist ihr nachgefolgt* Reut's dich?

KATHARINA *setzt sich auf die Wagentreppe* Woher denn? Ich hab ihn doch gern.

BIBBO *neben ihr hockend, streichelt ihre Beine* So dünne Knie, wie du hast. Das merkt ma jetz erst richtig, bei dene feine Strümpf. Dir sieht ma die Kinderarbeit gar nit an, in de Knoche. Unsereiner hat mit fuffzehn Jahr schon Knöchel un Ellboge kriegt wie en Sackträger.

KATHARINA Bibbo – du hast doch auch Kinder gehabt? Gell –?

BIBBO Freilich. E starkes Dutzend.

KATHARINA Wo sin denn die all?

BIBBO Da un dort – soweit se noch lebe. Drei sin an Wurschtvergiftung gestorbe, in der gleiche Nacht. Eine is unner die Trambahn komme. Die annern sind groß.

KATHARINA Un siehst du sie nie?

BIBBO Selten emal. Ich möcht auch gar nit mehr.

KATHARINA Warum denn?

BIBBO *mit einem stumpfen, müden Gesicht* Ma kann en doch nit zur Last falle. Da hat jedes genug mit sich selbst zu schaffe.

KATHARINA Du meinst, ma kriegt se nur, damit ma se groß zieht –

BIBBO Ma kriegt se, un dann sin se da. *Sieht sie von der Seite an, beugt sich zu ihr* Is was?

KATHARINA Wie –

BIBBO No, is was – unnerwegs?

KATHARINA Noch nit – *Sieht weg* Aber ich möcht gern.

BIBBO Un worauf wartste noch?

KATHARINA Ich wollt halt erst mitm Vatter spreche. Da soll alles ganz klar sein –

BIBBO Da hätt ich mein Vatter nit lang gefragt – sellemals... Un er? Was sagt er denn dazu?

KATHARINA *wie aufschreckend* Du, geh jetzt! Er kommt gleich! Is da nit jemand?

BIBBO Ach wo. Das war e Fledermaus. *Steht auf* Was willste denn jetz mache, mitm Vatter?

KATHARINA Ich bleib die Nacht hier – weißt du – un paß die

gute Stund ab – wenn mir ganz allein sin – un wenn ihr all schlafe seid – Dann wird's gehn, glaub ich – dann werd ich's könne!

BIBBO Hoffe mer's. *Sie geht. – Wenn sie weg ist, springt Katharina hastig auf, läuft zur Seite, wo vorher Rothacker fortging, hält Ausschau. Dann geht sie langsam, wie zögernd, zum Wagen zurück – schaut noch einmal scheu hinein, schließt die Tür. Plötzlich bemerkt sie, an der Türklinke hängend das ›Flitterleibchen‹, das ihr der Vater vorher gegeben hat. Sie packt es rasch – reißt die Tür noch einmal auf, wirft es in den Wagen, schlägt heftig zu, fährt herum.*

ROTHACKER *kommt fast im gleichen Augenblick von der andern Seite – bleibt stehen.*

KATHARINA Da – kommst du her ...

ROTHACKER Ich bin rund um de Platz gange. Da warn immer Leut. Ich wollt niemand sehn, jetzt. Wo is de Vatter?

KATHARINA Fort, ins Dorf, wege de Gäul. Er will morge schon weiter.

ROTHACKER Weiß er's denn jetzt?

KATHARINA Nein – da war noch gar kei Zeit –

ROTHACKER Da kann ich ja wieder zum Fluß gehn, was?! Oder kann mich hinter die Bäum verstecke wie ein Strauchdieb – un kann heimlich herschleiche, wenn ich dich sehn will –!

KATHARINA Du!! Sag das nit so – ich bin doch nit schuld! Ich kann doch nix dafür!!

ROTHACKER Wer is denn in dem Wage drin?!

KATHARINA Was denkst denn du – niemand!!

ROTHACKER Mach auf. Laß ihn heraus. Ich mag kei Lauscher hinter de Fensterläde!!

KATHARINA Was denkst denn du –!! Du glaubst mir nit mehr – –

ROTHACKER Jag ihn weg, sag ich! Ich seh gar nit hin. Ich will nit wisse, wer's is. Das kann mir ja gleich sein.

KATHARINA Da! Mach auf! Un schau hinein!! Aber dann geh auch!!

ROTHACKER *steht unschlüssig, mit gesenktem Kopf. Dann blickt er sie an* Ich glaub dir doch – was du sagst –

KATHARINA Du hast ja dein grade Blick verlore – – Komm doch her! Was is denn mit dir –? *Geht zu ihm hin, streicht ihm scheu, zärtlich, nur mit den Fingerspitzen, über den Arm.*

ROTHACKER Warum hast du's ihm nit gesagt – und warum hast du's ihm nit längst geschriwwe – jetzt liegt schon e Last drauf, das kann ma nit mehr hebe!

KATHARINA Wart nur – das schmilzt schon weg. Nur Zeit braucht's.

ROTHACKER Mehr Zeit, mehr Last! Laß mich doch selbst zu ihm hin! Ich hab damals mit ihm gesproche – Mann zu Mann. So muß es wieder sein.

KATHARINA Das geht nit!

ROTHACKER Weil du's nit willst!!

KATHARINA Nein! Ich will auch nit! – Weil's verkehrt is! – Du un er, das sin zwei, da gibt's kei Brück dazwische.

ROTHACKER Dann bleibst du immer halbwegs auf der ander Seit – dann kommst du nie ganz zu mir – dann hab ich dich nit!!

KATHARINA Du kannst mich doch nit ganz vergrabe – es braucht doch jeder noch Luft.

ROTHACKER Da is genug Luft – für dich – un für mich. Ich hab ja auch nix anders.

KATHARINA Un was is – mit der Mutter?

ROTHACKER Ich hab se gezwunge!! Die sagt kei Wort mehr wider dich.

KATHARINA Das macht's doch nit aus – un dei Land! Und dei Wirtschaft!

ROTHACKER Das is jetzt dei Sach grad so gut wie meine! Das is doch alles dein.

KATHARINA Ich will nix!! – Nur dich – –

ROTHACKER *faßt sie an, drängend, hungernd* Dann komm! Komm fort!! Komm doch fort –!

KATHARINA Nein!!

ROTHACKER *läßt sie los, steht wie gefällt.*

KATHARINA Ich kann doch nit fort hier – *Schwankend* – ich kann doch nit fliehn!! Ich darf doch nit!!

ROTHACKER Dann bleib! Bleib da!! Bleib im Dreck!!

KATHARINA *hebt beide Hände* Still –!

ROTHACKER Ich will nit mehr – kann's nit mehr!! Ganz oder gar nit – da soll alles verrecke drum!! *Packt sie wieder an* Ich laß dich nit mehr los!!

KATHARINA *wie tot in seinen Armen* Dann mach doch – was du willst –

ROTHACKER Brauchst du mich denn? Oder mußt du wieder zurück – sag mir's doch – sag mir's doch! Ganz!!

KATHARINA Ich hab doch nix anders – wie dich – un leb doch nur bei dir – und kann ja nit mehr fort!! Kann's nit mehr!! Ich hab doch vorher niemand so gern gehabt – wie de Vatter – un hab doch nur ihn gekannt. Un jetzt kenn ich nur dich –!

ROTHACKER *ganz ruhig, nimmt ihren Kopf in die Hände* Mach's gut jetz. Ich geh heim und wart auf dich.

KATHARINA *ganz benommen – halb angstvoll – halb beseligt* Wirklich –?

ROTHACKER Gewiß. – Und nehm dir nur Zeit. Du kannst auch die Nacht bleibe. Und morge noch. Du mußt's ihm doch sage, allein.

KATHARINA Ich sag's ihm! – Un dann is gut, alles!!

ROTHACKER Un sagst ihm, daß ich dich halt – wie er.

KATHARINA Un daß ich nur dich jetz hab – un sonst nix mehr, und nur noch dich kenn – *Stark* Ich sag's ihm! Er muß es höre!

ROTHACKER Un wirst du mir nit schwach werde –?

KATHARINA Nein!!

ROTHACKER Ich denk an dich. Ich laß dich nit los.

KATHARINA Ich dank dir – ich dank dir –

ROTHACKER *lächelnd* Psst! Das kann ich nit höre. *Macht sich rasch los, geht.*

KATHARINA *leise, daß er es nicht mehr hört* Bleib doch noch – bleib doch noch – *Folgt ein paar Schritte, sinkt am Wagen des Vaters fast zusammen* Bleib doch – *Hockt auf der Treppe, das Gesicht auf den Knien.*

BIBBO *kommt nach einer Weile durch die Zeltbahn. Schleppt einen großen Krug und einen Korb mit Gläsern* Ja, ohne Krach geht's nit. *Setzt wuchtig den Korb auf* Das is der Schnittlauch in der Milchsupp. Das braucht ma zum Lebe. En Mann, der nit krakeelt, is en Bandwurm. Der macht's auch leise, un ma fällt vom Fleisch. Hat er arg geschimpft?

KATHARINA *sieht auf – beginnt zu lachen* Bibbo – du dick alt gequolle Dampfnudel du! Du schepp Spinatwachtel du! Du altklug dumm Roß, das de bist! *Springt auf, zerrt sie am Rock.*

BIBBO No, no, ich glaub, du hast was getrunke, he?

KATHARINA Komm doch her! Mir hawwe uns ja noch gar nit richtig Guten Tag gesagt, so – *Küßt sie ins Gesicht.*

BIBBO Die Küß hab ich auch nit mir zu verdanke!

KATHARINA Doch, Bibbo, nur dir, weil de so schön bist, un weil ich mich freu – Herrgott – es wird schon alles gut gehn, gell?

BIBBO No, was denn sonst?! Du Durchgängern! Du Lauszippel du!! *Haut ihr auf den Hintern.*

KATHARINA Willst du aufhörn, das paßt sich nit!! Ich bin doch e Frau!!

BIBBO Deshalb kriegste dei Fäng noch immer hinnedruff, solang der Herr Gemahl kein Stacheldraht drüwwer wickelt, gell? *Haut sie wieder.*

KATHARINA Au! Ich trag doch kein Unterrock! Das spürt ma ja! Da! *Haut sie auch.*

BIBBO Bei mir mußte die Deichsel nehme, sonst dringste nit durch! Ich hab Schwiele!

IGNAZ *erscheint aus der Arena, noch den Hammer in der Hand* Wart nur! Ich helf euch gleich!! *Zu den andern, die nachkommen* Die hat's geschnappt, die zwei!

KATHARINA *auf ihn zu* Ei Ignaz, heb dir doch kei Bruch! Laß dir nur den Hammer nit auf die Fußzehn falle!

IGNAZ Jetz wird se auch noch frech!! Wart, Mädche, gleich wirste geriwwelt!! *Stellt den Hammer beiseite, läuft ihr nach.*

KATHARINA Fritz! Lorenz! Mir hawwe uns ja die Händ noch gar nit gewwe! Ei lebt ihr denn noch, seid ihr denn noch beisamme! Julius!! Geb mir doch en Kuß!! *Küßt ihn.*

JULIUS Bravo.

IGNAZ Jetz will ich auch ein! Her! Halt se fest, Lorenz!

KATHARINA Nein, das gibt's nit, du ißt mir zu viel Zwiwwel! *Läuft ihm fort* Ei Mario, du bist ja so schön geworde!!

MARIO *begeistert* Han-gäse! Han-gäse!!

KATHARINA Was will er?

DIE ANDERN *lachen.*

MARIO *küßt ihr die Hand.*

BIBBO So, jetz hockt euch her, un nehmt euch Gläser.

FRITZ *in den Krug schnuppernd* Was is denn das?

BIBBO Das is vom Vatter, er hat mir gesagt, ich soll drei Liter vom beste hole un sollt euch eweil eingieße, bis er kommt.

IGNAZ Da schlägt's Donnerstag! De Vatter und Wein!

LORENZ Das hammer nur dem Katherinche zu verdanke.

IGNAZ Un ihrm Herrn Bräutigam.

FRITZ Sei doch still.

KATHARINA Laß ihn doch, meintwege! Das könnt ihr ruhig laut sage! Jetz nur kein Geflüster mehr, un kei Geflenn, un kei Geheimnis – So wie's is, soll's gut sein, gell?

JULIUS Weiß er's denn jetz?

KATHARINA Das noch nit – aber ich sag's ihm dann, später, ich bleib ja die Nacht hier. Macht nur nit so lang, trinkt euern Wein aus un dann laßt mich recht bald allein mitm!

BIBBO *hat inzwischen eingeschenkt* Also Prost, Katherinche! Daß de's gut machst.

IGNAZ Siehste Kätche, warum muß es denn grad der Dreckbauer sein, ich hätt dich auch genomme. Aber wenn er's schon is, soll er hochlebe! Prost! Erunner mitm!!

ALLE *stoßen mit ihr an.*

FRITZ »Hoch soll er lebe, hoch soll er lebe –«

IGNAZ Ach wo!
»Dick soll se werde, Drilling soll se kriege – je–des–Jahr!«

KATHARINA Drei Teufel noch emal! Da drauf trink ich nit!

IGNAZ Dann denk dir was anners! Prost!!

KATHARINA Prost –!! *Ihr Glas zerklirrt beim Anstoßen, fällt in Scherben zu Boden.*

KNIE *erscheint in diesem Augenblick hinten unter der Zeltbahn*

Prost –!! Da klingt's ja schon wie bei der gräfliche Hochzeit! War das dein Glas, Mädche?

KATHARINA Ja, Vatter.

KNIE Das is recht. Glück sollste hawwe, beim alte Vatter sein Wage!! No, schmeckt's, ihr Bube? Trinkt's langsam un mit Verstand, das is en Schwarzer Herrgott, das kriegt ihr nit gleich noch emal. Bibbo! Geh mal her. Da hab ich vorhin e Flasch in de Wassereimer gehängt, damit se e bißje auskühlt. Die holste jetz raus un machst de Kork auf. *Zu Katharina* Mir zwei trinke nämlich heut was Besonderes, für alle andern wär's ja zu wenig, weil's nur die eine Flasch is. Aber rieche dürft ihr auch emal dran! *Bibbo hat die Flasche gebracht, er nimmt sie ihr aus der Hand* Da guckt her. Die Flasch hab ich auf meim Hochzeitstag geschenkt gekriegt, vom Magistrat in Oppenheim, da hawwe mir damals e Festvorstellung gewwe. Das sin jetz fünfundzwanzig Jahr, das wär jetz schon silbern! Ich hab mir immer gedacht, ich heb se auf, bis du emal Hochzeit feierst. Aber heut is ja grad so gut, gell? – Das Etikett is schon ganz verbliche – aber die Zahl kannste noch lese, guck! – Achzehnhunnertsechsundneunzig! Da warst du noch gar nit auf der Welt – un noch nit emal e Salzkartöffelche!! Aber im Pankratiusbrünnche haste schon ganz owwe geschwomme, fast bei de Seerose un hast nur gewart, daß dich der richtige Vatter herausfischt! Un jetz biste da –! Prost –!! *Er nippt am Weinglas, dann reicht er es ihr, setzt sich auf einen Klotz im Vordergrund, stellt die Flasche neben sich. Es ist sehr still geworden, die andern sitzen da und dort auf Kisten oder Geräten, alle in einigem Abstand vom Vater Knie. Katharina hockt wieder auf dem Leitertreppchen am Wagen, der im Schatten liegt. Knie spricht immer zu ihr – aber ohne hinzuschauen – wie in einem seltsamen, flackernden Rausch* Siehste – jetz biste wieder daheim – un bleibst daheim – un wenn wir morge weiterziehn un übermorge noch weiter, un rollen um de ganze Welt erum, ohne fest einzustelle – da biste als noch daheim! Mei Mutter, die hat vergesse gehabt, ob se mich in Baden kriegt hat oder in Württemberg, oder schon im Hessische. Un wie ich heirate wollt, damals, da konnt ich e halb

Jahr zu keim Papier nit komme, weil ich kei zuständig Heimat hätt, hat's geheiße. Ich hab gesagt: Ich bin ja im Wage zuständig, Herr Magistrat – un das genügt! Aber das wollte die aufm Amt nit wisse. En Mensch muß e Heimat hawwe, hat einer gemeint. Die hat er auch, sag ich – un die is grad so groß, wie das Stückche Erd, was e klei Kind bedecke kann, wann's nackt auf die Welt kommt – oder wie das, wo ma zum Zudecke braucht, wenn ma dich wieder neilegt. – Mehr hat keiner, wozu auch? Es langt ja grad –! Die Hauptsach is, daß einer weiß, wo er hingehört, mit Herz, Lung, Leber und Nier, un auch mit sein Kopp un mit seine Händ, un mit all seine Blutstroppe un mit Müh un Plag un Lust un Freud, mit der ganze Lebsucht. – Die Seel is e dünnes Häutche, das muß immer zart gespannt sei un aufm richtige Ton. – Un da sin mir halt beim Wage besser dran wie viele Leut auf der Welt, weil's doch e Kunscht is, wo mir treibe, un kein leere Wahn, un weil ma's schon mit auf de Welt bringt un nit erst lang zu suche braucht, nur lerne muß ma's noch emal un dann wird's immer besser un geht nie nit zurück. Mich hat emal einer gefragt: Wozu macht ihr das eigentlich? Was hat denn das fürn Sinn? – Un da hab ich retour gefragt: Wozu is denn Ihrn Großvatter auf zwei Füße gange, statt auf alle vier? Da hat er geschwiege. Sehn Sie, sag ich – un deshalb is meiner halt seilgetänzelt! Das heißt nämlich nit seiltanze, wie die Leut immer sage, sondern seiltänzle, weil ma ja da drowwe nit tanzt, das wär im Kreis herum, sondern tänzelt, das is Fuß vor Fuß. So was sollt ma all wisse in unserm Beruf, aber da wird viel verlore heutzutag – durch den große Betrieb un die viel Konkurrenz. Bei so einer kleine Trupp wie mir, da geht's ja noch, da läßt sich noch manches weitersage von Mund zu Mund, wie die Kniff un die Hilfssprüch. Ma sollt halt ganz eng zusammehalte, im Stamm un in der Rass, daß ma sich nit verwischt un verzettelt. – Ich weiß noch, wie mein Großvatter gestorbe is, der kam grad aus Amerika, da war er über de Niagara gange. Kinner, hat er gesagt, fahrt mir in der ganz Welt herum – aber bleibt mir daheim. Damit hat er das Seil gemeint, un de Wage. No, un wenn er heut herunnergucke deet, da drüwwe um de Mondspitz erum oder hinner der Milchstraß eraus – da hätt er sei Freud. Aber der wird froh sei, daß er drowwe is, un wird genug gut Gesellschaft hawwe. *Er spricht immer mehr zu sich selbst – immer versunkener, abseitiger –, während einer nach dem andern, als fühlten sie, daß es an der Zeit sei, leise aufsteht und lautlos verschwindet* Ob ma im Himmel auch seiltänzle darf? Sonst möcht ich lieber gar nit enauf. Aber ich glaub, da drowwe darf ma alles. Da kriegt ma nix verbote, was ma wirklich braucht. Un da is auch kei Strickleiter mehr nötig, weil ma ja schon so hoch is, daß es höher gar nix mehr gibt! – Und da spanne mir e großes, mächtiges Seil, nein zwei, eins aus glatte Hanf un eins aus dicke, geflochtne Draht, un die binde mir an die Sternzacke fest – un dann kann ma auch mitm Kopp nach unne gehn, weil gar kein Unterschied mehr is, un rings erum nix wie Himmel – un da is auch die Waage, un de kleine Bär, un de Löwe un de Steinbock un de Wassermann, das gehört all zum Zirkus un zur Menagerie, weißt du, Mädche – ich hab oft gedacht, wann ma so nachts enauf guckt bei der Vorstellung un sieht ein aufm hohe Seil gehn: Der geht ja grad von Stern zu Stern – *Er lacht leise* – un weißt du, wie sie uns früher genannt hawwe, unser Zunft – vor fünf-, sechshundert Jahr erum? Die Himmelreichmänner hawwe se uns damals geheiße! Vielleicht hawwe se wirklich geglaubt, daß unsereins leichter nuff kommt wie andere Leut. Aber mir komme ja auch rascher runner – un wenn ma mal abrutscht un macht sein Salto ins Netz, da merkt ma, wie nah mir noch am Erdreich tänzle, un wie's zieht, un reißt – un deshalb is ma manchmal so müd, hinterher – *Gießt sich Wein ein, trinkt einen Schluck.*

IGNAZ *ist als letzter und einziger noch sitzengeblieben, starrt neugierig unbewegt zu Knie hin. Julius, der schon am Ausgang war, eilt rasch auf den Zehenspitzen zu ihm, stößt ihn zweimal an, faßt ihn am Arm, bis er schließlich auch widerwillig aufsteht und leise mitgeht. Bibbo ist unterdessen, müde wie ein Tier, an der Feuerstelle vornübergesunken und eingeschlafen.*

KATHARINA *zu Knie tretend* Bist müd, Vatter?

KNIE Nit gar zu sehr, aber ich deet mich gern e bißje längs lege – Wo sin denn die all?

KATHARINA Die sin schon schlafe. Der Wein is ausgetrunke.

KNIE Mir hawwe noch was, in der Heiratsflasch. Willste noch?

KATHARINA Dank dir, Vatter. Der is ja so schwer –

KNIE Ja, den spürt ma im Kopp – das is wie so en klare Nebel – en Nebel is es – aber doch ganz klar – das is doch komisch, gell?

KATHARINA *lacht leise* Ich spür auch schon e bißje.

KNIE *streicht ihr über den Kopf* Du Junges du! Ich geh grad in de Wage un hol mir e Deck un mach mir's e bißje leicht. Zieh mir doch derweil den Streckstuhl aus, da kann ma noch e Zeitlang drauße bleibe, bei dere schöne Nacht. *Ab in den Wagen.*

KATHARINA *macht die Bank zurecht, setzt sich ans Fußende, wartet. Plötzlich sieht sie die eingeschlafene Bibbo am Feuer hocken, springt auf, rüttelt sie hoch* Rasch fort!! Jetz is grad Zeit – wenn ich's jetz nit kann, kann ich's nie mehr –!

BIBBO *rappelt sich hoch, gähnend, wankt schlaftrunken ab. Vom Platz her, ziemlich weit weg, hört man Marios Mundharmonika. Katharina, wartend, summt ein paar Töne mit. Dann verstummt die Harmonika, und Katharina erschrickt plötzlich – läuft zum Wagen.*

KATHARINA Vatter – wo bleibste denn?

KNIE *kommt heraus – mit einer Decke auf dem Arm, in Hemd und Hosen* Ja, Mädche, da bin ich schon. Ich hab mich grad nur gewasche. Ma legt sich doch besser schlafe mit saubere Händ. *Geht zur Bank* So, das is gut – da kann ma ganz flach liege un grad in die Höh gucke. Es is ja so warm heut nacht, da brauch ich gar kei Deck. Wenn's nit regnet, im Sommer, sollt ma eigentlich immer die ganze Nacht unterm Himmel schlafe, platt mache, nenne se's bei uns, wegem platte Erdbodden. Aber die Plattmächer schlafe als am beste un zahle unserm Herrgott kei Zimmergeld. *Er streckt sich aus* Wie leicht die Luft is – ma meint grad, sie hebt ein hoch un ma könnt frei drin segle – wie so e Wolk über de Himmel schwimmt – un wie das gut schmeckt – von dem frisch geschnitte Gras – un der Kastanieblüt – das trinkt ma all, wenn ma atmet – wie en große, milde Wein... *Er atmet langsam tief aus und ein* Das geht so auf und nieder – un aus un ein, un ma tut gar nix dazu – un merkt's gar nit mehr – das weiß ma gar nit mehr – wenn ma so lebt – daß der Atem geht – un daß ma gar nix Bessers zu tun hat auf der Welt als das – *Er richtet sich halb auf – atmet lange* Da saugt ma alles ein – un da haucht ma alles aus – was braucht ma denn sonst – un was will ma denn mehr – das is doch ganz leicht – *Sinkt wieder zurück.*

KATHARINA *tritt neben ihn, beugt sich hinunter* Vatter – willst du schon schlafe jetz – oder kann ich mich noch bei dich setze – un dir was sage –?

KNIE Setz dich nur her, Mädche, un sag mir alles – sag mir nur alles – ich bin ja ganz wach! – So wach bin ich! Mir is ja grad, als deet ich alles höre – noch eh, daß es gesproche wird –!

KATHARINA Da rück ich die Kist her – *Holt langsam eine Kiste.*

KNIE Was die Grille so laut sin, heut nacht – un wie die geige – hörste? Eine is immer zu früh – wie die Kinner in der Kirch, wenn se falsch singe — *Er lacht leise* Hörste? Die is immer zu früh. *Zu Katharina, die noch zögernd steht* Komm, setz dich, Mädche – *Ganz leise und langsam* Das is gut, daß du hier bist – Jetz sag mir's nur.

KATHARINA Ein Augenblick – ich will noch – *Spricht nicht zu Ende, geht zu den Wagen hin, löscht im Halbkreis die Lichter aus, bis auf eines, das in der Ecke flackert.*

KNIE *während sein Gesicht schon ganz im Schatten liegt – ohne sich zu bewegen* Es wird ja so hell! *Wiederholt leiser, mit etwas fremder Stimme, aber ganz klar* Es wird ja so hell –

KATHARINA *ist langsam wieder zu seinem Lager gekommen, setzt sich nun, ohne ihn anzusehen* Hör zu, Vatter – ich sag dir jetzt alles – grad wie's is – un tu nix bei – un laß nix weg – Vatter, du weißt es ja schon! Sonst hättst du mich längst gefragt – du weißt's schon, im Innern – un wenn du mich ansiehst, Vatter, dann mußt du auch wisse, warum – Ich bleib nit hier, Vatter – ich geh wieder fort – heut noch – oder morge, un das is nit wegen dem Mann allein. Ich hab ihn schon gekannt, eh daß ich hinkomme bin – er hat von mir nix gewußt, aber ich hatt schon zwei Jahr lang an ihn gedacht. Un deshalb is das auch mit dem Hafer passiert – nit nur wegem Eselche. Un dann is das so gekomme. Un jetz will ich auch bei ihm bleibe. Ich möcht ganz bei ihm bleibe, un nie mehr zum Wage zurück. Ich möcht auch e Kind, damit er's lebendig sieht, wie gern ich ihn hab – un weil ich mir's wünsch. – Aber damals, wie ich fort bin – da hab ich all das schon heimlich in mir gehabt – das mußt du wisse, Vatter, un schon viel früher, da hab ich's gespürt, un hab's geträumt un gesponne – un das hätt ich vorm Tod nit eingestande, und auch dir nit, Vatter – aber jetzt sag ich dir alles. – Ich hab doch nie recht gewußt, wo ich hingehör – mich hat's immer gerisse!! Un manchmal denk ich, es reißt mich grad mitte durch. – Vielleicht wird's dann gut – wenn ich ganz dort hingehör – zum feste Land, un zum Mann, un zum Kind – ich hab ja kei Mutter gehabt. Nur dich, Vatter – *Sie verstummt plötzlich, neigt schief den Kopf zu ihm, verharrt schweigend – als spüre sie einen großen, stummen, rieselnden Schreck, eine ungeheure, unirdische Stille. – Lautlos, mit einer Bewegung der heimlichsten, tiefsten Scheu, faßt sie seine Hand, hebt sie ein wenig hoch. – Die Hand fällt herunter, das Licht trifft sie, sie ist wächsern. Katharina wiederholt – ohne Schrei oder Träne, ja ohne Veränderung der Stimme – mit unbewegtem, gleichsam im Lauschen, im fremdesten Staunen erstarrten Gesicht* Nur dich, Vatter.

Dann fährt sie ihm leicht über die Augen, bleibt still über ihn gebeugt. Die Stille schwingt minutenlang aus.

Vierter Akt

Trüber Vormittag. Kaltes Licht. Im Vordergrund noch alles unverändert. Die Zeltbahn ist abgerissen. Man sieht hinten den Platz mit den abgebauten, zum Teil schon verpackten Geräten. Vereinzelt liegen Pakete, Rucksäcke, Gepäckstücke bereit. Die Wagen sind auseinandergeschoben, so daß die Deichseln schon außerhalb des Bühnenrahmens stehen: aufbruchbereit.

BERBERITZCHE *streicht umher, neugierig, beutelüstern, bald in einen Wagen spähend, bald etwas anfassend, umdrehend, aufhebend – er läßt kleine Gegenstände wie Drahtstücke, Zigarrenstummel, Bindfäden, Schrauben in seinem Hosensack verschwinden und beknabbert alles, was ihm eßbar erscheint. Dazu pfeift er zwischen den Zähnen und spuckt öfters aus.*

DIE ARTISTEN *erscheinen im Hintergrund – alle außer Bibbo –, vorzeitig vom Begräbnis zurückkommend. Sie stecken in schwarzen Anzügen, die ihnen der Gerichtsvollzieher Membel aus dem Pfandhaus geliehen hat. Einige haben nur einen schwarzen Rock, Hut oder Mantel ihrer sonstigen Kleidung zugefügt. Die Trauerbrocken schlottern ihnen am Leib oder zwängen ihre Schultern ein. Sie kommen eilig und aufgeregt, machen einen hilflosen, verstörten, etwas lächerlichen Eindruck.*

BERBERITZCHE *bemerkt sie, rennt weg.*

IGNAZ *schmeißt einen Drahtkranz, den er noch in der Hand hielt, hinter ihm her* Dreckbankert!!

LORENZ Da! Das schöne Geld! Jetz is er verboge.

IGNAZ Das is mir wurscht. Die zwei Mark fuffzig mache de Supp nit fett! Ich hätt en doch nit mehr hingetrage! Die brauche unser Kranz nit, auf ihrm lumpige Kirchhof!

MEMBEL *nachkommend* Aber, meine Herrn, beruhige Sie sich doch! Sie hätte das nit tun dürfe! Das kost schon wieder e Strafanzeig.

IGNAZ Wieso denn! Wenn der uns de Balancierstang ins Grab

hätt lege lasse, wie sich's gehört, da hätte mir nit gemuckst, un hätten auch unsern Kranz nit wieder fortgenomme!

MEMBEL Das is bei uns nit landesüblich, Herr Scheel, daß ma de Leut ihr Balancierstange mit ins Grab legt. Der Pfarrer hat gesagt, es wär ein grober Unfug auf geweihter Erde, da kann ma nix mache.

IGNAZ Das geht uns nix an! Es stirbt nit alle Tage en Seiltänzler, das is was Besonderes, davon versteht er halt nix! Wenn mir de Stang schräg gelegt hätte, wär se glatt heringange!!

JULIUS *ist unterdessen als letzter in langsamem, gemessenem Schritt und in tiefem Schweigen nach vorn gekommen – er hat einen Zylinder auf dem Kopf, trägt schwarze Handschuhe. Auf den Armen hält er, fast wie einen Reliquienschrein, die große Balancierstange des alten Knie, den Balancierschirm hat er unter die Achsel geklemmt. Er bleibt wie in sich versunken stehen und starrt geradeaus.*

FRITZ Un was der zusamme salbadert hat, bei der Leichenredd, das konnt ma wirklich nit mehr mit anhöre! So en ausgequetschte Kappes, das kann er die annere Leut weismache, aber nit uns! Von wegen selig lebe und heilig sterbe! Mir wisse Bescheid! Der soll emal en Looping the Loop mache, wenn em de Mage knurrt. Da vergehn em de Sprüch.

MEMBEL Deshalb hätte Sie doch nit so laut zu schimpfe brauche. Das war ja furchtbar peinlich. Da trage Sie alles am Leib, was im Pfandhaus an schwarze Sach aufzutreibe war un mache so en Skandal! Wenn ich das gedacht hätt, wär ich gar nit mitgange.

IGNAZ Da hätte mir en Leidtragende weniger gehabt, sonst nix.

LORENZ Warum war denn der Rothacker nit dabei?

IGNAZ Was weiß denn ich, dem sin mir zu dreckig. Habt ihr die Alt gesehn? Sei Mutter?

FRITZ Freilich.

IGNAZ Ich möcht nix mit ihr zu tun hawwe. Der ihr Kinn is mit de Spitzhack ausgehaue.

FRITZ Das war aber recht von ihr, daß sie mitgange is.

IGNAZ Die wollt nur emal gucke. So alte Bauernweiber sin neugierig wie die junge Dackel.

JULIUS *wie plötzlich erwachend* Amen.
IGNAZ Wie?
ALLE *sehen zu Julius hin.*
JULIUS Schluß un Amen. Jetzt liegt de Vatter im Grab – un mir sin all hier beisamme – un da is sei Stang – und hier is sein Schirm – und dort is sein Wage – – *Er zögert einen Augenblick, dann geht er, der Eingebung folgend, rasch zum Wagen des Vaters, holt das Namenschild auf ›Halbmast‹ herunter, lehnt die Stange dagegen, steckt den Schirm darauf, macht sich den schwarzen Flor vom Ärmel und hängt ihn darüber* So. Jetzt kommt emal her un hört emal all zu. Was der Pfarrer gesagt hat, das war en dünne Wind, der is zum eine Ohr reingange un zum andern wieder raus un hat noch nit emal gepfiffe. Woher soll er's denn auch wisse – wenn er sei Lebtag im Pfarrhaus hockt un Daume lutscht – da kann er vielleicht die Heilig Schrift von vorwärts un von rückwärts auswendig bawwele bawwele bawwele, un deshalb weiß er noch lang nit, wo Gott wohnt, geschweige denn, was hinne un was vorne is, oder am Ende gar von der Kunscht un vom Wage un von de fahrende Leut, da geht ihm einfach jedweder Ahnimus ab, un das kann ma auch von niemand nit verlange, der wo's nit in sich hat wie sei Flaches oder sei Wirbelsäul. Aber unsereins – auch wenn ma nix Besonderes worde is im Handwerk, als wie ein alter Wurschtel mit scheppe Füß, un wenn ma sich nit grad sei fuffzig Jahr durchs Lebe un durchs Programm durchgewurschtelt hat, so hat ma doch die Ohrn gespitzt un die Augäpfel verdreht un allerlei aufgeschnappt un eingesehe, was die annern Leut nit wisse un nit zu wisse brauche – so wenig wie de Storch weiß, warum de Frösch lebe, oder de Frosch vom Mücketanz versteht. Denn der frißt se einfach auf un denkt sich nix dabei. Un so geht's auch mit uns – nur daß mir wenig Mücke sin, un de ganze Welt voll Frösch. Ihr Kinner – wie ihr da steht un guckt – so hab ich euch meistenteils auf die Welt komme sehe, un viel anders seid ihr nit geworde, seit ihr gezahnt habt un gekrische, un seit euch der Dumme August als still geschukkelt hat, un ihr habt en an die große Nase gepatscht un habt en

manchmal über de Ärmel genäßt. Un so is es auf der Welt, daß ma bleibt, was ma is – un was eim schon bestellt is, eh daß der Vatter auf die Mutter kommt – un seht ihr, da könnt ihr laufe, so weit ihr wollt, da bleibt ihr doch immer hänge an der große heimliche Nawwelschnur, die kann kei Hebamm nit abzwicke un kein Doktor nit wegschneide. Die gängelt euch durchs Lebe, solang ihr hüppt un springt – un wenn mir emal verfalle, dann schnurrt se uns zurück, viel weiter als mir glaube, an alle Großvätter und Großmütter vorbei, un grad bis zu Adam un Eva – un dort fängt's von vorne an. Un so mir wisse, daß der Vatter jetzt unterwegens is auf der schöne Reis, da laßt uns emal bedenke, wodran der überall vorbeikommt, un was er zu sehn kriegt in einer Tour wie durch en kleines, blankes Wagefensterche. Un da sieht er de Franz Adam Knie, der war noch e Himmelreichsmann – der erste von dem mir wisse – un dann sieht er de Otto Knie, der hat in Thüringen vorm Napoleon seilgetänzelt, un da hat ihn der vom Kriegsdienst freigelasse un hat ihm all sei Pferd wieder geschenkt, die schon militärisch requiriert worde ware! Un dann sieht er die Nina Knie, die so berühmt war wie die Mademoiselle Adeline un so schön wie die Cléo Mérode, aber schon mit fünfundzwanzig Jahr de Geist hat aufgewwe müsse, infolge eines rostige Nagels un ihrer dünne Haut. Ja, damals hat ma noch gesproche von uns weit un breit im ganze Land, un wenn einer en große Sprung gemacht hat oder en neue Schwung oder en verzwickte, kitzliche Übergang, das war halt noch e Sach, die hat zum öffentliche Lebe gehört wie Kaiser, Fürscht un Bettelmann, un da war es auch e Lust zu lebe, weil ma gewußt hat, daß ma jemand is in der Welt un nit nebeher läuft, wie so en fortgejagte struppige Köter, dem schon en Fußtritt viel Ehr antut. Un was der Vatter war, der wo jetzt nit mehr is, und all sei ganzes Lebe mit all seine viele Fahrte kreuz un quer, da hat er manchen Kinnstoß einstecke müsse un manche Nas voll Blut erunner schlucke un manchen Genickschlag überdauern, denn ihn hat's schon in die böse Zeit hineingebore, wo uns immer höher zum Krage naufgestiege is, daß ma kaum noch de Kopp drüwwer halte konnt, un wo jetzt überläuft un sammeschlägt und nit mehr zu wehre geht. Laßt's euch heut sage unner sellem Schild, wodrauf noch dem Vatter sein guter Name steht, das wird jetzt bald ganz herunnerfalle und nit mehr Sinn un Wert behalte wie so e Stück vermorschte Bretterzaun. Denn seht ihr, was nutzt die schönste Trommel, wenn se keiner schlägt, un was is de beste Seiltänzler, wenn ihm keiner zuguckt? Das is wie e Rad ohne Achs, un wie e Brill ohne Auge, un wie e Blatt am kranke Baum, das fällt vom Stengel, un verfault im Dreck. Da wird vielleicht mancher sage: Macht mehr Reklam un lernt neue Stückcher un geht mit der Zeit wie alle annern! Aber derjenige versteht halt nix von der Sach, über die er spricht, un weiß nix von Wasser un Mühl. Du kannst mit der Zeit gehn, un du, un du; und jeder einer von uns kann durchkomme un weitermache un braucht sich nit aufzuhänge. Aber mir all zusamme, un unser alte rechte Sach, das hat jetz ausgespielt un hat kei Luft un kei Quell un kei Wurzel mehr, un da gibt's nix, wie einpacke un's Maul halte un denke, daß alles wiederkommt auf dere Welt, un daß der ewige Jud nit aufhört, um die Erd zu laufe, un daß en tote Hund nit mehr is wie en tote Maulwurf. Der Vatter, der is noch grad mitte durchgange un hat nit rechts noch links geguckt, der is noch mitm Strom geschwomme, aber de Strom nit mit ihm, un hat'n grad noch getrage un uns all auf seim breite Buckel, bis zum heutige Tag. Wenn dem einer gesagt hat, es wär e größer Wunder, daß ma ohne Draht spreche un singe kann, als daß ma aufm Draht hüppe un tänzle kann – da hat er nur gelacht un hat'n Salto geschlage. Uns aber allesamt, uns stickt das Lache in der Kehl, un deshalb sin mir geliffert! Was mir heut ins Grab gelegt hawwe ohne Stang und Schirm, das war nicht der alte Knie, das war die ganze große Seiltänzlerei –! Mit uns is aus – un jetz gehn mir saufe! Komm, Herzblättche, avanti! *Er springt von der Kiste herunter, auf die er im Furor der Rede gestiegen war, faßt Membel unterm Arm, marschiert mit ihm los, singend*

»Wer weiß, ob wir – uns wie-dersehn,
Am grü-nen Strand – der Spree –«

Die andern folgen.
Die Bühne bleibt einen Augenblick leer, man hört die Stimmen der Artisten verklingen. Dann erscheinen im Hintergrund zwischen den Wagen langsam nach vorn kommend, Katharina, Bibbo und die Mutter Rothackerin. – Katharina ist gekleidet wie im vorigen Akt, nur mit einem schwarzen Schal um die Schultern, Bibbo in ein altmodisches dunkles Kleid gezwängt, mit schwarzem Kapotthut, Rothackerin wie eine alte Bäuerin, die sonntags zur Kirche geht. Gesicht und Hände von Arbeit und Alter verharscht. Blick und Stimme ruhig, fest, klar.

ALLE DREI *bleiben stehen, in einigem Abstand voneinander, Katharina – mit stillem, offenem Gesicht und einem Ausdruck, als sei sie allein da – in der Mitte.*
BIBBO So. Da wärn mir wieder. Hawwe Sie unser Wage schon gesehn?
ROTHACKERIN Nein.
BIBBO Ware Sie nie hier, wenn mir aufgebaut hatte?
ROTHACKERIN Nein.
BIBBO Da hawwe Sie auch de Vatter nie auftrete sehn?
ROTHACKERIN Nein.
BIBBO Schad. Da hawwe Se was versäumt. – No, jetz is zu spät.
ROTHACKERIN Ja. Jetz is er dahin.
BIBBO Un so plötzlich. Wer hätt denn das gedacht?
ROTHACKERIN Er war ja alt genug.
BIBBO Feilich. Bald so alt wie Sie.
ROTHACKERIN Ich geh ins achtzigste, dies Jahr.
BIBBO Mancher wird hundert.
ROTHACKERIN Wie's trifft.
KATHARINA Bibbo – geh jetzt weiter.
BIBBO Ja, ich muß doch ins Pfandhaus. Bin froh, wenn ich den Fetze runner hab. Hörste? Es kracht schon. Der Kapott is auch nit mein. *Zur Rothackerin* Man war ja nit vorbereit, mir

hawwe uns alles nur ausgeliehe. *Zögert einen Augenblick, dann fast leise zu Katharina* Sehn mir uns noch?

KATHARINA Nein.

BIBBO Ach so. No ja. Adieu, Mädche.

KATHARINA Geh nur. – Ich laß schon von mir höre – *Steht wie versunken.*

BIBBO *sieht sie an, zuckt die Achseln, geht.*

ROTHACKERIN Jetz nehm dei Sach. Mir gehn gleich. Er wartet, owwe.

KATHARINA Ja – es hat lang gedauert – *Zögernd* Warum is er nit mitkomme?

ROTHACKERIN Er wollt lieber warte, daheim.

KATHARINA Warum denn?

ROTHACKERIN *sieht sie an* Er hat gedacht, er gehört nit hin.

KATHARINA Ja. Da werd ich die Sach hole.

ROTHACKERIN Is es viel?

KATHARINA Nit mehr, als in e Sacktuch geht. Er hat ja nix hinterlasse.

ROTHACKERIN Dann eil dich. *Bleibt stehen, unbewegt.*

KATHARINA *geht langsam zum Wagen, steht mit abgewandtem Gesicht.*

ROTHACKERIN, *ohne sich nach ihr umzusehen, klopft mit dem Stock auf den Boden.*

KATHARINA *öffnet langsam, lautlos die Wagentür, behält die Klinke in der Hand.*

ROTHACKERIN *klopft wieder mit dem Stock, härter.*

KATHARINA *schließt die Tür, wendet sich um, mit brennenden Augen* Nein!! Ich kann's nit. Ich tu's nit!! Ich bleib –!

ROTHACKERIN *unbewegt.*

KATHARINA Ich bleib!! Ich muß doch bleibe! Guck dich doch um, wie alles steht und liegt – Was soll denn hier werde – wo der Vatter fehlt –?

ROTHACKERIN Komm her.

KATHARINA *zu ihr hin, fast wie in Angst, dann immer stärker, freier* Mutter – du kannst mich jetzt schlage – un ich reg mich nit – ich weiß jetzt, was ich muß – – un da gibt's nix drüwwer!

Mir sin ja nit allein auf der Welt – un es hat sich ja keiner ausgesucht. – Aber ma darf nit weglaufe. Sich selbst nit – un seiner Sach nit. – Ich bleib, wo der Vatter war – un mach's zu End.

ROTHACKERIN *sieht sie an.*

KATHARINA *leise, schwer* Ich weiß, daß es schlimm is – un weiß auch, was ich ihm tu – *Den Kopf tief gesenkt, wie in Scham* Ich tu's mir ja selbst.

ROTHACKERIN *hebt langsam die Hand zu Katharinas Kopf, zieht ihn an sich küßt sie aufs Haar.*

KATHARINA *wie im Schreck, zu ihr aufsehend* Mutter – was is denn?

ROTHACKERIN Nix is. Gut is. *Läßt sie los, faßt hart ihre Hand* Jetz pack's. Un halt's auch aus, allein. Ma kann's – wenn ma muß. Ich hab auch gemußt – un gekonnt – mei Lebe lang. Un möcht nix anners, wenn alles wieder käm – *Streicht ihr kurz über die Hand* Ich geh jetz un sag's ihm. *Wendet sich.*

KATHARINA *hinter ihr* Un sagst ihm – daß es nit sein kann – auch wegem Kind – – es wär ja doch kei so richtig Bauernkind geworde!

ROTHACKERIN Aber auch nur e halbes Artischtekind.

KATHARINA Und sag's ihm so – daß er's richtig weiß –

ROTHACKERIN Ich sag's ihm, un er wird's höre. Er is ja mein Sohn. *Dreht sich zu ihr um* Bleib gesund.

KATHARINA Dank! *Sieht sie an, lächelnd* Ich hätt ja doch immer in die Wurzel gehackt, aufm Weinberg!

ROTHACKERIN *leise lachend* Ich hätt's dir beigebracht – un wenn du fünf Jahr hättst lerne müsse! *Geht langsam.*

KATHARINA *läuft ihr plötzlich noch einmal nach – dicht zu ihr – streift den Ring von ihrem Finger* Da – das hätt ich beinah vergesse! *Reicht ihn ihr hin.*

ROTHACKERIN *wehrt ab mit einer ruhigen Bewegung* Der wird bei uns nit mehr gebraucht. *Sie geht.*

KATHARINA *allein, mit stillem Gesicht, fast unbewegt. Steckt den Ring in eine Seitentasche, dann sieht sie sich um. Ihr Blick fällt auf die Weinflasche und das Glas, aus dem noch der Vater getrunken hat und das noch unverändert auf einer Kiste steht, und auf das Streckbett, die Decke, die Scherben am Boden. In alltäglicher Art und ohne Hast oder Schwere beginnt sie aufzuräumen, Ordnung zu machen.*

DIE ARTISTEN *kommen zurück, man hört erregte Stimmen, und Julius singt leise, angesäuselt, vor sich hin.*

KATHARINA *läuft rasch, noch ehe sie da sind, in den Wagen des Vaters – schließt die Tür hinter sich.*

ALLE *haben wieder ihre gewöhnliche Arbeitskleidung an.*

POLIZEIKOMMISSAR DILLINGER *folgt ihnen auf dem Fuß* Zahlen, meine Herrn, zahlen, meine Herrn, zahlen, meine Herrn!! Jetz is aus mit der Drückebergerei!! Der alte Fuchs, der hat ja siwwe Röhre am Bau gehabt, den konnt ma nie nit ausgrabe. Aber euch hat's gedappt, da macht euch nur kei Spuzze vor.

FRITZ Mir hawwe doch nix, begreife Sie denn das nit? Kei Mark un kei Pfennig! Mir hawwe doch schon fürs Begräbnis grad de letzte Bodden aus der Kass gekratzt!

DILLINGER Das is ja Ihre Sach, aber hier, das is meine! *Hält ein Papier hoch* Steuerhinterziehung, Stempelkoschte, Aufwertung vom vorige Jahr, un im Nichteintreibungsfalle Haft bis zu vierzehn Tag.

IGNAZ Das geht doch gar nit, mir müsse doch weiter! Wenn mir jetzt nit spiele könne, sin mir fertig!!

DILLINGER Das hat mit der Wurscht nix zu tun. Bezahle Se, sonst muß ich mei Pflicht erfülle.

JULIUS *tänzelnd, völlig unberührt von allem, dicht zu Dillinger hin, singt ihm ins Ohr*

»Un das allerschönste Tierche,
Is un bleibt die Krott
Weil sie kei Gebimselbamsel,
Hinne hänge hott!«

DILLINGER Lasse Sie das. Das kann Ihne bei mir nix nütze, sell is Simulation, das kenne mir schon.

LORENZ Das Katherinche is schon fort. Die hätt uns heraushaue könne.

FRITZ Dich vielleicht, mich nit. Kein Pfennig hätt ich genomme.

LORENZ Sie hätt uns wenigstens Adieu sage könne. *Läßt sich auf einen Packen fallen.*

BERBERITZCHE *kommt gelaufen* Die Pferd wärn da.

LORENZ *fährt wieder hoch* Was? Schon?

IGNAZ Wo komme denn die jetz her, vom Teufel denk ich.

BERBERITZCHE Das könnt stimme, de Vatter hat se noch selber bestellt.

LORENZ Halts Maul!!

FRITZ Wo solle mir denn hin?

IGNAZ Ganz wurscht, nix wie fort, das is die Hauptsach!

FRITZ Ja, un dann hängste am nächste Straßenkreuz, du Olwel!

IGNAZ *brüllt ihn an* Weißt du denn, wo mir hinsolle?!!

DILLINGER Ins Kittsche, meine Herrn, ins Kittsche, meine Herrn.

JULIUS *singt und summt ununterbrochen weiter.*

BIBBO *plötzlich in wilder Verzweiflung auf Dillinger zuschreiend* Los! Vorwärts! Ins Armehaus! Oder ins Zuchthaus! Oder auf der Gaß krepiere! En Strick um de Hals, un an de nächste Baum! Aber ich nehm ein mit!! Ich nehm ein mit!!

DILLINGER Zurück! Hilfe!!

MARIO *stellt sich dazwischen, hebt die Arme.*

BIBBO Herrgott – Bub – *Sie läßt die gekrallten Fäuste sinken – bricht schluchzend an einem Wagenrad zusammen.*

ALLE *stehen ratlos, auch Julius ist verstummt, Dillinger hat sich ein Stück zurückgezogen, kommt nun wieder vor.*

KATHARINA *aus dem geschlossenen Wagen rufend* Anspannen!

ALLE *fahren zusammen, schreien auf.*

JULIUS *mit leiser Stimme, ganz blaß* De Vatter –

KATHARINA *stößt ein Wagenfenster auf, erscheint im Rahmen. Sie hat ihren alten Seiltänzlerkittel angelegt, eine Karte und den Stock des alten Knie in der Hand* Los! Anspannen!! Richtung Schelzinger Bahnhof, an die Laderamp! Da is die Kart mit unserer Marschroute, und mit de nächste Spiel- un Ortsverträg. Mir mache nach Dürkheim, da is e Volksfest. *Sie kommt aus der*

Tür des Wagens, ohne sich um die andern zu kümmern, die sie, noch völlig ohne Begreifen, anstarren – tritt zu Dillinger Un was unser Schulde anlangt – das löst uns, fürs erste. De Rest zahle mir nächst Jahr. *Sie nimmt den breiten Goldring aus der Tasche, legt ihn ihm auf die Hand* Ja! Nehme Sie's ruhig. Das is schon richtig!

LORENZ *fast stammelnd* Es geht weiter – es geht weiter – das Katherinche führt –

FRITZ Is es wirklich wahr, Mädche – is es denn wirklich –

JULIUS *noch immer ganz benommen* De Vatter – de Vatter –

BIBBO *hat sich hochgerappelt, starrt Katharina offenen Mundes an, beginnt plötzlich in ein rauhes wildes juchzendes Gelächter auszubrechen.*

IGNAZ *losschreiend* Hurra! Hurra die Gäul!! Katharina Knie soll lebe – hoch! Hoch!! Stemmt sie doch auf die Schultern, kommt, anpacke!

KATHARINA *knapp, fest* Laß die Bosse, Ignaz! Guck lieber nach, ob die Bremse locker sin. Sin alle Wage geschmiert? Dann los!! An die Pferde!! Avanti! Avanti!

JULIUS Los, Kinner, los!! *Stürzt davon, die andern folgen.*

BIBBO *zu Katharina hin, wie besoffen vor Glück* Es geht weiter!! Es geht weiter!!

KATHARINA Solang mir lebe! *Sie geht zum Wagen des Vaters, während schon die Hufe der Pferde trappen und scharren, Ketten klirren, Räder kreischen – setzt sich auf die Schwelle der offenen Wagentür, winkt Mario heran* Spiel –!

MARIO *springt neben ihr auf, kauert sich zu ihren Füßen, setzt die Harmonika an, spielt.*

Die Wagen rollen von der Bühne.

DILLINGER *steht unbeweglich, mit offenem Mund, den Ring noch immer auf der flachen Hand haltend, starrt ihnen nach.*

Rivalen
(What price glory?)

Ein Stück in drei Akten

(nach dem amerikanischen Schauspiel von Maxwell Anderson und Laurence Stallings frei bearbeitet)

Micky Quirts Lied von Alabama

Micky Quirts Lied von Alabama

I

Ich kam von Alabama übern großen Teich daher,
Und ich habe kein Pyjama und auch keinen Strohhut mehr.
Als ich meine Braut verließ, da sprang sie hinter mir ins Meer,
Doch die beste Braut des Kriegers ist bekanntlich das Gewehr.
CHOR »O – Su – sanna, – das ist schon lange her –
Drum wein dir nicht die Augen aus, wenn ich nicht wiederkehr.«

2

Als ich aus Alabama zog, fiel der Regen dick und schwer,
Und es regnet bei der Überfahrt und in Frankreich noch viel mehr.
Und es regnet bei der großen Schlacht, und der Himmel wird nicht leer,
Und es regnet auf den Micky Quirt und auf das ganze Heer.
CHOR »O – Su – sanna, – drum weine nicht so sehr –
Denn wir haben nasse Brocken an, doch ein trocknes Schießgewehr.«

3

Und wenn du in Alabama hörst, daß wieder Frieden wär,
Dann nimm dir einen Cornedbeefkonservenmillionär.
Leg deine Wang an seine Wang und sprich: You are my Care –!

Denn dein Micky war ein Feldsoldat, und das ist jetzt nicht mehr fair.

CHOR »O – Su – sanna, das Leben ist nicht schwer –
Und für einen toten Bräutigam kommen tausend neue her.«

Carl Zuckmayer

Lyrisches Vorspiel
(im Himmel)

von C. Z.

Es handelt sich um den Sommer des Heilsjahres 1917. Das Regiment liegt in Ruhe, hinter der Front, also, relativ zum Schützengraben, im Himmel. Die Frontregimenter beziehen Ruhequartier in kleinen, sehr verdreckten, nur noch zum Teil von Zivilisten bewohnten französischen Ortschaften, die immerhin gerade noch von den Granaten der Ferngeschütze knapp verschont sind – aber sie können jeden Tag durch eine kleine Frontveränderung in den Feuerbereich kommen – und von den nächtlichen Bombenflugzeugen werden sie bevorzugt. Sie sind mit Truppen vollgestopft wie Anatomieleichen mit Sägemehl, man hält es nicht für möglich, daß soviel hineingeht. Alle besseren Quartiere sind von Stäben und rückwärtigen Dienststellen beschlagnahmt, die Grabenkulis liegen in Ställen, Baracken und Heuschobern zusammengepfercht. Tagsüber, soweit sie nicht mit Reinigungsarbeiten und Waffenputzen beschäftigt sind, werden sie auf den zu Exerzierplätzen umgewandelten Kartoffelfeldern und Rübenäckern geschliffen.

Wenn der Vorhang aufgeht, ist die Generalschleiferei mitten im Gang. Der Schreibstubenraum, in welchem der erster Akt spielt, ist noch verdunkelt, lichtet sich erst allmählich auf, aber vom hellen Hintergrund und von den Seiten hört man in schöner Stufung die Symphonie der militärischen Ausbildung ertönen. Wenn der vordere Raum hell wird, sieht man die notorischen Drückeberger: Kompagnieschreiber, Offiziersbursche und Befehlsempfänger, mit den Beinen auf dem Tisch und den Rauchwaren im Mundwinkel der Ruhe pflegen. Während ihrer Gespräche gehen die Geräusche der Übung draußen weiter, bis zum Auftritt des Kapitän Flagg.

DIE ÖLIGE STIMME *eines Instruktionskorporals ertönt von links vorne –*

DIE KNAPPEN SCHARFEN KOMMANDOS *einer rauhen Baßstimme von rechts vorne –*

DIE SCHARTIGE, HEISERE, *oft ins Falsett überkippende Stimme aus dem Hintergrund.*

ÖLIGE STIMME Das Gewehr zerfällt in drei Teile: Lauf, Kolben, Laderaum. Die Seele des Gewehres ist der Laderaum.

SCHARFE STIMME Right about face!! – Four – – right – !! Four – – left!!

ÖLIGE STIMME Der Laderaum des Gewehres zerfällt in drei Teile: Munitionskammer, Patronenausstößer und Abzugsvorrichtung.

SCHARFE STIMME Shoulder – arms !! Present – arms !! Shoulder – arms!! Present – arms – !!

ÖLIGE STIMME Die Seele des Laderraums ist seine tadellose Sauberkeit.

SCHARTIGE STIMME *von weit* Dubble quick time – dubble quick time – forewards – marche!!! *deutlich hörbar Laufschrittkolonne, dazu die Kommandos des nebenher laufenden Schleifkorporals in Diskant überkippend* Quick – ly, quick – ly, quick – ly, quick – ly...

ÖLIGE STIMME An der Sauberkeit seines Laderraums erkennt man die Tüchtigkeit eines Soldaten. Wer seinen Laderaum verdrecken läßt, verdient keinen Platz unter der Sonne. Aaa – chtung –:

SCHARTIGE STIMME *fern* Haaaaaa – – – –lt!!

SCHARFE STIMME Indian file – down – up!! down – up!! down – up!! down – up!!

ÖLIGE STIMME – wir erheben langsam das Gewehr zur Schulterhöhe. Wir drücken den Kolbenschaft in die rechte Schlüsselbeingrube, indem wir die rechte Wange an den Kolben schmiegen.

SCHARFE STIMME Shoulder – arms!! Present – arms!!

ÖLIGE STIMME – wir bringen den linken Arm in gestreckte Haltung, und bedienen mit der rechten Hand die Abzugsvorrichtung.

SCHARTIGE STIMME *fern* Devil!! Thunderstorm!! Quick – ly, quick – ly, quick – ly...

ÖLIGE STIMME Scharf zie – länn!! ü – bärr Kimmä und – Kooorn –

SCHARFE STIMME Damn your bloody eyes go in the fucking hell old skunk old bloody.

Geht in Gebrüll über.

ÖLIGE STIMME Zeigefinger langsam – krümmen –!! Leichten Druckpunkt ge – suucht – Drückt – ab!!

SCHARTIGE STIMME *in der Ferne* Haaaaa – lt –! *Während der weiteren Kommandos hört man dünn und klapprig eine kleine schäbige Kirchturmuhr zwölfmal schlagen, dann beginnt ein fernes scheppperndes Glockenläuten. Das »Haaa – lt« wird nun von allen Seiten aufgenommen, man hört die Geräusche des Laufens und Auftretens. Dann, kurz, Kapitän Flaggs Stimme, von der man nur einzelne Worte unterscheidet* Jungens! Ich geh in Urlaub! Wenn ich zurückkomme, will ich eine Armee von Helden besehen!! Reißt euch zusammen, Kerls! Seid Soldaten!! Und daß mir hier keiner schlapp macht!! Lieber im Stechen verrecken! Klar?! Weggetreten !!!!!

Viele trappelnde Füße, die sich fern verlaufen.

Personen

KAPITÄN FLAGG

ERSTER SERGEANT QUIRT

CHARMAINE DE LA COGNAC

MONSIEUR PETE DE LA COGNAC

KIPER, Offiziersbursche

LIPINSKY, Kompagnieschreiber

COWDY, Ordonnanz

GEMEINER NEUMANN

LEUTNANT ALDRICH

LEUTNAND MOORE

LEUTNANT SCHMIDT

ARTILLERIESERGEANT SOCKEL

ZAHLMEISTER FERGUSON

GEMEINER MULCAHY

SANITÄTER

LEUTNANT CUNNINGHAM

LEUTNANT LUNDSTRÖM

BRIGADE-GENERAL COCKELEY

EIN HAUPTMANN	Stab des Hauptquartiers
EIN KAPITÄN	
EIN LEUTNANT	
EIN ANDERER LEUTNANT	

EIN FELDKAPLAN

BÜRGERMEISTER

BRIGADE-MELDEFAHRER

EIN ANDERER BRIGADE-MELDEFAHRER

Erster Akt

Erste Szene

Zimmer in einem französischen Bauernhaus, jetzt Kompagnieschreibstube der U.S.-Marine-Infanterie. Rohe Einrichtung. Stühle, Kisten, ein Schaukelstuhl. Landkarten, viel Papier. Kiper, Offiziersbursch – Cowdy, Ordonnanz – Lipinsky, Kompagnieschreiber – sitzen beisammen, sichtlich unbeschäftigt und durchaus ungewillt, irgendeine Beschäftigung aufzunehmen. Sie unterhalten sich aus Langeweile und rauchen die Bude voll.

COWDY Sag mal, Mensch, wo zum Teufel, kommst du eigentlich her?

KIPER Ich? Na immer grade dorther, wo ich grade gewesen bin.

COWDY Well. Aber wo bist du immer grade gewesen?

KIPER Ich? Na, in China, Kuba, auf den Philippinen, in Frisco, Buenos, Kapstadt, Madagaskar – Moment mal – Indiana, San Domingo, Tripolis und en bißchen Sing-Sing.

LIPINSKY Und nie nach Hause gekommen?

KIPER Ich? Ich bin auf der ganzen Welt zu Hause.

COWDY Wenn der Krieg mal aus ist, dann wäre es auch am schlausten für dich, du heiratest und hängst dich mal wo fest.

KIPER Wenn dieser Krieg mal aus ist, dann ist alles aus. Übrigens, nach jedem der zwei letzten Kriege habe ich geheiratet.

LIPINSKY Und was wurde aus den Damen?

KIPER Aus wem?

LIPINSKY Aus den zwei Bräuten?

KIPER Aus meinen Frauen, meinst du.

LIPINSKY Meinetwegen.

KIPER Die erste hat nie meinen wirklichen Namen erfahren, und das war ihr Glück. Als ich verschütt ging, war sie fein heraus.

COWDY Und die andere?

KIPER Die andere? Na hör mal, kriegt sie nicht jeden Monat eine Postanweisung von mir über zwanzig Dollar – und spendiert sie weiter an einen Feuerwehrmann aus Buffalo? Also ich rette hier die Demokratie – und dieser Kerl bringt jeden Ersten meine Löhnung durch!

COWDY Das ist ja die reine Verschwendungssucht. Was heißt denn das? Wenn das Mädel einen andern hat, warum finanzierst du die Konkurrenz? Das ist doch keine Gerechtigkeit.

KIPER Ich höre immer Gerechtigkeit. Wer sagt hier was von Gerechtigkeit? Auf dem Ohr ist der liebe Gott en bißchen schwerhörig. Es ist ihr Geschäft, dagegen läßt sich nichts sagen.

COWDY Gut, schön, famos, Geschäft – geht in Ordnung, wenn du soviel Geld übrig hast. Verdammt nochmal – ein Weibsstück soll seinen Spaß haben – das sag ich ja selbst immer, dafür macht sie uns auch Spaß. Ich verlange von keiner Frau, daß sie sich aufhängt, wenn sie nicht mehr mit mir schläft. Aber der Kerl, der grade dran ist, der soll zahlen!! Wieso trägst du seine Spesen, Mensch, das versteh ich nicht!!

KIPER Wieso bist du nach Frankreich gekommen? Siehst du, das sind alles so blödsinnige Fragen, und das wächst ja alles auf demselben Dreck.

COWDY Gott, ich bin nach Frankreich gekommen, weil ich eines Tages wahnsinnig wurde oder sinnlos besoffen war und mich anwerben ließ.

LIPINSKY Es gibt nur einen Mann auf der Welt, der nach Frankreich gekommen ist von wegen Frauenzimmern, und für den sich der ganze Feldzug um nichts als die Weiber dreht. Das ist unser Kapitän. Wenn der einen Rock sieht, dann kriegt er Stielaugen wie ne Languste.

KIPER No, und wenn er keinen Rock sieht, was kriegt er dann? Der alte Bock, der kann ja kein Mädel anquatschen, ohne rot zu werden. Mit mir verglichen, ist er ein Dilettant.

LIPINSKY Ja verdammt, für dich sind die Weiber ein offenes Buch, und du stichst drin herum wie ein Neger in der Bibel.

KIPER Du kennst mich, mein Junge. Als ich die Türkei verließ, raste der Sultan mit einer Fackel durch seinen ganzen Harem und suchte vergeblich nach einer Jungfrau. Als ich Chinas Staub von meinen Sohlen schüttelte, da konnten die Dschunken auf dem Jangtse nicht mehr fahren, weil alle Schleusen von den Wasserleichen der Geishas verstopft waren, die sich aus Liebesgram ersäuft hatten. Und in Spanien erließ der König ein Edikt und setzte eine Belohnung aus für die Rückkehr der Königin –

COWDY Na und?

KIPER Hab sie gegen Belohnung wieder abgegeben.

LIPINSKY Fabelhaft. *Spöttisch* Cognac-Petes Tochter hast du wohl auch gekapert?

KIPER Wenn ich des Kapitäns Uniform anhätte, mit der markierten Taille und so, dann könnte ich ihm das kleine Racker ausspannen, eh man auf die Hand spuckt.

COWDY Na immerhin hat vorläufig mal Kapitän Flagg die Hand drauf und tut sie nicht so leicht runter. Kann's schon verstehen. Sie ist wirklich das reizendste kleine Viech, das ich je gesehen habe.

KIPER Die? Das arme Wurm. Was will sie denn machen? Der Kapitän liegt dort im Quartier. Kunststück, so was! Mein Gott, ich glaube, sogar Lippy kann ihr ein Kind machen, wenn er Wand an Wand mit ihr pennt und nur den Schlüssel ins Schloß zu stecken braucht.

LIPINSKY Ich versteh das nicht. Es gibt Kerle, die haben das so raus, mit den Weibern zu was zu kommen. Verdammt nochmal, warum bringe ich das nicht zusammen.

KIPER Beguck dich mal im Spiegel, dann wird dir ein Licht aufgehen.

LIPINSKY Manchmal glaube ich ja selbst, es liegt an meinem Äußern. Aber vielleicht ist es halt einfach Schicksal, versteht ihr, Kismet oder so was, das hat man oder man hat es nicht, versteht ihr. – Ich habe mal dreihundert Dollar für eine Dame ausgegeben. Die Sache fing in einem Lunapark an, und ich habe nicht geknausert, das weiß der Teufel. Stundenlang behielt sie ihren verfluchten Kerl bei sich, ich konnte sie nicht loseisen und schmiß immer mehr Drinks. Schließlich war sie so besoffen, daß sie ihren eignen Namen nicht mehr wußte, da haute der Kerl ab, und ich konnte sie trockenlegen. Im letzten Moment kriegte sie mich noch herum, mit ihr Karussell zu fahren. Ausgerechnet Karussell! Sie hatte in der Schießbude schon mehr Pulver verknallt, als die Armee im ganzen Weltkrieg verbullern kann. Langt nicht, sie muß noch Karussell fahren. Gut, sage ich, wir fahren einmal rum, sage ich, aber dann machen wir, was du mir versprochen hast, sage ich. Ich schmeiße sie in eine Kutsche, sie quietscht vor Vergnügen, huch Gott, nochmal rum, kreischt sie immer, nochmal rum! Und ich blöder Hund setze mich auf einen Gaul und versuche durch Ringstechen zwanzig Cents zu sparen. Verdammte Schweinerei! Ich falle runter und breche mir das Bein!

KIPER Lausig, Donnerwetter!

LIPINSKY Jawohl, meine Herrn, breche mir das Bein! Hat mich dreihundert Dollar gekostet, bis es wieder heil war.

COWDY Du hast wahrhaftig ein Kismet, das kann man wohl flüstern.

LIPINSKY Und deshalb sage ich mir, meine Herrn: wenn der Kapitän etwas mit einem Mädel anfängt, wer weiß, wie die Sache ausgeht!

KIPER Deine Sorgen, mein Junge. Ich bin der Ansicht, daß jeder Offizier jedem Gemeinen sein Mädel ausspannen kann. Ich glaube, deshalb ist die ganze Chargenwirtschaft überhaupt erfunden worden. Wozu denn sonst? Kommandieren kann jeder. Die Rangordnung ist für die Pfläumchen, das ist so klar wie Erbsensuppe.

COWDY Vielleicht ist das auch der wahre Grund, weshalb unser letzter Sergeant abgelöst worden ist.

KIPER Das war ein feiner Kerl. Weiß der Teufel, was wir jetzt wieder für Bruchersatz kriegen. Sicher so einen Verbrecherkorporal, der zwanzig Jahre Zuchthäusler gedrillt hat. Er soll uns die Beine lang ziehen, sagt der Kapitän. Na, wir werden schon ausbaldowern, wo man bei dem Kerl Druckposten beziehen kann. Mir hat noch keiner nach Sonnenuntergang einen Schweißtropfen aus der Haut gekitzelt. – Sobald der Neue da ist, geht der Käpt'n auf Urlaub.

LIPINSKY Wohin?

KIPER Paris.

LIPINSKY Gehst du mit?

KIPER Selbstverständlich.

LIPINSKY Mensch, du hast schon ein unverschämtes Schwein.

KIPER Selbstverständlich. Jeder, wie er kann.

Die Tür öffnet sich, Sergeant Quirt, ein Prachtexemplar von der alten Garde, kommt herein, sieht sich um. Alle stehen auf.

QUIRT Kompagnie L?

KIPER Schreibstube der Kompagnie.

QUIRT Wo ist der Kompagnieführer?

KIPER Grade die Straße runtergegangen. Kann jeden Moment wieder hier sein.

QUIRT Geht auf Urlaub?

KIPER Jawohl.

QUIRT Wie heißt er eigentlich?

KIPER Kapitän Flagg.

QUIRT Sakrament.

KIPER Wieso? Kennen Sie ihn?

QUIRT Kennst du ihn?

KIPER Das glaub ich.

QUIRT Na also. *Sieht sich um* Bessere Bude hier. Kompagnieschreibstube! Der reine Heldensalon!

KIPER Man muß ja schließlich Eindruck schinden, wenn man Besuch kriegt.

QUIRT Mit dieser Saubude könnt ihr höchstens euern Läusen imponieren. – Also ich bin der neue Obermaat. Wo ist der Kompagnieschreiber?

LIPINSKY Zur Stelle.

QUIRT Raus mit den andern. Zeig du mir mal, wie die Karre läuft hier.

LIPINSKY Raus mit euch. *Kiper und Cowdy ab.*

QUIRT Ich stand zehn Kilometer weiter westlich. Hab mich verlaufen.

LIPINSKY Da ist die Karte. Das hier ist die einzige Straße, die es gibt. Aber die gibt es eigentlich auch nicht. Mehr Löcher wie Käse, könnt man sagen. Ein Granattrichter neben dem andern, noch vom letzten Mal.

QUIRT Sauerei.

LIPINSKY Jaja. Das sagen wir alle.

QUIRT Na und? Ihr könnt wohl hier nicht arbeiten, he? Ihr wollt wohl eure schönen blanken Spaten nicht dreckig machen, he?

LIPINSKY Wir tun ja den ganzen Tag nichts andres.

QUIRT Na wart mal ab. Euch werd ich schon kriegen, ihr Brüder. Wie heißt denn euer Spieß?

LIPINSKY Smith. Ersatzmann. Den alten Hennessy hat's erwischt.

QUIRT Spud Hennessy?

LIPINSKY Ja, den.

QUIRT Schad um ihn. Ein toller Soldat. Wenn er auch seine Mucken hatte. Aber die haben wir alle, Gottseidank.

LIPINSKY Wir kriegen einen saumäßigen Fraß, seitdem er fort ist.

QUIRT Komisch. Das hätte ich von Flagg nicht gedacht, daß er seine Bande verkommen läßt.

LIPINSKY Der Kapitän kann nichts dafür, er kriegt selbst nichts Besseres in den Topf. Der Koch versteht nichts, und der neue Spieß kann ihn nicht in Schwung bringen.

QUIRT Na, wir werden ja sehen, mein Junge. Also Kapitän Flagg. Der alte Flagg. Sag mal, ist der Käpt'n nicht dauernd besoffen, sobald er den Finger vom Gewehrschloß nimmt? Ich hab ihn mal erlebt, wie er vierzehn Tage Urlaub hatte. Zehn Tage davon hat er am Strand liegen müssen, um seinen Rausch auszuschlafen.

LIPINSKY Stimmt aufs Tüpfelchen. Das ist unser Käpt'n. Sie kennen ihn, scheint's.

QUIRT Und ob ich ihn kenne. Wo steckt er bloß? Will mal nachsehn.

LIPINSKY Keine Ahnung. Kann sein, beim Cognac-Pete. Jedes Kind kann Ihnen den Weg zeigen. Das kleine Estaminet auf der anderen Kanalseite.

QUIRT Werd's schon finden. *Geht.*

LIPINSKY *steckt den Finger in den Mund. Kiper und Cowdy kommen* Habt ihr euch die Kaulquappe angesehen?

COWDY Wichtigkeit.

KIPER Bei so was soll man lieber gar nicht hinschauen.

LIPINSKY Das ist nun unser neuer Herr Papa.

KIPER Alte Suppe. Das wissen wir schon.

LIPINSKY Er hat schon früher mal mit Flagg gedient. Sagt, er hat ihn nie nüchtern gesehen.

KIPER Kunststück. – Ist er abgebrüht?

LIPINSKY Es gibt auf der Welt nur einen Kochtopf, in dem sie so hart gekocht werden. Das ist ein Tropenbulle, mein Lieber, der hat Elefantenhaut.

KIPER Weiß er was Neues?

LIPINSKY Latrinenbefehle. Entweder, wir greifen an, sagt er, dann greifen wir an. Oder wir gehn zurück, sagt er, dann gehn wir zurück.

COWDY Der muß bei dir ja das Maul schon mächtig aufgerissen haben.

LIPINSKY Na ja, er versucht's. Aber bei mir kann er lang warten. Ich lasse mich mit solchen Leuten nicht auf Vertraulichkeiten ein. Distanz, meine Herrn. Das ist es!

KAPITÄN FLAGG *kommt herein, setzt sich sofort an den Tisch. Er ist ein Mordskerl* Aufgepaßt! *Er nimmt einen Bericht vom Tisch, liest darin* Wo ist der neue Held?

KIPER Eben raus. Wollte Sie suchen.

FLAGG Her mit ihm, aber plötzlich. Kiper, bleib da! *Die andern ab* Verdammt nochmal, warum kann er nicht warten? Wieso läuft der hier einfach raus? – Was macht er denn für einen Eindruck?

KIPER Zäh wie Sohlenleder.

FLAGG Ungenügend. Ihr braucht einen Schwimmlehrer hier, der so ruppig ist wie eine alte Kartätsche und so hart wie ein

Pferdestriegel. Euch muß man jeden Knochen einzeln im Leib zerbrechen, damit ihr erst mal kapiert, wozu ihr da seid, verstanden?

KIPER Jawoll, Sir, jawoll, Sir. *Er quakst.*

FLAGG Jawoll, Sir, jawoll, Sir – Maul gehalten!

KIPER Jawoll, Sir, jawoll Sir.

FLAGG Raus! Halt! Alles gepackt?

KIPER Geht in Ordnung.

FLAGG Motorrad nachgesehen? Beiwagen gereinigt?

KIPER Erledigt.

FLAGG Wir fahren sofort los, sobald ich den Neuen betastet habe, verstanden? Und wir stoppen nicht bei jedem kleinen Granatloch, ist das klar?

KIPER Jawoll, Sir, jawoll, Sir.

FLAGG Also setz dich hin und nimm dir was zu lesen. Du machst mich nervös.

KIPER *tut's. Charmaine kommt leise herein.*

FLAGG *am Tisch beschäftigt, bemerkt sie nicht.*

CHARMAINE *hinter ihm, schnurrt wie eine Katze, miaut.*

FLAGG *fährt herum* Hallo! Was tust denn du hier? Das ist kein Salon für dich, mein Kind. Lauf nach Haus zu deinem Vater, verstehst du, zu le père, compris?

CHARMAINE Non.

FLAGG Ich habe zu tun hier, also es geht jetzt nicht. Service, compris?

CHARMAINE Non.

FLAGG Also sprich dich aus, mein Engel. Nehmen Sie Platz, Mylady. Ich kann dir hier keinen Cocktail anbieten. Was ist los, zum Teufel?

CHARMAINE Du reist fort! Du partir, sans adieu, du miserabel allright, du partir comme ci comme ça und arme Charmaine jamais revoir du, dicke Schufte du!

FLAGG *sieht Kiper scharf an* Kiper, hast du der Kleinen gesteckt, daß ich verreisen will?

KIPER Nicht die Bohne, Sir. Aber sie sah, wie ich eure Sachen packte.

CHARMAINE Sergeant parti – fort – jamais retour. Jetzt Capitaine parti – fort – jamais retour, nix retour, nix adieu.

FLAGG Also was den Sergeanten anlangt, da bist du im Bilde, Liebling, er ist parti, und er kommt nicht retour, und du kannst dir einen Vers drauf machen, verstehst du? Aber was mich anlangt, mich, moi, compris, da bist du schief gewikkelt, mein Süßes, ich retour, aber todsicher retour!

CHARMAINE Oui?

FLAGG Oui, oui, oui! So is recht. Oui ist immer richtig. Komm her.

CHARMAINE O pfui, du Lügner du, du Lügner du, du dicke Lügner du, du willst nicht, daß Charmaine weint, du großer Capitaine, du kannst nicht sehen, wie Charmaine weint, das kannst du nicht, deshalb lügst du mich voll, n'est-ce-pas?

FLAGG *packt sie bei den Schultern, ernsthaft* Ich lüge nicht, Charmaine, ich weiß nicht, wie ich dir das klarmachen soll. Nun ja, ich fahre weg, aber ich komme wieder, das ist die gottverdammte Wahrheit – ich lüg dich nicht voll, Charmaine – versteht du –

CHARMAINE *dicht bei ihm. – Es klopft.*

FLAGG Sieh nach, wer das ist, ich bin nicht zu sprechen.

KIPER *an der Tür* Es ist Neumann vom dritten Zug, Sir. Er bittet, vorgelassen zu werden, er hat irgendwas verloren oder so.

FLAGG Also her mit ihm, aber galopp.

NEUMANN *ganz jung, blaß, schmächtig, zart, kommt herein.*

FLAGG Mach's kurz, Soldat.

NEUMANN *salutierend* Verzeihung, Sir –

FLAGG Weiter.

NEUMANN Verzeihung, Sir, wenn ich störe –

FLAGG Also, was willst du hier?!

NEUMANN Es handelt sich darum, Sir, ich habe meine Erkennungsmarke verloren.

FLAGG Wie? Was? Was verloren?

NEUMANN Meine Erkennungsmarke.

FLAGG Also ich bin ja ziemlich weit herumgekommen und habe allerlei witzige Fragen beantwortet beim Militär. Manche wußten nicht, wie sie sich den Hosenlatz zuknöpfen sollten, oder sie konnten ihren Schlafanzug nicht von ihrem Gewehrputzlappen unterscheiden, aber zum Himmelkreuzelement, daß einer von mir verlangt, ich soll seine Erkennungsmarke suchen, das ist doch das erste Mal, verflucht und zugenäht, das ist doch wenigstens was Neues, weiß der Teufel.

NEUMANN Es tut mir leid, Sir. Ich dachte –

FLAGG Ach so, du dachtest. Was, wenn man fragen darf?

NEUMANN Ich dachte, es wäre wichtig, Sir.

FLAGG Wichtig. Aha. Und darf man vielleicht erfahren, warum?

NEUMANN Für den Fall, daß ich getroffen würde, Sir. Man wird dann nicht wissen, wer ich bin – wegen der Papiere und der Verlustliste, Sir – und auch wegen meiner Familie.

FLAGG Sag mal, mein Junge, warum bist du eigentlich nicht bei deiner Familie geblieben, wenn du eine hast? Warum bist du hier rübergekommen, he?

NEUMANN Um zu kämpfen, Sir.

FLAGG Ja so. Also keine Sorge. Dazu wirst du hier die beste Gelegenheit haben. Und führ dich auf wie ein Mann, verstanden? Wenns auch schwer fällt. Spucke auf deine Erkennungsmarke, wenn du sie verloren hast. Einem toten Soldaten ist seine Nummer ganz egal, verstanden? Sieh zu, daß du leben bleibst, mein Junge, und wenn du deinen Namen vergessen hast, dann schau in deinen Hut.

NEUMANN Jawohl, Sir.

FLAGG Wie heißt du eigentlich?

NEUMANN Louis Neumann.

FLAGG *zu Kiper* Schreibe auf. *Zu Neumann* Na, noch was? Ich hoffe, daß du ein schönes Zimmer hast, mit Aussicht und fließendem Wasser und allem Komfort und Bedienung.

NEUMANN *Tränen schluckend* Nein, Sir.

FLAGG Nicht? Ich bin erstaunt. Also zieh jetzt mal ab und schimpf eine Stunde auf mich, das wird dich erleichtern. Ich bin dazu da, um euch solange in kochendes Wasser zu halten, bis ihr hart seid wie die gesottenen Kieselsteine und nichts mehr spürt. Verstanden?

NEUMANN Ja, Sir.

FLAGG Ab.

NEUMANN *ab.*

FLAGG Merk dir den Jungen, Kiper. Du verschaffst ihm eine neue Erkennungsmarke und wenn es die Welt kostet. Der gottverdammte Idiot krepiert noch vor Heimweh nach Muttern. Erledigt?

KIPER Yes, Sir.

FLAGG Jetzt geh mal raus und bewach die Tür.

KIPER Yes, Sir. *Ab.*

FLAGG Alsdann, kleine Frau, what the matter, parlez-vous?

CHARMAINE Tu me quittes – du verläßt mich, for ever.

FLAGG Verdammt nochmal, ich verlass dich nicht, ich fahre nach Paris, wenn du's schon wissen mußt, für acht Tage, dann bin ich wieder da.

CHARMAINE Der Sergeant ging auch fort – und ist nicht wieder da.

FLAGG Herrgott, Kind, kapier doch! Der Sergeant ist nicht wiedergekommen. Ich komme wieder. Wir haben jetzt hier einen neuen Sergeanten, verstehst du?

CHARMAINE Neu Sergeant, oui?

FLAGG Oui, oui, oui!

CHARMAINE Ist er so hübsch wie der letzte?

FLAGG Das geht dich einen Dreck an, mein Engel. Für dich besteht ein Sergeant aus Helm, Koppelschloß und Stiefeln, verstehst du, einer wie der andere.

CHARMAINE *stampft mit den Füßen, trommelt mit den Fäusten auf den Tisch* Non non non non!!!

FLAGG Nanu. Was ist passiert?

CHARMAINE *legt den Oberkörper auf den Tisch, Gesicht auf die Arme, bewegt die Schultern, als ob sie weine* Du tust mich nicht mehr lieben, oh, du tust mich nicht mehr lieben, du –

FLAGG Komm her, Kleines – ich könnte dich kaltmachen vor Liebe, das könnt ich – komm her – ich lieb dich – ganz schauderhaft – wie immer, verstehst du – *Küßt sie auf den Nacken, sie bleibt in der gleichen Haltung* Du bist süß wie weißer Burgunder. Selbstverständlich liebe ich dich. Ich liebe dich, du liebst mich, wir lieben dich, alle lieben dich, also, was willst du mehr? Ich liebe dich übrigens wirklich, Baby. Aber ich trau dir nicht.

CHARMAINE *das Gesicht plötzlich ihm zuwendend* Nimmst du mich mit nach Paris, ja? Du nimmst mich mit nach Paris, ja?

FLAGG Non. Das glaube ich kaum.

CHARMAINE Dann weine ich, wenn du wegfährst; oh, comme je suis malheureuse!

FLAGG Ja, bist du unglücklich. Ich hätte nichts dagegen, weißt du. Ach, du kleine Geisha, wenn ich keine Kapitänsstreifen am Rock hätte, könntest du mich nicht von andern unterscheiden.

CHARMAINE *legt die Arme um seine Schultern, fährt ihm durchs Haar* Das ist nicht wahr, Kapitän Flagg! Ich habe dich lieb gehabt, auch wenn du keine Uniform anhast, n'est-ce-pas? Nimmst du mich mit, oui?

FLAGG Ausgeschlossen.

CHARMAINE Oh, wenn du fort bist, ich werde sehr weinen. Ich werde immer weinen, Tag und Nacht, und ganz allein sein, arme Charmaine, und immer nur weinen –

FLAGG Du meinst, du wirst die ganze Nacht durch tanzen und den ganzen Tag mit meinen Boys herumflirten, oui?

CHARMAINE Yes. You know – ich kann nicht brav sein, wenn ich allein bleibe. Ich möchte so gerne brav sein für dich. Es wäre so reizend, wenn ich brav sein dürfte, mit dir, in Paris.

FLAGG Also hör mal zu. Wenn ich fort bin, bleibst du mir treu, verstanden? Du gehörst mir, compris, mir ganz allein, und läßt mir keinen rankommen und wartest auf mich, oui?

CHARMAINE Mais oui, naturellement.

FLAGG Attention *Er faßt sie um die Taille und stellt sie wie ein kleines Kind ohne Anstrengung beiseite* Jetzt spitz mal die Ohren, kleine Maus. Wenn ich herauskriege, daß du mit einem andern Kerl zusammen warst – dann brech ich dich einfach mittendurch. Du wirst also brav sein, sonst riskierst du verschiedenes. Ist das klar?

CHARMAINE *schmiegt sich an ihn* Oh, mon Capitaine –!

FLAGG All right. Wir verstehn uns.

CHARMAINE Tu es le capitaine de mon cœur.

FLAGG Das hab ich mal in einem Witzblatt gelesen.

CHARMAINE Wie?

FLAGG In Ordnung. *Küßt sie* Also denk daran, ich trau dir nur knapp solange wie ich dich seh. *Geht an den Tisch.*

CHARMAINE Also, du nimmst mich mit. Ich geh mich anziehn, oui?

FLAGG *setzt sich auf die Tischkante, nimmt sie aufs Knie* Warst du mal in Paris, mein Kind?

CHARMAINE Nein. Jamais.

FLAGG Da gibt es nämlich einen Fluß, in Paris.

CHARMAINE La Seine.

FLAGG Stimmt ganz genau, la Seine. Darin werden so kleine Mädchen wie du ersäuft. Sobald die Polizei in Paris so ein kleines Mädchen erwischt, das frei herumläuft, wird es sofort in die Seine geschmissen. Du kannst unmöglich mit nach Paris, man ersäuft dich dort.

CHARMAINE Oh, das ist nicht die Wahrheit!

FLAGG Es ist die reine Wahrheit, du kannst dich erkundigen. Aber es geht dort noch viel schlimmer zu. Es gibt in ganz Paris nichts zu fressen, nur Pferdefleisch und Büchsenmilch. Wenn man was trinken will, kriegt man warmes Wasser, der Wein ist beschlagnahmt und liegt schon für den Einzug der Deutschen bereit, verstehst du, damit sie guter Laune sind. Es gibt natürlich nur alte Weiber in Paris und längst keine jungen Mädchen mehr, denn die meisten ersäuft man, und aus den paar, die übrigbleiben, werden Würste gemacht, für die Generäle. Ganz Paris wimmelt von Generälen, die nichts anderes genießen wollen, als junges Mädchenfleisch, also du kannst unmöglich nach Paris gehen.

CHARMAINE Oh, wie schön du lügst! Oh, wie süß du lügst!

FLAGG Wieso? Da stimmt jedes Komma. Du kennst Paris nicht.

CHARMAINE Aber ich kenne die Kapitäne und die Sergeanten und die Poilus! Mir würde gar nichts in Paris passieren, und wenn mir was passieren würde, so wäre es nicht das, was du meinst, n'est-ce-pas?

FLAGG Hast du mich lieb?

CHARMAINE Oui, ich hab dich lieb, ich hab dich schrecklich lieb, weil du so reizend lügst, mein großer Lügner du. *Küßt ihn.*

FLAGG So, jetzt bist du mein braves Kind. Also jetzt geh schön nach Hause, zum Papa Pete, bleib nachts daheim, benimm dich anständig von morgens bis abends, warte schön auf Kapitän Flagg und schlafe mit keinem andern, wenn's auch schwerfällt. Good bye. Kiper!

KIPER *herein* Jawoll, Sir.

FLAGG Habt ihr jetzt endlich den Sergeanten gefunden?

KIPER Ist schon unterwegs, mit Lipinsky, Sir.

FLAGG Zum Donnerwetter, er soll sich eilen!

KIPER *ruft hinaus* Eilpost, Eilpost, Sir!

QUIRT und LIPINSKY *treten ein.*

CHARMAINE *drückt sich an Quirt vorbei hinaus.*

QUIRT Käpt'n Flagg?

FLAGG *sitzend, schreibend, mit dem Rücken zu ihm, grüßt mit der Hand nach hinten, ohne aufzusehen* Hallo, Sergeant. Wo stekken Sie eigentlich den ganzen Tag schon?

QUIRT Verlaufen. Zehn Kilometer zu weit westlich.

FLAGG Haben Sie sich schon orientiert hier?

QUIRT Yes. Im Überschlag.

FLAGG In was für einem Dreckloch haben Sie bis jetzt gesteckt?

QUIRT Es war nicht viel anders als hier. Nur hatten wir eine Straße.

FLAGG Hm. Werden Sie's mit meinen Leuten schaffen? Es ist eine gemischte Saubande aus Verbrechern und Bleisoldaten.

QUIRT Immerhin auch was. Ich denke, wir werden's rollen.

FLAGG Verdammt nochmal, das will ich hoffen. Wir sind in einer bösen Ecke hier. Unser Frontabschnitt vorne ist ein Wurstkessel. Der Graben geht mitten durch so 'ne verfluchte Stadt, die eine Hälfte haben wir, die andre halten die Heinis. Den ganzen Tag gibt's Dunst, mehr Schrapnellkugeln als

Erbsen in der Suppe. Wir haben ekelhaft viel Verluste gehabt beim letzten Mal. Die Hälfte unserer Mannschaft ist grüner Ersatz. Sie müssen die Kerls zurechtkneten, eh wir das nächste Mal vorne ablösen.

QUIRT Die Hälfte unausgebildet?

FLAGG Mehr als die Hälfte.

QUIRT Hab Schlimmeres gesehen.

FLAGG Also ich geh auf Urlaub. Acht Tage. Inzwischen schleifst du sie – nimmst die Bande hoch – machst ihnen die Hölle heiß, daß sie lieber Mineneinschläge hören als deine verfluchte Stimme im Genick. Mach sie hart, aber mach sie nicht kaputt, verstehst du? Sieh zu, daß sie anständig zu fressen haben, und dann so acht bis zehn Stunden Dienst und Schießübung täglich. Die meisten sind noch Schulbuben, und Gott weiß, wie lang sie noch zu leben haben.

QUIRT Schluß mit dem Affentheater. *Geht einen Schritt zum Tisch hin* Ich denke, Sie kennen mich, Kapitän.

FLAGG *sieht jetzt erst auf* He?! Ja zum Teufel, das ist doch der alte Heuschreck –!

QUIRT Persönlich. – Ich dachte schon, Sie würden mich nicht mehr kennen, Kapitän Flagg. Also was mich anlangt, freu mich, Sie wiederzusehen, Käpt'n.

FLAGG Meinerseits, Quirt. Kiper, Lipinsky! Raus, und sagt allen Zugführern, sie sollen sofort hier antreten.

KIPER, LIPINSKY *ab.*

FLAGG Also Quirt, ich freue mich wirklich, Sie hier zu sehen, denn wenn jemals ein toller Soldat gebraucht wurde, dann hier bei uns – und was das anlangt, da sind Sie schon derjenige welcher. – Aber verdammt und zugenäht, persönlich bin ich nun grade nicht so begeistert, Sie wiederzusehen. Das war mir schon immer zum Kotzen, wenn Sie mir über den Weg liefen.

QUIRT Meinerseits, Flagg. Persönlich gesprochen: ich würde lieber einem Skunk begegnen – und sachlich und offiziell gesprochen: ich halte nicht viel von Ihrer Verbrecherbande hier und würde mich lieber wieder wegmelden. Auf Kuba hab ich dir ein Bein gestellt, das war das erste Mal, und dann in China hast du mich umgeschmissen, ich spür's noch. Jetzt bist du mal wieder in der Position, mir die Rippen zu brechen.

FLAGG Ich möchte dich lieber stückweise verrecken sehen, als daß ich dich ohne Not kaputt machte, das weißt du selbst. Du kriegst von mir genau das, was du verdienst, und – haarscharf gesagt, solang du nicht mit deinen Nagelstiefeln dort herumtrampelst, wo meine Füße stehen, kann dir bei mir nichts passieren. Ist das klar? Dann greif zu.

QUIRT Well. Nur noch ein Wort, bevor ich top sage. Ich werde mit Ihren Helden hier Fraktur reden, das werde ich. Wollte Gott, ich hätte nichts mit der Verbrecherkolonne zu tun. Du hast da eine schöne Bruchbande beisammen, man quatscht im ganzen Regiment drüber.

FLAGG All right, und was erzählt man so im Regiment?

QUIRT Man sagt, du hast die Kerle so in deinem Bann, daß du mit ihnen alles machen kannst, und sie würden dir nachlaufen, gradewegs bis nach Berlin, wenn du vorausläufst.

FLAGG Na und?

QUIRT Aber sie sehen nach nichts aus, Flagg. Ich habe sie marschieren sehen: das ist, wie wenn man zehntausend Spinnen miteinander Tango tanzen läßt. Ein Geschlenker von krummen Knochen, das vom General abwärts keine Charge grüßt.

FLAGG Also lehr sie grüßen, wenn dich das glücklich macht. Übrigens muß ich dich rasch noch was fragen, eh die Leutnants kommen. Was hast du mit dem kleinen Mädel angefangen?

QUIRT Wie? Mit welchem Mädel?

FLAGG Stell dich doch nicht dumm, du weißt Bescheid.

QUIRT Die Welt ist klein, Käpt'n Flagg, aber sie wimmelt von Bräuten.

FLAGG Als ich in Kuba als Korporal unter dir gedient habe, da hast du mir schwer die Tour vermasselt, mein Junge.

QUIRT Du warst ein Trottel, Flagg. Von mir aus hättest du sie ruhig heiraten können und in der Wäscherei arbeiten, weißt du, so in Pantoffeln und Unterhosen, ein schlaues Leben, was?

FLAGG Laß den Quatsch. Ich möchte wissen, was aus dem Mädel geworden ist.

QUIRT *singt*

»Was ist denn aus dem großen Schiff
der Lusitania geworden?
Es flog in die Luft – rrumm
prrumm – es flog in die Luft –«

FLAGG Verfluchter Hund.

QUIRT Zugegeben: Ich hab dir wegen ihr das Genick gebrochen. Aber du hast die Sache glatt gemacht, in China, damals. Du hast dich famos gerächt, Alter, das kann man wohl behaupten. Seitdem bin ich immer noch Sergeant. *Es klopft an die Tür.*

FLAGG Reinkommen! *Leutnant Aldrich, Moore, Schmidt und Sergeant Sockel treten auf. – Diese Leutnants tragen elegante Uniformen und machen den Eindruck junger Ziersoldaten. Man nannte sie bei uns »Fahnenjunker«. Sockel ist ein alter, hartgesottener Militäranwärter* Meine Herrn, dies ist der neue Kompagniesergeant Quirt... Und das hier sind die Herren Moore, Aldrich, Schmidt, und den alten Sockel kennen Sie noch von Kuba.

QUIRT Hallo, Joe, wie geht's?

SOCKEL Tut sich. Und selbst?

QUIRT Bescheiden und wurschtig. Sonst gesund.

SOCKEL All right. *Sie grinsen breit und verständnisvoll, alte Soldaten unter Greenhorns.*

FLAGG Aldrich, Sie sind doch am längsten hier, was?

ALDRICH Zwei Tage länger als die andern, Sir.

FLAGG Also, Sie übernehmen das Kommando. Fragen Sie in allem Quirt um Rat. Ich komme Mittwoch zurück. Achtung, Kerls. Dieser Sergeant Quirt ist, verdammt nochmal, einer der tollsten Soldaten, die's je auf der Welt gegeben hat. Ich habe so ziemlich in allen Zonen zusammen mit ihm gedient, und es gibt keinen famoseren und nobleren Kameraden bei der Marine, merkt's euch, als diesen Quirt – wenn er nüchtern ist. – Solang er Tee trinkt, schmeißt er die Kiste unbesehen, ob ich da bin oder nicht. Aber er liebt den Alkohol. Er liebt ihn. Und wenn er besoffen ist, dann ist er der dreckigste, gemeinste, unfairste Saukerl, der je in Kommisstiefeln gesteckt hat. Wenn er besoffen ist, ist er schlimmer als ich, und ihr wißt, verdammt, was das heißt. Sobald er zu saufen anfängt, mach ich Schluß mit ihm, und es wäre nicht das erste Mal. Er ist im Bilde. Die erste Sauferei, bei der ich ihn schnappe, und schon ist er degradiert und kommt in Sockels Zug als letzter Muschke und kriegt einen Besen auf den Buckel als Gewehr und Roßäpfel in die Pfoten als Munition. Aldrich, Sie haben mich verstanden, das erste Mal, wenn Sie den Kerl in der Gosse finden, verdammt und zugenäht, vor allen diesen Jungens, Quirt – das erste Mal, wenn er auch nur nach Brandy riecht, dann sperren Sie ihn ein und halten ihn unter Verschluß, bis ich zurückkomme.

ALDRICH Befehl, Sir.

FLAGG Also los. Und daß mir keiner von euch Lausbuben vergißt, daß dieser Quirt mehr versteht, als ihr je kapieren werdet. Der Mann wiegt auf einer Hand mehr als ihr alle und noch zehn Stück von euch auf einem Haufen. Klar? Noch eins: Seid vernünftig und spielt nie Karten mit ihm. Und wenn ihr ihm einen halben Dollar leiht, dann küßt ihn vorher, es wird ein langer Abschied. Fertig. Kiper, sind die Regenmäntel im Beiwagen?

KIPER Jawoll, Sir.

FLAGG Los! Ankurbeln: vorwärts! *Motorgeratter draußen, Flagg rasch ab, alle außer Quirt hinter ihm her, man hört draußen unter ungeheurem Lärm das Motorrad abfahren, die Soldaten rufen: »Adieu, Käpt'n!«*

QUIRT *allein, geht zum Fenster, holt ein Spiel Karten aus der Tasche, pfeift zwischen den Zähnen »O my baby«. Dazu mischt er die Karten mit taschenspielerhaften Bewegungen, hebt ab, schaut nach, murmelt: sieben. Dann holt er aus der Hosentasche einen Würfel-*

becher, läßt die Würfel auf der flachen Hand tanzen, würfelt mit besonderem Schwung, sieht nach: »All right, sieben.« Er lacht, schlägt sich auf den Schenkel Also, das hast du noch immer raus, mein Junge. Wollen nochmals probieren. *Beginnt wieder, die Karten zu mischen, singt ›Micky Quirts Lied von Alabama‹. Es klopft.*

QUIRT *mit einem geschickten Griff die Karten zusammenraffend, läßt sie in seinem Ärmel verschwinden* Herein!

CHARMAINE *kommt herein* Ou est le Capitaine? Il est parti?

QUIRT *singt* »Weine nicht, mein Baby, weine nicht...«

CHARMAINE Le nouveau Sergeant, n'est-ce-pas?

QUIRT »N'est-ce-pas« stimmt. *Kommt näher.*

CHARMAINE Ich will den Capitaine sprechen.

QUIRT Leider zu spät, Mademoiselle.

CHARMAINE Alors je m'en vais.

QUIRT Toute suite, Mademoiselle, warum so plötzlich? Bist wohl des Käpt'ns kleine Freundin, he? La petite amie du Capitaine?

CHARMAINE Moi? Le Capitaine? Mais non!

QUIRT Hab ich mir gedacht, mais non.

CHARMAINE Que pensez-vous, Monsieur! Oh, lala!!

QUIRT Oh, lala ist auch gut. Sag mal, du bist wohl die Tochter von Cognac-Pete?

CHARMAINE Cognac-Pete. C'est mon père.

QUIRT In Ordnung. Ich wohne dort.

CHARMAINE Sie? Das ist nix wahr! Es wohnt dort kein Soldat, nur der Capitaine!

QUIRT Stimmt ganz genau, grade hat mir der Capitaine befohlen, dorthin zu ziehen und auf sein Gepäck aufzupassen, solang er fort ist.

CHARMAINE *sieht ihn mißtrauisch an* Est-ce que c'est vrai?

QUIRT Du kannst ihn fragen, wenn er wieder da ist. Da schau mal her, kleine Krabbe. *Er hebt die Hand mit dem Ärmel, in den er vorher die Karten verschwinden ließ, greift in die Luft, dreht die Hand herum und hält eine Karte in der Handfläche.* Voilà. Cœur! *Er greift wieder in die Luft, zeigt die Hand, die Hand ist leer.*

CHARMAINE *lacht* Oh, qu'est-ce que c'est?

QUIRT C'est ça. Attention! *Schwingt die andere Hand nach der Seite aus, hält wieder eine Karte auf der Fläche* Siehst du? Toujours cœur, für dich und für mich. Attention! *Er läßt die Karte verschwinden.*

CHARMAINE Du hast sie versteckt. Elle est dans la poche. Hier in die Tasche.

QUIRT Please, s'il vous plaît, faß rein, kleines Tier.

CHARMAINE *faßt in die Tasche* Rien du tout, du tout!

QUIRT Du tout du tout du tout! Attention! *Faßt ihr an den Rocksaum, läßt eine Karte erscheinen, als ob er sie unter ihrem Rock hervorhole.*

CHARMAINE Oh, quel gamin!

QUIRT *steckt die Hände in die Taschen, sieht sie an, spricht leise und sehr bestimmt* Also hör mal zu, ma petite. Du hast jetzt einen neuen Papa, verstanden? I am your nouveau sweet Papa, compris? Du hältst jetzt zu mir, Süßes. *Draußen erhebt sich ein entsetzlicher Lärm. Eine furchtbar besoffene Stimme brüllt: »Dieser verdammte Kerl ist ein deutscher Spion, dieser verdammte Cowdy, der heißt Nußbaum und ist ein deutscher Spion, ich mach den Kerl kalt. Ich hau ihm die Zähne ein« usw. Gleichzeitig hört man Lipinsky und Cowdy schreien: »Laß doch los, laß los, laß los, der bringt ihn ja um, laß los, zum Teufel!«*

LIPINSKY *ganz aufgeregt, atemlos hereinstürzend* Sergeant, Sergeant, da ist ein besoffener Rowdy, so ein Irländer namens Mulcahy, der macht Krakeel, weil ihm Cowdys Nase nicht gefällt, er drischt wie toll auf ihm herum, schimpft ihn Spion und will ihn kaltmachen.

QUIRT *ohne auch nur aufzusehen, kalt und ernst, nur aus einem Mundwinkel* Sag ihm, er soll sofort aufhören.

LIPINSKY *ab.*

CHARMAINE *will sich hinter ihm aus der Tür drücken.*

QUIRT Du gehst jetzt besser nicht raus, Kleines, da geht's ein bißchen brutal zu. Komm mal her. Bin ich dein neuer nouveau sweet Papa, oui?

CHARMAINE Laissez-moi, j'vous en prie!

QUIRT *ohne sie anzufassen* Du bist dir darüber klar, daß du jetzt mir gehörst, hein? Comprends, Papa, hein?

CHARMAINE Je ne comprends pas, Monsieur –

LIPINSKY *stürzt wieder herein* Sergeant, jetzt kniet er auf Cowdy und hat schon die Hälfte seiner Haare in der Hand, wir können ihn zu dritt nicht unterkriegen!

QUIRT *ruhig wie vorher, ohne die Stimme zu heben oder aufzusehen* Du sagst ihm, er soll sofort loslassen.

LIPINSKY *ab.*

QUIRT Also heute abend, this soir, du und ich, promenade avec moi tout seul, allein, compris? Promenade, Chocolate, faire l'amour comme tout le monde – compris? Du kommst avec myself an die Pappeln drunten am Kanal, yes?

CHARMAINE Oh, non! Oh, non! Jamais de ma vie! *Sie zittert.*

QUIRT Non? Aha, das Käpt'ns Privatbraut. Weißt du, daß du sehr süß bist, my darling? Die süßeste kleine Braut, die ich je gehabt habe.

CHARMAINE Maintenant, je m'en vais, toute suite. *Sie bleibt aber stehen. – Der Lärm draußen wird nun barbarisch, die Tür fliegt auf, Lipinsky stürzt rückwärts, wie von einem Fußtritt geschleudert, herein.*

LIPINSKY Sollen wir die Wache alarmieren, Sergeant? Soll ich ihn abführen lassen?

QUIRT *eisig* Bringt ihn rein!

LIPINSKY *schreit nach draußen* Bei! Hierher!

COWDY, LIPINSKY und ANDERE *zerren einen ungeheuerlich langen und breiten, sinnlos betrunkenen Irländer herein, der vor Wut schnaubt.*

MULCAHY *auf Quirt losbrüllend* Dieser verdammte Kerl aus Cincinnati heißt Nußbaum und ist ein deutscher Spion!! Aber ich hab's ihm gegeben, Sergeant, ich hab's dem Mistbock gezeigt, ich hab das Vaterland gerettet, Sergeant –

QUIRT *eisig* Mulcahy, halt's Maul.

MULCAHY Zum Kreuzhimmeldonnerwetter nochmal! Ich sag dir, das ist ein Spion, ich reiß ihm die Eingeweide einzeln aus der Bauchhöhle, sag ich dir –

QUIRT *gibt ihm einen leichten Kinnhaken. Er geht unter wie ein Lot.*

QUIRT *immer noch aus den Mundwinkeln, mit einer Kopfbewegung aus der Schulter auf den Iren, der wie ein Sack am Boden liegt* Räumt ihn weg.

DIE SOLDATEN *packen Mulcahy an, schleifen ihn an den Armen hinaus.*

QUIRT *reibt die Knöchel der Finger aneinander, sieht Charmaine an* Hallo, Pittsburg, how do you do?

CHARMAINE Très bon, Monsieur, oh, très bon! *Strahlend und lächelnd.*

QUIRT Alors, all right. Come on! *Er streckt den Arm aus, sie lehnt sich an seine Hand, er zieht sie leicht heran, langer Kuß.*

Zweite Szene

Acht Tage später. Der gleiche Schauplatz. Gegen Abend. Lipinsky liegt auf der Bank, Mütze über den Augen. Er raucht eine Zigarette und versucht gleichzeitig zu schlafen. Zahlmeister Ferguson, ein alter Sergeant mit dem Äußern einer verhutzelten Zitrone, sitzt am Tisch, Pfeife rauchend, rechnend. Kiper kommt von der Straße, man hört ihn singen.

KIPER »Mademoiselle from Armentiere, parlez-vous,
Mademoiselle from Armentiere, parlez-vous –«

Er kommt herein, wirft sein Gepäck in die Ecke Hallo! Sakrament –

LIPINSKY *ohne seine Lage zu verändern oder die Zigarette aus den Zähnen zu nehmen* Ruhe, gefälligst.

KIPER Du bist hier wohl dienstlich beschäftigt, Lippy, was?

LIPINSKY *ohne sich zu regen* Allerdings, das bin ich.

KIPER Mach mal eine Arbeitspause, mein Lieber, der Käpt'n kann jeden Moment da sein.

LIPINSKY *erhebt sich ohne Eile* Blau?

KIPER Blau ist kein Ausdruck. Der besoffenste Hintersteven, der je durch die Wellen ging.

LIPINSKY Interessant. – Macht er Krach?

KIPER Dazu ist er jetzt schon viel zu komplett besoffen. Er ist in der Minenwerferkantine gelandet, im ›Gasthaus zur letzten Chance‹, dort hockt er seit sieben Stunden, und seine Bullaugen glotzen wie rote Löcher im Schnee.

LIPINSKY Na, und wie war's in Paris?

KIPER Scheiß Paris. Hab keinen Ziegelstein davon gesehen. Schon in Bar-le-Duc angespült wie dreckiges Strandgut und die ganze Woche hängengeblieben.

LIPINSKY Nanu. Erzähl mal.

KIPER Rascher erzählt, mein Liebling, als in die Wurst gebissen. Und das war schon eine verdammt längliche Dauerwurst, diese famose Urlaubswoche, ich hab so das Gefühl, mir hängen noch ein paar Meter hinten raus. So hab ich mich in meinem ganzen Leben noch nicht geödet wie in dem gottverlassenen, von den Hunden bepinkelten, spatzenverschissenen Drecknest Bar-le-Duc. Ein Saustall für notorische Etappenschweine das, die den ganzen Krieg zwischen zwei Plumeaus voll Gänseflaum verschwitzen.

LIPINSKY Erzähl der Reihe nach, alter Krieger.

KIPER Na ja, wir kamen nach Bar-le-Duc, da tat uns der Hintern weh von der verrückten Fahrerei, du weißt, so mit fünfzig, sechzig Kilometer über Granatlöcher und Bahnschienen weg, daß einem die Läuse im Hemd krepieren. – Also wir steigen aus, um uns die Füße en bißchen zu vertreten, schon steht da so ein verfluchter Klopphengst von der Feldgendarmerie, – weißt du, so ein ekelhafter grüner Berufsstänker mitm Verordnungsfimmel – und hält uns an. »Tut mir leid, Sir«, sagt er – »Befehl des Kommandeurs: das Tragen von Spazierstöcken ist für Offiziere vom Stabsoffizier abwärts und Mannschaften verboten.« – Unser Käpt'n läßt seinen kleinen krummen Bambusknüppel durch die Luft sausen – er hat ihn, glaub ich, in Peking bei einer Rauferei von einem holländischen Missionar erbeutet und läßt ihn seitdem nicht aus der Hand, selbst wenn er auf der Latrine sitzt oder in den Schlafsack steigt. – »Wer ist dieser dämliche Lauskopp von einem Korpskommandeur«, brüllt er – »der mir hier meine Krawatte binden will wie einem Schulbuben zum Gottesdienst? Der soll mal zu uns rauskommen in die Granatlöcher«, brüllt er, »und nachgukken, ob wir vorschriftsmäßig gewichste Stiefel anhaben!« – »Tut mir leid, Sir«, blökt der grüne Hammel, »das Tragen von Spazierstöcken ist verboten. Ich muß das Ding konfiszieren.« – »Fang ihn, Soldat«, schreit der Käpt'n und wirbelt seinen kleinen Renommierknüppel in der Gegend herum – »fang ihn, Soldat!« *Er lacht.*

LIPINSKY Na, und dann?

KIPER Dann mußte ich eine ganze Woche in Bar-le-Duc hocken als Zeuge in einem Prozeß wegen versuchten Totschlags und schwerer Körperverletzung.

LIPINSKY Und der Käpt'n?

KIPER Der Käpt'n saß Tag und Nacht in so einem verdreckten Estaminet und schoß mit dem Revolver die Kerzen auf den leeren Schnapsflaschen aus. Zur Hauptverhandlung mußte er von vier Mann getragen werden, und bei der Verlesung der Anklageschrift schnarchte er wie ein Waggon voll Schlachtochsen.

LIPINSKY Was haben sie ihm aufgebrummt?

KIPER Sie haben ihn laufen lassen, das ist die schlimmste Strafe, die es für einen Mann mit graden Knochen in Europa heutzutage gibt. Und wenn der Krieg aus ist, dann soll er auf seinen geistigen Gesundheitszustand untersucht werden.

LIPINSKY Ich glaube, wenn der Krieg aus ist, dann können sie uns alle nur noch auf unsern geistigen Gesundheitszustand untersuchen, das wird das einzige sein, was von uns übrig bleibt. Hier sind inzwischen auch so allerlei blutrünstige Geschichten passiert.

KIPER Der neue Sergeant? Was?

LIPINSKY *sieht sich ängstlich um* Sohn einer Hündin und Enkel eines Schakals. Schindet die Jungens, bis sie Galle kotzen. Heute morgen hat die erste Rotte das Wecken verpennt. Und was treiben sie jetzt, die Brüder? Auf dem dreckigsten Viehhof von ganz Frankreich hocken sie – wenn du in Reichweite kommst, hast du schon zehn Bremsenstiche am Halse – und schippen mit Teelöffeln den Mist in die Grube. – Und unsern Cowdy hat er heute morgen erwischt, wie er beim Gepäckexerzieren Papier statt Steine in seinen Tornister stopfte. Was tut Cowdy jetzt? Er läuft auf der Dorfstraße hinter den Gäulchen her und fängt mit den Händen die Roßäpfel auf.

KIPER Well, es ist ein Glück, daß wir wieder da sind, wir werden diesem Unfug ein Ende machen. Ich und der Kapitän, wir haben die humanistische Methode am Leib, wir wollen die armen kleinen Jungens nicht so verschüchtert haben.

LIPINSKY Du und der Kapitän, das ist auch so ein Gespann wie Mops und Bulle. Im übrigen wird es gut sein, wenn wir Druckpunkt beziehen und aus der Schußlinie türmen, eh der Käpt'n und der Sergeant hier Wiedersehen feiern. Es wird dicke Luft geben, my boy.

KIPER Wieso, zum Teufel?

LIPINSKY Dieser hornhäutige Pelikan von einem Sergeanten ist jede Nacht in die kleine Kapitänskajüte eingestiegen.

KIPER Bei Cognac-Petes Tochter?

LIPINSKY Er hat sich dort als Sohn des Hauses etabliert. Läßt seine Hunde in Flaggs Bett liegen, raucht Flaggs Pfeife, rasiert sich mit Flaggs Gilette-Apparat und schläft mit Flaggs Mädel.

KIPER Dann Schutzschild vor die Weichteile und Sturmhelm vors Nasenbein. Wenn der Käpt'n das rauskriegt, gibt's mehr Radau, als wenn man einen Kater in einen Hundezwinger schmeißt. *Sergeant Quirt kommt herein.*

QUIRT Wo ist Käpt'n Flagg?

KIPER Letzte Chance, Sir.

QUIRT Was fällt dir eigentlich ein, ohne ihn hierherzukommen, du lausiger Wichser du! Wofür glaubst du, kriegst du deine Löhnung, wenn du noch nicht einmal deinen Kapitän rechtzeitig nach Hause bringen kannst?

KIPER Ich hab versucht, ihn klar zu machen, Sergeant, aber er hob mich einfach auf und schmiß mich durchs Fenster. Mein Glück, daß es offen war.

QUIRT Ihr beiden geht sofort hin und holt ihn her. Wenn der eine zum Fenster rausfliegt, muß der andre schon in der Tür stehen. Lauft und seht zu, daß der Transport lautlos vor sich geht.

KIPER UND LIPINSKY *ab.*

LEUTNANT ALDRICH *kommt herein* Hörte, der Käpt'n ist wieder an Bord?

QUIRT In der ›Letzten Chance‹ gelandet. Habe grad eine Rettungsexpedition abgeschickt.

ALDRICH Wir wollen hoffen, daß er sich sofort hinlegt und seinen Rausch ausschläft, das wär noch das beste, was uns passieren kann. Ich habe eine Todesangst, daß ich mit ihm saufen muß. Ich vertrag nichts, wissen Sie, und er ist nicht totzukriegen.

QUIRT Sie hätten ihn in China sehen sollen. Senkrecht wie ein Schiffsmast – muskulös wie ein Gorilla – fromm wie ein Menschenfresser. Seitdem ist allerhand Feuerwasser durch seinen Kehlschlauch geflossen.

ALDRICH Befürchten Sie keine Unannehmlichkeiten?

QUIRT Was wollen Sie damit sagen?

ALDRICH Ich meine, man weiß ja nicht, wie so ein kleines wildes Frauenzimmer sich in so einer Situation benimmt.

QUIRT Ich verstehe Sie nicht. Worauf spielen Sie an?

ALDRICH Ach so, dann entschuldigen Sie. Immerhin wäre es gescheiter, Sie würden es jetzt bleiben lassen.

QUIRT Was lassen, zum Teufel?! Werden Sie deutlich, Herr!

ALDRICH *flüsternd* Charmaine.

QUIRT *dreht sich langsam zu ihm um* Willst du mir in die Quere kommen, my boy?

ALDRICH Aber wo denken Sie hin, Sergeant!

QUIRT Kurz gesagt, ich bin ein lausiger Sergeant, und du bist unser erster Leutnant. Aber wenn du mir in die Kniekehlen stößt, dann hilft dir kein Gott, das ist alles, was ich zu dem Thema zu bemerken habe. All right?

ALDRICH All right, Sergeant. Ich hab nichts gesagt.

QUIRT Geht in Ordnung. – Übrigens handelt es sich hier um

Liebe, wie man im Sprachgebrauch zu sagen pflegt – und wir haben Krieg. Da geht alles schief.

ALDRICH Ich dachte nur, wegen des Kapitäns. Sie kennen ihn ja besser als ich.

QUIRT Er hat sowieso eine Wut auf mich, noch von Kuba und China, und was mich anlangt, so hab ich grade auch nicht Sonnenschein im Herzen, wenn ich an ihn denke. Wenn er nicht wäre, hätte ich längst meine eigne Kompagnie. Früher oder später muß die Sache doch mal zum Austrag kommen. Wie ich das Mädel sah, sagte ich mir, die oder keine mehr, und wenn der Marschall Foch persönlich seinen Daumen drauf hält. Soll ich Mönch werden, weil Käpt'n Flagg an dieser Transaktion mit ein paar Prozenten beteiligt ist? Lächerlich.

ALDRICH Ihre Sache, Sergeant. Aber wissen Sie, was in den Kantinen rumerzählt wird?

QUIRT Interessiert mich nicht. *Macht gymnastische Übungen.*

ALDRICH Wollen hoffen, daß es so bleibt. Sie sagen, der alte Cognac-Pete will zum Kriegsgericht, wegen Verführung seiner Tochter.

QUIRT Wegen Verführung – *In Kniebeuge* – Donner, das ist gut! *Er lacht.*

ALDRICH Juristisch kann so eine Sache verdammt peinlich werden.

QUIRT Ach Blödsinn.

ALDRICH Es kann Geld kosten, mindestens.

QUIRT Meinst du, daß er mich meint?

ALDRICH Das weiß man halt nicht – ob Sie oder Flagg!

QUIRT Also Geld hab ich nicht, und meinen Leichnam können sie meinetwegen als schlechtes Beispiel für mich selber am Kirchturm aufhängen. *Setzt sich, pfeift. Draußen Motorradgeknatter.*

ALDRICH Flagg!

QUIRT Was mich anlangt, ich bin's nicht gewesen und weiß von nichts. Klare Sache.

ALDRICH Hörst du, wie er brüllt draußen? Sei um Gotteswillen ein bißchen diplomatisch, wenn er reinkommt.

FLAGG *draußen mit betrunkener Stimme* Aus dem Weg, Kiper!

QUIRT Diplomatisch, mit dem? Das machen Sie mir erst mal vor.

FLAGG *kommt herein, in Hemdsärmeln, die Jacke überm Arm, die Haare zerzaust. Er hält seinen Stock in der Hand. Alle salutieren in strammer Haltung, bis er sich, nicht ohne Schwanken, umständlich hingesetzt hat.*

ALDRICH *grüßend* How do you do, Käpt'n Flagg?

FLAGG Ich bin ein Wrack. Das bin ich. Ich bin eine Art Dauerwrack, Mister Aldrich. Meine Herrn, Sie sehen in mir den sensationellsten Pechvogel der Weltgeschichte.

QUIRT Hoffentlich hatten Sie einen recht angenehmen Urlaub, Sir.

FLAGG Aber gewiß doch, zum Knochenkotzen. Am ersten Tag in Bar-le-Duc als Schwerverbrecher festgehalten, weil ich einen Stock trage. *Er wiegt den Stock zärtlich in der Hand* Hab dich aber durchgeboxt, mein lieber Junge. Ohne Rücksicht auf Verluste. *Streichelt den Stock* Einer von den verfluchten Grasaffen da hinten hat dran glauben müssen. Dachte, er sei Sonntagsschullehrer in einem Kindergarten. Haben ihm aber die Zwiebel geschält, was, mein Junge? *Gibt dem Stock einen Kuß* Die Hauptsache, wir sind noch beisammen. Das ist die Hauptsache. Well. Was los gewesen?

QUIRT Nichts von Belang.

FLAGG Jungens in Form?

QUIRT In drei Tagen fertig fürs Massengrab.

FLAGG Drei Tage zu lang, Quirt. Wenn wir nicht vorher irgendwo verfaulen, will ich die russischen Staatsschulden aus meiner Tasche bezahlen. *Greift in die Tasche.* Wieviel denkst du, hab ich in Bar-le-Duc ausgegeben?

QUIRT Wieviel hast du bei dir gehabt?

FLAGG Achthundert Francs, Junge. Konnte aber bloß siebzig loswerden, obwohl ich Tag und Nacht das Gläschen geschwenkt habe. *Zieht Scheine und Geldrollen hervor* Hier ist der ganze Krempel. Hat jemand Bedarf? Bitte, bedienen Sie sich. Das nennt man Dusel, sowas, mit siebenhundertdreißig Francs vom Urlaub zurückzukommen, um dann da vorne zu krepieren. *Es klopft* Herein!

EINE ORDONNANZ *tritt ein* Kapitän Flagg?

FLAGG Hier.

ORDONNANZ Von Kapitän Simson, Sir. Er läßt Ihnen sagen, die Abteilung »Schneidig« ist unterwegs, der General persönlich, zur Besichtigung.

FLAGG Sehr angenehm. Noch was?

ORDONNANZ No, Sir. Wie komme ich zur Nachbarkompagnie?

FLAGG Zeig ihm den Weg, Kiper

KIPER und ORDONNANZ *ab.*

FLAGG *indem er versucht, seine Jacke zuzuknöpfen* Natürlich. Das Hauptquartier. Der Herr General braucht Bewegung, damit ihm heut abend sein Cornedbeef in Essig und Öl besser schmeckt. Vermutlich gibt's wieder so einen blutigen dreckigen Sonderauftrag, um diese gottverlassene Welt für die endgültige Verschlampung durch unsern demokratischen Haferschleim zu retten. Jeden Furz lang kommt so ein frisch lackierter Papiermachégeneral mit seinen paralytischen Verordnungen daher. Verflucht und zugenäht, sind wir hier eigentlich Soldaten – oder sind wir vielleicht eine theosophische Gesellschaft für ethische Kultur, was, oder ein Bibelkränzchen, he, oder ein verwichster, verstunkener christlicher Jünglingsverein, ja? Also paßt auf die Tür auf, Kinder. In zehn Minuten werden wir das Vergnügen haben, einen hohlköpfigen Weihnachtsmann von der alten Schule hier seine auswendig gelernten Sprüche runtersalbadern zu hören – für was wir in den Krieg ziehen und wie wir zu kämpfen haben, das könnt ihr haargenau erfahren, Kinder – von diesen alten ausrangierten Postkutschenhengsten, die bis zum Arsch mit Orden bepflastert sind und denen der penetrante Schmus nur so aus dem Hals stinkt, von der Moral der Armee und vom letzten Tropfen Blut, welcher bis zum Endsieg verspritzt werden muß. Gott verdamme diese backenbärtigen Buttercakesfresser, ich möchte sie nur mal mit der Nase durch ein paar von den Latrinen schleifen, in denen ich in diesem Rock der Ehren schon geschlafen habe. Die Moral der Armee hochhalten und die

Leute krepieren lassen, weil so ein Idiot aus New Jersey zu seinem Geburtstag einen Sieg nach Hause kabeln will – *Es klopft* Los! Immer rein. Immer rein!!

LEUTNANT MOORE *tritt ein.*

FLAGG Hallo!

MOORE Hallo, Käpt'n Flagg. Wie geht's? Gut erholt in Bar-le-Duc?

FLAGG Mal dort gewesen?

MOORE Früher mal.

FLAGG Auch als Untersuchungsgefangener?

MOORE Ich fürchte nein, Käpt'n Flagg.

FLAGG Schade, hast was versäumt. Der Schlafraum für die Untersuchungsgefangenen ist direkt über einem alten Hühnerstall montiert, ich riech's noch, mußte mir die Nase mit dem schärfsten Gin beschütten, um den Gestank zu überleben. Noch einen Tag länger, und ich hätte ein Ei gelegt.

MOORE Peinlich, Käpt'n. Aber was ich eigentlich sagen wollte, da steht ein alter Kerl draußen, der Sie wegen seiner Tochter sprechen will. Er scheint zu vermuten, es habe einer sein Mädel verführt.

FLAGG Mädel verführt, ui je! Einer in dieser Uniform?

MOORE Sagt er, Sir.

FLAGG Verführt, was?

MOORE Genau das.

FLAGG Er meint, das Mädel hat die günstigste Gelegenheit benutzt, um ihre Keuschheit loszuwerden, und er will jetzt die Prozente herausholen. Wie heißt der alte Knacker?

MOORE Ich hab's nicht richtig verstanden. Pete oder so ähnlich. Gibt's überhaupt den Namen in Frankreich? Es klang wie Cognac-Pete.

FLAGG Wa – wirklich?

MOORE So klang es.

FLAGG *rappelt sich zusammen, versucht nachzudenken* Wart mal 'n Augenblick. Cognac-Pete. Sakrament. Ist das Mädel dabei?

MOORE Nein, Käpt'n.

FLAGG Nicht. Noch schlimmer.

MOORE Wie?

QUIRT Fix denken, fix denken, Käpt'n Flagg. Fix und scharf nachdenken, Käpt'n Flagg.

FLAGG *sieht ihn mißtrauisch an* Quirt, weißt du was von der Sache?

QUIRT Ich? Wieso denn. Ich meine nur, man muß gut nachdenken in so einem Fall. Das kann verdammt peinlich werden, sowas. *Er will gehen.*

FLAGG Wo willst du denn hin?

QUIRT *ohne jede Verlegenheit* Ich hab draußen zu tun, Sir. Ich kann hier drinnen nicht ungestört arbeiten, Käpt'n. *Grinst, will gehen.*

FLAGG Halt. Hiergeblieben. Das sehe ich verflucht nicht ein. Stopf dir Watte in die Ohren, verspritz deine Tinte, und wenn du was ausgefressen hast, du verfluchte schleichende Baumkrabbe du, dann –

QUIRT Ich? Was hab ich denn mit der Sache zu tun? Überleg, was du sprichst, Kapitän. Ich bin in allen Dingen der Ehre überaus empfindlich.

FLAGG Halt's Maul und setz dich hin. Also laßt den Kerl schon reinkommen! Wir werden ja sehen.

QUIRT *lacht* Fix denken, scharf denken, Kapitän.

FLAGG Der lacht! Da ist was nicht sauber, wenn die Hyäne lacht – –

COGNAC-PETE *kommt herein. Ein alter nußbrauner Franzose, sehr krumplig und schmuddlig, mit hängendem Hosenboden und übertriebener Höflichkeit. Kiper und Lipinsky folgen.*

FLAGG Was muß ich hören, Pete, was gibt's da mit einer Klage? Also von meinen Leuten kann das unmöglich einer gewesen sein, hier herrscht Ordnung, compris, parlez-vous!!

PETE Oh, mon Capitaine –

FLAGG *plötzlich brüllend* Ich will verdammt sein, wenn ich diese verfluchte Verbrecherbande auch nur eine Stunde allein lassen kann, ohne daß hier irgendeine Schweinerei passiert!! Also los!! Come on!! Spuck's aus!!

MOORE Beruhigen Sie sich, Monsieur Pete.

PETE *in einem furchtbaren französischen Argot, im besten Patois-Picard de la Somme* Ah Monsieur le Capitaine, je suis un vieillard, mais j'ai vécu heureusement, et mes enfants ont été toujours honnêtes, toujours bien élevés, mais hélas, mon Capitaine, quelque chose de terrible vient de passer, une calamité monstrueuse –

FLAGG Was sagt er? Hast du ein Wort verstanden?

MOORE Er sagt, es sei was passiert.

FLAGG Das kann jeder sagen. Braucht man auf Französisch so viele Worte, um zu sagen, daß was passiert ist? Well, mach rasch, Junge.

MOORE Beruhigen Sie sich, Monsieur Pete.

PETE Mais, mon Capitaine – voilà que les Américains arrivent, ils sont grands, ils sont forts, ils demandent toujours ce qu'ils veulent. Mais, nom de Dieu! pourquoi choisissent-ils la seule fleur de ma vie, ma fleur pure, ma fleur délicate!

FLAGG Was quatscht er?

MOORE Poesie, Käpt'n. Er sagt, man hat ihm die einzige Blume seines Lebens zertrampelt.

FLAGG Also zum Teufel, er soll die Blumen weglassen und soll melden, was er will – cut the flowers away, nix Blumen, compris?

MOORE *zu Pete* Brevement.

PETE Ma fille! Ma fille bien aimée!! Elle est défleurée, elle est dans la boue, elle est déshonorée, elle est misérable, elle est malheureuse –

FLAGG Also frag ihn, ob Notzucht oder Verführung.

MOORE S'est-elle soumise ou l'a-t-on forcée?

PETE Les Américains sont si forts!! *Dramatisch* Ils se forcent sur elle – ils ferment sa bouche de lacon, qu'elle ne peut donner l'alarme – et qu'est-ce peut faire, la petite fille? L'Américaine est forte, elle peut se défendre, mais la Française, elle est gentille, elle est modeste, elle est craintive, elle est sensible et ne sait se défendre!!

FLAGG Also? Was heißt das alles?

MOORE Notzucht, Sir. Der Rest wieder poetisch.

FLAGG Frag ihn, ob er ein bestimmtes Mädchen meint, oder ob er von den französischen Huren im allgemeinen quasselt.

MOORE *zu Pete* Comment s'appelle cette dame?

PETE C'est ma fille Charmaine, la plus belle fleur de ma –

MOORE Assez! *Zu Flagg* Charmaine, Sir.

FLAGG *zwischen den Zähnen* Verflucht.

QUIRT Fix denken, scharf denken, Kapitän Flagg.

FLAGG Schweig, und schreib Stammrollen aus. *Zu Moore, sehr ernst* Hör mal, boy, du weißt genau so gut wie ich, daß diese junge Dame in ziemlich freien Formen mit mir verkehrt hat, wieso fällt es dir eigentlich ein, mir diesen Hosenschisser hierherzuschleppen, he?!

MOORE *furchtbar verlegen* Ach, Sie glauben, Sie sind – Verzeihung, Sir, das konnte ich nicht wissen.

FLAGG Dann mußt du mit Scheuklappen rumgelaufen sein. Schöner Kakao, den du mir da eingebrockt hast.

QUIRT Da hilft nichts anderes als fix und scharf denken, aber ich will mich da nicht hineinmischen.

MOORE Um die Wahrheit zu gestehen, ich dachte zu wissen, daß er ganz jemand anders meint – *Wird immer verlegener* Verzeihung, er sagte so was, als sei es kein Offizier gewesen –

FLAGG *sieht ihn scharf an* Weiter.

MOORE Aber ich kann mich geirrt haben, ich habe mich sicher getäuscht, Sir.

FLAGG Hat er Namen genannt?

MOORE Bis jetzt nicht, Sir.

FLAGG Well. Gnade ihr Gott, ich würde sie kaltmachen, das würde ich. Quatsch – ich weiß genau, daß es nicht möglich ist. Das wär ja gelacht. Frag ihn, wieviel er verlangt.

MOORE Wieviel was?

FLAGG Geld, mein Herzchen. Geld! Was glaubst du, will er sonst haben. Einen Orden vielleicht?

MOORE Ich weiß nicht – aber wenn ich geahnt hätte, daß es sich um eine Erpressung handelt –

FLAGG Mach rasch, Unschuldsengel.

MOORE Er sagte draußen, er wolle, daß der Mann das Mädchen heiratet.

FLAGG Wie? Heiratet?

PETE Elle était une petite fleur innocente, une fleur a demi-ouverte!!

FLAGG Was heißt das, schon wieder Blumen?

MOORE Sie sei erst halb offen gewesen, sagt er.

FLAGG Hör zu. Sag ihm, ich sei überzeugt, daß sie noch ganz geschlossen ist, und daß sie eine der nobelsten und tugendhaftesten Damen ist, denen ich je zu begegnen das Vergnügen hatte.

MOORE Monsieur le Capitaine dit que c'est impossible et que vous vous trompez, parce que Charmaine est tout à fait vertueuse.

PETE *schüttelt tragisch den Kopf* Non non non non! Je ne me trompe pas! – Malheureusement –

FLAGG Was?

MOORE Er ist seiner Sache sicher.

FLAGG Frag ihn, wieviel er haben will, zum Teufel endlich!!

MOORE Le Capitaine demande ce que vous voulez.

PETE Mais la petite qui est défleurée, il faut qu'on la fasse honnête, et moi, est-ce que l'honneur de ma famille ne vaut rien?! Il faut qu'ils se marient, si je ne le fais pas passer devant le conseil de la guerre!! Et pour moi je demande cinq cents francs.

FLAGG Blumen?

MOORE Nein, er will fünfhundert Francs, und daß der Kerl das Mädel heiratet, sonst geht er vors Kriegsgericht.

FLAGG Dreihundert, aber dann raus. Einen Schwiegersohn kann er sich anderswo suchen.

MOORE Vous aurez trois cents francs, et vous serez tout a fait content. Sortez, s'il vous plaît.

PETE *plötzlich wütend und aufgebracht* Ça ne va pas! Vous vous moquez de moi!! Vous officiers superfiers!! J'irai au conseil de guerre!! Cinq cent francs, moins de rien, et le mariage toute de suite!! *Er rennt zur Tür.*

FLAGG Halt mal. *Verriegelt die Tür* Warum regt er sich so auf?

MOORE Er ist wütend, er will absolut vors Kriegsgericht.

PETE J'irai faiere malheureux cet homme-ci! Oh, c'est la mort! C'est la fin de sa vie!!

FLAGG Was sagt er?

MOORE Er will dem Mann die Karriere vermasseln.

FLAGG *stellt sich breit hin* Also welchem Mann, zum Donnerwetter!!??

MOORE Quel homme?! Dites enfin!!

PETE Quel homme?

FLAGG *herausfordernd* Oui oui oui, bitte bitte!

PETE *dramatisch auf Quirt deutend* Le voilà!! Et maintenant, je m'en vais!!

QUIRT *steht auf, über den Stuhl gebeugt, Gesicht zur Seite gedreht. Stemmt sich mit den Fingerspitzen auf den Tisch, steppt mit den Füßen. – Lange Pause.*

FLAGG *einen Schritt zu Quirt hin* Quirt. Was heißt das?

QUIRT Bedaure, Sir. Mir selbst nicht ganz verständlich.

FLAGG Du hast dich an Charmaine rangemacht?

QUIRT Charmaine? Nicht daß ich wüßte, Käpt'n. Aber ich habe ein verdammt schlechtes Namensgedächtnis.

FLAGG *ganz knapp und leise* Du lügst. Du hast genau gewußt, daß das Mädel mir gehört, und konntest die Finger nicht weglassen.

QUIRT Das scheint eine schlechte Gewohnheit von mir zu werden. Käpt'n Flagg. Was gedenken Sie nun zu unternehmen, Käpt'n Flagg?

FLAGG Das wirst du gleich sehen, mein Junge. Gottverdammich, das wirst du gleich merken, Sergeant – *Er beginnt ungeheuer zu lachen* – weiß der Teufel, das merkst du gleich, und daran wirst du länger zu schlucken haben als ein Walfisch im Stillen Ozean – *Er lacht Tränen* – denke gut nach, Sergeant – kapierst du was, he? Fix denken, scharf denken, Sergeant Quirt! Achtung! – *Er läuft zum Tisch* – Leutnant Moore, Sie erzählen dem alten Herrn, daß der Sergeant ganz krank ist vor Liebe zu seiner Tochter und keinen glühenderen Herzenswunsch hegt, als das junge Mädchen vom Fleck weg zu heiraten. Verstanden? Fragen Sie den Alten, welcher Konfession er angehört, oder ob er seine Tochter lieber gleich vom Zahlmeister trauen lassen will. Sergeant Quirt, Sie sind im richtigen Moment in die Bresche gesprungen: Ich nenne das aufopfernde und selbstlose Pflichterfüllung vor dem Feinde. Ich stehe nicht an, Sie für die Tapferkeitsmedaille vorzuschlagen.

QUIRT Alles recht interessant, Käpt'n Flagg. Aber Sie werden danebenhauen mit Ihrem Volltreffer, haarscharf daneben. Kann mich nicht besinnen, Käpt'n, daß es in den Dienstverträgen der U.S.-Marine einen Passus gibt, auf Grund dessen der Hauptmann seinen Korporälen die Braut ins Bett zu legen hat. Kann mich nicht besinnen, etwas Derartiges unterschrieben zu haben, und im übrigen, das könntest du allmählich mal kapiert haben, suche ich mir meine Frauen selber aus, compris?

FLAGG Tadellos, Quirt. Tip top geredet, Quirt. Nur fürchte ich ernstlich, daß diese Sätze beim Kriegsgericht nicht zünden werden. Ich kann mir da keinen Applaus versprechen, Quirt. Stellen Sie sich vor, Quirt, Anklage wegen Notzucht und Verführung gegen einen lausigen aktiven Sergeanten, vor zehn stieläugigen Etappenmajoren, die rübergekommen sind, um die Ehre der Nation hochzuhalten, und die unter gar keinen Umständen dulden können, daß ein anderer als sie selbst die französischen Mädchen entehrt – also, denken Sie gut nach, Sergeant Quirt, denken Sie fix und scharf – ich meinerseits kann Ihnen da leider nur eine sehr geringe Chance geben, und sehe verdammt schwarz, was Ihre Beförderungs- und Gehaltsangelegenheiten betrifft. Da hört man manchmal von Sergeanten erzählen, die degradiert wurden und zehn Jahre lang umsonst auf die Offiziersstreifen und das verdammt schäbige Leutnantsgehalt gespitzt hatten, wo war das nur, ich glaube, in China soll mal so was vorgekommen sein, aber an Ihrer Stelle würde ich einfach fix und scharf nachdenken, Sergeant Quirt, und mich auf eine solenne kleine Hochzeit vorbereiten.

QUIRT Verdammt nochmal, wenn du mir so kommst, Flagg, das Mädel wird nie mitmachen, wenn ich nicht will, verstehst du, und wird einfach nicht aussagen gegen mich, wenn ich sie nur aus dem richtigen Augenwinkel anschiele – dazu hab ich die Sache viel zu kitzlig raus mit den Weibern. Du sollst mal sehen, wie die nach mir jappst, Käpt'n Flagg! Letzte Nacht erst hat sie mir ins Ohr gewispert, daß sie noch nie, noch niemals, Käpt'n Flagg, einen Soldaten geliebt hat, der so gut faire l'amour lieben kann wie ich und der sie so gut –

FLAGG *unterbricht ihn, nicht laut, aber gefährlich* Schnauze!! Hol sie her.

QUIRT All right, gemacht, Käpt'n.

FLAGG Sergeant Quirt. In fünf Minuten sind Sie hier angetreten mit Ihrer Braut, fix und fertig zur Hochzeit. In acht Minuten werden Sie einen Revers unterschrieben haben, der dem Mädel und ihrem Vater zeitlebens an jedem Ersten zwei Drittel Ihrer Löhnung garantiert. Keinen Widerspruch, wenn ich bitten darf, Sie kennen mich, Quirt.

QUIRT Well, Käpt'n, ich kenne Sie bis aufs Hemd, und Charmaine kennt uns beide. Ich hol sie her. Wir werden ja sehen, ob sie auch nur eine Silbe gegen meine absolute selbstverständliche Honorigkeit auszusagen hat. Was geht mich der alte Knackstiefel an? Hab ich ihn verführt oder hab ich sie verführt? Der Kerl geht aufs Geld, aber aus mir soll er keinen roten Heller herausquetschen.

FLAGG Leutnant Aldrich! Sie gehen mit, als Hochzeitsbitter, und sagen der jungen Dame, daß ich ihr den smartesten Jungen der ganzen Armee als Bräutigam ausgesucht habe. Kiper, lauf zum Kaplan, er soll sich eilen, verstanden? Aldrich, sagen Sie ihr, sie sei eine auserwählte Frau unter Tausenden, denn dieser Quirt sei schon tausend Frauen durchgegangen, aber ihr kommt er nicht aus, dafür steht Käpt'n Flagg. Quirt, wir erwarten Sie hier – Sie werden alles vorbereitet finden, Sie werden eine würdige Hochzeit haben, aber bitte, galopp, galopp, meine Herrn!!

ALDRICH und QUIRT *salutieren und gehen rasch.*

FLAGG Moore! Erzählen Sie dem alten Nußknacker, was los ist, sagen Sie ihm, ich höre schon die Hochzeitsglocken läuten, und es klingt nach Geld für ihn, sagen Sie ihm das.

MOORE und PETE *tuscheln in der Ecke.*

FLAGG *setzt sich, nimmt seinen Stock in den Arm* So, mein Junge. Jetzt können wir wenigstens ruhig schlafen, was? *Es klopft an der Tür.*

FLAGG Reinkommen!

KURIER *tritt auf, staubig, verschwitzt* Kompagnieführer?

FLAGG Well. Abschieben?

KURIER Aufbruch in einer Stunde, Sir. Vorderste Linie.

FLAGG *sachlich* In einer Stunde.

KURIER Bitte um die Unterschrift. *Reicht ihm Papier und Tintenstift.*

FLAGG All right. *Unterschreibt* Hast du gehört, Moore? *Kurier ab.*

MOORE *etwas erregt, aber kaum fühlbar* Jawohl, Sir.

FLAGG *kalt, ernst, ohne jede Erregung, geschäftsmäßig* Du weißt, was das heißt. In einer Stunde.

MOORE Jawohl, Sir.

FLAGG Gib die Meldung an alle Zugführer weiter. In dreißig Minuten marschbereit, mit schwerem Gepäck, fünf Minuten vorher Appell für die Ersatzleute mit Gasmasken, Spaten, Gewehr. Ich komme selbst zur Kontrolle. Los. Die Lastautos halten am Straßenkreuz. Dort fassen sie Munition und Handgranaten.

MOORE *will gehen.*

FLAGG Moment noch. Alle überflüssigen Vorräte kommen ins Depot. Und mach die Sanitäter scharf, daß wir genug Verbandstoff mitkriegen, Watte, Jod, Nähzeug und ein paar Spritzen für die Schweren. Es werden doppelte Fleischportionen ausgegeben, aber kein Tropfen Alkohol, den brauchen wir vorne. Klar?

MOORE Befehl, Sir.

FLAGG Und gib mal acht: Quirt soll nicht wissen, daß wir abschieben. Verstanden? Sieh zu, daß er nichts merkt. Wir wollen ihn regulär verheiraten, und dann den hold erglühenden Bräutigam auf Patrouille schicken, famose Hochzeitsnacht, was? Die beste Braut des Soldaten ist das Gewehr. Marsch marsch!

MOORE *ab.*

FLAGG *geht grinsend auf und ab.*

ZAHLMEISTER FERGUSON Ich würde Ihnen raten, Käpt'n, den Bürgermeister des Orts holen zu lassen, damit die Sache auch zivilrechtlich in Ordnung geht. Für den Fall, daß Quirt fällt, könnte sonst die Witwenpension angefochten werden.

FLAGG Ausgezeichnet, Fergy. Hut ab vor Ihrer Intelligenz. Das Mädel soll wenigstens eine Rente haben, wenn sie schon einen kalten Bräutigam ins Bett kriegt. Lauf hin, Lippy, hol ihn bei. Weiß jemand, wo er steckt?

FERGUSON Ich sah ihn vorhin bei den Ställen auf einem Misthaufen.

FLAGG Merk dir's, Lippy, Bürgermeister, Ställe, Misthaufen. Bring ihn her, staub ihn ab, führ ihn rein, aber galopp!!

LIPINSKY Well, Sir! *Läuft hinaus, bleibt an der Tür stehen, ruft* Achtung!! *Eintreten: ein General, ein Oberst, ein Kapitän, zwei Leutnants, Ordonnanzen.*

FLAGG *salopp salutierend* Hallo, General.

GENERAL Hallo, Flagg, was ist, habt ihr die Order nicht erhalten, wieso rührt sich nichts, wieso ist hier niemand angetreten, ich komme hier zur Besichtigung und finde keinen Schwanz auf der Straße, Flagg, was soll das heißen, das verstehe ich nicht.

FLAGG *sehr ruhig* Eben erst den Befehl erhalten, General. Wir werden auf die Minute abmarschieren. Ich habe in meinem Leben noch keinen Zug versäumt.

GENERAL *wird jetzt ziemlich gemütlich, nachdem er seinen gewerbsmäßigen Anschiß losgeworden ist. Er ist ein sehr eleganter Herr mit weißem Bärtchen und dem Äußern eines alten Golfspielers* Also hören Sie mal zu, Flagg. Ich weiß ja nicht, wie Sie es schaffen wollen, aber Sie haben's ja immer geschafft, Sie alter Draufgänger. Ihre Methode hat, militärisch gesehen, ihre Nachteile, ihr seid keine Paradetruppe, und man muß sich vor den Alliierten schämen, wenn man euch so wie die Wildschweine herumlaufen sieht. Aber sportlich, Flagg, sportlich ist Ihnen nichts nachzusagen. Was den Sport anlangt, da sind Sie erstklassig.

FLAGG Danke, General. Wir machen einen mordsmäßig guten Sport, in den Granatlöchern vorne.

GENERAL All right. – Sportlich gesehen seid ihr tadellos. Ich würde keinem Ihrer Leute mein Pferd zu halten geben, wenn ich auch nur ein Päckchen Kaugummi oder ein Stück Rasierseife in der Satteltasche stecken habe. Aber wenn es sich drum dreht, so ein paar vorgeschobene Horchposten wegzunehmen oder eine MG-Stellung oder eine Scharfschützen-Abteilung auszuräuchern, dazu sind Ihre Verbrecher wie geschaffen, Käpt'n Flagg.

FLAGG Persönlichkeiten, General. Persönlichkeiten.

GENERAL All right. Deshalb haben wir uns diesmal einen kleinen wirklich reizvollen Sonderauftrag für Sie ausgedacht. Geben Sie mal acht. Karte, Oberst.

OBERST Karte, Kapitän.

KAPITÄN Karte, Leutnant.

DER JÜNGERE LEUTNANT *springt vor* Karte, General. *Gibt sie ihm.*

GENERAL Thanks, pretty boy. Es ist ein erhebendes Gefühl, daß wenigstens einer von euch Feldsoldaten eine Karte bei sich hat.

DIE HERREN *verneigen sich, leicht, aber nicht zu sehr gemaßregelt.*

GENERAL Schauen Sie her, Flagg. Grade in unserm Frontabschnitt, da oben, sehn Sie, macht die Front einen Bogen. Einen Buckel, sozusagen. Kennen Sie die Ecke, Flagg?

FLAGG Ich könnte Ihnen jeden Pferdekadaver einzeichnen, der dort im Schlamm verfault, und jeden Fetzen Menschenfleisch in den Drahtverhauen.

GENERAL Ausgezeichnet. Dieser Buckel muß raus, verstehn Sie? Es geht nicht, taktisch gesprochen, daß die Kerle uns da auf der Nase hocken, mitten in der zerschossenen Stadt. Wir müssen die Linie gradmachen, einfach so hier rüber. Zu dieser Aktion ist Ihre Truppe ausersehen, Flagg.

FLAGG Ehrt mich, General. Wieviel tote Leichen darf ich dafür riskieren, überschlagsweise?

GENERAL Halten Sie die Verluste niedrig, Flagg. Das Menschenmaterial ist unser kostbarstes Material, das wollen wir nie vergessen. Ich gebe Ihnen Artillerievorbereitung, so viel Sie brauchen. Aber noch besser, Sie machen die Sache sportlich, Flagg. Taktik der Überraschung, Kapitän, und möglichst die Dunkelheit ausnutzen. Nehmt ihnen die Sappen und Horchposten aus wie die Vogelnester aus dem Schlehdorn, Kapitän. Wissen Sie, ihr müßt versuchen, ihnen unbemerkt in den Rücken zu kommen, das ist nur eine Anregung, verstehen Sie?

FLAGG Well, General, ich bin äußerst angeregt.

OBERST Verzeihung, Sir, da sind noch die Plakate.

GENERAL Ja richtig. Zeigen Sie mal her. *Man reicht ihm einen Pack Plakate* Da sind die Plakate, Flagg.

FLAGG Plakate? Wozu?

GENERAL Kommen direkt vom Großen Hauptquartier, sollen an alle Regimenter verteilt werden. Ihr müßt sehen, sie hinter der deutschen Front an gut sichtbaren Stellen aufzuhängen.

FLAGG Glänzend. Was melden wir an? Hornviehversteigerung? Oder handelt es sich um Heiratsannoncen?

GENERAL *leicht verweisend* Es handelt sich um geistige Aufklärung, Flagg. Der einzelne deutsche Soldat soll wissen, wofür wir kämpfen. Es soll sich in der deutschen Armee herumsprechen, daß es sich hier um Ideale dreht, verstehn Sie, wir müssen sie moralisch zersetzen, Flagg. Sehen Sie zu, möglichst viele von den Dingern hinüberzuschmuggeln. Es ist eine interessante Aufgabe, sportlich gesehen.

FLAGG Am besten werden wir sie gleich in den feindlichen Latrinen anhängen. Es soll Papiermangel sein, drüben.

GENERAL *lachend* Ausgezeichnet, Flagg! Sie werden die Kiste schon schmeißen. Und jetzt die Hauptsache. Haben Sie von diesem Hauptmann Spitz gehört?

FLAGG Das ist dieser notorische Patrouillenfritze, der uns jede Nacht ein paar Leute wegschnappt?

GENERAL Richtig. Er gehört, soviel ich weiß, einem sächsischen Truppenteil an und ist auf dem ganzen Frontabschnitt bekannt wie ein bunter Hund. Er kam schon zweimal im deutschen Tagesbefehl vor, ich glaube, er hat schon beim Vormarsch 1914 mit ein paar Pionieren ein Fort erobert. Momentan liegt er mit seiner Kompagnie wieder in dem Teil der Stadt, den Sie wegnehmen sollen. Wir bekamen heute morgen die Meldung. Wenn Sie den Kerl unschädlich machen, dann haben wir die ganze Stellung, soviel ist sicher.

FLAGG Kaltmachen, General?

GENERAL Nein, Flagg, hören Sie zu. Ich habe ein persönliches Ineresse daran, daß dieser Mann lebendig und ohne eine Schramme als Gefangener eingeliefert wird. Es handelt sich um eine Wette mit dem französischen und dem englischen Gruppenkommandeur. Sie wissen, daß wir beim Polowettspiel auf dem Champs de Mars hereingefallen sind, Flagg. Sie sind doch auch Polospieler, was?

FLAGG War, General, war! Man verlernt so viel mit der Zeit.

GENERAL Es wird sich wieder machen, Flagg. Man kommt rasch wieder in die Übung. Ein Kerl wie Sie würde jeder Mannschaft Chancen geben. Verdammt nochmal, Flagg, wenn Sie kein so unverbesserliches Frontschwein wären, würde ich Sie in den Generalstab bringen.

FLAGG Frontschwein hin, Frontschwein her, General, aber das kann ich Ihnen sagen, ich möchte eher in meinem eigenen Dreck ersticken, eh ich in den Generalstab ginge, jedenfalls nicht lebendig, höchstens ausgestopft oder in Spiritus, als Musterbeispiel eines Frontidioten.

GENERAL Werden Sie nicht bitter, Flagg, es kämpft jeder an seinem Platz. Hören Sie zu: Wenn ihr mir diesen deutschen Buffalo Bill, für den der Weltkrieg eine unwiderstehliche Privatleidenschaft zu sein scheint, lebendig und ohne Schramme einliefert – am selben Tag, Flagg – werdet ihr abgelöst, kommt vier Wochen in Ruhe, und Sie persönlich kriegen acht Tage Sonderurlaub, wohin Sie wollen, Flagg.

FLAGG Well, General. Wir werden diesem Hai eine gedruckte Einladung schicken, und wenn er uns nicht vorher versehentlich eine Handgranate an den Kopf schmeißt, soll er von uns durchaus ladylike mit echten Wildlederhandschuhen angefaßt werden. Ich will versuchen, ihn auf einer betonierten und mit Seide ausgeschlagenen bombensicheren Sänfte durch die Feuerzone zu transportieren. Meinen Sie das ernst, Sir, mit der Ruhe und dem Urlaub?

GENERAL Ehrenwort, Flagg.

FLAGG Großes Ehrenwort?

GENERAL Noch größeres. Sobald Sie den Mann lebendig abliefern, Ruhe und Urlaub. Im übrigen stelle ich fest, *Sieht auf die Armbanduhr* daß Sie nur noch zwanzig Minuten Zeit haben.

FLAGG Reicht vollständig. Meine Leute sind genau instruiert. Ich selbst habe inzwischen nur noch eine kleine Privatangelegenheit zu erledigen – *Man sieht nämlich gerade vor der offenen Tür eine Gruppe von Menschen erscheinen, die sonderbar zusammengwürfelt und unharmonisch wirkt: Der Kaplan, der Bürgermeister, Kiper, Lipinsky, in aller Mitte Charmaine und Quirt; der Bürgermeister trägt über völlig verdreckter Bauernkleidung eine Art Nationalschärpe und einen Zylinderhut. Er tritt nun mit verbindlichem Lächeln und gespreizter Amtshaltung hinter Quirt und Charmaine, legt ihnen rechts und links die Hände auf die Schultern und schiebt ihre Köpfe zusammen. Quirt bemerkt den General und macht einen unglücklichen Versuch zu salutieren, während er den freien Arm wie hilfesuchend um Charmaine legt. Charmaine selbst scheint überrumpelt und ahnungslos.*

GENERAL Nanu. Eine Hochzeitsgesellschaft?

FLAGG Yes, General. Ich möchte Sie und das Vaterland hier nicht durch Privatangelegenheiten Ihrer kostbaren Zeit berauben. Aber es wird Sie interessieren, weil es sich um einen der verdienstvollsten Soldaten des Marinekorps handelt: Sergeant Quirt.

GENERAL Quirt? Ja freilich, Quirt! Ich weiß Bescheid über ihn. Toller Bursche, nur ein bißchen leichtsinnig, was?

FLAGG Gewesen, General. Gewesen. Er beabsichtigt nun, die

hiesige Gastwirtstochter zu ehelichen, um sich ein für alle Mal den Folgen seiner leichtsinnigen Veranlagung und den Drohungen des honorablen Brautvaters zu entziehen.

GENERAL Drohungen? Gegen einen Soldaten der US-Marine?

FLAGG Ich persönlich bin gegen Quirts Heirat. Aber er besteht darauf, er läßt nicht ab davon, er hat ernstlich ehrliche Absichten – und er ist ein so ausgezeichneter Soldat, daß es mir wirklich leid täte, wenn der alte Affe da hinten mit seiner Klage an die Öffentlichkeit und vors Große Hauptquartier gehen müßte – *Ganz leise zu Quirt, nur aus den Zähnen* Fix denken, fix denken, Quirt.

GENERAL Sergeant Quirt, was sind das für Sachen?

QUIRT Seriöse Werbung, Sir, Liebe auf beiden Seiten.

GENERAL Scheint mir recht verdächtig, Quirt. Bringen Sie die Sache auf alle Fälle sofort in Ordnung. Wir sind hier nach Frankreich gekommen, um die Ehre der amerikanischen Nation vor aller Welt und in jeder Beziehung zu dokumentieren.

FLAGG Bravo.

GENERAL Eine Klage vorm Großen Hauptquartier könnte nur mit der rücksichtslosesten Strenge geahndet werden. Wir haben Krieg, Sergeant Quirt, und das Schicksal des einzelnen muß hinter dem der Gesamtheit zurückstehen.

PETE *nach vorn kommend* Oh, mon Général! Les Américains sont si forts – on m'a déshonoré, ma petite fleur délicate, la plus belle fleur de ma vie – je suis un vieillard, mon Général –!

GENERAL Well. *Zu Flagg* Ist die Sache mit Geld zu machen?

FLAGG Geld und Heirat, General.

GENERAL Also vorwärts. Ihr habt nur noch zehn Minuten.

FERGUSON *kommt nach vorne, hält Papiere in der Hand* Die Regelung der Gehaltsleistung muß von der Militär- und von der Zivilbehörde bestätigt werden. Da der Herr General grade anwesend ist, denke ich, wir können den Instanzenweg überspringen.

GENERAL Ausgezeichnet. Zeigen Sie her.

QUIRT Zum Teufel, es handelt sich um eine Liebesheirat, wir brauchen keine Geldgeschichten hier.

GENERAL Also zwei Drittel vom gesamten Lohn des Sergeanten Quirt – *Er unterschreibt* Es ist zu Ihrem Besten, Sergeant Quirt. Wie wollen Sie sich sonst aus der Affäre ziehen?

QUIRT Ich weiß nichts von einer Affäre. Es handelt sich um Liebe auf den ersten Blick.

GENERAL Ich will kein Wort mehr hören, Sergeant. Unterschreib oder du kommst vors Kriegsgericht.

FLAGG Es ist zu Ihrem Besten, Sergeant Quirt.

QUIRT Danke verbindlichst, Kapitän. *Unterschreibt.*

FLAGG So, Sergeant Quirt, das hat grade noch geklappt. Still und leise auf Seemannsweise, n'est-ce pas? Zeigen Sie her. *Nimmt das Papier* Tadellose Handschrift haben Sie.

GENERAL Noch acht Minuten, Flagg.

FLAGG Sieben dreiviertel, General. Also los, galopp, Kinder, geht aufs Ganze! Hier steht der greise Vater, bereit, das Kleinod seines Lebens wegzugeben.

PETE Merci, mon Capitaine, merci bien!

FERGUSON Erst noch die Unterschrift des Bürgermeisters, damit nichts angefochten werden kann.

QUIRT *zwischen den Zähnen* Krepier du Laus.

GENERAL *der einen Augenblick zu seinem Stab getreten war* Meine Herren, es tut mir leid, daß ich der Zeremonie nicht bis zu Ende beiwohnen kann, und daß ich nicht bleiben kann, um die charmante Braut zu küssen. Die Pflicht ruft, und auch ich bin nur ein Werkzeug im Dienste des Staates. Leben Sie wohl, Sergeant. Die harte Notwendigkeit reißt Sie aus den Armen der ehelichen Liebe, aber wenn Sie der Armee im Graben Ehre gemacht haben, wird Ihnen die ganze Sache bedeutend weniger aufregend erscheinen und Sie werden sich weniger ärgern. Adieu, Flagg, also Sie wissen Bescheid, vier Wochen Ruhe und Urlaub, sobald der Gefangene im Stabsquartier eintrudelt. Farewell, boys! Flagg, noch fünf Minuten! *Er geht mit seinem Stab. Wenn er die Tür öffnet, hört man von draußen undeutlich das Rollen von Lastautos, den Taktschritt marschierender Kolonnen, Singen und ferne Militärmusik. Diese Geräusche begleiten an- und abschwellend den ganzen Akt bis zu Ende.*

ALLE Farewell, General! *Salutierend. – Inzwischen hat der Kaplan eine Art Feldaltar aufgebaut, und der Bürgermeister, der sich mehrere Male vorher schon bis zum General vorzudrängen versuchte, mit Ferguson über den Papieren verhandelt. Er scheint unterrichtet und steht in Positur.*

QUIRT Verdammte Schweinerei, Flagg, wir schieben ab?

FLAGG Richtig. Stimmt ganz genau. In fünf Minuten. Mit dem Sturmbefehl in der Tasche.

QUIRT Und ich soll vorher heiraten?

FLAGG Tut mir leid, Quirt. Befehl des Generalkommandos.

QUIRT Verfluchte Blindschleiche, dieser Scheißkerl von einem General ist dir grade zur rechten Zeit in die Bude gerannt. Nie hätte ich unterschrieben, ohne diese lackierte Hampelmannsvisage im Genick!

FLAGG Es ist nicht die Sprache des glücklichen Bräutigams, die Sie da führen, Sergeant Quirt. Du Stinktier, dich werden die Granaten in tausend kleine Fetzen hauen, eh du zu deiner süßen Braut ins Bettchen kriechst!! Los mit der Zeremonie, Sakrament, in drei Minuten stehen wir alle beim Waffenappell. Mein Rucksack gepackt, Kiper?

KIPER Well, Kapitän. *Er quakst.*

FLAGG Also los. *Er schubst den Kaplan und den Bürgermeister nach vorne. Der Kaplan brabbelt unverständlich vor sich hin.*

BÜRGERMEISTER *setzt sich in Positur, das Schriftstück in der Hand* Mon enfant. Tu vas te marier, et quant a moi, je souhaite –

FLAGG Amen. *Schiebt den Bürgermeister beiseite.* Unterschreib. *Zum Kaplan* Jetzt du.

KAPLAN Mademoiselle Charmaine, bist du bereit, die eheliche Frau dieses Mannes zu werden und ihm in Liebe, Treue und Gehor-

CHARMAINE *bis jetzt von den Ereignissen einfach überrannt, auch erst allmählich die Zusammenhänge begreifend, jetzt vollständig orientiert, aber während der vorigen Sätze Flaggs und Quirts erst noch nach Worten suchend, platzt nun richtiggehend heraus, wie ein Kind, das eigentlich mit Gewalt ernst bleiben möchte, aber nicht an sich halten kann, sie lacht dem Kaplan, der mit offenem Mund dasteht, ins Gesicht, fährt dann auf den völlig verdatterten Bürgermeister los, immer noch lachend, reißt ihm das Schriftstück aus der Hand* Qu'cest-ce que c'est? Est-ce que vous êtes fous? *Sie steht vor Flagg, plötzlich ganz ernst* Was ist das? Was will das für mich??!

FLAGG *etwas betreten, aber knapp und ruhig* Steck das mal in deine Bluse, Charmaine, oder in deinen Strumpf und halte die Weltgeschichte nicht auf. Das bedeutet Geld für dich an jedem Ersten und einen prima mari.

CHARMAINE *reißt das Papier mitten durch und schmeißt es ihm ins Gesicht* Ah voilà que j'm'en fiche!! Du willst hier Heirat machen mit mir, du fragst Papa Pete, du fragst le général, du fragst le maire, aber du fragst nicht mich! Ich will nicht, jetzt weißt du, ich will nicht, compris?

FLAGG *sehr hastig* Charmaine, du scheinst dich in einem verhängnisvollen Irrtum zu befinden, nicht ich habe das Geschäft gemacht, sondern dein père, Papa, und außerdem sollst du nicht mich heiraten, sondern hier deinen süßen Sergeanten Quirt.

CHARMAINE *auf Quirt deutend* Ihm? C'est mon mari? *Auflachend, zu Flagg* Du bist verrückt!

FLAGG Also liebst du ihn nicht, zum blutig Donnerwetter?!

CHARMAINE Das geht dich nix an!

FLAGG Verdammt und zugenäht, ob mich das angeht, Sakrament!! Du hast mit ihm geliebt, als ich fort war!!

CHARMAINE Das geht dich nix an, das geht dich gar nix an!! Ich hab ihn lieb, wenn ich will, ich hab dich lieb, wenn ich will, ich hab alle lieb, wenn ich will! Comprends-tu, j'aime tous les soldats, parce qu'ils sont forts et braves et admirables et parce qu'ils vont mourir, voilà – *Sie läuft zum seitlichen Fenster, reißt es auf, der Lärm der abmarschierenden Truppe dringt laut und deutlich herein* c'est la guerre!! *Sie lehnt sich zum Fenster hinaus, mit dem Rücken zu den andern, als wären sie nicht da, winkt mit dem Tuch hinaus, rufend* Au revoir, camarades!! Farewell, Johnnie! Farewell, Charley! Adieu, little boy!

FLAGG Donnerwetter, Quirt. Die Braut hast du gesehn, Junge.

QUIRT *ohne allzu großen Triumph zu zeigen* Kreuz Teufel, Flagg – ich hab sie nicht gewollt. Ich heirate selten, das liegt so in meiner Natur.

FLAGG Die wär auch viel zu schade für dich Mistvieh gewesen, falls du leben bleibst.

QUIRT Das glaub ich fast selbst, Flagg. Für uns zwei Lausköppe ist das Mädel zu schad. *Draußen lang anhaltender Trommelwirbel, Trompetenstoß.*

FLAGG Vorwärts! Höchste Zeit! An die Gewehre! Raus mit euch, aber galopp! Quirt, sieh nach, ob alle Züge stehen! Kiper, mein Koppel!

KIPER *bringt es ihm rasch.*

QUIRT *mit den andern Soldaten außer Ferguson hastig ab, Gewehre, Koppel und Rucksäcke aufgreifend, mitschleppend.*

FLAGG *schnallt sich mit der Bewegung des gewohnheitsmäßigen raschen »Fertigmachens« sein Koppel um.*

BÜRGERMEISTER Et le mariage? Et le contrat?!!

FLAGG Kiper, nimm ihn weg.

KIPER *befördert den Bürgermeister mit einem Schwung zur Tür hinaus. Es geht alles ungeheuer rasch.*

PETE *auf den Tisch hauend* Vous vous moquez de moi!! Prenez garde!! Je viendrai!

FLAGG Schluß jetzt! Maul gehalten! Mach dich hier raus! Wir haben Weltkrieg, verstehst du? Es ist vollständig egal, ob hier geheiratet wird oder nicht! Raus!!

PETE *eilig ab, im Vorbeigehen faucht er Charmaine an, die jetzt wieder nah bei Flagg steht* Sale vache!! *Ab.*

FLAGG Kiper, lauf hinaus, sie sollen schon mit der Munitionsverteilung anfangen!

KIPER *ab.*

FLAGG *seinen Stahlhelm aufsetzend, das Sturmband unter dem Kinn zuziehend* Fergy, gib mir gut acht auf alles, und daß unser Depot nicht von den Etappenschweinen ausgeklaut wird, bis wir zurückkommen. Adieu, Charmaine, laß dir's gut gehen. *Streckt ihr die Hand hin.*

CHARMAINE Adieu, Capitaine! Au revoir, mon Capitaine! *Sie küßt ihn.*

FLAGG *nimmt sie in die Arme, sehr knapp* Du bist ein gutes Mädchen, Charmaine, und du bist ein wundervolles kleines Tier, Charmaine, aber Quirt hat recht, für uns Lausköppe bist du zu schad, und zehn zu eins hast du die Chance, keinen von uns wiederzusehen, also vergiß uns rasch und such dir einen dritten. Das Leben ist herrlich, und du bist schon besonders begabt dazu.

CHARMAINE Ich werde dich nicht vergessen, Kapitän Flagg. Ich will immer an dich denken, Kapitän Flagg!

FLAGG So. Willst du das. Es ist jedenfalls ein netter Gedanke für mich, und ich werde ihn mir ausmalen, sooft ich Zeit habe. Adieu. *Er küßt sie.*

QUIRT *in der Tür, feldmarschallmäßig, mit Stahlhelm und Gewehr* Marschbereit, Käpt'n Flagg!

FLAGG All right. Komm her, sag dem Mädel Adieu. Ich kann euch leider nicht mehr allein lassen zum Abschied, wir haben Eile.

QUIRT Farewell, Charmaine, und denke zwei Minuten an mich, wenn du abends dein Licht ausmachst.

CHARMAINE *steht nun zwischen Quirt und Flagg, jeder schüttelt eine Hand von ihr* Bleib gesund, Sergeant Quirt, und komm wieder. *Draußen scharfer Signalpfiff, Flagg und Quirt lassen Charmaine los* Bleibt gesund, kommt wieder, tous les deux!

FLAGG Verdammt nochmal, Mädel, wenn einer von uns wiederkommt –

QUIRT – dann heirate ich dich doch noch, Charmaine!

FLAGG *im Abgehen* – und ich nehm dich mit nach Paris. Vorwärts!

QUIRT *folgt ihm, beide rasch ab, ohne sich umzudrehen.*

CHARMAINE *sieht ihnen nach. Dann macht sie die Tür zu. Die Geräusche des Abmarschs werden schwächer.*

FERGUSON *an seinem Schreibtisch* All right, Mädel, jeder ist seines Glückes Schmied. Du hättest ein sicheres Einkommen gehabt und im Todesfall eine lebenslängliche Witwenpension.

CHARMAINE *am Fenster* Ob er wiederkommt?
FERGUSON Welcher von beiden?
CHARMAINE *macht das Fenster zu* Da gehn sie fort, um zu sterben. Aber sie sind noch nicht alt genug zum Sterben.
FERGUSON Es ist ihr Beruf, mein Kind. Einige kommen durch, viele gehen drauf wie in jedem andern Beruf auch. Reg dich nicht auf, Baby. Es gibt immer neue genug. *Schreibt gebückt.*
CHARMAINE *geht leise hinaus.*
FERGUSON *sieht auf, ruft sehr laut* Alors, bon soir! *Dann bückt er sich wieder auf seine Arbeit, schreibt und singt vor sich hin.*

»The French they are a funny race, parlez-vous,
The French they are a funny race, parlez-vous –«

Zweiter Akt

Zerschossene Stadt in der vordersten Linie. Stellungskrieg 1917. Unter Häusertrümmern, Laufgräben, Stacheldraht, tief unter der Erdoberfläche, der Weinkeller einer zerstörten französischen Villa, als bombensicherer Unterstand ausgebaut und eingerichtet. Der Keller hat fast die längliche Form eines Abzugskanals und eine gewölbte Decke. Im Hintergrund oder seitlich ist eine Mauer durchgebrochen, dort führt hinter einer niedrigen provisorischen Holztür die typische Stollentreppe aus Minenrahmen nach oben in den Graben. Der Keller wird an verschiedenen Stellen durch Kerzen, die in Cornedbeefbüchsen oder leere Flaschen gesteckt sind, und durch Karbidlampen, die ein merkwürdig kreidiges unangenehmes Licht geben, erhellt. Der Hintergrund ist kaum zu erkennen. Es herrscht furchtbare Unordnung. Einige Strohsäcke mit schmutzigweißen Drilchbezügen liegen auf Drahtbettstellen oder auf dem nackten Boden herum. Kisten, Säcke, Munitionsvorräte, dazwischen einige völlig unpassende Gegenstände aus zerschossenen Häusern, so kann zum Beispiel eine zierliche französische Pendule mit dickem rostigen Draht als Wanduhr aufgehängt sein oder ein halb zersägter Damentoilettetisch an der Wand, die Emaillewaschschüsseln der Soldaten tragen, oder ein schwerer flämischer Gobelin mit dem Seitengewehr mitten durchgeschnitten, als Schlafdecke dienen. Auf Flaggs Bettstelle liegen alle möglichen Sachen durcheinander: Verbandszeug, Schokolade, Spielkarten, Bücher, Papier, Stöcke, Revolver, Munition, Schnapsflaschen, Trinkbecher, Rasierzeug. Es ist Nacht. Während des ganzen Aktes, bis zum Angriff der Deutschen, liegt die Stellung unter dauerndem Granatfeuer. Man hört aber nichts dort unten, nur die Erschütterung naher Einschläge oder direkter Volltreffer auf die Deckung, macht sich von Zeit zu Zeit durch einen dumpfen Schlag, verbunden mit Flackern der Lichter und Herabbröckeln von Kalk und Mörtel, bemerkbar.

Zwei Männer schlafen. Sie haben sich einfach hingehauen, wo sie standen, übermüdet, entnervt, Mund offen, Helm unters Genick geschoben, Gasmaske bei der Hand, leise schnarchend. Sie sind unwahrscheinlich verdreckt, die Stiefel sind tagelang nicht von ihren Füßen gekommen, die Beine bis hoch übers Knie mit Lehm verkrustet. Die Gesichter schmutzig und unrasiert. Einer von ihnen ist Kiper – aber man erkennt ihn kaum wieder, erst wenn er spricht, erinnert man sich an ihn. Der andre heißt Spike. – Cowdy kommt herein, in Mantel und Gewehr, abgelöster Wachtposten.

COWDY *Helm abnehmend, Schweiß wischend* Steht auf, boys. Alles in Ordnung, die Fourage ist da, sie warten im Stall droben. Aufstehn!

SPIKE *verschlafen brummend* Wie spät ist es denn? Gibt's was zu fressen?

COWDY Hast du nicht gehört, die Fourage ist da. Rappel dich auf, Spike, geh hinaus die Rationen verteilen, die warten schon alle. Es ist kurz nach zwei.

SPIKE Wo ist Flagg?

COWDY Verbindet Aldrich.

SPIKE Hat's ihn erwischt? Schlimm?

COWDY Kann man wohl sagen. Heimatschuß, aber saftig. Rechter Arm futsch.

SPIKE Es ist zum Kotzen. Dabei kann er froh sein, wenn er mit einem Arm hier rauskommt. Weiß der Teufel, einen Arm würd ich auch drangeben, lieber heut wie morgen. Was war's denn? Wieder so 'ne verdammte kleine Pfundmine?

COWDY Nö. Granate. Dicker Brocken, der halbe Bahndamm ist in die Luft gespritzt. Aldrich wollte grade rüberkriechen zu den Scharfschützen, da hat's ihn geschnappt. *Ein Einschlag in der Nähe, man spürt nur die dumpfe Gewalt des Luftdrucks. Alles wackelt, die Lichter flackern.*

COWDY *hat sich unwillkürlich zusammengeduckt* Der ging in die Nähe. Verdammt nochmal, die trommeln uns heute wieder aufm Kopf rum, als ob's nichts kostet, verflucht, als ob's nichts kostet. *Er lacht unsicher.*

SPIKE *gähnend, deutet zur Decke* Der Keller schafft's. Glück, daß er gewölbt ist. – *Hebt sich langsam hoch, bindet sich die Wickelgamaschen.* Schade um Aldrich, war en flotter Kerl. Kommt er heut nacht noch weg?

COWDY Nein, der Käpt'n bringt ihn hier runter. Kann erst nächste Nacht transportiert werden, hat zu viel Blut verloren. *Er setzt sich* Kann einem schon auf die Nerven gehn, allmählich.

KIPER *ist aufgewacht, redet im Liegen* Wer? Aldrich? Geht's ihm schlecht?

COWDY Miserabel. Arm weg. Richtet ein Bett, Kinder, schüttelt das Stroh 'n bißchen auf und legt noch einen Sack in den Rücken, damit er sich anlehnen kann. Ihr könnt Harrys Decke nehmen.

SPIKE *schon in der Tür* Wieso Harrys Decke? Der kommt uns schön aufn Kopp.

COWDY Wird's bleiben lassen. Hat keine Decke nötig, friert nicht mehr.

SPIKE Tot?

COWDY Bauchschuß. Der Käptn fand ihn vor einer Stunde, aber es war schon zu spät. Er rutschte in einem Granatloch auf den Knieen herum und versuchte sich mit den Händen die Därme in den Bauch zu stopfen. Dabei schrie er in einem fort, man solle ihn totschießen. Aber dann ging's rasch.

SPIKE Zum Kotzen. *Ab.*

KIPER Hat Flagg nach mir gefragt?

COWDY Er hat gesagt, man soll dich pennen lassen, du wirst später gebraucht.

KIPER O weh. Dann setzt es noch 'ne kleine Extratour heut nacht. Ich hab das Gefühl, ich werd hier nicht alt werden. Entweder werd ich verrückt oder zum Krüppel geschossen, eins von beiden.

COWDY Flagg ist ganz erledigt, er phantasiert wie toll. Kein Wunder, hat fünf Nächte nicht geschlafen. Wir müßten ihn mal rumkriegen, daß er sich 'n paar Stunden hinlegt und uns für ihn wachen läßt. Aber er kloppt ja noch immer den Grabendienst für die jungen Leutnants mit runter.

KIPER Es ist alles verdreht, Kinder. Die ganze Welt steht Kopp. *Steckt sich die Pfeife an.*

EIN SANITÄTER *kommt herein, mit lederumschnürten Stoffballen und einem Handkoffer. Er ist sehr jung, Typ Medizinstudent Jahrgang 1917, aber ungeheuer schnoddrig und verroht: Er hat schon den Tonfall und die Ausdrucksweise der Knochensäbler und Fleischhakker in den Feldlazaretten angenommen. – Er blinzelt in die Dunkelheit, ohne sich gleich orientieren zu können, bis er Kiper bemerkt.* Flaggs Kompagnie?

KIPER *feindlich* Hm.

SANITÄTER Mach mal Platz da.

KIPER Was willst du hier eigentlich, du Jodoformstinker?

SANITÄTER Kann ich nicht wissen, *Er setzt sich neben Kiper* kann mir auch egal sein. Flagg hat mich herbeordert.

KIPER Für heute nacht?

SANITÄTER Well. Ich denke, er hat vor Sonnenaufgang noch einen netten kleinen Vergnügungsausflug vor. *Er nimmt Watte aus seinem Paket und eine große Jodflasche, beginnt Holzstäbe mit Scharpie zu bewickeln* Einen netten kleinen Ausflug mit Drahtscheren und Konservenbüchsen.

KIPER Die ganze Kompagnie? Was? Mit'm ganzen Ersatz?

SANITÄTER Glaub ich kaum. Für so viele ist nicht vorgesorgt. Nur für die besten, denk ich, die eine Aufheiterung brauchen. Ich sage ja, nette kleine Sache, nach dem Zeug zu schließen, das ich mitbekommen habe.

KIPER Wieviele, denkst du?

SANITÄTER *vollkommen kaltschnäuzig* Mit zwei drei Operationstischen werde ich auskommen. *Er beobachtet schadenfroh die Wirkung seiner Worte auf Kiper* Nur für die besten, wie gesagt. Netter kleiner Sturm auf die Brücke.

KIPER *ganz grün und elend, schluckend* Herrgott – diese gottverdammte Brücke – über dem widerwärtigen Bahndamm –

SANITÄTER Das wird's wohl sein. Da gibt's Zunder in Massen. Gingen grad ein paar dicke Brocken drauf, wie ich vorbeikam.

KIPER *plötzlich sehr freundlich, fast zudringlich* Hör mal zu, Kamerad. Ihr von der Sanität, ihr seid doch verdammt noch anständigere Kerle als wir – Ihr seid doch noch bessere Leute ihr –

SANITÄTER Hat sich was! Hör mir nur schon auf.

KIPER Doch, doch, doch, zum Teufel, ich sage, alle, die ihr hinten bleibt und da vorne nicht mitmacht bei der verfluchten Saustecherei, ihr seid doch bessere Kerle als wir. Was heißt denn das, warum in aller Welt sollen wir denn die Deutschen da rauswerfen, hier? Laß sie doch bleiben, wo sie sind! Die sitzen da sehr gut! Die denken gar nicht dran, weiter vorzugehen.

SANITÄTER Ich kann mich dazu nicht äußern.

KIPER Das kann keiner! Es weiß doch keiner warum! Meinst du vielleicht, der General wüßte was? Dann soll er mal herkommen. Kannst du mich nicht en bißchen krank schreiben, du?

SANITÄTER Du spinnst, glaub ich. Ich kann dich vielleicht melden, das kann ich.

KIPER Hab ich mir gedacht. Und dabei hab ich mir letzte Nacht geschworen, geschworen, mein süßer Junge, daß ich mich nicht noch einmal von so einer deutschen Bajonettspitze ankitzeln lasse.

SANITÄTER Du kannst ihm ja vorher eine Handgranate in die Fresse schmeißen.

KIPER Kann ich, kann ich, mein Junge, ist mir nicht neu, daß ich das kann. Aber ich will nicht mehr, verstehst du? Satt hab ich's! Gestern hab ich eine geschmissen, mitten unter die Kerle rein. Da, guck, mein Arm ist noch lahm davon. Ich kann's auch wieder machen, wenn's sein muß. Aber ich will nicht, es macht mir keinen Spaß mehr, ich hab das alles schon bis hierher, mit den verfluchten kleinen Ausflügen!

SANITÄTER Du hast die Hosen voll, das ist alles.

KIPER Das hat jeder, da kannst du Gift drauf nehmen.

LIPINSKY *kommt herein, bemerkt die Tragbahren und die Vorbereitungen des Sanitäters* U jemineh! Ich wollte, wir könnten den ganzen Ramsch verbrennen. Wozu ist denn das schon wieder?

SANITÄTER *zeigt ihm eine Mullbinde* Die ist für dich. Der Rest für deine Kollegen.

LIPINSKY *forciert lustig* Mich laß mal aus, Herzchen. Der faule

Zauber zieht bei mir nicht mehr. Steht in den Karten, daß ich Mary Island wiedersehe. *Er steckt sich eine Zigarette an, trällert leise* Home, sweet home...

KIPER Woher willst denn du wissen, daß du durchkommst? Hast wohl 'n Passierschein bekommen, hm?

LIPINSKY Von wem denn?

KIPER Vom Herrn Quartiermeister im Himmel hoch.

LIPINSKY Ab dafür. Mit dem will ich lieber nichts zu tun haben. Dem seine Sprüche kann ich mir genau vorstellen. »Auf, und erlöst das himmlische Frankreich von den Barbaren«, möcht er sprechen, »und wenn ihr damit fertig seid, dann schrubbt mal den Himmel sauber, damit die oberste Heeresleitung keine schmutzigen Stiefel kriegt, wenn sie zur Besichtigung kommt.«

KIPER Die brauchen keinen Himmel, die Hunde, die haben Himmel genug. Wozu Himmel, wenn man in Paris hockt? Ich sage dir, wenn ich mal aus dieser Hölle rauskomme, dann geh ich nach Paris und bleib dort hängen.

LIPINSKY Weiß Gott, dort wär schon Himmel genug für uns.

SANITÄTER Fehlgeschossen. Für euch ist der Himmel an der Front. Was ist denn der Himmel? Sammelstelle der Seelen, denk ich. Und wo soll die wohl sein, logisch gedacht, he? Ihr habt ja genug Leute krepieren sehen. Da steigt so einer in der Gegend rum, frisch wie Sahne – und sssst bumm, da liegt er auf dem Bauch. Etwas ist nicht mehr da, meine Herrn. Alles was übriggeblieben ist, sind blutige Fetzen und 'n Haufen Dreck. Well, um mich gebildet auszudrücken: Dieses Etwas nennt man eure Seele – und ihr könnt mich in Stücke hauen – irgendwo muß das Ding doch bleiben!

KIPER Na wenn schon. Mir ist die Seele wurscht. Sie kann nicht fressen, sie kann nicht scheißen, und sie braucht nicht zehn Tage im Trommelfeuer zu liegen, um nachher eine lumpige Löhnung einzustecken. Bitte, wenn ich meine graden Knochen hier rausbringe, verzichte ich unbesehen auf meine Seele – bisher hat sie mir nichts genutzt, ins Feuer damit, wenn sie der Teufel brauchen kann.

LIPINSKY Kiper, mein guter Kiper, bitte sprich nicht so, wenigstens nicht, wenn ich dabei bin. *Er schlägt die Augen theatralisch zum Himmel* Ich war es nicht, lieber Gott, es war nicht dein kleiner Vladysek Lipinsky, der nicht, der sagt sowas nicht! Der weiß viel zu gut, daß du ihm womöglich nicht mehr hilfst, wenn er dich so vermiesen würde.

KIPER Du hast ja doch Familienbeziehungen da droben, du Protektionskind.

LIPINSKY Siehst du, m e i n e Seele ist immer bereit, daran liegt es. Ich stehe einfach zur Verfügung, deshalb holen sie mich nicht. Meine Seele ist immer besichtigungsreif, Schuhe gewichst, Knöpfe geputzt und so weiter. Eine jüdische Seele weiß, daß der Sergeant im Himmel hoch ihr jederzeit einen Fußtritt versetzen kann.

KIPER Well, wenn es einen Gott gibt, dann ist er viel zu schlapp, um mir zu imponieren. Wieso läßt er nicht die einen oder die andern einfach den Krieg gewinnen, damit die Sauerei mal aufhört! Der Junge kann sich nicht entscheiden, das ist ja lächerlich! Ich kenne Männer genug hier unten, die Schluß mit dem Krempel machen könnten, wenn man ihnen die Armee in die Hand gäbe und eine Tonne Whisky dazu. Flagg ist so 'n Bursche, der macht mir ganz einen andern Eindruck als der liebe Gott.

LIPINSKY Aber du liebst doch den Kaplan, Kiper. Du hast neulich gesagt, er wär ein feiner Kerl.

KIPER Weil er mir Zigaretten geschenkt hat, selbstverständlich. Für Rauchzeug trete ich sofort jeder Kirche bei. Warum kommt denn dieser Herrgott nicht mal runter mit seinen Engeln und spendiert uns einen Waggon Zigaretten? Das würde doch nach was aussehen. »Betet und Gott wird euch erhören«, sagt der Herr Feldkaplan. Nein, Kinder, da mach ich nicht mit. Ich bin so kein feiger Hund, der sich da hinkniet und winselt: »Töte deinen gläubigen Sohn nicht, laß jeden andern verrecken, aber bring deinen frommen Kiper heil nach Haus.« Das krieg ich nicht zusammen, Kinder. Von mir aus könnt ihr sämtliche Neuen Testamente mitsamt ihren Lederrücken ins Feuer schmeißen, ein Heft Zigarettenpapier ist mir lieber.

SANITÄTER Well, das sind alles goldene Worte. Aber ich hab jetzt in der nächsten Kompagnie zu tun, da liegen so ein paar Bauchschüsse rum, die schon den ganzen Tag nach mir jaulen. Und wenn ich euch einen guten Rat geben darf, duckt eure Nasen runter heut nacht, sonst ist der Kopp ab mitsamt der Seele. Sagt dem Käpt'n, daß ich um drei Uhr dreißig zurück bin. *Er zündet sich eine Zigarette an, geht. Gleichzeitig kommt Quirt herein, er schleppt einen großen schmutzigen Sack, läßt ihn niederfallen, dann läßt er sich selbst auf den Sack fallen, todmüde.*

QUIRT Käpt'n Flagg hier?

COWDY Muß gleich kommen, mit Aldrich. Scheint heut nacht noch was vorzuhaben.

QUIRT Wir könnten die Hälfte unserer Leichen sparen, wenn die verdammten Spritztouren mal endlich aufhören würden. Eine Nacht müßten die Kerle vom Divisionsstab mitgehen, dann hätten wir Ruhe von diesen Sonderaufträgen. Wie steht's draußen?

COWDY Immer derselbe Dreck. Kriegen mächtig Dunst heute.

QUIRT Hat Flagg sie nun endlich aus dem Bahnhof rausgeworfen?

COWDY Sie haben sich einfach in der Dunkelheit zurückgezogen. Wir konnten keinen einzigen schnappen, obwohl Flagg ganz wild auf den Patrouillenführer war.

QUIRT Kann ich mir denken. Der Mann hat was zu bedeuten für uns.

COWDY Glauben Sie wirklich, daß man bei dem Betrieb einen einzelnen Mann aus den Gräben fischen kann, wie einen Goldkarpfen aus dem Aquarium?

QUIRT Blödsinn. Das sind so Generalspfiffe, mit denen sie uns Pfeffer in die Blutsuppe rühren wollen. Wenn uns der Mann nicht von selber hier in die Lausefalle reinkugelt, dann haben wir keine Chance, auch nur einen Rockzipfel von ihm zu erwischen. *Er streckt sich aus, nimmt seinen Helm ab* Gottverdammich, bin ich müde. Dieser Provianttransport jede Nacht durch den stinkenden Hohlweg ist schon das widerwärtigste Geschäft meiner ganzen Dienstzeit, das muß ich sagen.

COWDY Gut abgegangen heut?

QUIRT Leidlich. Sechs von zehn sind durchgekommen, das ist allerhand. Die beiden Jameson Boys sind von der gleichen Kugel getroffen worden. Dutchy und der kleine Jude sind mit einer Mine hochgegangen. *Lärm auf der Treppe: Kapitän Flagg erscheint mit Aldrich, den er vorsichtig die Stufen herunterträgt. Aldrich stöhnt nicht, er ist totenstill und ganz von Blut durchnäßt. Auch Flagg ist über und über mit Blut besudelt. Er sieht völlig verwildert aus, barhäuptig, ohne Schuhe und ohne Gamaschen über seinen Breeches, die um seine nackten Beine baumeln. Er trägt eine viel zu große zerfetzte alte Feldbluse, die mit einem Bindfaden zusammengehalten ist. Sieht müde und zerstört aus. Sanitäter und Wachsoldat folgen ihm.*

FLAGG So, das hätten wir geschafft, Aldrich. *Er bettet ihn vorsichtig* Gib mir eine Tablette, Sanitäter.

SANITÄTER Gleich ein paar, Käpt'n

FLAGG *zu Aldrich* Kannst du das schlucken? So, da ist Wasser. Ich steck dir den Rest da in die Tasche, wer grade da ist, kann dir alle drei Stunden eine neue geben.

ALDRICH *sehr schwach* Was ist es?

FLAGG Morphium.

ALDRICH *Ganz einfach, nicht dramatisch* Und wenn ich sie jetzt alle auf einmal nehme?

FLAGG Das ist deine Sache. *Er setzt sich. – Auf der Treppe erhebt sich ein sonderbarer Lärm: man hört eine menschliche Stimme, aber man weiß nicht, ob sie weint oder lacht. Gleich darauf erscheint Leutnant Moore, in völlig desolatem Zustand, stürzt auf Aldrich zu.*

MOORE Herrgott, Dave, haben sie dich auch erwischt, haben sie dich auch geliefert, Gott verdamme die Hunde, Gott verdamme die verfluchten Hunde, die uns in diesem elenden Trümmerhaufen hier verrecken lassen, was sollen wir denn mit dieser kleinen dreckigen Stadt, von der steht ja kein Stein mehr, die wird ja nie wieder ganz – *Er lacht nervös* Flagg! Meine Leute sehen aus wie die zerquetschten Kröten. Sie wollen wissen, wann sie abgelöst werden, das wollen sie wissen!! Ich kann ihnen nichts mehr sagen. Sie sehen mich an mit Augen, als ob ich sie gepeitscht und gebissen hätte. Ich halte das nicht mehr aus!! Es hält keiner mehr aus! Flagg!! Die ganzen Tage hängt einer von denen da drüben in einem zersplitterten Obstbaum und brüllt und brüllt immerzu: Kamerad, Kamerad – herrgott ich pfeif auf den Mut, wenn man immer hört, wie der Kerl sich da zu Tod schreit und kann nicht vor und kann nicht zurück – wir sollten alles hinschmeißen und einfach weglaufen, das wär noch ein Mut! Nicht mehr mitmachen, weglaufen hier, einfach nach Hause, und Gnade Gott jedem Schuft, der sich da hinten in der Etappe rumdrückt!! Ich steh für nichts mehr ein, Kapitän Flagg! Ich will die Frage nicht mehr hören, wann wir denn abgelöst werden – du kannst mich totschießen, Flagg, aber ich stehe für nichts mehr ein – ich nehme meine Leute und führe sie einfach zurück, heute nacht noch – und wer sich mir in den Weg stellt, wer sich mir in den Weg stellt, gottverflucht... *Er schlägt mit den geballten Fäusten in die Luft, und Flagg springt rasch auf, bereit, ihn niederzuboxen. Aber Moore beginnt bereits wieder zu schluchzen und sinkt einfach an Flaggs Schulter.*

FLAGG *legt sehr ruhig den Arm um ihn und spricht zu ihm mit einer Zartheit, die an ihm völlig unbekannt ist* Komm her, mein Junge. Sei mal vernünftig, das hilft ja nichts. Du darfst dich vor all den andern hier nicht so gehen lassen, verstehst du. Die sind auch alle kaputt. Mach dir keine Sorgen über deine Leute. Ich geh nachher selbst rüber. Die kommen alle wieder nach Haus. Jetzt ruh dich mal aus. So. *Er hebt ihn auf und legt ihn wie ein Kind auf eine Bettstelle. Kiper breitet eine Decke über ihn* So, jetzt ist es gut. Deck ihn ordentlich zu, Kiper. *Setzt sich neben ihn* Und jetzt nimm die Sache nicht so schwer, mein Junge. Du mußt mal schlafen, das ist die Hauptsache. Du bist hier vollkommen in Sicherheit, keine Granate kann dir was anhaben. Und für deine Leute sorg ich schon selbst. Jetzt schlaf mal 'n bißchen. *Er zündet sich eine Zigarette an. Cowdy legt den Kopf auf den Arm. Auch die andern alle sehr still.*

QUIRT *tritt neben Moore, kniet sich auf den Boden und teilt ein Stück Schokolade mit ihm* Da, den kleinen Brocken Schokolade, den ich von der Bagage noch erwischt habe. – *Quirt ist mitfühlend und beginnt nervös zu sprechen, so als müsse er alle über die Situation hinweg unterhalten* Ich bin auch einmal getroffen worden. In Nicaragua. Wir mußten uns da vor der Landung waschen, auf Verordnung der Feldärzte, damit wir ihnen nicht zu dreckig in die Lazarette geliefert würden. Und wie wir uns grade so das Fell abschrubben, sagt so ein alter Kumpan zu mir – es war der alte Plangetch, den sie dann 1913 in Yokohama mit einer Keule umgebracht haben – sagt der zu mir: »Du würdest dich heute auch besser drücken, du Mißgeburt einer Seehündin. Ich habe heut nacht geträumt, dein Name würde auf eine Flintenkugel geschrieben.« »Quatsch«, sage ich. »Die Kugel für Micky Quirt ist noch nicht gegossen.« Ja Prosit! Wir landen, wir kriechen die Küste hinauf, wir greifen an auf fünfhundert Yards Entfernung, Kinder, wenn man an so einen Krieg denkt, das war ja gar kein Krieg, das war eine Tanzstunde, sowas! – kurzum, wir greifen an, und vor mir liegt so ein Mordstrumm von einem Baumklotz. Hoppla, sag ich, und spring drüber. *Er macht es vor* So. Klatsch! Da wird mir schon die Hand durch die Luft geschleudert, als ob mir einer mit'm Stock draufgeschlagen hätte. Seht her: grad mitten durch die Vorderflosse, hier rein, da raus, als ob mir einer mit der Schlipsnadel durchgefahren wäre. Das sind noch leckere Schüßchen, sowas, das wünscht man sich alle Tage. – Natürlich ist der alte Plangetch schon neben mir: »Siehstewohl, du Klugschisser, du Hafenkuli«, sagte er, »du willst es wohl besser wissen als wie man träumt! Auf der Kugel hat dein Name gestanden, und die war für dich bestimmt.« *Er räuspert sich, sichtlich geniert, solange von sich selbst gesprochen zu haben* Na ja.

COWDY *lacht ziemlich blöd* Das waren noch Zeiten.

QUIRT *tritt zu Flagg, spricht sehr sachlich und ohne Übergang* Die Rationen alle da. Verlor die beiden Jameson Boys im Hohlweg. Beide schlimm getroffen. Auch Fleischmann und Rosenthal sind hinüber. Ich brachte alle verfügbare Munition, zwei Säcke Brot, eine Kiste Konserven. Einen Sack Rübenzucker hab ich auf dem Rücken geschleppt, an der Straßenkreuzung bekam ich eine Schrapnellkugel rein. Blieb grad noch drin stecken. Im nächsten Krieg werde ich einen Anzug aus Rübenzucker tragen. *Will weg, aber es fällt ihm noch was ein, dreht sich um* Übrigens habe ich noch zwei von diesen freiwilligen Wunderknaben mitgebracht, die sie jetzt zu Offizieren machen, weil sie einen guten Uniformschneider am Broadway wissen. Sie kommen direkt von einem Ausbildungslager und haben vor vier Wochen noch Tennis gespielt. Der Divisionsstab schickt sie her. Es steht aber keine Gebrauchsanweisung auf ihrem Rücken.

FLAGG Zum Teufel, ich steh für die Bengels nicht ein. Gottverdammich, wenn wir jetzt noch Zeit übrig haben, ihnen beizubringen, wie man im Dunkeln schießt.

QUIRT Sie sind jetzt in meinem Unterstand, Sir. Müssen sich erholen. Die Schießerei im Hohlweg hat sie bös mitgenommen. Feuertaufe, wie man so sagt. Sind zum ersten Mal draußen. Soll ich sie herschicken, Sir?

FLAGG Also schick sie her, meinetwegen, aber red mich heute nacht nicht mehr mit Sir an, verstehst du?

QUIRT All right, Cowdy, hol sie her. *Cowdy geht* Stecken die Schweine immer noch im Bahnhof?

FLAGG Du weißt ja Bescheid. Man könnte eine ganze Brigade draufhetzen, eh man sie da rauskriegt. Der Stab soll mir fünf Generäle dazu geben, und ich werde keinen andern Mann mehr für diesen Blödsinn dransetzen müssen.

QUIRT Hast du was dagegen, wenn ich mich mal auf eigne Faust en bißchen umschaue. Ich möchte mal was vom Krieg zu sehen kriegen, weißt du. Sechs Tage lang bin ich schon nichts mehr anderes als euer Lastwagen und euer Packesel.

FLAGG Geh nur los und riskier deinen Schädel. Aber begrab dich selbst, wenn's dich trifft. Wir haben keine Spaten übrig.

QUIRT Herrgott, ich wollte, es wär schon Schluß –!

FLAGG Sieh zu, daß du diesen deutschen Patrouillenfritzen zu fassen kriegst, wenn du schon draußen rumschleichst. Dann kriegen wir Ruhe und du kriegst Urlaub.

QUIRT Danke für Obst. Ich werde mir die Finger sauber halten. Wiedersehn. *Geht.*

FLAGG Nimm dich in acht, Quirt, ernstlich! Ich kann weißgott keinen toten Sergeanten brauchen. *Er beugt sich zu Aldrich hinunter* Tut mir leid, Aldrich, daß Moore sich so aufgeführt hat. Aber du bist wirklich besser dran als er. Morgen schick ich dich mit den Essensholern hinter, und zwei Tage später liegst du in einem sauberen, breiten, weißen Bett. Ich gönn's dir, Bursche. Du bist ein feiner Kerl gewesen. Es gibt nicht viele so. *Von Cowdy geführt treten die beiden neuen Leutnants ein. Sie sehen aus wie Modellpuppen aus einem Schneidergeschäft. Sie bleiben unsicher am Eingang stehen. Flagg zündet sich eine Zigarette an und starrt sie an.*

FLAGG *mit tiefen Verbeugungen und ironischer Bewunderung* Bravo, meine Herrn. Ganz genau so hab ich mir immer den frischen fröhlichen Krieg vorgestellt. – Schaut mal her, Soldaten, wenn ihr wissen wollt, wie ein anständiger Mensch im Weltkrieg auszusehen hat. *Die Soldaten lachen* Sagt mal, Jungens, ihr denkt wohl, ihr seid hier zu einem Maskenball eingeladen? Wollt ihr den Scharfschützen drüben die Mühe ersparen, mit dem Glas nach euch zu suchen, daß ihr euch hier wie die Aushängeschilder oder wie die Preisziele auf einem Schützenfest aufgetakelt habt? *Er steht auf, tritt zu ihnen, mustert ihre Kleidung* Sie können wohl ohne diesen Trenchcoat nicht auf dem Bauch durch einen Haufen Schlamm kriechen, Sie? Und wie lang sollen diese Stiefel halten, die wollen Sie wohl noch mal Ihrer Braut zum Geburtstag schenken, he? *Er spricht jetzt mit donnernder Stimme* Mein Name ist Flagg, meine Herrn. Ich bin die Mistgrube dieses Regimentes, ich bin ein dreckiger Sauhund, meine Herrn, von den Rekruten verflucht und von den Generälen verspottet. Jeder elegante Herr im Generalstab hat das Recht, mir in die Fresse zu spucken. Ich bin ein blödes Frontschwein, ein hornhäutiger, bocksbeiniger Kompagnieführer. Ich verderbe die Jugend und führe die armen zarten Jungens in den sogenannten Rachen der Hölle, jawohl. Ich habe mehr Menschenleben auf dem Buckel und mehr Blut an den Fingern als irgendein anderer Bajonettfresser auf beiden Seiten der Front. Ich habe die dreckigsten Affären der ganzen Welt zu erledigen, und ich erledige sie prompt, darauf könnt ihr euch verlassen. Ich mache neugebackene Lebkuchensoldaten zu toten Helden, eh sie die Hand umdrehn! Ich habe Sie nicht gerufen, Mister –

DER EINE *verlegen* Cunningham.

FLAGG – und Sie erst recht nicht, Mister –

DER ANDRE Lundstroem, Sir.

FLAGG – und ich bin in einer sehr peinlichen Situation. Vor vier Tagen hätte ich Sie noch liebenswürdiger empfangen, da hatte ich noch vier Sergeanten zur Verfügung, aber jetzt habe ich nur noch zwei, die ich nicht entbehren kann, um Ihnen die Windeln zu waschen. Ich zweifle nicht daran, daß Sie ein tüchtiger Fußballspieler sind – und Sie ein geschickter Feuilletonist – aber es kommt uns hier weder auf die Presse noch auf den Sport an. Wir sind alle voll Dreck und Blut und zum Tod verurteilt, jawohl, damit die Herrn im Hauptquartier einen Teilerfolg nach Hause kabeln können. Diese Herrn hätten mir Order geben sollen, was ich mit Ihnen anfangen soll, sonst könnte ich auf die absonderlichsten Gedanken verfallen – Halt! Hallo! Ich hab's! Da drüben in der Eisenbahnstation liegen zwei deutsche Scharfschützen. Erstklassige Brüder, die noch keinen verfehlt haben, der die Nase aus unserm Graben streckt. So lang die da liegen, kann aus dem ganzen Sturm nichts werden. Zwei tüchtige Jungens, die sich die Sporen verdienen wollen, müssen nun mal dorthin kriechen und noch vor Dämmerung den beiden Scharfschützen die Kehle durchschneiden, aber schön leise, daß es keinen Stunk gibt. Dann werden wir die Station bald besetzt haben. Also, zwei tüchtige junge Leute gesucht, die noch recht wenig vom Krieg gesehen haben. Meine alten Kerle sind mir für sowas zu wertvoll, weil sie zehn Jahre Erfahrung hinter sich haben.

DIE BEIDEN LEUTNANTS *stehen sprachlos. Allen andern im Keller ist längst das Lachen vergangen. Flagg hat jetzt etwas von einem gefährlichen Irren, er steht eisig und unbewegt vor den beiden Neuen und durchbohrt sie mit den Blicken.*

CUNNINGHAM *der Größere und Stärkere von den beiden tritt endlich vor, antwortet etwas gedehnt* All right. Ich werde alles tun, Sir, was Sie befehlen. Wo ist der Bahnhof, und wo sind die beiden Kerle, die umgelegt werden sollen?

FLAGG Ach so. Daher bläst der Wind. Scheinst ja ein kalter Bruder zu sein, was? All right. Wir beide werden morgen früh in der Hölle Baseball spielen.

LUNDSTROEM Nehmt mich auch mit, Sir.

FLAGG Nicht zu machen, mein Junge. Wir müssen Offiziere übrigbehalten, das ist hier Spielregel. Es müssen immer Offiziere übrigbleiben, denn ohne die Offiziere würden die Soldaten sofort nach Hause laufen, und dann würde es keinen Krieg mehr geben, das wäre doch ein Jammer, nicht wahr? Wo sollten Sie sich denn Orden, Auszeichnung, Beförderung, Ruhm und Ehre verdienen, wenn es keinen Krieg mehr gäbe, nicht wahr, Mister Lundstroem? Nein, bleiben Sie mal ruhig im Graben, drei sind zuviel, ich hasse Menschenansammlungen morgens früh an Bahnstationen. Für jede Kehle einen Mann, Handgranate und Revolver in die Pfoten und Messer zwischen die Zähne. So. – *Er spricht wieder ganz sachlich* Cowdy, nimm den Leutnant Lundstroem mit zu Moores Zug und führ ihn ein. Sie nehmen jeden zweiten Tag den kleinen Proviantransport durch den Hohlweg, das langt fürs erste. Den Leutnant Moore laßt ihr schlafen, auch wenn ich heute nicht wiederkomme, zwei Tage lang. Denkt daran, daß er nicht zu gebrauchen ist, wenn er nicht ausgeschlafen hat. Aber dann wird er die Kiste schon schmeißen. Ihr weckt ihn nur im Fall eines feindlichen Angriffs. Verstanden?

COWDY UND LUNDSTROEM *ab.*

FLAGG *will sich fertigmachen, aber in diesem Augenblick kommt Quirt die Treppe heruntergehumpelt. Er hinkt in eine Ecke und hockt sich hin, dazu grinst er infam. Flagg beobachtet ihn schweigend.*

Quirt versucht, ein Verbandspäckchen zu öffnen, grinst immer unverschämter zu Flagg.

FLAGG Was ist denn los mit dir?

QUIRT Sag mal, hast du keinen Büchsenöffner zur Hand?

FLAGG So was macht man mit den Zähnen auf, du Greenhorn.

QUIRT Falscher Ausdruck für mich, Kapitän. Außerdem reicht das Ding nicht.

FLAGG *sieht ihn lang an* Wo warst du?

QUIRT Ich hab 'n bißchen Luft geschnappt.

FLAGG *Gibt ihm Verbandszeug* Hier. Wo warst du, hab ich gefragt.

QUIRT Im Gemüsegarten. Kartoffeln ausbuddeln.

FLAGG Verdammt nochmal, Quirt, ist Ihnen dabei zufällig von selbst ein Schuß losgegangen?

QUIRT Glaubst du nicht selbst, Flagg, daß ich dazu nicht früher schon Gelegenheit gehabt hätte? Nein, so was liegt mir nicht, ich denke nicht daran, mich selbst zu bemühen, wenn es da drüben bei den Deutschen so ausgezeichnet, generöse menschenfreundliche Scharfschützen gibt. Kaum war ich aus dem Graben raus, da hatte ich schon eine sitzen, eh daß ich es knallen hörte. Da schau: rein und raus, wie damals durch meine Hand, ohne den Knochen anzukratzen. Laß mich nur jetzt den Saft rausquetschen, dann kann nicht viel passieren. Tadellose Wunde, was? Bildschöne Wunde, wirklich bildschön, ja?

FLAGG Du denkst wohl, du kommst jetzt zu Charmaine zurück, he?

QUIRT Ach Charmaine! Wie kommst du nur darauf? Ja freilich, das war ja meine kleine Braut, die du mir um ein Haar zur jungen Witwe gemacht hättest! Sind Sie denn noch immer nicht von Charmaine geheilt, Käpt'n Flagg?

FLAGG Heil dich selbst, wäre gescheiter.

QUIRT Yes, Käpt'n. Bin auf dem besten Wege dazu, und Charmaine wird eine charmante Pflegerin abgeben, glauben Sie nicht? Nur daß ich dich hier allein in diesem Dreck zurücklassen muß, das geht mir nah. Weiß Gott, das tut mir in der Seele weh. Wenn ich denke, wie sie sich morgen abend auf meinen Schoß kuschelt, während ihr da draußen an den Maschinengewehren hocken müßt, rattattattattattattatta. Es wird die schönste Nacht meines Lebens werden, und was euch anlangt, so würde ich mich nicht wundern, wenn ihr nicht wiederkommt. Und ganz unter uns gesagt, ich hätte nichts dagegen, Flagg, wenn ich mal deinen verfluchten Saukopf nicht wiedersehen müßte.

FLAGG Du hattest immer eine ausgesprochene Leidenschaft für mich, das ist mir nicht neu, Quirt.

QUIRT *streichelt zärtlich seine Wunde* Mein süßes kleines Baby von einer Wunde du, komm, sei nicht ängstlich, Papi will dir nicht wehtun – sieh doch her, Käpt'n, weißgott, ich würde mir die kleine Hummel, die mir da durchgeflogen ist, nicht mit tausend Pfund aufwiegen lassen!

FLAGG Spiel dich nicht auf. Heut nacht kommst du nicht mehr weg. Ich denke, du kannst mit der Schramme noch ganz gut Dienst machen. Du wirst hier warten, bis Cunningham und ich mit diesem deutschen Patrouillenhengst wieder da sind. Ich kann dir sagen, wir bringen ihn auf, oder es kommt überhaupt keiner mehr lebend zurück aus dieser Mausefalle. Du wartest hier, bis wir unsern Gefangenen haben, und dann gehen wir alle miteinander zurück, verstanden?

QUIRT Keineswegs. Deinen Gefangenen kannst du dir bis zum Jüngsten Tag in ein Geleeglas einwecken lassen, vielleicht kriegst du dann acht Tage Urlaub von der Hölle, wenn du ihn vorzeigst. Das ist meine militärische Ansicht von der Sache. Und was mich anlangt, so habe ich eine wichtige, unaufschiebbare Verabredung in Cognac-Petes Dorf. Das kann ich wirklich nicht schießen lassen, nicht einmal um das Vergnügen Ihrer reizenden Gesellschaft. Tatsache. Ich warte auf nichts anderes hier als auf ein ärztliches Attest.

DER SANITÄTER *tritt auf* Höre, Sergeant Quirt ist verwundet?

FLAGG *zeigt wortlos auf Quirt.*

SANITÄTER *zu ihm hin* Laß mal sehn. Natürlich, ganz hübscher Dreck in dem Loch, und du blöder Hund mußt noch auf der

Erde rumkriechen, damit ordentlich viel Mist reinkommt, he?

QUIRT Well, hatte grade genug mit der Wunde. Lieber Dreck als verreckt.

SANITÄTER Kannst du laufen?

QUIRT Das kommt drauf an.

SANITÄTER Steh auf, hast Glück. Ich muß noch zu einem Kopfschuß nebenan. Dann hau ich ab, kannst mitkommen zur Sammelstelle, dort hält ein Transportwagen. *Zu Flagg* Besser, er kommt gleich ins Lazarett, wegen Tetanus. Hab keine Spritzen mehr da.

QUIRT Bricht dir nicht das Herz, Flagg? Well, die Pflicht ruft. Ein braver Sergeant muß sich seinem Vaterland erhalten. Meine Augen füllen sich mit Tränen bei dem Gedanken, daß ich meinen alten wackeren Kommandeur hier zurücklassen muß. Ich weiß nicht, ob ich drüber wegkommen werde.

FLAGG Mach tempo, tempo, Quirt. Sonst findest du die Tür verschlossen.

QUIRT Welche Tür?

FLAGG Charmaines Tür, zum Teufel.

QUIRT Hat's dich auch getroffen, armer Freund?

FLAGG Nein, aber in zehn Minuten bin ich entweder krepiert oder ich habe diesen Satansknochen von einem Gefangenen am Wickel, das kann ich dir sagen – *Er steht mit einem verbissenen Gesicht.*

QUIRT Wenn schon entweder oder, dann lassen Sie sich totschießen, Sir, dies eine Mal, mir zu Gefallen – well? Good bye, boys. *Er geht mit dem Sanitäter, leise singend.*

FLAGG *geht auf und ab, bleibt vor Cunningham stehen, der still dasitzt und seine Pfeife raucht* Sagen Sie mal, Mister Cunningham, Sie haben wohl geglaubt, ich mache einen Witz vorhin, als ich diese kleine Tour zum Bahnhof vorschlug?

CUNNINGHAM Keineswegs, Sir. Wann gehn wir los?

FLAGG Es war aber wirklich nur ein Witz. Ich wollte euch ein bißchen Dampf machen, verstehen Sie? Damit Sie gleich mal merken, wo Sie sind. Im Ernst gesprochen, Junge, ich habe gar kein Interesse daran, dich vorzeitig in die Hölle zu jagen, ebensowenig wie es mir Spaß machen könnte, dich in den Arsch zu zwicken, ist das klar?

CUNNINGHAM Yes, Sir. Aber Sie selbst wollen gehen?

FLAGG Allerdings, und ich habe meine besonderen Gründe dafür. Unser Brigadegeneral hat sich in den Kopf gesetzt, einen ganz bestimmten Gefangenen lebendig eingeliefert zu kriegen, es handelt sich um einen tollen deutschen Draufgänger, der jede Nacht seinen kleinen Spaziergang macht und den wir alle kennen. Ich muß den Kerl kriegen, damit meine Leute hier rauskommen. Außerdem habe ich noch private Gründe. Ich muß diesem ekelhaften Schweinsaffen zuvorkommen, der die reizende kleine Gottesgabe ins Bein bekommen hat – Aber dazu brauch ich sichere Leute. Kiper!

KIPER *sehr verdrossen und gar nicht forsch* Yes, Sir.

FLAGG Mein Koppel her. Mach dich fertig. Und zwanzig Leute vom Ersten Zug alarmbereit zum Nachrücken. Vorwärts.

CUNNINGHAM Verzeihung, Sir, nehmt mich ruhig mit, bitte. Ich bin kein Greenhorn, ich verstehe mich ganz gut auf kalte Sachen.

FLAGG So?

CUNNINGHAM Ich bin nämlich Eisenbahningenieur, und seit fünfzehn Jahren krieche ich unter Zügen rum, da werde ich mich auch an die Heinis ranschlängeln können, was? Manche Züge sind schon über mich weggefahren, das stärkt die Nerven, Sir. Meint ihr, ihr könnt mir hier mit diesem Weltkrieg imponieren? Herrje, Sie sollten einmal ein paar richtige Eisenbahnunglücke erleben.

FLAGG Well, Mister Cunningham. Ich habe das Gefühl, ich kann Sie doch brauchen.

CUNNINGHAM Wollen's hoffen, Master.

FLAGG Was sagen Sie dazu: Wir beide machen unsere Gesichter schwarz, kriechen voraus und machen uns über die Herrschaften drüben her, solang sie noch schlafen?

CUNNINGHAM Famose Idee. So was macht mir Spaß. Zeigen Sie mir nur den richtigen Mann, damit wir ihn heil rüberkriegen. Wenn man mal im Zug ist, hört man schwer auf mit dem Skalpieren.

FLAGG Sind Sie aus Texas?

CUNNINGHAM Stimmt.

FLAGG Wir haben noch so einen alten Skalper aus Texas dabei.

CUNNINGHAM Nein, ich bin nicht ganz so ein sanftes Treibhauspflänzchen, wie Sie geglaubt haben.

FLAGG *sieht ihn wohlwollend an* Gutes Material. Sie können sich hier entwickeln. Jetzt schmeiß mal deinen Faschingsanzug weg und zieh das Ding hier an. *Gibt ihm eine alte verdreckte Soldatenbluse und einen Rußtopf.*

CUNNINGHAM, *während er sich umzieht* Wissen Sie, ich war Maschineningenieur bei der Louisiana Midland. Drei Unglücke auf meiner Strecke im letzten Jahr. Der Krieg ist gradezu eine Erholung für mich. *Beide schwärzen sich unterdessen die Gesichter* Mein Bruder ist als Zugführer drüben geblieben. Bekomme da neulich einen Brief von ihm. »Du verdammter gelber Saftschlucker«, schreibt er mir wörtlich, »das hätt ich nie von dir gedacht, daß du uns hier im Stich läßt, um dir da drüben ein schlaues Leben zu machen.«

FLAGG Na ja. Ich möchte manchmal ganz gern so ne hübsche kleine Lokomotive haben, mein Junge. Aber das wirst du schon noch kapieren. Los jetzt. *In diesem Augenblick dröhnt ein schwerer dumpfer Schlag auf den Unterstand, der vorher unter gleichmäßigem, stetigem Feuer lag. Die Lichter gehen aus, der verwundete Aldrich fährt laut phantasierend in die Höhe, Lärm und Tumult. Man hört scharf und deutlich Flaggs Stimme* Zum Teufel, Kinder, jetzt hören sie auf zu schießen, die greifen an, an die Gewehre, raus!

ANDERE STIMMEN Licht! Sakrament! Licht! Was ist denn los?! Licht! Ruhe! Licht!!

VON DRAUSSEN *erschallen plötzlich schrille Rufe* Sie kommen! Sie kommen! Raus! Raus! Raus!

FLAGGS STIMME *immer noch im Dunkeln, scharf und klar* Handgranaten scharf machen! Alles raus! *Alle stürzen in der Dunkelheit in toller Verwirrung die Treppe aufwärts, man hört oben das Kre-*

pieren einiger Handgranaten, Schüsse, Geschrei. Dann stürzen einige Gestalten, zum Teil kopfüber, in den Unterstand zurück.

FLAGGS STIMME *keuchend* Licht!

KIPER *macht Licht. Atemlos und mit wilden Augen stehen einige Soldaten an den Wänden herum. Auf dem Boden wälzt sich Flagg in völliger Umschlingung mit einem deutschen Offizier. Man reißt beide hoch, Flagg läßt los, der Deutsche springt mit dem Rücken zur Wand, steht keuchend wie ein gehetztes Tier, Hand an der Revolvertasche. Es ist draußen ganz still geworden. Auch die Amerikaner stehen, Blicke auf den Deutschen gebohrt, schußbereit. Flagg wischt sich Blut und Schweiß von der Nase – starrt den Deutschen an, plötzlich ausbrechend.*

FLAGG Hand von der Pistole, Kinder! Hand von der Pistole – Kinder, schaut ihn euch doch an. Schaut doch den süßen Jungen an, den süßesten Boy, den ich je zu Gesicht bekam! Er ist's!! Kinder! Er ist's!! *Beginnt wie toll zu lachen. Die andern stimmen zum Teil ein, der Deutsche steht ratlos* Hab ich's nicht gesagt: Entweder wir krepieren heute alle oder wir kriegen ihn! Aber das konnte ich nicht erwarten, daß er so reizend ist, von selbst in unser Nest zu fallen! Kinder, er konnte es nicht aushalten, bis wir ihn holen kamen, er ist uns zuvorgekommen. Küßt ihm die Hand, Boys, macht ihm eure Reverenz, Jungens, seid zärtlich zu ihm, er ist unser Urlaubsbillet. Herr Hauptmann, you are the sweetest boy of Germany. Du bist der bezauberndste Anblick meines Lebens seit Charmaine! Darf ich Ihnen ein Cornedbeef anbieten, Sir? Regt euch doch, Burschen, gebt ihm was zu trinken, Sakrament, nach all den Aufregungen, die er hat durchmachen müssen. Daß mir dem Herrn kein Haar gekrümmt wird! Vielleicht ein rohes Ei gefällig. Master. Kiper, zum Donnerwetter, schlag ihm ein rohes Ei in die Tasse und gieß einen Schuß Bordeaux drüber, das stärkt die Glieder! Ein Biscuit, bitte, oder darf ich Sie erst rasieren! Ich begrüße Sie, Offizier! Sie waren kein angenehmer Nachbar! *Er schlägt ihm lachend auf die Schulter. Der Deutsche hat mittlerweile gemerkt, daß man es wirklich gut mit ihm meint, steht ziemlich starr, aber unbesorgt da – und wie ihm jetzt*

Flagg lachend seine Feldflasche reicht und Kiper lachend einen vollen Teller und alle andern sich mit ausgesprochen freundlichem Lachen um ihn wie um einen lieben Gast bemühen, muß auch er die Komik der Situation empfinden und lacht halb unwillig mit. Plötzlich hört man von der Treppe einen leisen, aber durchdringenden Ton.

FLAGG *fährt auf* Ruhe. Was ist da los –

NEUMANN *lehnt auf der Treppe, totenblaß, die Hand auf seine zerfetzte Brust gepreßt* Käpt'n Flagg – Käpt'n Flagg –

LIPINSKY Das ist ja der Kleine – *Er und Kiper stürzen hin, fassen ihn an.*

NEUMANN Käpt'n Flagg – Käpt'n Flagg – all mein Blut läuft weg, Käpt'n – all mein Blut läuft weg – *Er wiederholt das einige Male, kindlich und ohne Jammern.*

FLAGG *nimmt ihn aus den Armen der andern. Es ist totenstill geworden. Flagg läßt ihn sanft auf den Boden gleiten, sieht nach seiner Wunde.*

NEUMANN All mein Blut läuft weg, Käpt'n – hilf mir, Käpt'n Flagg – Käpt'n Flagg –

FLAGG Morphiumspritze her. Gleich, mein Junge.

NEUMANN O Käpt'n Flagg –

FLAGG *legt die Hand zart unter seinen Kopf* Es wird wieder gut werden. Es wird wieder gut werden.

NEUMANN *seufzt auf und stirbt.*

FLAGG *streicht ihm über die Augen, bleibt tief über ihn gebeugt.*

Dritter Akt

Cognac-Petes Estaminet; ein Raum halb Wohnstube, halb Ausschank, wie er in den französischen Kleinstädten und Vororten an jeder Ecke zu finden ist. Rechts eine kleine Bar mit Buffet, Flaschen und Gläsern. Daneben eine Tür, die ins Innere der Wohnung führt. Links eine schmale Treppe nach oben, darüber eine Art Galerie, von der mehrere Türen in Schlafräume führen. Eine Tür mit mechanischer Klingel führt über einige Stufen ins Freie. Der familiäre Teil des Hauses trägt das Gepräge philiströser Kleinbürgerlichkeit: Plüsch, Nippes, Öldrucke, alles in fast ärmlichem Stil. Ferguson sitzt an einem langen Tisch, raucht und legt Patiencen. Eine Flasche Cognac und eine Likörflasche stehen neben ihm. Von Zeit zu Zeit stellt er sich eine Mischung her und macht dann einen Kreidestrich neben sich auf den Tisch, wo schon recht viele Mischungen vermerkt sind. Charmaine sitzt etwas abseits von ihm, dicht bei der stehenden Petroleumlampe. Näht. Ferguson führt ein Selbstgespräch, das Charmaine nicht sonderlich zu interessieren scheint.

FERGUSON Bin doch froh, daß sie wieder zurückkommen. *Er trinkt* Ist kein Leben allein. Obwohl eine nette ruhige Stadt hier. Haben mal in einer Stadt gelegen, da war jeden Abend Krawall. Nicht meine Sache. Bin zu froh, daß sie wiederkommen. Papa Pete kann sich auch freuen. Wird ein tolles Geschäft geben, kann sich ein kleines Landgut kaufen. *Er mixt* Herrgott, werden die fressen!! Haben fünf komplette Feldküchen voll Fleischsuppe bereit. Aber wer weiß, ob's nicht zu viel ist. Wenn zweihundert abrücken, braucht man eigentlich nur auf hundert Mäuler zu rechnen bei der Rückkehr. Egal, werden alles auffressen bis auf den Kesselboden. Besonders dieser Swinson, dieser lange Schwede – Herrgott, wird der futtern! Hoffentlich lebt er noch. Ich seh's zu gern, wenn sich einer so toll und voll frißt. Schluckt noch fast sein Kochgeschirr mit hinunter, der Junge – *Er schüttelt sich vor Lachen,*

Charmaine lächelt – aber dann ist noch dieser kleine Neumann, der blasse Bengel aus Boston, der kann's mit ihm aufnehmen. Dünn wie ein Spatzenhals – und frißt wie zwei Kohlentrimmer – *Er lacht wieder, trinkt* Well, Mademoiselle. Haben die Zeit ganz gut rumgebracht miteinander, wenn man auch nicht sehr genau versteht, was der andere quasselt, yes? Schade, daß du keine Spanierin bist, da könnt ich dir mehr erzählen. Hab mal mit einer Spanierin gelebt, in Cavote drunten. Das war 99. Damals war ich noch scharf auf jeden Unterrock. Hat sich gegeben. Geht auch allein.

CHARMAINE *ohne Koketterie, freundlich* Est-ce que tu dis, du bist allein? Pourquoi? Warum? Ce n'est pas vrai! »You and I, I and You, Mademoiselle, parlez-vous« – n'est-ce pas?

FERGUSON Na ja, Mädel, wenn ich jünger wäre – aber dann könnte ich vielleicht auch einigen Leuten glauben, die behaupten, den Krieg zu lieben. Wird einem etwas verdächtig mit der Zeit.

CHARMAINE Malheur, la guerre, pour nous, pour vous, pour tout le monde.

FERGUSON Immerhin, manchmal wurmt's einen, da hinten hocken zu bleiben mit der lumpigen Bagage. Nicht aus Kampfesmut, kleine Miß. Nicht aus Heldenmut, Mademoiselle. Aber wenn man so sieht, wie dieser Flagg – ist doch schon ein Mordskerl so einer.

CHARMAINE Le Capitaine? Tu dis le Capitaine Flagg? Où est-il? Wo is le Capitaine?

FERGUSON All right, in fünf Minuten vermutlich in deinem Bett, wenn er noch lebt.

CHARMAINE Er kommt? Er is en marche?

FERGUSON Hast du nicht verstanden, Kleines, und hast du nicht gesehen, wie unsre Küche dampft? Die ganze Bande ist im Anmarsch.

CHARMAINE Oh, mon Dieu, le grand Capitaine – is er blessiert – is er gesund? Et Monsieur le Sergeant? Ç va bien?

FERGUSON Ich weiß nicht, my darling, und wir werden's abwarten. Aber Flagg ist noch nie verwundet gewesen, sieht ihm auch nicht ähnlich. In fünfzehn Minuten kann er hier sein, vielleicht auch erst in zwei Stunden, auf alle Fälle durstig wie ein Rabe und scharf wie Indian Curry.

CHARMAINE Et ils ne sont pas tués?

FERGUSON Kann sein, vielleicht. Nix comprends? *Gestikulierend* Le Capitany vielleicht ici – sänk minuthe – ritörn – peut-être, – comprie?

CHARMAINE Oui oui oui, merci bien – ét je vais toute de suite... *Sie ist schon in großer Hast nach oben verschwunden.*

FERGUSON *sieht ihr nach, raucht, trinkt, setzt sein Selbstgespräch fort* Danke, – wenn beide zurückkommen, ist einer zu viel. Wenn keiner zurückkommt, ist einer zu wenig. All right. Freut mich wirklich, daß sie kommen, die boys. *In seinem Rücken, noch während er spricht, öffnet sich leise die Tür, und Quirt schaut herein. Er lugt vorsichtig um die Ecke, sieht, daß Fergy allein ist – dann macht er mit einem Ruck die Tür ganz auf, so daß die mechanische Klingel ertönt – steht in der Stube. – Er hat einen Majorsmantel an, den Kragen hochgeschlagen, so daß man kaum sein Gesicht sieht – unter dem Mantel schauen die Hosenbeine eines gestreiften Flanellschlafanzugs hervor. Das eine Bein ist umwickelt, er hinkt ein wenig.*

FERGUSON *fährt herum, wie die Klingel tönt, steht auf salutiert* Herr Major –!

QUIRT Schon gut, Fergy. Hast dich blind gesoffen da hinten, was?

FERGUSON *erkennt ihn erst jetzt* Verdammt nochmal, wo kommst du denn her, du Gauner, in dem Aufzug? Wo hast du den Offiziersmantel her?

QUIRT Geliehen. *Er grinst und läßt den Mantel herunterfallen, steht im Pyjama mit dem roten Kreuz auf dem Ärmel. Gleichzeitig hat er eine Cognacflasche aus der Manteltasche gezaubert, in der nur noch ein kleiner Rest Cognac ist. Den gießt er in Fergusons Glas, nimmt Fergusons volle Flasche an sich und setzt ihm seine leere hin. Dazu wiederholt er* Geliehen, siehst du?

FERGUSON, *während Quirt sich rasch hintereinander mehrere Schnäpse mischt und austrinkt* Was ist denn los mit dir? Was hast du erlebt?

QUIRT Meine Memoiren gedenke ich erst nach Friedensschluß zu schreiben. Vorläufig leih mir mal deine Jacke, ich bin schwer im Druck, habe zwei Feldgendarmen hinter mir her. *Trinkt wieder.*

FERGUSON Also, die Schnäpse gehn auf deine Rechnung, zum Donnerwetter, auch wenn du hopp gehst. *Er beginnt eine neue Reihe Kreidestriche auf den Tisch zu zeichnen, die sich im Verhältnis zu Quirts Konsum rasch vermehren.*

QUIRT Also wo denkst du, komm ich her?

FERGUSON Interessiert mich nicht. Ein Soldat, der den Krieg im Pyjama mitmacht, interessiert mich nicht im geringsten.

QUIRT *etwas irre und schon leise berauscht* Sei nicht gemein, Fergy. Wenn du wüßtest – Herrgott, mir ist noch ganz schwummrig – ich bin der Feldmarschall von Hindenburg und suche einen Waggon von Pantoffeln, der mir ins Wasser gefallen ist – *Er angelt mit dem nackten Fuß nach einem seiner Schuhe, der ihm entfallen ist.*

FERGUSON Wie?

QUIRT Na ja, die Kerle haben mir Äther zu saufen gegeben, im Feldlazarett, zwölf Kilometer von hier. Bin die ganze Strecke zu Fuß gelaufen, mit einem Wespenstich in der Wade. – Gaben mir Äther zu saufen, die verfluchten Hunde von der Sanität, und dann haben sie mir meine goldene Uhr und 800 Francs aus der Brieftasche geklaut. Dafür läßt man sich zum Krüppel schießen, da vorne! Ich merkte den Schwindel, machte Krach, sie wollten mich festschnallen, da schlug ich so einen verdammten Krankenwärter knock out und türmte los. Im Wartezimmer stand ein Etappenhengst von Major und knutschte eine Krankenschwester ab. Sein Mantel hing hinter ihm an der Türklinke. Ich hab ihn mir ausgeliehen zu meinem Spaziergang. Na ja, da bin ich jetzt. Die sehn mich nicht wieder. *Er stopft den Mantel unter eine Bank* Herr Major sind abgelöst. Wo ist Charmaine?

FERGUSON *grinst ihn spöttisch an* Droben. Richtet das Bett für Käpt'n Flagg.

QUIRT Wie? Du bist verrückt.

FERGUSON Möglich. Aber mach mal die Ohren auf. *Man hört draußen einige laute Stimmen, die näher kommen.*

QUIRT Verdammt nochmal. *Er stürzt zur Treppe* Verrat mich nicht, Fergy!

FERGUSON Keine Angst. Das sind nicht die Feldgendarmen. Das sind nur ein paar von unsern Leuten. Die ersten. Hör nur, wie sie nach Fraß brüllen.

DEUTLICHE STIMMEN *von draußen* Hallo, Küchenhengst! Brot her! Brot her! Suppe fassen! Brot fassen! Wann kriegen wir denn endlich was zu fressen?! Los, Fressen! Futter!! *Immer stärker anschwellend* Brot!!

FERGUSON Ich will dir was sagen, Quirt. Bleib ruhig hier und warte auf Flagg. Du kannst ihm jetzt doch nicht in die Suppe spucken. Sag ihm, was dir passiert ist, dann wird er dich schon irgendwie raushaun. Flagg läßt sich seinen Sergeanten nicht von zwei Dutzend Feldgendarmen wegkapern, da kannst du Gift drauf nehmen. Es heißt, wir kriegen jetzt sowieso Ruhe.

DAS GESCHREI *draußen wird immer stärker.*

FERGUSON Na ja, Jungens! Nur Ruhe, Jungens! Der alte Onkel Fergy sorgt schon für euern Kohldampf!! *Er geht hinaus, wird mit wüstem Gebrüll begrüßt, – schließt die Tür hinter sich.*

QUIRT Verflucht! Schöne Scheiße. Wie komm ich nur raus hier – *Er hinkt rasch zur Treppe, im selben Moment erscheint Charmaine oben auf der Treppe. Sie hat sich schön gemacht* Hallo, Pittsburg!

CHARMAINE *schreit auf, dann erkennt sie ihn, läuft zu ihm hin* Oh, mon Dieu! Du bist verwundet?

QUIRT Natürlich bin ich verwundet, extra für dich bin ich verwundet, und jetzt bin ich wie ein Krüppel zwölf Kilometer durch die Gegend gehinkt, um toute de suite diesem verdammten Flagg in den Rachen zu schwimmen –

CHARMAINE Le Capitaine Flagg? Est-ce qu'il vient aussi? Lebt er noch?

QUIRT So sicher wie die Wanzen in eurer Tapete. Herrgott verflucht – *Er ist leicht groggy und schwankt ein wenig.*

CHARMAINE *legt die Arme um seinen Hals* Pauvre garçon, tu es fatigué?

QUIRT So müde wie 'n Laubfrosch, der hupfen will. Charmaine. Nix fatigué, aber noch halb und halb trullalla, énervé, compris? *Er will sie küssen, es wird an die Tür gepocht.*

CHARMAINE Un moment! Qui est là?

QUIRT Rasch, zeig mir Fergys Kiste, ich will versuchen, ihm eine Uniform zu klauen. Irgendwas muß ich an den Leib kriegen, ehe die Bande kommt –

CHARMAINE Voici – in mein Zimmer da – *Zeigt ihm die Tür ihres Zimmers. – Die Tür geht auf, herein kommen: Kiper, Cowdy, Lipinsky, alle drei im Grabendreck, vom Marsch übermüdet, ausgehungert, übertrieben aufgekratzt, laut und lärmend. Sie stürzen sich sofort auf die offene Cognacflasche, Kiper hat sie erwischt und tut den ersten Zug, die andern versuchen sie ihm wegzureißen, mit entrüsteten Zurufen: »Halt!! Der säuft ja alles aus, zu viel, laß noch was drin« usw. – die Flasche fällt, es läuft Schnaps auf den Boden, Lipinsky balanciert die Flasche wieder hoch, gibt sie an Cowdy weiter.*

LIPINSKY Ach was! Rotwein her, Bordeaux, Bourgogne, Chambertin, Volnay, Nuits, wir wollen leben, Kinder.

COWDY Fressen! Hallo, Charmaine! Des œufs, du fromage!

LIPINSKY Beefsteak english grilled, compris? Filet de bœuf grillé, toute de suite! Vin! Vin!

KIPER Bière! Bière! Bière! *Alle drei haben sich auf Stühle geflegelt, Beine auf den Tisch und ihre Sachen einfach auf die Erde geschmissen.*

LIPINSKY Wollen wieder wissen, daß wir Menschen sind. Komm her, Charmaine, schenk mir mal ein. Ich könnt's ja auch selber tun – aber man will doch wieder wissen, daß man lebt, was, Kinder?

KIPER Mir schon alles wurscht! *Trinkt wieder aus der Flasche, brüllt dazwischen* Bière! Bière!

FLAGG *erscheint in der Tür, alle drei springen so hastig auf, daß die Stühle umfliegen. Er brüllt: »Ruhe!« – und sie stehen mäuschenstill. Flagg ist völlig nüchtern, noch in seinem verdreckten Frontzeug, aber tadellos rasiert* Raus hier, aber plötzlich. Zum Zugführer, sofort. Er soll alle Leute auszahlen und die Quartiere nachsehen. Zuerst fressen, aber nicht hier, wozu habt ihr die Feldküche? Dann wascht euch und zieht frische Brocken an. In dieser Taverne will ich keinen sehen, eh das alles in Ordnung, verstanden? Besauft euch nicht, das kann ich nicht vertragen! Ab! *Kiper, Lipinsky, Cowdy ziehen vermiest ab.*

FLAGG *läßt sich halb auf den Schanktisch fallen, mixt einen Cocktail, trinkt gierig.*

CHARMAINE *die hinausgegangen war, kommt lautlos herein. Flagg trinkt einen zweiten Cocktail, genießerisch schmatzend und rülpsend. Dann erst bemerkt er sie, ohne sich zu wundern oder seine Lage zu verändern.*

FLAGG Mademoiselle la Comtesse de la Cognac.

CHARMAINE *etwas unsicher* Le Capitaine de mon cœur –

FLAGG *schon leicht benebelt* I'm the Capt'n of your heart – that's all right – Come on! Kiss me!

CHARMAINE Hein? Je ne comprends pas.

FLAGG Glaub ich. Du verstehst nichts, Mädel. Verstehst mich nicht – weißt du, ich bin furchtbar müde – Herrgott, bin ich müde –

CHARMAINE Tu es fatigué?

FLAGG Oui. Komm her. *Brutal* Kiss me, compris?

CHARMAINE *beugt sich über ihn, küßt ihn schnell* Du bist ein sehr schlimmer Mann du – *Sieht ihn bewundernd an.*

FLAGG Stimmt. Aber nicht schlimm für dich. Käpt'n Flagg nix méchant pour toi – compris? Mon cœur pour toi, compris? *Er trinkt wieder.*

CHARMAINE *setzt sich auf den Tisch neben ihm, sieht ihm in die Augen* Tu es – du bist nicht froh, n'est-ce pas? Oh, tu n'es pas gai, Capitaine Flagg –!

FLAGG Müde. Hundemüde. Nie wieder Weltkrieg, so ungefähr – das geht ja alles, so mit dreißig, vierzig Kerlen, bei der Marine, weißt du – aber hier, die vielen kleinen Jungens – das macht einen verrückt, Herrgott *Er steht auf und trinkt, dann geht er schwankend umher*, die fallen wie die Mücken – die gehn einfach kaputt wie die Mücken *Er trinkt wieder, stöhnt* – das läuft wie Öl, das Zeug da – *Setzt das Glas hin, es fällt um* – komm! Wir gehn schlafen. Ich kann keine Leute mehr sehn – ach was! Come on, Baby. In dein Zimmer –

CHARMAINE Non non – nicht heute – tu es fatigué – demain evening, compris?

FLAGG Morgen? Meinetwegen. Auch recht. Bin verdammt müde, das bin ich. Gib her – die Flasche mit nauf – will nicht mehr denken heut – good night, my darling –

CHARMAINE *ohne Pathos, aber mit einem wirklichen Gefühl* Monsieur – vous êtes un grand soldat –!

FLAGG *apathisch* Good night, my darling – *Geht wie abwesend hinauf in sein Zimmer.*

CHARMAINE *sieht ihm nach – dann wendet sie sich ab, nimmt seinen Helm auf, den er hat liegen lassen, wischt mit ihrer Schürze, zärtlich fast, den Staub herunter.*

QUIRT *kommt leise aus Charmaines Zimmer – fast im gleichen Augenblick, in dem Flagg in seine Tür verschwindet. Er hat eine Bauernjacke und weite Manchesterhosen über sein Pyjama gezogen. Er lugt vorsichtig umher, dann turnt er immer noch lautlos über das Treppengeländer zu Charmaine hinab* Ssst! Ssst! Pittsburg!

CHARMAINE *fährt herum.*

QUIRT Wo steckt er? Ist er weg? Was ist denn los mit dem Alten? Ich hörte ihn brummen wie einen Tanzbären. Komm Süßes! *Will sie küssen.*

CHARMAINE *zurückschaudernd* Non – pas maintenant – laissez moi! *Sie schaut nach Flaggs Tür.*

QUIRT Nanu, Pittsburg, was für Sachen! Liebst mich nicht mehr, comment?

CHARMAINE Mais oui – mais – nicht jetzt bitte – demain evening peut-être –

QUIRT Ach soo! Kapier schon. Der Anblick des eisernen Flagg hat dich umgeschmissen, was? Kenne die Weiber. Ihr liebt uns nur, wenn wir in Uniform stecken, das ist es.

CHARMAINE *sieht erst jetzt, wie er angezogen ist, mustert ihn von oben bis unten, muß lachen* Wie siehst du aus, das ist die Pantalon von Papa Pete! Oh, c'est très drôle! *Sie lacht, weicht ihm dabei aus.*

QUIRT Ich hab's ja gewußt, es ist die Kleiderfrage. Na wart nur ab, Pittsburg, wenn ich wieder in Montur stecke, sollst sehen, wie ich das alte Nashorn aussteche, verdammt nochmal – *Er beginnt sich zu ärgern, stampft auf* – wenn ich nur den Schlüssel zu Fergys Kiste hätte oder meinetwegen die Kluft von irgendeinem toten Helden –

CHARMAINE *auf der Treppe, lachend* Vraiment – du mußt wieder Soldat werden, dann hab ich dich wieder lieb, kann sein vielleicht –

QUIRT Wart ab – *Will ihr nach* Charmaine! Un Moment – *Sie verschwindet in ihre Kammer, schließt von innen ab.*

QUIRT *der am liebsten jemanden umbringen möchte – haut sich auf den Bauch* Still, Kleiner. – Die krieg ich noch. Die krieg ich noch – rascher als der!

KIPER UND LIPINSKY *lugen vorsichtig durch die Tür, dann schlupfen sie herein.*

QUIRT *möchte verschwinden, weiß aber nicht wohin, setzt sich in Positur.*

KIPER Ei, Sergeant Quirt! Interessanter Anblick. Sie sehen grad aus, als wollten Sie mit Ihrem eignen Begräbnis gehen.

QUIRT Was willst du damit sagen, du Filzlaus. Was heißt hier Begräbnis? He?

KIPER Na, ich denke, wenn Flagg dich hier erwischt –

QUIRT Halt's Maul!

LIPINSKY Wenn ich Ihnen raten darf, Sergeant Quirt, machen Sie sich hier aus der Sichtlinie. Sie können eklig getroffen werden, Knochensplitter, yes?

QUIRT Was habt ihr denn hier überhaupt zu suchen! Raus mit euch! *Er trinkt.*

KIPER Mir kann ein Mann in Hemdhosen und Bettjacke absolut nichts befehlen. Ich richte mich nur nach den deutlich sichtbaren Abzeichen der Charge. Haben Sie auch mal gedient, Herr?

QUIRT *wirft Lipinsky auf ihn* Ich mache Jam aus euch, jawohl, ich mache Jam aus euch!

LIPINSKY Hilfe!!

KIPER Käpt'n Flagg –!

FLAGG *erscheint oben in der Tür, schwer besoffen, die bereits halb ge-*

leerte Flasche in der Hand Hallo, Quirt. Das reine Familienfest. Geht's dir gut, Quirt?

QUIRT Reden wir von etwas anderm. Laß mich überhaupt in Ruhe, wie komm ich dazu. Wenn ich dich hier umbringen würde, das könnte mir kein Mensch übel nehmen, durchaus nicht.

FLAGG *kommt herunter, unangenehm leise* Du redest nicht ganz klar, Quirt. Du scheinst mich mit einem andern zu verwechseln. Ich bin's, dein alter Flagg, merkst du was? Du bist überhaupt total besoffen.

QUIRT Wer? Ich? Du bist besoffen.

FLAGG Also gut. Beide besoffen.

QUIRT Nein du!! *Ihm ausweichend, fast schreiend* Was willst du denn überhaupt?!

FLAGG Was trinken will ich. *Schwenkt scharf an ihm vorbei zur Bar hin, mixt zwei Schnäpse* Komm her. Sauf.

QUIRT Danke.

FLAGG Feigling.

QUIRT Gib her! *Nimmt das Glas* Prost! Dein Wohl.

FLAGG Ausgeschlossen. Dein Wohl.

QUIRT Also unser Wohl.

FLAGG Meinetwegen. *Sie verbeugen sich voreinander, trinken* Zur Sache, Quirt. Was hast du mir mitzuteilen?

QUIRT Nichts Neues, Käpt'n Flagg. Gedenke heute nacht zu heiraten.

FLAGG Möchtest du nicht lieber gleich in den Kanal springen, Quirt? Du würdest meinen Burschen die Mühe ersparen, deinen Leichnam hineinzuschmeißen.

QUIRT Danke. Die Kanäle stinken mir zu sehr. Im übrigen halte ich es für meine Pflicht, dich darauf aufmerksam zu machen, daß ich bis jetzt sieben Katastrophen überlebt habe, bei denen kein Mensch damit rechnen konnte, davonzukommen. Wenn sich also hier in nächster Zeit etwas Unangenehmes ereignen sollte, habe ich alle Chancen, dich zu überleben, Flagg. Prost, Käpt'n Flagg!

FLAGG *trinkt ihm zu* Verreck, du Hund!

QUIRT Krepier, du Luder! *Trinkt.*

FLAGG Danke, Süßer. Du hast dich verdammt umständlich ausgedrückt, das kommt, weil du nichts vertragen kannst. Darf ich dich daran erinnern, daß du deinen Revolver vergessen hast?

QUIRT *fährt unwillkürlich mit der Hand an die Stelle, wo die Revolvertasche sitzt, sichtlich erschreckt.*

FLAGG *lacht herzhaft, haut ihm auf die Schulter* Bist du nicht ein süßer kleiner Narr, he? Trinken wir noch eins.

QUIRT Allemal.

FLAGG Oder stoppst du schon ab, was?

QUIRT Du bist verrückt, ich hab noch nicht angefangen.

FLAGG Moment. *Er geht zum Bartisch, will eingießen.*

QUIRT *springt ihn von rückwärts an, greift unter seinen Armen durch, preßt ihn zusammen. Kiper und Lipinsky stürzen sich, um Flagg zu helfen, von rückwärts auf Quirt, wodurch das Gewicht von allen dreien Flagg vornüber drückt. Flagg hält sich am Bartisch fest, der mit Gläsern umfliegt. Großer Krach und wüstes Stampfen. Dann gelingt es Flagg, alle drei nach rückwärts abzuschütteln, sie fliegen übereinander in den Raum. Flagg fährt herum, steht geduckt in Boxerstellung. Quirt kommt unter Kiper und Lipinsky hervor, die er nach rechts und links auseinanderwirft, er hat Flaggs Revolver in der Hand.*

FLAGG Gib das Ding her.

QUIRT Nein.

FLAGG Gib das Ding her oder – *Stürzt sich blitzschnell auf ihn, schlägt ihm den Arm hoch, kurzer Nahkampf, Kiper und Lipinsky ziehen hinten an Flagg und an Quirt, um sie auseinanderzukriegen. Dann fliegt Quirt gegen die Wand, Kiper und Lipinsky stürzen sich über ihn her.*

FLAGG *hebt den Revolver auf, steckt ihn ein.*

KIPER Was sollen wir mit ihm machen, Käpt'n?

FLAGG Ihr laßt ihn auf der Stelle los, sonst schieß ich euch in die Fußzehen. Gut bekommen, Quirt?

QUIRT Schlappheit. Drei gegen einen. Komm raus, wenn du Mut hast, wir nehmen so zwei nette kleine Dinger und schießen uns auf zwanzig Meter Distanz.

FLAGG Könnte dir so passen, Quirt. Wieviel Scharfschützenmedaillen hast du eigentlich auf deinem Waffenrock? Du kannst mich so leicht abknallen, wie man einen Cent in einen Ziehbrunnen wirft. Zu billig, Quirt. Denk dir was andres aus.

QUIRT Wie ich dich loswerde, du Hund, das ist meine Sache. Ob ich dich zusammenknalle oder ob ich dich einfach ersäufe.

FLAGG Phantasie, Quirt! Humor, Quirt! Du redest ja einen plumpen Stiefel zusammen, den du vor Gott nicht verantworten kannst. Schlaf deinen Rausch aus, daß dir wieder was einfällt.

QUIRT Rausch ist gut! Ich bin stinknüchtern, merk dir das. Ich habe mich schon von 90prozentigem Alkohol ernährt, wie du noch in die Windeln geschissen hast.

FLAGG Das merkt man, Quirt. Du wirst alt. Verdammt alt. Du beginnst schon zu lallen. Du wirst geradezu senil, Quirt.

QUIRT Wer wird hier alt? Du wirst alt! Du! Alt ist kein Ausdruck! Uralt! Ein altes Waschweib, merk dir's! Ich kann dir sagen, du machst nicht mehr lange mit, Junge: Kapitäne, Generäle und so Zeug, die machen nicht lang. Ich habe hunderte davon krepieren sehen, das hab ich. Ein Sergeant lebt ewig – hurra!

FLAGG Schluß jetzt. *Er brüllt* Charmaine!!

CHARMAINE *erscheint auf der Treppe* Oh, quel malheur!!

FLAGG Nix malheur, bring uns was zu essen! Wir haben alle beide Mordshunger, nicht wahr, Quirt? Und neue Gläser, Charmaine. Dully, dully!!

QUIRT, *während Charmaine Teller mit Wurst und Brot auf den Tisch setzt und neue Gläser mixt* Ich war zuerst da, Flagg.

FLAGG Stimmt. Bezweifelt niemand.

QUIRT Du läßt mir das Mädel, oder –

FLAGG Oder? *Er steckt ein riesiges Stück Brot in den Mund, schiebt Wurst nach.*

QUIRT Gib her. *Beginnt auch zu fressen.*

CHARMAINE *zwischen beiden* Bons camarades, vous deux? Ihr wieder gut Freund alle beide?

FLAGG *setzt sich, zieht sie neben sich auf den Stuhl. Auch Quirt setzt sich auf ihre andre Seite* Selbstverständlich, Charmaine. Die besten Freunde der Welt. Wir wollen drauf trinken, Quirt. Hoch Flagg, hoch Quirt, die alten Frontschweine. Stehn sich gut zu Gesicht, die Herrn. Aber für beide zusammen ist kein Platz auf dieser Welt. Trink an, Charmaine – auf unser Wohl! *Hält ihr sein Glas an die Lippen, faßt sie mit dem Arm um die Hüfte.*

QUIRT *stößt sein Glas hart auf den Tisch, daß der Inhalt herausspritzt* Zum Donnerwetter, Flagg!!

FLAGG Was denn, mein Herzchen? Warum trinkst du nichts?

QUIRT Nimm die Hand weg.

FLAGG Welche?

QUIRT Nimm die Hand von Charmaine weg, sag ich dir.

FLAGG Nimm du sie doch weg. Probier doch, ob du sie wegkriegst.

CHARMAINE Oh, mon Dieu, ihr müßt euch vertragen, vous deux, ihr müßt euch liebhaben, vous deux!

QUIRT Also – entweder – oder. Gibst du auf – oder nicht?

FLAGG Mich bringt kein Gaul von der Stelle, wenn ich nicht will.

QUIRT Einer muß raus hier – zum letzten Mal!!

FLAGG Einer bleibt am Platz. Soviel ist sicher.

CHARMAINE *umarmt Flagg* Nicht kämpfen, ne pas te battre, je t'en prie!!

FLAGG *stößt sie weg* Zum ersten Mal seit sechs Monaten hab ich einen Grund zum Kämpfen. Die Deutschen haben mir keine Frau weggenommen, bitte sehr. Gegen die kämpf ich nur für 8 Dollar 50 am Tag.

CHARMAINE *versucht verzweifelt zwischen beide zu kommen, die sich immer dichter auf den Leib rücken* Ich liebe euch – alle beide – de tout mon cœur!

FLAGG Nix cœur. Weg da, wir sprechen uns später. Sei nett, Charmaine, stör uns nicht. *Er schiebt sie wieder weg.*

QUIRT Also mach dich raus, Flagg, und such dir ein Mädel auf der Gasse.

FLAGG Bedaure. Abgelehnt.

QUIRT Du bist zu feig, dich zu schießen, du Hund. Also, würfeln wir um sie. Höchste Zahl gewinnt.

LIPINSKY *hat sofort mit einem Gewohnheitsgriff ein Würfelspiel aus seiner Tasche gezogen, bietet es Flagg an.*

FLAGG Du bist wohl vom Watz gebissen, Lippy! Oder hast du Interesse daran, mich vorzeitig unter die Erde zu bringen? Dieser Quirt ist der berüchtigste Falschwürfler der Vereinigten Staaten gewesen. Er hat einen Schwung heraus, den ihm keiner nachweisen kann. Als Schuljunge hat er seinen sämtlichen Lehrern ihr Jahresgehalt und die Unschuld ihrer Töchter abgewürfelt. Nein, mein Junge. Karten.

QUIRT All right. Karten. *Er schlägt seine Jacke und seinen Lazarettanzug zurück, nimmt ein Spiel Karten heraus, das er an einem Gummiband, ähnlich wie einen Brustbeutel, auf der nackten Brust trägt* Bin versehen, wie du siehst. *Er grinst.*

KIPER Gute Nacht, Käpt'n. Soll ich Ihre Familie benachrichtigen?

FLAGG Schnauze! Was meinst du, Quirt: schwarze Sau?

QUIRT All right. Pikdame sticht.

FLAGG Well. Hure über König. Du gibst, meintwegen.

QUIRT *beginnt zu mischen* Und was geschieht mit dem, der verliert?

FLAGG Hast du irgendwelche Zweifel darüber? *Legt den Revolver mitten auf den Tisch.*

QUIRT Ich schlage vor, wer verliert –

FLAGG Mach dir keine Sorgen, mein Junge. Wer gewinnt, kriegt das Mädel und kann mit dem andern machen, was er will.

QUIRT Also hat der Verlierer immer noch die Chance, den Rest des Krieges im Lazarett zu verpennen.

KIPER Käpt'n Flagg – Käpt'n Flagg – sehn Sie doch, wie der Kerl mischt –

FLAGG Schnauze!! Bist du gefragt?! Charmaine! Dürfte ich dich höflichst bitten, den Schauplatz der Handlung für einige Minuten zu verlassen? Es wird hier in den nächsten fünf Minuten was passieren, so was liest sich besser, als es sich ansieht. Und stopf dir Watte in die Ohren, für alle Fälle.

CHARMAINE Oh, non – je ne vais pas –

FLAGG Also hopp!! A haut!! Toute de suite parti, nachher retour! *Er steht auf, nimmt ihren Arm, geleitet sie zur Treppe – während Quirt, unverschämt grinsend, immerzu mischt.*

CHARMAINE *auf der Treppe* Vous êtes fous, vous deux! Alle beide miserabel, sales bêtes!! Ich will euch nicht, nicht du, nicht du!

LIPINSKY Bravo Charmaine. Nimm mich statt ihrer. *Da Flagg ihn fixiert* Pardon, natürlich nur für den Fall Ihres Todes, Käpt'n.

CHARMAINE *immer noch schimpfend auf der Treppe* Oh, fi donc, fi donc! Vous n'êtes pas des hommes, vous êtes des cochons, vous êtes des bœufs, vous êtes des barbares!!

FLAGG *droht ihr mit dem Revolver, sie verschwindet aufschreiend und schmeißt die Tür hinter sich zu.*

KIPER UND LIPINSKY *schließen mittlerweile Wetten ab. Man hört sie halblaut murmeln, während Lipinsky aufschreibt. 200 auf Quirt, 250 für Flagg. Also: fünfzig zu null usw.*

FLAGG *richtet den Revolver auf die beiden* Kip und Lip raus! Brauchen keinen Toto hier.

QUIRT Und keine Zeugen.

FLAGG Also raus.

KIPER UND LIPINSKY *schleunigst ab.*

LIPINSKY *im Rausgehen* Ich hab auf beide gesetzt, für alle Fälle.

FLAGG *setzt sich wieder, beide sind plötzlich ganz kalt und ernst und erstaunlich nüchtern.*

QUIRT Heb ab.

FLAGG So. Gib.

QUIRT *teilt aus* One – two. One – two. One – two.

FLAGG Stop! *Er legt die eine Hand auf die Karten, die Quirt sich selbst gegeben hat, die andere auf seine Karten, die er noch nicht aufgehoben hat* So, mein Junge.

QUIRT Das gilt nicht. Das ist gegen die Regel.

FLAGG Wenn du ehrlich gegeben hast, kann's dir egal sein. Wenn nicht, gilt dein Spiel verloren. Klar?

QUIRT *überrumpelt zwischen den Zähnen vor* Also los. *Nimmt widerwillig die Karten, die Flagg ihm hinschiebt.*

FLAGG Hast du noch einen Wunsch, Quirt?

QUIRT *sehr nervös* Quatsch nicht! Spiel aus!

FLAGG Erst trinken. Letzter Schluck, Quirt.

QUIRT Soll dir so bekommen, wie ich dir's wünsche.

FLAGG Skall. Du stehst mit einem Fuß im Grab. Die Würmer warten.

QUIRT Sie kriechen dir schon aus dem Mund, Flagg. Skall! *Beide kippen mit der linken Hand blitzschnell ihre Schnäpse hinunter, dann legt jeder die Hand auf eine Karte.*

FLAGG Remis?

QUIRT Ouvert!

BEIDE *decken gleichzeitig auf, Flagg zieht den Stich ein.*

FLAGG Zweiter Stich. Remis?

QUIRT *hat schon das eine Bein zum Sprung hochgezogen* Ouvert –

BEIDE *lauernd mit den Fingern auf der Karte, dann blitzschnell umdrehend.*

FLAGG *haut die Karte fest auf, laut* Pikdame sticht!

QUIRT *schmeißt im gleichen Moment den Tisch mitsamt der Lampe um, springt durchs Fenster hinaus.*

FLAGG Zum Teufel! Feiger Hund, verfluchter!! *Brüllend* Feiger Hund, krepier, du Hund – *Er ist aufgesprungen und schießt mit seinem Revolver aus dem Fenster hinaus sechsmal hinter Quirt her.*

CHARMAINE *mit einer Lampe auf der Treppe oben* Oh, mon Dieu, tu l'as tué?? Du hast ihn erschossen?

FLAGG *schmeißt den Revolver zu Boden* Soll einer treffen bei der Dunkelheit. Müßt 'n Zufall sein. Jedenfalls sind wir ihn los für heute. Komm her – kleine Frau.

CHARMAINE *hat die Lampe abgesetzt, steht nun bei ihm.*

FLAGG *läßt sich rückwärts auf den Sessel sinken, zieht sie auf seine Kniee* Gehörst du mir, Charmaine? Hast du mich lieb, Charmaine?

CHARMAINE Oui – *Sie beginnt nervös zu weinen.*

FLAGG Warum weinst du, Baby? Es ist alles vorbei. Sei ruhig, Kind, komm.

CHARMAINE Ich weine – weil es so schwer ist –

FLAGG Was denn. Es ist alles ganz einfach. Ich liebe dich. Ich habe dich immer geliebt. Jetzt gehörst du mir. Heul dich aus. Ich hab das gern, wenn du weinst. Wir bleiben zusammen heut nacht, wir zwei – Herrgott, bin ich müde – *Sein Kopf schlägt plötzlich auf die Tischplatte, dann rappelt er sich hastig hoch, umfaßt sie fester* Wir bleiben zusammen, heut nacht – oui?

CHARMAINE *hat aufgehört zu weinen, streicht ihm mit einer behutsamen Zärtlichkeit durchs Haar.*

FLAGG *küßt sie, sieht sie an* Bist du jetzt zahm, kleines Tier, oui? Du wärst ja mit dem andern ganz genau so nett, wenn er übriggeblieben wäre – was liegt schon mir dran – süße kleine Frau – Frau – *Seine Stimme ist ganz verändert, fast wie wenn jemand im Schlaf spricht. Sein Kopf sinkt an ihre Brust.*

FLAGG Schlafen. Drei Tage schlafen. Schlafen –

CHARMAINE *wiegt seinen Kopf, wie man ein Kind wiegt – schraubt mit der freien Hand das Licht niedrig, dann streichelt sie ihn, flüstert fast müttlich* Oh, mon chéri – oh, mon chéri – *Von draußen Motorradgeknatter, hastige Geräusche. Lichter. Stimmen, ein paar Leute rennen. Dann erscheint... ein Meldefahrer völlig verstaubt, verschwitzt, verdreckt, in der Tür, hinter ihm Kiper und Lipinsky, scheu wie verprügelte Hunde.*

MELDEFAHRER *salutierend* Kapitän Flagg?

FLAGG *ohne sich zu regen, gibt keine Antwort. Man weiß nicht, ob er schläft oder wacht.*

KIPER Käpt'n Flagg. Schlechte Nachricht.

LIPINSKY Schlimm, Käpt'n Flagg. Sonst hätten wir nicht gestört –

FLAGG *ohne den Kopf von Charmaines Brust zu heben* Raus damit.

MELDEFAHRER Die ganze Kompagnie sofort in die Front zurück. Abmarsch in einer Viertelstunde. Die Lastwagen halten am Straßenkreuz, mit doppelter Munition. Feindlicher Angriff. *Ab.*

FLAGG *regt sich nicht.*

KIPER Die Zugführer sind schon im Bilde. In fünf Minuten steht alles. *Man hört nun eine Signaltrompete, und immer stärker die Geräusche des Aufbruchs, wie am Schluß des ersten Aktes.*

FLAGG *ohne seine Lage zu ändern* Geht mich nichts an. Ich habe Urlaub.

LIPINSKY Jeder Urlaub ist rückgängig gemacht, Käpt'n.

FLAGG Verdammt nochmal. Warum habt ihr den Kerl hierhergebracht. Ihr hättet mich nicht zu finden brauchen – einfach nicht aufzufinden –

LIPINSKY *flüsternd* Krankmelden, Kapitän, krankmelden.

FLAGG *ohne hinzuhören* Das geht nicht. Die können mir meinen Urlaub nicht einfach wegstehlen. Ich hab das Ehrenwort vom General, ich bestehe darauf. Ich habe den Gefangenen gebracht. Ich habe sechs Tage und Nächte kein Auge zugetan. Ich habe meine besten Jungens verloren. Ich tu's nicht. Ich geh einfach nicht mit. Sie sollen nur herkommen.

KIPER Soll Leutnant Cunningham das Kommando übernehmen, Sir?

FLAGG Ihr habt mich einfach nicht angetroffen. Ich weiß von nichts. Ich habe meinen Urlaub verdient. Dieser verfluchte Hund von einem General. Die sollten überhaupt endlich Schluß machen. Die können doch die Jungens nicht wieder rausschicken!! Die haben ja noch nicht einmal geschlafen – ich übernehme keine Verantwortung – ich nicht –

COWDY *erscheint in der Tür* Der Erste Zug steht, Sir. *Er wankt fast vor Müdigkeit, nimmt seine Gepäckstücke auf, die er im Anfang des Aktes zum Teil hier liegen ließ.*

FERGUSON *ist gleichzeitig aufgetreten, sieht zu Flagg hin.*

FLAGG Charmaine! Soll ich bei dir bleiben?

CHARMAINE *legt die Arme um ihn, dessen Kopf noch immer an ihrer Brust ruht* Oui – oui – nicht fortgehen – bei Charmaine bleiben – *Zu den andern* Le Capitaine reste ici – Le Capitaine est malade –

FLAGG *immer noch in der gleichen Haltung, ohne die Stimme zu verändern* Schon gut, Charmaine. Tu es bonne, Charmaine, you are my sweetheart, all right. Cowdy, lauf zu Cunningham, der erste Zug soll warten. Ich komme selbst zur Kontrolle. Stopf Schokolade in meinen Rucksack, Kiper, soviel du schleppen kannst. Leb wohl, Charmaine. Ich kann die Jungens nicht alleinlassen. Dieser verdammte Beruf hat uns zu Schlachtvieh gemacht, man geht sterben, wenn man gepfiffen kriegt, blöder als ein Hund – *Er steht auf.* Mach's gut, Charmaine. Mich siehst du nicht wieder. Fergy, wir rücken aus. Wir wissen noch nicht, wo's hingeht. Weiß der Teufel, wie das mal enden soll – *Er stolpert hinaus, Kiper, Lipinsky und Ferguson folgen, man hört ihn draußen ein Kommando rufen. Sein Helm und Koppel sind noch in der Stube geblieben. Charmaine beginnt mit gesenktem Kopf den Helm wieder zu reinigen.*

QUIRT *erscheint kletternd durch eine Art Oberlichtfenster. Zuerst erscheint sein umwickeltes Bein im Lazarettanzug, dann springt er selbst herunter, er hat jetzt einen Waffenrock an* Hallo, Pittsburg!

CHARMAINE *fährt auf* Oh – du bist nicht tot? Er hat dich nicht geschossen?

QUIRT Im Gegenteil. Habe gesundheitlich nicht zu klagen. Sind sie alle weg?

CHARMAINE *deutet auf den Helm* Das ist vom Kapitän. Er wird es holen.

QUIRT *lauscht hinaus* Geht wieder los, was?

CHARMAINE Oui – bleibst du bei mir –?

QUIRT Komm her, darling. Hast du deinen Micky noch lieb?

CHARMAINE *streichelt sine Hand* Oui – chéri –

QUIRT So lieb wie ihn?

CHARMAINE So lieb wie ihn – nur, par une autre maniere, tu comprends? Bleibst du bei mir?

QUIRT Dann gib mir noch einen Kuß zum Abschied. Gegen Dummheit ist kein Kraut gewachsen. Wir sind ja alle verblödet... Farewell, Pittsburg. *Er küßt sie.*

FLAGG *tritt in die Tür.*

QUIRT *läßt Charmaine los, grinst ihn an.*

FLAGG *ohne ein Wort, nimmt seinen Helm, schnallt seinen Koppel um. Wendet sich zur Tür. Will gehen.*

QUIRT Hallo, Flagg! Wart auf mich.

FLAGG *dreht sich um, sieht ihn an* Willst du mit?

QUIRT Du mußt mir ein paar Hosen pumpen. Alles andre find ich schon vorne.

FLAGG Dein Bein?

QUIRT Wird gehen – Mückenstich.

FLAGG Hab ja gleich gesagt, daß du mit der Schramme Dienst machen kannst. Komm her, stütz dich.

QUIRT *legt den Arm um seine Schulter* Los, altes Rübenschwein. Ich werd's schon schaffen.

FLAGG *schon im Abmarschieren* Halt dich ran, und tritt mir nicht auf die Hühneraugen, du Krüppel.

QUIRT Tritt halten, Tritt halten, Flagg, du mußt wohl erst noch gehen lernen, was?

BEIDE *verschwinden auf die Straße, von der Taktschritt und Trommelwirbel erschallt.*

CHARMAINE *blickt ihnen nach, läuft plötzlich ans Fenster, ruft ihnen nach* Farewell, Camarades! Farewell, Camarades!

Editorische Notiz

Die Texte dieses Bandes sind chronologisch nach ihrer Entstehung geordnet.

Schinderhannes. Schauspiel in vier Akten erschien 1927 im Propyläen-Verlag in Berlin. Die Fassung der Erstausgabe liegt unserer Edition zugrunde. Die Uraufführung fand am 13. Oktober 1927 im Lessing-Theater in Berlin in der Regie von Reinhard Bruck statt; ein Jahr später wurde das Schauspiel von Kurt Bernhardt verfilmt, 1958 verfilmte es Helmut Käutner noch einmal.

»Nachstehenden Artikel hat der Dichter des ›Schinderhannes‹ der ›Mainzer Warte‹ zum Abdruck [22. Oktober 1927] freundlichst überlassen.«

In der Mainzer städtischen Anlage, oberhalb der alten Favorite, dem Lustschlößchen der geistlich-weltlichen Herren von ehemals, ist ein Kinderspielplatz, da stehen neunzehn alte Pappeln im Kreis, und in der Mitte ein großer zerfurchter Baum – Spinnfäden, welke Blätter, verpuppte Schmetterlinge hängen in den Rissen seiner harten Borke – und rings um ihn her ist ein Sandhaufen geschichtet, auf dem sich Kinder, Hunde, Wursthäute und Butterbrotpapier herumtreiben. Zwischen den andren Bäumen stehen grüngestrichene Bänke, darauf sitzen die Kindermädchen und die jungen Mütter, sie machen Handarbeit oder lesen Leihbücher oder tratschen oder schikanieren die Kinder, je nach Pflicht, Laune, Temperament, und wenn es dämmert, geht manche rasch fort, und manche warnt die Buben, die sich im Schutz der Baumschatten beschleichen, fesseln, martern, skalpieren: »Macht, daß ihr heimkommt, ihr Bittel, sonst kriegt euch der Schinderhannes!«

Aber die Buben, wenn sie richtig sind, lassen sich dadurch

kaum vertreiben. Manch einer ist mit seinem besten Freund oder Blutsbruder todesmutig zurückgekehrt, wenn es stockfinster war, wie einst Tom Sawyer und Huckleberry Finn ins Geisterhaus, und hat mit seinem Kinderspaten in den feinen Ziehwurzeln der Pappelbäume herumgestochen, unter denen der Schinderhannes und seine neunzehn Todeskameraden begraben liegen – ob er nicht doch vielleicht einen Schädel fände, ein menschliches Gerippe oder wenigstens einen Halswirbel oder Backenzahn. Und im Gonsenheimer Wald, in jenem Steinbruch, wo im Frühjahr die dicken, gelbstäubigen Kätzchen blühen, kroch mancher heimlich auf allen vieren in die modrige, erdrieselnde, halbzerfallene Höhle, die von den Bauern »Schinderhanneslohe« genannt wird und in der noch heute das Geld, von seinen Anhängern zu spät für seine Befreiung gesammelt, vergraben sein soll.

Im Rheinhessischen, im Hunsrück, im Taunus und drüben im Odenwald, in der Pfalz und bis ins Saargebiet, an der Mosel, der Nahe und auf beiden Ufern des Mittelrheins gibt es keinen Ort, in dem nicht heut noch der Name des Schinderhannes und seine Erinnerung lebendig ist. In jeder Familie weiß man eine Geschichte, wie der Großvater oder Urgroßonkel noch mit dem Schinderhannes zusammengetroffen ist oder bei seiner Hinrichtung dabei war oder wenigstens jemanden gekannt hat, der selbst wieder den Schinderhannes gekannt hat, und die Geschichten, Anekdoten, Legenden, Berichte von seinem Leben und seinen Taten bilden ein großes, ungeschriebenes Volksepos, wie das vom Eulenspiegel im alten Flandern.

Solche Gestalten, die sich allmählich aus der historischen Wirklichkeit lösen, legendär und unsterblich werden, verkörpern immer die Sehnsucht, die Liebe, die heimlichen Wunschträume und das innerste Wesen eines Volkes, einer Rasse, einer Landschaft, überhaupt der wahren menschlichen Natur. Der Schinderhannes, der sich nichts gefallen läßt, der nimmt, was er findet, der hergibt, was er hat, der die Bedrükker hart angeht und gut Freund ist mit allem Volk, der seine

Feinde mit einem Lachen abtut, seine Verfolger an der Nase herumführt, der sein Leben riskiert für einen guten Witz und auf den Volksfesten tanzt, singt, säuft, während hundert Gendarmen die Wälder nach ihm absuchen – der Schinderhannes, auf den die Frauen fliegen und der mit seinem Elan, seiner Jugend, seiner wilden Grazie und seiner stählernen Energie die Bande wüster Krakeeler und Marodeure beherrscht und zwingt: so ein Kerl möchte jeder gern sein, und selbst wer über Tag bis über beide Ohren in Ehrbarkeit steckt –, nachts regt sich auch in ihm zuweilen der Drang zum verteufelten Burschen.

Das Geheimnis der Popularität eines Helden: daß sich jedermann, ob er's weiß oder nicht, insgeheim mit ihm und seinem Wesen identifiziert. Der Hannes Bückler, der um 1800 lebte und starb, und der Schinderhannes, der leben blieb bis heute wie die Gestalten der Volkslieder und Legenden, besitzt diese geheime Kraft in höherem Maß als viele größere und bedeutendere Menschen sie jemals erreichen können. Er war ein einfacher Mann und von keiner überragenden, großartigen Eigenart. Aber er verkörpert in einer so klaren, ungebrochenen Weise die stärksten Eigenschaften und Wesenszüge seines Volkes, daß er dem Volk zum idealen Abbild seiner selbst wurde. Er verkörpert kein nordisches oder klassisches Heldenideal, sondern ein wesentliches, südwestdeutsches Lebensideal. Leichtigkeit des Blutes und Stärke der Natur – nachbarlich verwandt dem Volkstum der Franzosen, die durch die Verkettung der Politik damals die Henker des Schinderhannes wurden – und doch in allen Fasern deutsch: in den Wurzeln der Landschaft, in der Weite des Gefühls, in der Begrenztheit seines Wesens und im Trieb, über sich selbst hinauszukommen. Und dann, außer den Kräften seiner Rasse, hat der Schinderhannes die wahren Züge des Volkshelden aller Nationen: echtes Rebellentum, unbedingtes Festhalten am natürlichen Menschenrecht, verzweifelten Widerstand gegen alle schlechten gesellschaftlichen Unrechte.

Es gibt kein historisches Schauspiel, oder es gibt nur historische Stücke, wie man will. Wenn einer ein Stück schreibt, das heute, am 9. Oktober 1927, spielt, so ist es, im Augenblick der Festlegung der Objektivierung, zum historischen Dokument geworden. Wenn einer ein Stück schreibt, dessen stoffliche Grundlagen 2000 Jahre zurückliegen, und er ist ein heute lebender, wahrhaft lebendiger Mensch, so ist sein Stück notwendig von heute, ein Stück von uns. Als ich begann, mich in den Schinderhannesstoff hineinzuarbeiten, kam mir öfters der Gedanke, den Schinderhannes dem neunzehnten Jahrhundert zu lassen und einen Briganten, Volkshelden, eine ungebrochene menschliche Natur aus der Jetztzeit und ihrer Bedingungen zu schreiben. Warum ich es doch nicht tat, war mir nicht ohne weiteres klar, aber heute scheint es mir folgerichtig und notwendig zu sein. Der legendäre Schinderhannes ist losgelöst von allen kleinlichen Mißverständnissen, Ressentiments und Sensationen. Und die Bedingungen seiner Zeit sind den Bedingungen unserer Zeit in allem, worauf es ankommt, nicht wesentlich verschieden.

Der Schinderhannes war keineswegs das, was man heute unter einem Revolutionär versteht. Er war ein Rebell. Er widersetzte sich allem, was dem starken, einfachen Leben Abbruch tut. Er hatte bestimmt keine Ideologie. Er rebellierte nicht aus »erkannten Mängeln, sondern aus der Fülle seiner Natur«. Er hatte nichts von einem »Volksbeglücker«. Er war ein Mensch, der leben wollte, leben konnte, und der sich keine Einschränkungen gefallen ließ.

Gewisse Züge, die für die Beurteilung des historischen Schinderhannes traditionell geworden sind, habe ich vollständig beiseite gelassen, weil ich sie für falsch halte. Dahin gehört der ihm nachgesagte Franzosenhaß und Antisemitismus. Beides schaltet in Wirklichkeit als Triebfeder seines Handelns völlig aus. Französische Soldaten und deutsche Gendarmen durchstreiften damals gemeinsam das Land, um die »Ordnung aufrechtzuerhalten«. Deutsche Rheinfürsten und französische Besatzungsgenerale saugten gleichermaßen die Bevölkerung aus und bedrückten sie mit doppelter Steuerlast. Der Mann in der Uniform der Häscher und Büttel der Staatsgewalt, der Eintreiber und Einprügler der Klassen- und Standesvorrechte, das war der Feind des Schinderhannes, und er trug in der Mehrzahl rote Hosen statt blaue. Ebenso ist es mit dem Antisemitismus. Der Kampf des Hannes Bückler richtete sich in seiner primitiven Weise gegen die Anhäufung großer Gütermengen in privatem Besitz. Ein wilder, ungezügelter Ausgleichstrieb befeuerte ihn und seine Kerle. Das traf auf Jude und Christ, auf Pfarrhof und Krämerwagen. Daß er manchmal in einer Art von einfältiger Schlauheit den Judenhaß gewisser Schichten zu seiner Propaganda ausgenutzt hat, ändert hieran nichts und braucht uns nicht zu kümmern.

Ebenso halte ich die berühmte »Sehnsucht nach der Bürgerlichkeit«, die man dem Schinderhannes andichtete, für falsch. Der Bückler Johann wollte, wie jeder anständige Mensch, absolut nicht sterben.

Er wollte dieses großartige und lebensgefährliche Leben festhalten und packen, er wollte durchkommen, hochkommen, Platz haben und Nahrung für seine Kräfte. Er floh zum Militär: weil es keinen anderen Fluchtweg gab. Vielleicht auch, weil es dort die einzige Möglichkeit des individuellen Aufstiegs, des Großwerdens, in geregelten Bahnen gab. Als anarchistischer Räuber hatte er das höchste erreicht, was menschenmöglich war: drei Jahre lang war er unumschränkter Herrscher einer Landschaft gewesen, hatte gelebt und leben gelassen nach seinem Kopf und seinem Recht. Jetzt merkte er mit dem gesunden Blick eines einfachen Mannes, daß es auf diesem Weg keine Entwicklung mehr gab. Nur Abstieg, Zerfall, Todeskampf. Er aber wollte Aufstieg, Zusammenhalt, Leben. Da ging er übern Rhein und fing neu an. Damit schwor er kein Jota von seiner Art und seiner Sache ab. Er blieb sich selbst treu bis zum Tod, den er verachtete.

Zum Schluß noch ein Wort über den Anachronismus. Ich klage mich guten Gewissens des chronischen Anachronismus an. So viele derartige Stellen man auch in diesem Stück entdecken mag: es sind immer noch mehr. Aber es ist mir unmöglich, die Sprache und ihren Ausdruck künstlich zurückzuschrauben. Zum Beispiel kommen im Deutsch der Landstreicher, Arbeiter, Soldaten eine Menge Ausdrücke und Wendungen vor, die nachweislich erst während des Weltkrieges aufgekommen sind. Um so lebendiger und unmittelbarer gehen sie in unser Ohr. Ich hoffe trotzdem, den Johann Bückler und seine Zeit so hingestellt zu haben, wie es in der Realität gewesen sein mag.

Katharina Knie. Ein Seiltänzerstück in vier Akten erschien 1929 ebenfalls im Propyläen-Verlag in Berlin. Die Uraufführung fand am 21. Dezember 1928 in der Regie von Karlheinz Martin ebenfalls am Lessing-Theater in Berlin statt. Das Stück wurde zweimal verfilmt: 1929 in der Regie von Karl Grune unter dem Titel ›Katharina Knie, die Tochter des Seiltänzers‹ und 1942 in der Schweiz in der Regie von Max Haufler unter dem Titel ›Menschen, die vorüberziehen‹.

›Katharina Knie‹ wurde mehrfach in der Schweiz in der Übertragung in Zürcher Mundart von Emil Bader aufgeführt, obwohl, wie Carl Zuckmayer immer wieder betont hat, seine im Hessischen, Badischen und Pfälzischen umherziehende Zirkusfamilie Knie nicht mit der berühmten Schweizer Familie verwechselt werden darf; doch stellte der weltbekannte Schweizer Nationalzirkus Knie anläßlich seines 150jährigen Bestehens am 18. August 1949 sein Zelt für eine Festaufführung der ›Katharina Knie‹ auf Schweizerdeutsch zur Verfügung. –

Anläßlich einer anderen Inszenierung im Jahre 1968 im Volkstheater Wädenswil in der Schweiz schrieb Carl Zuckmayer einen Beitrag für den ›Allgemeinen Anzeiger vom Zürichsee‹ [14. Januar 1969]:

Volks-Stück und Gegenwart

Das Volksstück, so scheint mir, ist eine aussterbende oder vielleicht schon ausgestorbene Gattung der dramatischen Li-

teratur. Volksstücke werden heute nicht mehr geschrieben, die früher entstandenen nur noch selten gespielt. Ich verstehe unter Volksstück nicht etwa den billigen Schwank, das Rührstück, das Gruselstück, das im falschen Sinn »populäre«, auf schlechten Geschmack berechnete Machwerk. Kitsch ist unsterblich. Ich denke an Stücke, wie sie von den österreichischen Volkskomödianten, von der Pawlatschenbühne bis hinauf zu Nestroy und Raimund geschrieben worden sind, an den Darmstädter ›Datterich‹, den Berliner Glasbrenner, die elsässischen Komödien von Stoßkopf, schließlich an Anzengruber, und ich glaube, daß man viele Stücke von Gerhart Hauptmann hier einbeziehen darf, daß es noch bei Brecht, wenn auch mit verfeinerter Artistik und politisch-pädagogischer Absicht, die Elemente des echten Volksstückes gibt. Des Theaterstücks also, das – sei es mehr episch oder dramatisch angelegt – volkstümliche Stoffe, Gestalten, Themen behandelt und sich an das Volk, nämlich an Jedermann und nicht nur an eine literarisch versierte Schicht von Zuschauern und Hörern wendet. Dies kann kaum ohne eine gewisse Naivität des Autors geschaffen werden, die neueren Versuchen solcher Art durchweg abgeht oder durch Ironisierung und bewußte Kritik in einem bestimmten ideologischen Sinn verdrängt ist. Das echte Volksstück verzichtet keineswegs auf Poesie oder gesellschaftskritische Hintergründe, wie sie bei Nestroy und Anzengruber immer vorhanden sind, es arbeitet auch nicht mit »Niveausenkung«, um sich dem »Volk« verständlicher zu machen, selbst wenn es die Mittel der Posse oder einer gesteigerten Theatralik anwendet, aber es bleibt immer im menschlichen angesiedelt, es mag das menschliche Bild transparent machen, es kann exemplarisch wirken, in seiner eigenen Form der Unterhaltung, die im ernsten und heiteren Bereich Lebensweisheit zu spiegeln vermag, doch es macht niemals eine Tendenz oder Doktrin zum Selbstzweck.
Ich glaube, daß mein »Seiltänzerstück« ›Katharina Knie‹ durchaus zur Kategorie des naiven Volksstückes gezählt werden kann, und deshalb hat es vielleicht heute noch, mehr als

40 Jahre nach seiner Uraufführung, eine gewisse Lebendigkeit. Es ist auf Emotionen, auf Gefühle und Empfindungen gegründet, die man heute, meiner Meinung nach in Begriffsverwechslung, gern als »sentimental« bezeichnet, aber – um die Schillersche Formulierung anzuwenden – es scheint mir eben eher naiv als »sentimentalistisch« zu sein. Es spielt nicht nur in der Welt volkstümlicher Artisten, sondern es versucht in seinem Aufbau selbst eine Art von »Equilibristik« zu vollziehen, die zwischen der Einheit des Ortes und dem Wechsel und Wandel der Zeit auf einem unsichtbaren Seil balanciert. Die Mundart ist keineswegs ein integraler Bestandteil des Volksstücks, kann aber sein Kolorit und seine Glaubwürdigkeit verstärken. Die Seiltänzerwelt, aber auch das heimgebundene Bauerntum ist nicht von einer bestimmten Landschaft oder einem lokalisierten Volkstum abhängig. Daher scheint mir die »Übersetzung« aus dem Rheinpfälzischen, dem Dialekt meiner engeren Heimat, in dem das Original geschrieben ist, in eine andere Mundart durchaus legitim und ein reizvolles Spiel mit dem Stoff und seinen Gestalten zu sein. Sie ist im Österreichischen schon einmal geglückt, und ich hoffe, daß auch die Zürcher Fassung das Schweizer Publikum richtig ansprechen wird.

Das Seil ist gespannt. Vorhang auf!

Rivalen (What price glory?) Ein Stück in drei Akten (nach dem amerikanischen Schauspiel von Maxwell Anderson und Laurence Stallings). Frei bearbeitet von Carl Zuckmayer wurde 1929 vom Arcadia-Verlag GmbH, Berlin, als sogenanntes Rollenbuch, »den Bühnen gegenüber als Manuskript vervielfältigt«; es kam nicht in den Handel. Dies ist folglich die erste allgemeine Textveröffentlichung. Die Uraufführung fand am 28. November 1929 im Theater in der Königgrätzer Straße in Berlin in der Regie von Victor Barnowsky statt.

In Carl Zuckmayers Nachlaß (Saas-Fee) befindet sich der folgende, bisher unveröffentlichte Text über dieses Theaterstück.

Kameraden

(Zu meiner Bearbeitung des amerikanischen Kriegs-Stücks ›Rivalen‹)

Als ich mit siebzehn Jahren im Jahre 1914 an die Front kam, hatte ich bestimmte Vorstellungen von Kameradschaft, die der Welt des Lesebuchs und der Indianergeschichten entstammten, sowie derjenigen bequemen Vorstellungswelt, in der fast alle Menschen leben, die keine Not kennen. An meinem ersten Fronttag, in der zerschossenen Stadt Roye, die unter Granatfeuer lag, klaute man mir bereits meinen Mantel. Am andren Tag hatten wir einen sechsstündigen Marsch zu unsrem eigentlichen Bestimmungsort, es war naßkalt und regnete zeitweise stark, ich fror wie ein Hund und bekam noch am gleichen Abend beim »Etatsmäßigen« einen furchtbaren Anschiß verpaßt, als ich um einen neuen Mantel einkam. »Du Kriegsfreiwilligengesicht, du dämliches, freiwilliges«, – sagte der – »Wozu kommst du hier raus und stehst uns im Weg herum, wenn du noch nicht einmal auf deinen Mantel aufpassen kannst!« – Ich aber hatte geglaubt, daß es unter Kameraden unnötig sei, auf seinen Mantel aufzupassen. Obwohl er ganz neu war, und warm gefüttert, während die alten Soldaten, die seit August draußen waren, größtenteils noch in ihren leichten und vielfach zerrissenen Sommermänteln herumliefen. Wenige Tage später waren meine Begriffe von Kameradschaft völlig über den Haufen geworfen. Es handelte sich um einen mann mit Vornamen Schorsch, Bierfahrer aus Babenhausen, und ich werde nie das widerwärtige Grinsen vergessen, mit dem der Kerl zusah, wie ich mit feuchtem Holz kein Feuer anbrachte oder wie ich mir beim Abnehmen des Kaffeekessels vom Feuer die Pfoten verbrannte. Das primitivste menschliche Mitgefühl schien ihm unbekannt, und wenn ich an ihm vorbeiging, und er hatte zufällig das Holzbeil oder das Gewehr oder sonst einen harten Gegenstand in der Flosse, ließ er ihn mir auf die Fußzehen fallen. Eines Abends nach einem Tag, an dem ich zum ersten Mal erlebt hatte, wie einem Mann neben mir eine Schrapnellkugel mitten durchs Gesicht klatschte, und ich hatte noch seine Blutspritzer auf den Kleidern – kurz an diesem Abend hatte ich das Pech, aus Versehen den Kaffeebecher Schorschs umzustoßen. Schorsch, der doppelt so breit und stark war wie ich, haute mir mit der offenen Hand in die Fresse. Es ist kein menschenwürdiges Gefühl, nebenbei gesagt, mit der nackten Hand ins Gesicht gehauen zu werden, ich muß es gestehen, obwohl ich selbst verschiedentlich nicht umhin konnte, in fremde Gesichter zu langen. Aber an diesem Abend machte es mich einfach krank. Ich warf mich auf Schorsch und biß ihn, ich gebe zu, daß es unmännlich war, aber ich konnte mir nicht helfen. Nur das Einschreiten eines Unteroffiziers bewahrte mich damals vor ernsthaften Körperverletzungen. Immerhin hatte ich die ganze Nacht Nasenbluten und eine verstauchte Hand. – Acht Wochen später trug mir Schorsch meine Post auf vorgeschobene Beobachtung, er brauchte drei Stunden für die letzten hundert Meter, und es ging um einen Brief, eine Zeitung und ein Päckchen mit wollenen Pulswärmern, die man nur als Anfaßlappen für erhitzte Töpfe gebrauchen konnte. Ein halbes Jahr später versäumte ich einen vollen Tag meines Urlaubs, um Schorschs Frau in Babenhausen einen kupfernen Granatring zu bringen, in dessen Innenseite er eingeritzt hatte: Feldzug 1914/15. Zwei Jahre später heulte ich wie ein Schloßhund, als wir eingruben, was eine Granate von Schorsch übriggelassen hatte. Das war nun Schorsch, und das war ein Fall von vielen, ich allein könnte mehrere Dutzend ähnliche aufzählen, und jeder Kamerad ebenso. Es war ein klarer und sehr heilsamer Vorgang: man mußte alle mitgebrachten Begriffe von »Kameradschaft« völlig vergessen, um dann einen neuen, ungeahnten, viel härteren, schlichteren und haltbareren begreifen und leben zu lernen.

Kameradschaft ist einerseits eine Form von Symbiose, »gegenseitige Hilfe in der Natur«. Andererseits kann sie, im höchsten und edelsten Sinn, das Wissen und Fühlen um ein gemeinsames Ziel sein.

Im einfachen, elementaren Erlebnis der »soldatischen Kameradschaft« vermischt sich beides, aus gemeinsamer Gewohnheit, gemeinsamer Not, gemeinsamem Schicksal, – und dem geheimen, nie klar bewußten, nie ganz zu Ende gedachten Glauben, daß das alles doch irgendeinen Sinn haben müßte, wenn es schon geschieht – einen Glauben, der dem Gesetz der inneren Selbsterhaltung entspringt, und der im Effekt immer stärker und fruchtbarer sein wird, als die bewußte Erkenntnis einer bestimmten Idee. Kameradschaft, eine seltene und sehr kostbare Erscheinung auf dieser Erde: Überbrückung der menschlichen Einsamkeit. Die andere – noch seltenere – nennt man Liebe.
Der Film »Rivalen« – und dann das Stück, nach dem der Film gemacht ist, das ich durch einen Freund zufällig vor anderthalb Jahren kennenlernte – regte mich deshalb zur Nachschaffung in deutscher Sprache an, weil es sich hier in einer sehr harten, klaren und lebendigen Art um das Wesen dieser Kameradschaft handelt. Es kommt hier weniger auf den Krieg an, der sich wahrhaftig gesehen, ohne Unterstreichung durch sich selbst verurteilt – als auf das einfachste und ursprünglichste menschliche Erlebnis im besonderen Zustand dieses Krieges. Diese Art, Kriegszustand und persönliches Erlebnis zu sehen, schien mir phrasenlos, deckend und mit allen Humoren unseres Lebens geladen. Und die seelischen Höhepunkte oder Tiefpunkte dieses Stückes schienen mir echt, sauber und von einer heimlichen Leuchtkraft.
Ich glaube, daß dies eine Art von Stücken ist, wie sie das Theater braucht als täglich Brot, Trank und Speise. Dies ohne jede Überschätzung: es handelt sich hier weder um »Durchbruch« noch um »Wegweisung« – sondern um »täglich Brot«. Und einige Lebensfunken.
Ich konnte mich nicht an eine Übersetzung halten, sondern mußte das Stück aus deutschem Sprachgefühl heraus ganz neu schreiben. Nun bin ich sehr gespannt darauf, ob es sein Lebensrecht und seine Existenznotwendigkeit auf der deutschen Bühne erweisen wird.

Carl Zuckmayer hat, wie er in einem Gespräch erklärte, »zum Teil nach amerikanischen, zum Teil nach eigenen Melodien einige Lieder hineingeschrieben«.

K. B.

Inhalt